《红楼梦传奇》校注

钱 成 校注

·南京·

图书在版编目(CIP)数据

《红楼梦传奇》校注 / 钱成校注. —南京:东南大学出版社,2020.5
 ISBN 978-7-5641-8916-7

Ⅰ. ①红… Ⅱ. ①钱… Ⅲ. ①传奇剧(戏曲)-剧本-中国-清前期 Ⅳ. ①I237.2

中国版本图书馆 CIP 数据核字(2020)第 093517 号

《红楼梦传奇》校注

《Hongloumeng Chuanqi》Jiaozhu

校 注 者	钱　成
责任编辑	张丽萍
出版发行	东南大学出版社
出 版 人	江建中
社　　址	南京市四牌楼 2 号(邮编:210096)
网　　址	http://www.seupress.com
电子邮箱	press@seupress.com
印　　刷	江苏凤凰数码印务有限公司
开　　本	700mm×1 000mm　1/16
印　　张	16.75
字　　数	357 千字
版 印 次	2020 年 5 月第 1 版　2020 年 5 月第 1 次印刷
书　　号	ISBN 978-7-5641-8916-7
定　　价	68.00 元
经　　销	全国各地新华书店
发行热线	025-83790519　83791830

(本社图书若有印装质量问题,请直接与营销部联系,电话:025-83791830)

江苏省高校"青蓝工程"优秀青年骨干教师培养对象、江苏省第五期"333高层次人才培养工程"培养对象资助项目；泰州学院校级重点课题"明清泰州文化家族戏剧文学与文化研究"（编号：TZXY2018ZDKT003），泰州学院学术著作出版资助项目阶段性成果

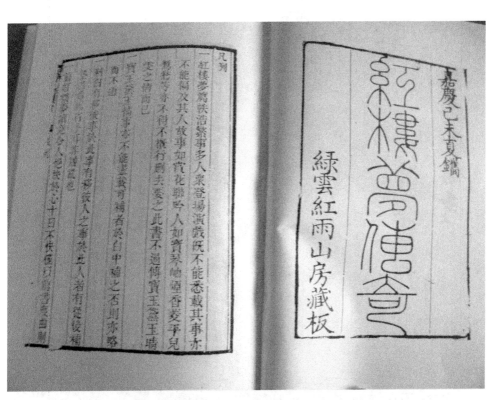

泰州图书馆藏清嘉庆己未年(1799)刻仲振奎《红楼梦传奇》书影

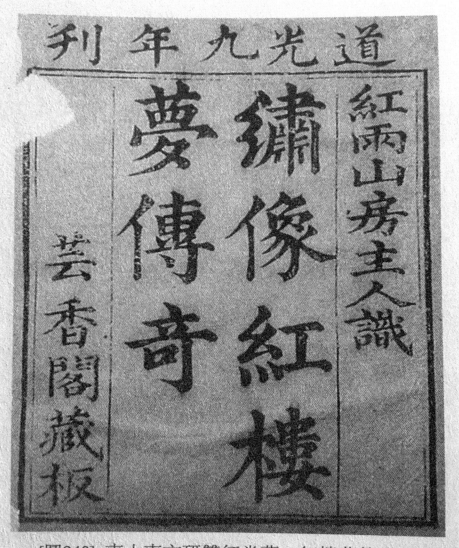

[圖243] 東大東文研雙紅堂藏《紅樓夢傳奇》

日本东京大学藏清道光九年(1829)刻仲振奎《红楼梦传奇》书影

[圖244] 早稻田大學藏光緒刊《紅樓夢傳奇》

日本早稻田大学藏清光绪刊本仲振奎《红楼梦传奇》书影

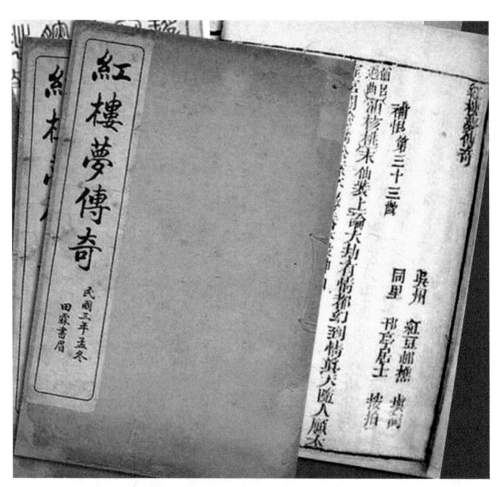

泰州图书馆藏民国刻本仲振奎《红楼梦传奇》书影

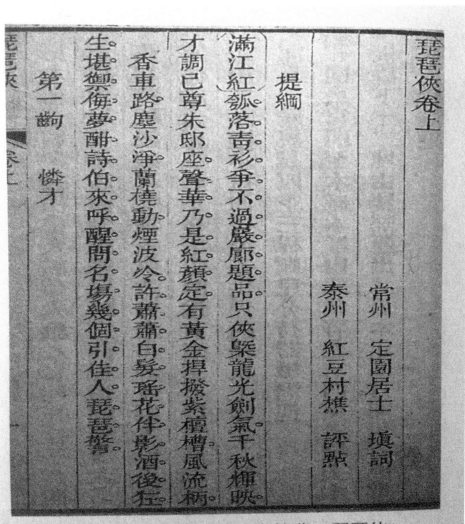

[圖245] 京都大學附屬圖書館藏《琵琶俠》

日本京都大学藏清仲振奎评点董达章《琵琶俠》书影

目 录

总论	1
题辞	59
上卷	75
下卷	175
后记	253

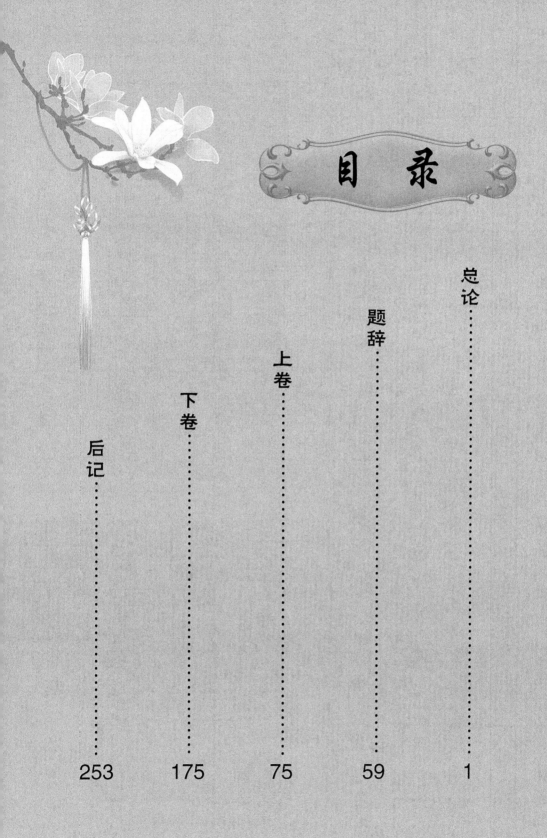

总论

戏剧作为一种通俗的文艺样式,在将一些原来只局限在部分社会阶层中流传的文化娱乐方式,向全员性社会文化现象转变的过程中,所起的作用十分重要。欣赏戏曲,可谓是中国古代最常见的一种娱乐方式,也成为一种特殊的文化传播方式。作为一种特殊的文化现象,由小说《红楼梦》所改编的"红楼戏曲"不仅发源早,而且在舞台演出上一直保持着旺盛的生命力,为《红楼梦》由单一的小说传播向多种社会文化传播途径转化,并最终能够成为一种社会性文化现象提供了途径与平台。

一、清代"红楼戏"的涌现与"首部红楼戏"

《红楼梦》小说问世至今,曾有多人将其改编为戏曲。今天,我们把与《红楼梦》有关的戏曲统称为"红楼戏"。但在清代,"红楼戏"仅是指直接依据《红楼梦》中的人物和故事情节改编而来的戏曲作品。清乾隆五十六年(1791),《红楼梦》第一次以刻本形式出现,一时间影响巨大。清人郝懿行的《晒书堂笔录》记载了当时的盛况:"余以乾隆、嘉庆间入都,见人家案头必有一本《红楼梦》。"[1]其实早在二十余年前,当《石头记》以抄本的形式出现时,便已有"好事者每传钞一部,置庙市中,昂其值得数十金"[2]。此后人们对《红楼梦》的关注处处有迹可循。

对于清代红楼戏的数量,阿英《红楼梦戏曲集》统计清代"红楼戏"为十种,徐扶明《红楼梦与红楼戏》统计共有十八种,刘凤玲《论清代红楼戏的改编模式》统计为二十一种。而笔者根据现有资料及前辈学者的相关研究统计,从清乾隆末至1912年时的"红楼戏",共有二十二种,主要为传奇,少量为杂剧以及京剧和地方戏。

其中,阿英《红楼梦戏曲集》所收十种:

孔昭虔《葬花》(杂剧)一折,存嘉庆元年丙辰(1796)原稿钞本;

仲振奎《红楼梦传奇》五十六出,存嘉庆四年己未(1799)绿云红雨山房刊本、道光芜香阁本、同治友于堂重刊本、光绪三年(1877)上海印书局铅印本;

万荣恩《潇湘怨传奇》三十六出,存嘉庆八年癸亥(1803)青心书屋刊本;

吴兰徵《绛蘅秋》二十八出,存嘉庆十一年(1806)抚秋楼版,另《零香集》中收录;

许鸿磐《三钗梦北曲》四出,存道光二十六年丙午(1846)《六观楼北曲六种》刊本;

朱凤森《十二钗传奇》二十一出,存嘉庆十八年癸酉(1813)晴雪山房《韫山六种

---

[1] (清)郝懿行:《晒书堂笔录》,清嘉庆刻本。
[2] (清)程伟元:程甲本《红楼梦·序》,清乾隆五十六年(1791)刻本。

曲》刊本；

吴镐《红楼梦散套》十六出，存嘉庆二十年乙亥(1815)蟾波阁刊本；

石韫玉《红楼梦》十出，存嘉庆二十四年己卯(1819)石氏花韵庵家刊本；

陈钟麟《红楼梦传奇》八十一出，存道光十五年乙未(1835)汗青斋刊本；

周宜《红楼佳话》八出，存晚清旧钞本。

此外，天津图书馆还藏有褚龙祥《红楼梦传奇》二十四出(稿本，共三册，署"任邱褚龙祥麟字"，书口有"希葛斋"三字。卷首有作者自序，另有赵玺、边钟峰等人题辞)。①

另外，清殷溎深撰、张余荪校订的《六也曲谱初集》中②载有两出"红楼戏"，分别为《扫红》演黛玉葬花之事；《乞梅》则演宝玉冒雪到栊翠庵中向妙玉乞取红梅。但《六也曲谱初集》中没有注明剧作的来源。吴梅先生在1936年3月18日的《吴梅日记》中云，《扫红》《乞梅》两出为清咸同间胡孟路所编。但他在日记中没有说明依据所在，也没有明确胡孟路写了全本还是只编了两出，更没有交代胡氏家世生平。所以，一粟《红楼梦书录》中著录的"昆曲"类有谭光祜《红楼梦曲》、林亦构《画蔷》、佚名《扫红》《乞梅》。

清蒋宝龄《墨林今话》中，收录有"传奇类"封吉士《红楼梦南曲》，"杂剧"类严宝庸《红楼新曲》，"桂剧"类唐景崧《芙蓉诔》，"皮簧京剧"类无名氏的《林黛玉自叹》。

另据北京梅兰芳纪念馆馆长刘祯研究员告知，梅兰芳缀玉轩藏曲中存有清阙名《十全福》传奇钞本。

除此之外，清徐延瑞《鸳鸯剑》、万荣恩《怡红乐》、杨恩寿《姽婳封》三剧，也与《红楼梦》有一定的联系，可纳入"红楼戏"范畴。

据此，笔者统计清代"红楼戏"共有二十二种。

从众多不约而同出现的"红楼戏"可知，对《红楼梦》进行适应舞台演出的戏曲改编，作为一种特殊的文化现象，不仅发源早，而且一直保持着旺盛的生命力。据笔者不完全统计，从清乾隆五十八年(1793)仲振奎创作昆曲《葬花》，到1956年止，从《红楼梦》改编而来的相关戏剧、戏曲作品(不含影视作品)，总数逾千种，涵盖昆曲、京剧、弹词、粤剧、川剧等二十九个剧种，传播范围遍布全世界。

自"红楼戏"问世以来，关于改编《红楼梦》为戏曲始于何时，又是谁才是历史上改编小说《红楼梦》为戏曲的第一人，哪部红楼戏才是真正的"红楼第一戏"，历来众说纷纭。

---

① 褚龙祥，字麟字，别署希葛散人，室名希葛斋，清嘉庆、道光时期河北任丘人。其《红楼梦传奇》见天津图书馆藏稿本《希葛斋文稿》。

② (清)殷溎深撰、张余荪校订：《六也曲谱初集》，清光绪三十四年(1908)苏州振新书社石印本。

有学者认为第一部"红楼戏",应为山东曲阜孔昭虔改编的《葬花》一折。如2005年张英基在《光明日报》发表的《孔昭虔杂剧〈荡妇秋思〉、〈葬花〉赏析》一文指出:第一个"红楼戏"是孔昭虔改编的杂剧《葬花》,作于乾隆五十七年(1792),正是小说刊本问世的第二年。《红楼梦》最早被搬上戏曲舞台,也是孔昭虔的《葬花》,其时在嘉庆元年(1796)。但他同时也承认,孔昭虔《葬花》现存最早版本为清道光年间钞本。按孔昭虔(1775—1835),字元敬,号荃溪,别署"镜虹吟室主人",为孔广森之子,孔子七十一代孙,山东曲阜人,嘉庆六年(1801)举进士,授翰林院编修,改庶吉士,历任台湾道、陕西按察使、福建和贵州布政使。

但笔者发现,清泰州人仲振奎于乾隆五十七年(1792)秋,即《红楼梦》程甲本出版的第二年(发行的当年)即已谱成《葬花》一折。

仲振奎,字春龙,号云涧,又号花史氏,别署红豆邨①樵,江苏泰州人。据清姚燮《今乐考证》著录,其《红楼梦传奇》作于嘉庆二年(1797)底,成于嘉庆三年(1798)初。上下两卷,共五十六出。现存有清道光九年(1829)泰州芸香阁刊本、光绪三年(1877)上海印书局排印袖珍本、光绪八年(1882)常熟抱芳阁刊本等刊本。

按照仲振奎自己在《红楼梦传奇》的序中所言:

> 壬子②秋末,卧疾都门,得《红楼梦》,于枕上读之,哀宝玉之痴心,伤黛玉、晴雯之薄命,恶宝钗、袭人之阴险,而喜其书之缠绵悱恻,有手挥目送之妙也。同社刘君请为歌辞,乃成《葬花》一折。遂有任城之行,厥后录录,不遑搁管。丙辰③客扬州司马李春舟先生幕中,更得《后红楼梦》而读之,大可为黛玉、晴雯吐气,因有合两书度曲之意,亦未为暇也。丁巳④秋病,百余日始能扶杖而起,珠编玉籍,概封尘网,而又孤闷无聊,遂以歌曲自娱,凡四十日而成此。⑤

由此可见,仲振奎先在乾隆五十七年(1792)写了《葬花》一出,然后在嘉庆二年(1797)底、嘉庆三年(1798)初完成全剧五十六出。考程伟元和高鹗印行《红楼梦》一百二十回本,初版于乾隆五十六年(1791)辛亥岁(通称程甲本),次年壬子岁修订重印(通称程乙本)。据此可知,仲振奎早在乾隆五十七年(1792)程乙本问世后,就已谱有"红楼戏"作品《葬花》一折了。

所以,根据现存文献资料,有学者认为此剧是《红楼梦》谱成戏曲最早的一种。如诸祖仁、顾维俊1983年在《江苏戏剧》第六期上发表的《第一部〈红楼梦传奇〉》一文,则据此指出仲振奎的昆曲折子戏《葬花》为最早的"红楼戏"。孙逊在《图像传

---

① 邨:今多写作"村",但因人名中用字,故本书不作修改。
② 清乾隆五十七年,1792年。
③ 清嘉庆元年,1796年。
④ 清嘉庆二年,1797年。
⑤ (清)仲振奎:《红楼梦传奇》,清道光九年(1829)泰州芸香阁刊本,泰州图书馆藏。

播:经典文学向大众文化的辐射》一文中也指出:"还在程甲本问世后的第二年,即乾隆五十七年,仲振奎就写了《葬花》一折,这是第一个"红楼戏"。在这之后,才有刘熙堂的《游仙梦传奇》,万荣恩有《箫湘怨》、《怡红乐》传奇,吴兰徵有《绛蘅秋》传奇,朱风森有《十二钗》传奇,吴镐有《红楼梦散套》传奇,石韫玉有《红楼梦》传奇等。"①徐文凯《论〈红楼梦〉的戏曲改编》说:"现存最早由《红楼梦》改编的戏曲是仲振奎《红楼梦传奇》。"李根亮认为:"根据现有资料,清代红楼戏曲主要改编自一百二十回程高本……较早出现的是由仲振奎改编的《红楼梦传奇》。"②所以,我们可以确知也能肯定的是,仲振奎乃改编全本《红楼梦》为戏曲的第一人,而对于究竟谁是改编《红楼梦》为戏曲的第一人,根据现有文献资料,也可确定为仲振奎。所以,2018年10月,苏州昆剧传习所在重新排演清代昆曲"红楼戏"时,经征询国内诸多"红学"专家意见,一致认为仲振奎《红楼梦传奇》最早将小说《红楼梦》改编为昆剧,也是清代昆坛百年场上搬演最多的"红楼戏"。该剧提炼了"悲金悼玉"的主线,强化了小说的抒情性与剧中人情感,在昆剧中保留了曹雪芹笔下丰富的人情世态、生活细节,被称为"红楼第一戏"。基于此,苏州昆剧传习所由昆曲研究大家顾笃璜先生担任艺术总监,该所"继、承、弘"三辈演员的携手打造,将仲振奎《红楼梦传奇》中《葬花》《听雨》与吴镐《红楼梦散套》之《焚稿》《诉愁》,合为四折,仍命名为《红楼梦传奇》,先后在苏州、北京、上海等地上演,在国内外引起了轰动。③

不可否认,对于"仲、孔"二人谁为"红楼戏创作第一人",学术界尚存有争议。笔者认为,由于任何作家创作都有一个过程,在完成全本戏曲改编之前,在具体的创作工作中,存在"前文本"现象,《葬花》一折既是前文本,也是全本改编的第一步,没有《葬花》一折,就没有全本《红楼梦传奇》;反之,全本《红楼梦传奇》也是《葬花》一折存在的反证。而乾隆五十七年时,孔昭虔才18岁,还是一名未充分领略世事人情的少年,按常理应不可能创作出饱含丰富人生感悟与情感内涵的"红楼戏"。并且乾隆五十七年是小说刻本刚刚出现的第二年,此时小说流布的范围主要还应集中在京师,尚未大规模扩散到山东等地。此外,学术界至今也未发现有关孔昭虔在乾隆五十七年编撰《葬花》一折的直接证据,持"孔昭虔说"者所引均是旁证。但是,此时的仲振奎是一名年已44岁,阅尽人世沧桑的中年人了,根据《红楼梦传奇·自序》,他"卧疾都门,得《红楼梦》,于枕上读之",又是出于"同社刘君请为歌辞,乃成《葬花》一折"。更何况,仲振奎在此之前已创作过十多部传奇,与著名戏曲家汤贻汾、潘焌、钱维乔、董邦达、蒋知让、曾燠等词曲唱和,更与《红楼梦》作者之一

---

① 孙逊,《图像传播:经典文学向大众文化的辐射》,http://www.china.com.cn/chinese/RS/572679.htm.
② 李根亮:《〈红楼梦〉的传播与接收》,黑龙江人民出版社2007年版,第140页.
③ https://www.360kuai.com/pc/953adca8dc4c70bde?cota=3&kuai_so=1&sign=360_57c3bbd1&refer_scene.

高鹗的密友张问陶、陈燮等交往密切,曾参与扬州曾燠、李春舟盐运使幕府戏曲群体活动,并与扬州删改词曲馆中多位曲家有姻亲、同乡、同学关系,在戏曲创作和《红楼梦》传播接受两个方面具有天然优势,为其创作昆曲独折戏《葬花》奠定了坚实基础。此外,根据相关记载,最早上演的《葬花》乃是昆曲折子戏,而孔昭虔《葬花》却是杂剧。由此可见,清仲振奎乃是历史上改编《红楼梦》小说为戏曲的第一人,其昆曲《葬花》一折是真正的"红楼第一戏"。

综上所述,第一,仲振奎的《红楼梦传奇》,初创于乾隆五十七年(1792),这个时间是《红楼梦》传播史上意义非同寻常的一年。在这一年前,程甲本问世;而就在这一年,程乙本刊行,结束了《红楼梦》抄本的时代,开始了刻本时代。《红楼梦传奇》是《红楼梦》传播史上第一个《红楼梦》剧本,距今已两百余年。第二,仲振奎的本子第一次演出是嘉庆四年(1799)。第三,道光十七年(1837),《葬花》戏还曾在北京演出,1791年,曹雪芹的《红楼梦》一百二十回本问世,仲振奎在京城"得《红楼梦》,于枕上读之,哀宝玉之痴心,伤黛玉、晴雯之薄命,恶宝钗、袭人之阴险,而喜其书之缠绵悱恻,有手挥目送之妙也"①,最早洞见《红楼梦》的伟大艺术价值。仲振奎将其全貌转化为可在戏台上唱念做打的昆曲传奇,一年后写下了《葬花》一折,后又改编并亲自谱曲成《红楼梦传奇》五十六折,并很快为优伶所采,粉墨登场,首演于扬州。所以,仲振奎在乾隆五十七年(1792)秋,即《红楼梦》程甲本面世的第二年,便谱写成昆曲折子戏《葬花》一折,后又于嘉庆三年(1798)改编成五十六出的《红楼梦传奇》,成为将《红楼梦》小说文本改编为戏曲并成功搬上舞台的第一人,《红楼梦传奇》也成为第一部直接改编自《红楼梦》小说文本并全本演出过的"红楼戏"。《红楼梦传奇》是最早改编成昆曲的《红楼梦》作品,也是清代昆坛场上搬演最多的"红楼戏"。

二、仲振奎生平与著述

仲振奎(1749—1811),字春龙,号云涧,又号花史氏,别署红豆邨樵。《(道光)泰州志》载:"工诗,法少陵,为文精深浩瀚,出入'三苏',平生著作无体不有,而稿多散佚,所存惟《红豆邨樵诗草》若干卷。"②其挚友、著名戏曲家汤贻汾《绿云红雨山房诗钞·序》云:"……云涧所著乐府,概以红豆邨樵署名,《红楼梦传奇外传》,至今未梓者尚有十四种,吴越纸贵,时无不知有红豆邨樵者。"③

---

① (清)仲振奎:《红楼梦传奇》,清道光九年(1829)泰州芸香阁刊本,泰州图书馆藏。
② (清)王有庆修、陈世镕纂:《(道光)泰州志》卷三十九,清光绪三十四年(1908)补刻本,泰州图书馆藏。
③ (清)汤贻汾《绿云红雨山房诗钞·序》,见(清)仲振奎:《绿云红雨山房诗钞》,清嘉庆十六年(1811)刊本,泰州图书馆藏。

仲振奎《云涧诗钞》曾云："愿交天下有心士,不购人间易习书。"他由于一生潦倒,落魄穷愁,于是放荡于形骸之外,游历于名山大泽之中。"思量放浪江湖去,七尺渔竿一钓矶。"其人一生足迹遍及江、浙、川、冀、京、鲁、豫、粤、皖及两湖等地,多次入幕,四处求食,历尽沧桑,饱尝艰辛。这为其戏曲创作提供了丰富的生活源泉。

乾隆三十三年(1768),仲振奎旅居四川,作《云栈赋》《蜀江赋》;乾隆四十三年(1778)旅楚,其父仲鹤庆《迨暇集》卷八《戊戌上元怀奎儿》中云:"二老临风望楚云。"在此期间,仲振奎曾撰有《楚南日记》。乾隆五十三年(1788),"游河朔,经南京还"。乾隆五十七年(1792),寓迹北京,得阅《红楼梦》,作《葬花》一折,成为"红楼戏"创作史上的拓荒之作。后又前往山东任城,并在途中作传奇三部。

仲振奎一生奔波,在《将游邗上示弟妹》云:

椿庭已买春江棹,余亦重游保障湖。
三处别离老梦想,一家骨肉为饥驱。
浮萍逐水风漂泊,飞燕依人垒有无。
珍重晨昏水堂上,年来多病体清癯。①

嘉庆元年(1796),他寓居扬州李春舟幕府,得以"日日观剧,夜夜征歌"。也正是在此时,他完成了《红楼梦传奇》《怜春阁传奇》两部代表作。嘉庆十四年(1809),在经历妻丧女亡后,他追附其弟仲振履,寓居广东兴宁官署。嘉庆十六年(1811),在兴宁得遇武进汤贻汾,二人订交,结为知己。

正如其《六十生朝自述》所云:

樗散无能以,书香有弟承。
高翔看鸷凤,敛翮笑饥鹰。
不得扶摇力,空燃智慧灯。
名场十五度,孤负九秋鹏。②

仲振奎一生虽然科场失意,仅以监生终老,但却才华横溢,博学多能,诗文词曲,无一不通,甚至还精通医术。汤贻汾在《绿云红雨山房诗钞·序》中也说:"其采当不剪长庆、剑南之富,乃所存如是,疑有散失。"③可见,仲振奎生平著作在其身后散失甚多。《民国泰县志稿》评价其诗:"在韦柳之间,而峭劲过之。"④

笔者经查检国内外相关图书机构所藏,共得仲振奎著述十一种(剧作除外),除上文提到的《红楼梦传奇》和《怜春阁传奇》外,分别为《楚南日记》(史部传记类),见

---

① (清)仲振奎:《绿云红雨山房诗钞》,清嘉庆十六年(1811)刊本,泰州图书馆藏。
② (清)仲振奎:《绿云红雨山房诗钞》,清嘉庆十六年(1811)刊本,泰州图书馆藏。
③ (清)仲振奎:《绿云红雨山房诗钞》,清嘉庆十六年(1811)刊本,泰州图书馆藏。
④ (民国)单毓元等纂修:《民国泰县志稿》卷二十八,民国二十年(1931)稿本,泰州图书馆藏。

仲振履《迫暇三集》卷八;《脉约》,见《海陵文征》卷二十;《绿云红雨山房诗钞》(一名《云涧诗钞》),前有汤贻汾序,今存嘉庆十六年(1811)兴宁刻本;《辟法轩文钞外集》,四卷钞本,见《泰县著述考》卷二;《绿云红雨山房文钞》,今存嘉庆十六年(1811)兴宁刻本;《绿云红雨山房文钞外集》,黑格稿本五卷;《红豆邨樵词二卷》,见《嘉庆续扬州府志》卷二十二;辑录有《春柳吟》,见张慧剑《明清江苏文人年表》"嘉庆十七年"条载;《仲氏女史遗草》(一名《仲氏女史遗诗》),今存嘉庆十六年(1811)兴宁刻本。

另陈韬著《汤贻汾年谱》于嘉庆十六年(1811)辛未"汤氏三十四岁"下记载:"是岁权(广东)兴宁都司。正月携家以行,然后之任。幕客徐又白(青),继至者李秋田(光照)、颜湘帆(崇衡),暨杨秋蘅,亦工诗文。邑人陈峙,主讲墨池书院。邑宰仲柘庵(振履)并其兄云涧,皆风雅。云涧工填词,著传奇至十六种之多。数人者皆与公常相过从。"①汤贻汾《绿云红雨山房诗钞·序》也云:"涧工填词,著传奇至十六种之多。"②

由此可见,仲振奎曾著有十六种传奇。但对于其具体名称与内容、演出流传情况,迄今无考。如赵景深、张增元《方志著录元明清曲家传略》云:"仲振奎所著传奇,《红楼梦》《怜香阁》,今存;《诗囊梦》,已佚。另有近十种传奇,其名目亦不存。"③郭英德《论明清传奇剧本长篇体制的演变》考定仲振奎有《红楼梦》《怜香阁》《火齐环》传奇三剧。④

另笔者发现仲振奎妻赵笺霞所著《辟尘轩诗钞》中有《红梨梦传奇·题辞》两首:

是真是幻总难真,初出无端梦里身。
一树红梨花落寞,凄风残月独伤神。
断情漫道竟无情,悄曳虚廊玉佩声。
一行阑干春寂寂,愁魂扶病认飞琼。

茫茫无路莫相思,便是相思梦岂知。
灯暗书窗人不见,三生缘短泣残丝。
休伤梅叶展香囊,空向梅花哭断肠。
一曲歌残红泪尽,春风春雨忆兰娘。

此诗所提及《红梨梦传奇》,从题辞中可知该剧主人翁为兰娘,情节亦属爱情悲

---

① 参见陈韬:《汤贻汾年谱》,台湾龙岗出版社1997年版。
② (清)仲振奎:《绿云红雨山房诗钞》,清嘉庆十六年(1811)刊本,泰州图书馆藏。
③ 赵景深、张增元:《方志著录元明清曲家传略》,中华书局1987年版,第1113页。
④ 郭英德:《论明清传奇剧本长篇体制的演变》,《湖北大学学报(哲学社会科学版)》1998年第四期,第56-62页。

剧,但没有指出系何人所作。根据赵笺霞生平经历,笔者初考该剧为其夫仲振奎之作品。

如前所述,笔者经查阅泰州图书馆藏黑格稿本《绿云红雨山房文钞外集》,发现其中载有仲振奎所著《红楼梦传奇》外十四种传奇之名,加上笔者所考但存疑的《红梨梦传奇》,计有十六种,正符汤贻汾十六种之说。

需要指出的是,由于仲氏剧作大多为风情剧,正如他在《火齐环传奇·自序》中自谓,"痴情者,阅世履境,皆为情惑。情困以乐府,传奇传其声色之情,谱其平生之憾,书之以慰诸生,红褥温酒、火齐留环之类是也""剧成则字与愁俱,泪随声落,情真意切"①。可能正是由于这些剧作过于注重抒情性,成为案头之剧作,因而后世流传不广,以致湮没不存。

另外,浙江图书馆藏有清嘉庆十七年(1812)仲振奎评点野草堂刻本董达章《琵琶侠》传奇。董达章(1753—1813),字超然,一字士锡,号定园,常州武进人,戏曲家钱维乔之甥。著有《半野草堂集》《定园随笔》,谱有《琵琶侠》《花月屏》传奇。董达章曾在北京与仲振奎订交。由仲振奎与董达章之交游,亦可考证仲氏《红楼梦传奇》下半部取材逍遥子《后红楼梦》的原因所在。《后红楼梦》作为目前所知最早的《红楼梦》续书,但其作者为谁,历来众说纷纭。学术界一般认为《后红楼梦·序》的作者逍遥子即为其作者。苏兴认为该逍遥子便是清中期常州著名文人钱维乔。叶舟认为传奇《碧落缘》作者钱维乔的侄子钱中锡,则极有可能是《后红楼梦》作者。②对于仲振奎应是先在北京借助同乡陈燮与张问陶等交游,得观由高鹗续作完成的程甲本《红楼梦》,谱成《葬花》一折;后因汤贻汾所荐,与董达章结交,并从董达章之手获得钱中锡所作《后红楼梦》,改编而成全本《红楼梦传奇》。③

当然,除了外在因素,仲振奎创作《红楼梦传奇》还有自身独有的内在原因。作为清中期泰州文化世家仲氏家族长子,仲振奎身世与曹雪芹颇为相似,家世与经历和《红楼梦》有着某些相近处。从其人"青春谋食""乞食扬州""淹留故都""漂泊湖广""广东依弟",最终"孑然一身"来看,他的落魄经历,与《红楼梦》作者曹雪芹极其相似,所以其改编《红楼梦传奇》,当为有感而发。因此,《芸香诗钞》中有清泰州诗人、仲氏之芸香诗社社友徐鸣珂《仲云涧以感怀诗见示即次韵》诗云:"文章半世无知己,只分'红楼'索解人。"④

---

① (清)仲振奎:《绿云红雨山房诗钞》,清嘉庆十六年(1811)刊本,泰州图书馆藏。
② 叶舟:《〈后红楼梦〉作者之我见》,《明清小说研究》2010年第4期,第104-110页。
③ 另有学者认为,《后红楼梦》作者是号称"白云外史"的"毗陵七子"之一清常州人吕星垣,逍遥子钱中锡固然与这部续书有联系,但他仅是"序"者而非作者。参见赵建忠《红学史上首部续书〈后红楼梦〉作者考辨》,《明清小说研究》2014年第1期,第123-132页。
④ (清)叶兆兰、邹熊辑:《芸香诗钞》,清嘉庆十三年(1809)刊本,泰州图书馆藏。

芸香诗社诗人、泰州邹熊在仲振奎去世后,曾赋有《吊仲云涧》诗:

> 造物何心诞此公,赋才八斗数偏穷。
> 百家诗侣题襟遍,一代文人被褐中。
> 淮海遗迹留爪雪,京师魂断马头风。
> 悲歌谱出《红楼梦》,《葬花》一曲写牢骚。①

该诗既高度概括了仲振奎的一生,同时也从侧面交代了其创作《红楼梦传奇》的原因。

另据严敦易所考,《怜春阁传奇》中李塘盖作者仲振奎自喻。该剧中之宾白,多可间接考见作者生平事迹。② 笔者发现,《怜春阁传奇》中,《下钗》一出有:"向以拨萃登科,授官司铎。后因丁吉,需次十年。蠹笔词坛,典签幕府。登孤郁、章贡之台,泛清、济、洪河之水……近因方伯知交,复理间官本等,赴辕候委,得暇寻幽。"《怜醉》中云:"嫁于李郎十日,便随赴任崇川。"《春宵》云:"李郎近赴法曹之召,佐幕扬州。"《归阁》云:"他又要渡江科举。"《哭灵》中云:"幸取功名。"综合上述内容,参之仲振奎之诗文作品,可知该剧所写,乃系仲氏家庭之实事。所以说,作为海陵文化世家子弟,科举失意和家庭变故所带来的种种人生体悟,是仲振奎戏曲创作的主要动机和目的所在。而这,也正是我们得以窥见其创作"红楼戏"的动机与诱因途径之一。

三、仲振奎《红楼梦传奇》的成就

仲振奎《红楼梦传奇》上卷改编自一百二十回程高本《红楼梦》,下卷则以逍遥子《后红楼梦》为蓝本加以敷演。

《红楼梦传奇》卷首载有春舟居士的《题辞》:

> 今世艳称《红楼梦》,小说家之别子也。其书有正有续,积卷凡百五六十。前梦未圆,后梦复入,虽有佳梦,何其多也!吾友仲子云涧以玉茗才华,游戏笔墨,取是书前后梦,删繁就简,谱以宫商,合成新乐府五十六剧,关目备情韵流,可使寻其梦者一炊黍顷,而无不了然,黄粱邪、仙枕邪?抑何简妙,乃尔邪。夫辞尚体要久矣。昔李延寿芟"五代八书"之芜,成"南北二史"。欧宋修《唐书》,事则增,而文则减,其斯为文人之巨笔。与今仲子有此妙才,试取古今大事记,提纲挈领,成一家言,又岂徒占梦中之梦云尔哉。于其督序,逐书以广之。③

---

① (清)叶兆兰、邹熊辑:《芸香诗钞》,清嘉庆十三年(1809)刊本,泰州图书馆藏。
② 严敦易:《元明清戏曲论集》,中州书画社1982年版,第279页。
③ (清)仲振奎:《红楼梦传奇》,清嘉庆四年(1799)绿云红雨山房刻本。

上卷《原情》《前梦》《别兄》《聚美》《合锁》《私计》《葬花》《海阵》《禅戏》《释怨》《扇笑》《索优》《诳构》《听雨》《补裘》《试情》《花寿》《搜园》《诔花》《失玉》《设谋》《焚帕》《鹃啼》《远嫁》《哭园》《通仙》《归葬》《后梦》《护玉》《礼佛》《逃禅》《遣袭》共三十二出。具体包括太虚幻境、宝黛初会、黛玉葬花和焚帕、宝玉悟禅和挨打、晴雯撕扇和补裘、搜检大观园、探春远嫁、袭人嫁人等相关情节。

上卷三十二出以宝黛爱情悲剧为主线，一方面基本忠于原作，同时也符合传奇"生旦配"的表演体制。

下卷二十四出，包括《补恨》《拯玉》《返魂》《谈恨》《单思》《煮雪》《赠金》《寄泪》《坐月》《海战》《见兄》《哭梦》《花悔》《示因》《偿恨》《说梦》《劝婚》《礼迎》《凯宁》《剖情》《解仇》《仙合》《玉圆》《勘梦》。

下卷借用"乐府双璧"之一——《孔雀东南飞》中的男主人公焦仲卿在离恨天中处置"红楼公案"开篇。焦仲卿得到观音菩萨的帮助，遣揭谛至毗陵，帮助贾政从僧道手中夺救贾宝玉，兼所摄林黛玉、晴雯二人之魂。黛玉得练容金鱼之力得以开棺重生，晴雯则借柳五儿之尸还阳。黛玉回生后，却拒见宝玉。宝玉后晤晴雯，与麝月设策，获与黛玉一见。黛玉诡称已与姜生缔姻，以绝宝玉之念，宝玉大痛而病。时喜鸾遣嫁黛玉之兄，宝玉误以为黛玉嫁姜，死而复苏。史太君与元妃梦召黛玉劝谕，始允其与宝玉成姻。晴雯、紫鹃、莺儿、麝月亦归宝玉为妾。袭人则悔不当初，夫妇入府服侍。史湘云成仙女，惜春入宫为仲妃，探春助其夫周琼，海防功成，凯旋归宁。"金陵十二钗"皆有归宿。

全剧从太虚幻境写起，然后贾宝玉、林黛玉、薛宝钗相继登场，其中爱情纠葛均依据曹雪芹小说原著加以铺叙，但却添出"黛玉有兄"一节。涉及探春的情节则大加发挥，例如小说中只提到"周琼求婚""探春远嫁"，而仲氏此剧却增饰《海阵》一出，浓墨重彩描绘周琼、周瑞父子"奉旨扫荡群盗"，探春替周琼父子出谋划策，最终大获全胜。

对于这一改编，仲振奎在《凡例》中交代：

> 锣鼓戏俗套也，循《琵琶》之例未为不可，顾丝竹之声，哀多伤气，不可无金鼓以振之，故借周琼防海事，而以功归探春。变后书甄士隐之说，免枝节也。探春之为人，沈谋有断，当亦不愧。①

由此可以看出，仲振奎在面对当时"昆乱相杂"的时代时，一方面仍然轻视乱弹等"锣鼓戏"着重武戏，认为是俗套；但同时，为了舞台表现需要，遵循高明《琵琶记》等"雅俗共赏"的戏曲美学典范，主动适应观众审美需求，将"丝竹之声"与"金鼓之鸣"融合为一。由于《红楼梦传奇》全剧为传统昆曲传奇"生旦配"格局，所以以生旦

---

① （清）仲振奎：《红楼梦传奇》，清嘉庆四年（1799）绿云红雨山房刻本。

为主的场次多,曲词细腻、声腔柔婉,但在舞台表演上却容易冷场,适当加入武戏,可以调剂冷热场。这样的安排,兼杂剧和传奇之长,追求场上案头兼两相宜,可见花雅争胜的大环境中鲜明的时代特征。

仲振奎还大胆改编《红楼梦》原书中关于探春的人物和情节设定,在戏曲舞台上塑造出了一个全新的"勇探春",为后世诸多"红楼戏"乃至当今"红楼"影视剧所借鉴学习。当然,这一改动,也是他遵循中国戏曲创作基本规律的表现。在中国古代戏曲创作史上,高明《琵琶记》最早提出"不关风化体,纵好也徒然",至清中期,以褒扬"忠孝廉义"或"忠孝义烈"的伦理道德进一步上升为戏曲创作的主要目的,或者说极为强调戏曲对社会的伦理道德化,以这一时期最为典型。[①] 如唐英、蒋士铨等人的剧作中,多有作者现身剧中进行直接"教化"之处。所以,仲振奎选用逍遥子《后红楼梦》作为其剧作改编的来源,也正是他深受李贽所提出的"孰谓传奇不可以兴,不可以观,不可以群,不可以怨乎"[②]观点影响,继承了徐渭、李玉、孔尚任等人剧作之传统,将戏曲创作的社会功能置于审美价值之上,力求"义关讽人,情深惇史记"。同时,这也显示出仲振奎戏曲作品中鲜明的"花雅争胜"的时代特征,并可辨乾隆四十六年(1781)扬州词曲删改局设立后,黄文旸、李斗、焦循、凌廷堪等诸家曲学理论在嘉道时期扬泰地区曲家创作中的具体实践。

由于仲振奎《红楼梦传奇》问世之际,恰好正处在"花雅争胜"的关键时期,雅部昆曲演出阵地在逐渐萎缩,一部五十六出的鸿篇巨制,在当时已难以找到全本演出的舞台了,反而成就了其中一些经典折子戏的流传。所以日本青木正儿在《中国近世戏曲史》中评价:

> 乾隆间小说《红楼梦》出而盛传于世也,谱之于戏曲者数家,传于今者三种。即仲云涧之《红楼梦》传奇、荆石山民之《红楼梦》散套、陈钟麟之《红楼梦》传奇是也。……而三种中,仲云涧之作,最脍炙人口,后日歌场中流行者即此本也。[③]

对仲振奎《红楼梦传奇》的剧作成就,傅惜华认为,"总观仲氏此作,曲律尚为协合,但结构颇松懈,词章亦不佳,于戏剧与文学上,尚未为成功之作品"[④]。陈钟麟之作,有佳词而无谱;吴镐之作曲词上乘,可惜为散套,上演必然受限制。道光中叶杨掌生最喜荆石山民的《红楼梦散套》,却又指出,"故歌楼惟仲云涧本传习最多""仲振奎《红楼梦传奇》,盛行于世"[⑤]。据此可知,陈钟麟之作始终未能上演;《红楼

---

① 王春晓:《乾隆时期文人戏曲的伦理道德化》,《文艺评论》2012年第10期,第118页。
② (明)李贽:《红拂》,《焚书》,中华书局1974年版,第541页。
③ (日)青木正儿:《中国近世戏曲史》,王古鲁译,作家出版社1958年版,第234页。
④ 傅惜华:《傅惜华藏古典戏典珍本丛刊提要》,学苑出版社2010年版,第172—173页。
⑤ 张次溪编纂:《清代燕都梨园史料》,中国戏剧出版社1988年版,第311页。

梦散套》虽曾上演,亦有曲谱存世,但其演出、传播程度并不尽如人意。

仲振奎《红楼梦传奇》完成于嘉庆时期,是昆曲衰颓时代的作品。事实上,乾隆以后创作的传奇作品,能在舞台上演出并被后世传唱的,已是凤毛麟角。传奇作家新作品的舞台搬演率、舞台生命力已无法与昆曲繁荣时期相比。此时的昆曲传奇,多数已沦为案头之作,嘉道间创作的众多"红楼戏"自然也不例外。在如此背景下,仲振奎的《红楼梦传奇》能在舞台上演出,且反响不俗,实属难能可贵。

作为清代最流行的《红楼梦》昆曲作品,仲振奎《红楼梦传奇》的舞台传承以及对后世各剧种"红楼戏"的影响,远胜陈钟麟、吴镐之作。仲振奎《红楼梦传奇》上卷三十二出中,南曲套数共二十七出,南北合套三出,北曲套数两出。这与多数传奇作品一样,北曲套数占少数,南曲套数居多数。其中两出北套分别是第二十二出《焚帕》、第二十五出《哭园》。三出南北合套分别是第二出《前梦》、第七出《葬花》、第十四出《听雨》。其余二十七出南套中,多则十三支曲牌,少至两支曲牌,长短、多寡不一,短套、变套杂列,常用熟套与冷门少用套数并存。南套与北套不同,各个角色都可演唱,故又涉及家门行当的分配问题。

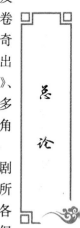

一部优秀的昆曲传奇作品,其剧情基调需要靠曲牌、套数体现出来。悲哀之剧情应当以悲哀之曲牌、套数表现,欢乐场面亦应以相应声情之曲牌、套数配合。所以,仲振奎《红楼梦传奇》上卷三十二出,各出剧情基调有别,悲喜不同,冷热穿插各异。而各出之中,曲牌、套数安排与剧情基调乃至家门行当,虽不是每出都妥贴,但大致算得上相合,非一般清代"红楼戏"案头之作可比。

作为深谙戏曲创作的"大家",仲振奎《红楼梦传奇》也始终遵循李渔戏曲理论所提倡的"立主脑""理头绪",并可见受孔尚任《桃花扇传奇》的深刻影响。《红楼梦传奇》没有以原小说中"冷子兴演说荣国府"为总纲,而是从戏剧表演需求出发,以"太虚幻境"为全剧之总纲。该剧上卷涉及"太虚幻境"共四出,分别是第一出《原情》、第二出《前梦》、第二十六出《通仙》、第二十八出《后梦》。这四出戏的主要功能,是提示剧中宝玉与大观园众中众女性的命运,在结构上属于提纲挈领式的,其剧情以叙述为主,兼有写景、抒情成分。为此,仲振奎精心选择了"介于浓淡之间"的曲牌。如第一出《原情》,叙太虚幻境警幻真人焦仲卿、警幻仙姑兰芝夫人讲述神瑛侍者、绛珠仙子等人悲欢离合之情的因果。首支南中吕引子【青玉案】后,以本宫【泣颜回】两支,与【千秋岁】【越恁好】【红绣鞋】【尾声】组成南中吕【泣颜回】套。引子【四园春】由焦仲卿、刘兰芝分唱,之四支曲牌由两人轮唱,最后两支焦、刘合唱,交代人物命运,推动戏剧矛盾深入和情节发展。

仲振奎为全剧首出设计选用平和缓畅的套数,特别是适合写景、抒情的中吕【泣颜回】套,套数安排比较合适,其目的在于交代缘起剧情,因而在第二出《前梦》中叙宝玉梦游太虚幻境,听《红楼梦》曲,但仍未解悟。此处选用十一支曲牌,系南

13

北合套,以南正宫引子【喜迁莺】、两支过曲【玉芙蓉】与【朱奴插芙蓉】【倾杯赏芙蓉】【尾声】组成南正宫套,中间插入北套(北中吕【粉蝶儿】【石榴花】【斗鹌鹑】【上小楼】与北仙吕【寄生草】)。连续用两支【玉芙蓉】与【朱奴插芙蓉】【倾杯赏芙蓉】【尾声】组成套数,适应戏剧开场后平缓的过渡,也有助于演员的舞台表演。

在家门行当上,《红楼梦传奇》以净、副净、丑为多,如第六出、第十三出为丑行应工,第十八出、第二十出与第三十一出为净或副净应工。在这几出中,因剧情简单,演员所唱曲牌不多,且多数为过场戏,演员的念白和做工成分要重于唱工,为的是交代前情,铺垫后场戏。在这几出简短的过场戏中,作者仲振奎对曲牌、套数的安排也颇见匠心。

如《海阵》一出,小说《红楼梦》本无此情节,但仲振奎从适应舞台表演和观众审美需要出发,杜撰此情节,并将此出安排在《葬花》之后,看似突兀,实则正可调解戏曲节奏与舞台气氛,实现"冷热调剂",避免舞台冷清,吸引观众。在此出中,仲振奎先选用南仙吕引子【点绛唇】,后以南道宫【鹅鸭满渡船】为首牌,与同宫的【赤马儿】【拗芝麻】【尾声】,组成【鹅鸭满渡船】套。值得注意的是,洪升《长生殿》传奇第十四出《偷曲》即用此套,曲情欢快。由此可见,仲振奎对洪升《长生殿》的借鉴与吸收。

所以,梁廷枏《曲话》中评价道:

《红楼梦》工于言情,为小说家之别派,近时人艳称之。其书前梦将残,续以后梦,卷帙浩繁,头绪纷琐。吴州仲云涧取而删汰,并前后梦而一之,作曲四卷,始于原情,终于勘梦,共得五十六折。其中穿插之妙,能以白补曲所未及,使无罅漏,且借周琼防海事,振以金鼓,使不终场寂寞,尤得本地风光之法。①

此外,除对戏剧音乐高度重视外,仲振奎还特别关注戏曲创作中的舞蹈。《红楼梦传奇》中的舞蹈大都是片断式的,为仲振奎根据剧情需要而设置,是剧情发展的有机组成部分。在《海阵》一出中,所演多为海盗演习操练兵马,曲词中并未见多少紧张气氛,而是用虾兵蟹将、海马等的舞蹈动作吸引观众,音乐上以【鹅鸭满渡船】套相配。场面欢快、热闹,增强了舞台演出效果,推动了戏剧情节发展。当然,《红楼梦传奇》中别具匠心的舞蹈设计还有多处,如第三十四出《拯玉》,让"揭谛神舞上""揭缔神跳舞,引旦、贴下",第三十五出《返魂》"小生韦蠏上,绕场跳舞下",更是刻意营造了神仙出场与下场时的玄幻色彩与神秘气氛。由此可见,仲振奎《红楼梦传奇》极为追求案头场上并佳,充分利用戏中舞蹈等形式来丰富、强化传统戏曲的舞台表现。在这部剧作中,戏曲舞蹈种类众多,表现形式丰富多样,成为剧作的有机组成部分。同时,这些舞蹈歌与舞结合,色与声交流,意蕴丰富,为戏曲舞台表演增添了亮丽流动的色彩。

---

① 王永健:《但闻风流蕴藉——明清章回小说中的性情》,苏州大学出版社2011年版,第131页。

在第二十七出《归葬》中,作者通过贾府家仆之口,叙述黛玉、贾母死后贾府情况,家丁送贾母灵柩回南京。所选的【仙吕入双调过曲·双劝酒】【双调·哭歧婆】【南仙吕入双调·五供养】【月上海棠】等曲牌,多是适合净、丑角色干板念唱的快板曲。而在第六出《私计》、第十三出《诳构》等均为袭人为主角的过场戏中,则几乎不用曲牌,大段念白,交代剧情即可。

综上所言,仲振奎在创作《红楼梦传奇》时,基本上做到了按照剧情的不同,选取与剧情相合的曲牌、套数,将剧情与曲情进行有效的结合,可见其是不同于同时代那些只重"案头之作"的文人曲家,而是力争将戏剧文学与舞台表演融合为宜的戏曲家。

因此,正由于该剧的舞台表演和传播影响较大,后世选本也较为常见。在1925年商务印书馆出版的王季烈、刘富梁所编《集成曲谱·声集》卷八中,收录了《红楼梦》昆曲四出,但没有说明出处,笔者经核对,发现其选自仲振奎的《红楼梦传奇》。这四出戏是:(一)《葬花》,选自仲本第七出,演宝玉携带《西厢记》到大观园中,正碰上黛玉荷锄而来,两人同读《西厢》后,面对碎绿残红,黛玉伤心落泪,于是一起葬花而去。(二)《扇笑》,选自仲本第十一出,演晴雯撕扇,千金买笑。(三)《听雨》,选自仲本第十四出,演黛玉在潇湘馆内回想宝玉赠帕的情意,不禁百感交集;时值风雨之夜,乃赋《秋窗风雨夕》一诗以伤悼身世。(四)《补裘》,选自仲本第十五出,演晴雯补裘,病体增劳。① 在1978年中华书局出版的阿英《红楼梦戏曲集》中,收有仲氏《红楼梦传奇》上卷三十二出,起于《原情》,止于《遣袭》。②

需要说明的是,仲振奎的《红楼梦传奇》合并《红楼梦》与《红楼梦》续书逍遥子的《后红楼梦》而成一剧,其原因是因不满《红楼梦》的结局,欲为黛玉、晴雯吐气,于是选择了具有团圆结局的《后红楼梦》入剧。仲振奎《红楼梦传奇·自序》云:"丙辰客扬州司马李春舟先生幕中,更得《后红楼梦》而读之,大可为黛玉、晴雯吐气,因有合两书度曲之意。"③《红楼梦传奇·凡例》中也称:"《前红楼梦》读竟,令人悒怏于心,十日不快。仅以前书度曲,则歌筵将阑,四座无色,非酒以合欢之义,故合后书为之,庶几拍案叫快,引觞必满也。"④

与清代诸多"红楼戏"多为文人案头之作不同,仲振奎《红楼梦传奇》曾在扬州、北京、上海等地的舞台上演出过。⑤ 根据仲振奎《红楼梦传奇·自序》,该剧完成当日,即"挑灯漉酒,呼短童吹玉笛调之,幽怨呜咽,座客又潸然沾襟者"。许兆奎《绛

---

① 见王季烈、刘富梁编:《集成曲谱·声集》,商务印书馆1925年版。
② 阿英编:《红楼梦戏曲集》,中华书局1978年版。
③ (清)仲振奎:《红楼梦传奇》,清嘉庆四年(1799)绿云红雨山房刻本。
④ (清)仲振奎:《红楼梦传奇》,清嘉庆四年(1799)绿云红雨山房刻本。
⑤ 朱小珍:《"红楼"戏曲演出史稿》,上海戏剧学院2010届博士论文。

蘅秋·序》云："吾友仲云㵎于衙斋暇日曾谱之,传其奇。壬戌(嘉庆七年,1802)春,则淮阴使者,已命小部按拍于红氍上矣。"①可见这是一个当时真正在扬州舞台演出过的"红楼戏"。此后剧场大多流行此剧,至道光时期流传到北京。

杨掌生(懋建)在《长安看花记》中记述：

> 仲云㵎填《红楼梦传奇》,《葬花》合《警曲》为一出,南曲抑扬抗坠,取贵谐婉,非鸾仙所宜,然听其【越调·斗鹌鹑】一曲,哀感顽艳,凄恻酸楚,虽少缠绵之致,殊有悲凉之慨。②

另嘉道时期北京四喜班得昆曲名旦钱双寿(字眉仙),扮演林黛玉最为擅长,一时为人所称道：

> 眉仙尝演《红楼梦》"葬花",为潇湘妃子。珠笠云肩,荷花锄,亭亭而出,曼声应节,幽咽缠绵,至"这些时拾翠精神都变做了伤春症候"句,如听春鹃,如闻秋猿,不数一声河满矣。余目之曰幽艳。③

清嘉庆、道光年间,经常上演《红楼梦》戏曲,仲振奎之《红楼梦传奇》最为流行。三庆班的陈凤翎、集秀班的钱双寿演出的就是仲振奎的作品。所以,严敦易则曾评论道,杨氏作《看花记》已为道光中叶,其时仲作在歌坛尚盛演未衰。荆石山民的散套,文词虽远较其为佳,还不能取而代之。④

如前所述,青木正儿在《中国近世戏曲史》中也说："乾隆间小说《红楼梦》出而盛传于世,谱之于戏曲者数家,传于今者三种。即仲云㵎之《红楼梦传奇》、荆石山民之《红楼梦散套》、陈钟麟之《红楼梦传奇》是也……而三者之中,仲云㵎之作,最脍炙人口,后日歌场中即流行此本也。"(《集成曲谱》中采入《葬花》《扇笑》《听雨》《补裘》四出。即此可知矣)⑤

《清代燕都梨园史料》上也有许多相关记载,梁章钜在《楹联续话》中记载了《红楼新曲》的作者严保庸自述的一段佚事："余所制红楼杂剧,中有巾缘一折,叙花袭人嫁蒋玉函之事,诘旦将登场矣,曲师来请云,场上铺设新房,尚少一匾对,乞书之。余即书'玉软花娇'四字为额,对语屡思不属。正踌躇间,忽见雏伶二人翩然而至者,则其徒也。一名天寿,字眉生；一名仙寿,字月生,即同习此剧者。意有所触,即成一联云：好儿女天仙双寿,小团栾眉月三生。"⑥

---

① 吴毓华编：《中国古代戏曲序跋集》,中国戏剧出版社1990年版,第548页。
② 张次溪编纂：《清代燕都梨园史料》,中国戏剧出版社1988年版,第311页。
③ 傅谨主编,谷曙光副主编；谷曙光、吴新苗本卷主编：《京剧历史文献汇编》(清代卷上),南京：凤凰出版社2011年版,第470页。
④ 严敦易：《元明清戏曲论集》,中州书画社1982年版,第279页。
⑤ (日本)青木正儿：《中国近世戏曲史》,王古鲁译,作家出版社1958年版,第234页。
⑥ 张次溪编纂：《清代燕都梨园史料》,中国戏剧出版社1988年版,第308页。

这些记录很好地说明了"红楼戏"在当时的演出情况,以及文人与艺人合作的情形。此外,严保庸的《红楼梦》也上演过,无名氏的《十全福》等也曾上演过,所上演的戏曲中以折子戏《葬花》最受欢迎,其次是仲振奎的《红楼梦传奇》。①

　　清吴克歧《忏玉楼丛书提要》载:

　　　　当时贵族豪门,每于灯红酒绿之余,令二八女郎歌舞于红氍毹上,以娱宾客,而《葬花》一出,尤为人所倾倒。至于净扮贾母,不敷粉末;副净扮凤姐,丑扮袭人,皆傅粉艳妆不敷墨,隐寓贬斥,独标卓识,未可以词曲小之。②

　　庄一拂《古典戏曲存目汇考》云:"在为数众多的《红楼梦》戏曲中,红豆村樵仲振奎的《红楼梦传奇》与荆石山民吴镐的《红楼梦散套》可以说是庸中佼佼。前者以排场胜,近代南北昆剧舞台演出的《红楼梦》均是此本,清末昆旦小桂林、徐小宝曾在上海丹桂茶园排演过全本……"③

　　陆萼庭在《昆曲演出史稿》中论"近代昆剧的余势"说:"昆剧后期近二百年的历史,基本上是折子戏演出方式的历史,新的剧目积累简直等于零,只有极少数像蒋士铨的《四弦秋》、杨朝观的《罢宴》、仲振奎的《红楼梦》算是勉强地保留了一个时期。"④敖银生《红楼戏琐谈》:"清末民初昆曲班所演的红楼戏,大多以仲振奎等的作品为脚本,其中扇笑、听雨、补裘、葬花、焚稿等,是常演的折子。"⑤金凡平《〈红楼梦〉小说和戏曲文本的叙事方式比较》一文指出:"把红楼戏搬上京剧舞台创始的应是清光绪年间,京门'摇吟俯唱'票房的名票陈子芳,所排演的《黛玉葬花》《摔玉》等戏。"⑥此外,根据清末车王府所藏曲本可见,清末民初昆曲班所演的"红楼戏",大多也是以仲振奎的《红楼梦传奇》为脚本,其中《扇笑》《听雨》《补裘》《葬花》《焚稿》等出,是舞台上最常演的折子戏。⑦ 2018年苏州昆剧传习所重新排演的昆剧《红楼梦传奇》由四折组成:《葬花》《听雨》《焚稿》《诉愁》。前两折取自清仲振奎《红楼梦传奇》,后两折取自清吴镐《红楼梦散套》。⑧

　　《红楼梦传奇》以描写宝玉与黛玉、晴雯爱情为重点,小说中一些相对次要的人物均被删去。所以仲振奎在《红楼梦传奇·凡例》中云:

　　　　《红楼梦》篇帙浩繁,事多人众,登场演戏,既不能悉载其事,亦不能遍及其

---

① 王芷章:《中国京剧编剧所史·京剧卷(春秋部)》,中国戏剧出版社,2014年版,第110页。
② 一粟编著:《红楼梦书录》,上海古籍出版社1981年版,第322页。
③ 庄一拂:《古典戏曲存目汇考》,上海古籍出版社1982年版,第1382页。
④ 陆萼庭:《昆曲演出史稿》,上海文艺出版社1980年版,第258页。
⑤ 敖银生:《红楼戏琐谈》,《广东戏剧舞蹈音乐研究》2005年第3期,第77页。
⑥ 金凡平:《〈红楼梦〉小说和戏曲文本的叙事方式比较》,《红楼梦学刊》2000年第4辑,第138页。
⑦ 仇江:《车王府曲本总目》,《中山大学学报(社会科学版)》2000年第4期,第119-128页。
⑧ 苏雁、吴天昊:《孤本昆剧〈红楼梦传奇〉百年后重现舞台》,《光明日报》2018年10月11日。

人。故事如赏花联吟,人如宝琴、岫烟、香菱、平儿、鸳鸯等,亦不得不概行删去,要之此书不过传宝玉、黛玉、晴雯之情而已。①

对于剧中角色的分派,他提出:

> 净扮贾母,不敷粉墨;副净扮凤姐,丑扮袭人,皆敷粉艳妆,不敷墨;老旦扮史湘云,与作旦妆扮同,余仍旧。②

作为最早的《红楼梦》戏曲改编者,仲振奎已经充分意识到舞台时空的局限,而在结构上作了重新安排。他以"金玉良缘"和"木石前盟"作为戏剧的冲突,来展开情节和人物的描写,旨在演绎苦乐因缘、浮生一梦、同归幻境、共证前果。这种安排一方面符合戏曲创作规律,同时又适应了舞台表演之需要。

仲振奎《红楼梦传奇》以"悲金悼玉"的爱情故事为戏曲主线的改编模式,为后世红楼戏曲所继承和发展。

《红楼梦传奇》首创以宝、黛、钗爱情婚姻悲剧为主要戏剧线索,安排故事,推动情节,形成冲突,表达他对剧中人生离合悲欢的看法以及对宝黛之情的理解。为符合昆曲舞台表演需要,他对小说中的人物角色进行了大幅度的取舍,选用了宝玉、黛玉、晴雯、宝钗等寥寥数人。这一以"悲金悼玉"的爱情故事为戏曲主线的改编模式,既充分符合了传奇创作"生旦配"和舞台演出的需要,又精简了小说众多的枝丫情节,彰显主题,突出冲突,故几乎为后世所有"红楼戏曲"所继承和发展。

以仲振奎为滥觞,在清代所有红楼戏中,绝大多数都沿袭仲振奎的做法,把"黛玉焚稿""钗玉成亲"等情节处理成主要关目和高潮戏,这一手法影响了后世几乎所有剧种的"红楼戏",乃至当今"红楼题材"的影视作品。

当然,在将小说改编成戏曲的过程中,仲振奎的《红楼梦传奇》基本上保持了小说文本的原貌,明显改动的地方从侧面透露了当时人们对小说《红楼梦》文本意义的接受倾向,并直接或间接地影响了后来的红楼戏曲。与小说文本相比,清代红楼戏曲的文学价值大为逊色,但从文学接受的视野来看,仲振奎的《红楼梦传奇》及其所开创的这批清代"红楼戏",却是很好的《红楼梦》读者接受史材料,真实反映了当时的读者(戏曲观众)对小说《红楼梦》和"红楼故事"的接受倾向与欣赏趣味。这种接受倾向与欣赏趣味较早地体现在《红楼梦传奇》中,后来的"红楼戏"又予以充分发挥和延伸。

此外,仲振奎在《红楼梦传奇》中还根据舞台演出需要和观众接受心理,首创将"葬花"与"共读西厢"移并于一折之中,使戏剧情节较为集中。今人所改编的《红楼梦》戏曲,无一不是将这两节并在一起,可见其在戏曲结构方面对后世红楼戏的深

---

① (清)仲振奎:《红楼梦传奇》,清嘉庆四年(1799)绿云红雨山房刻本。
② (清)仲振奎:《红楼梦传奇》,清嘉庆四年(1799)绿云红雨山房刻本。

刻影响。值得注意的是,《红楼梦传奇》中还对场上人物服装扮相等作了简单说明,为以后的创作演出提供了参考。特别是仲振奎《红楼梦传奇·葬花》中关于黛玉服饰、道具的说明"旦珠笠,云肩,荷花锄、锄上悬纱囊,手持帚上",被后人所沿袭,遂成为舞台定例。

所以,《红楼梦传奇》开创的"既忠于小说,又照顾观众接受倾向和欣赏趣味"的红楼戏曲改编原则,在保留了小说文本精华的同时,又添加了许多符合当时社会大众审美需要的内容,大幅度地促进了红楼戏曲的传播,也使《红楼梦》小说从文人狭小书斋走向社会广阔天地,为广大百姓所喜闻乐见,客观上促成了后世"红学"热的生成与发展。

《红楼梦传奇》还基本明确了后世"红楼戏"中通行的人物角色定位与情感倾向。仲振奎在《红楼梦传奇》首创了"扬黛抑钗"的情感定位,最终形成了清代红楼戏曲明显的"扬黛抑钗"的传统倾向,几乎成为后世所有"红楼戏"的共同选择。

仲振奎的《红楼梦传奇》把贾母作为鞭挞的主要对象。在他的笔下,与高鹗续书一样,史太君是造成宝黛爱情悲剧的罪魁祸首。他对贾母、袭人与凤姐等的人物角色定位和接受倾向,影响到清末、民国以及当代的"红楼戏"。仲振奎的《红楼梦传奇》基本明确了后世"红楼戏"中主要人物的角色定位,对《红楼梦》在由小说向其他诸如戏剧、曲艺、绘画等各种形式的传播途径转化过程中产生了极大的影响。

此外,仲振奎创作《红楼梦传奇》,一定程度上还直接受到了泰州学派"百姓日用即道"思想和汤显祖等奉行的"情爱"观念的影响,因对《红楼梦》小说的悲剧结局强烈不满,故要为宝、黛之情赋予美满的结局,让有情人终成眷属,强调情可以超越生死界限,强调情的永恒。这也是该剧后二十四出取材逍遥子《后红楼梦》安排黛玉与晴雯复活,重与宝玉喜结良缘的直接缘故。将宝、黛之情与《牡丹亭》中杜丽娘、柳梦梅之情联系在一起,认可戏曲的大团圆结局,强调情的永恒和完美无缺。从社会文化心理角度来讲,是王学左派言情文化思潮的延续,也是泰州学派所倡导和肯定、尊重市民阶层功利化、通俗化审美需求的直接体现。① 尽管这样的改编,一定程度上违背了小说文本的原旨,削弱了小说主题的批判力度,以致清许鸿磐因此批评道"近有伧父,合两书为传奇曲文,庸劣无足观者"②,但就文学特别是戏曲观众的接受而言,如此理解《红楼梦》却正代表了当时人们较广泛的接受倾向,符合大众审美需要。正如两淮盐运史曾燠为《红楼梦传奇》题诗所言:"梦中死去梦中生,生固茫然死不醒。试看还魂人样子,古今何独《牡丹亭》?"著名戏曲家蒋士铨之子、戏曲家蒋知让也有诗云:"文章佳处付云烟,竟有文鳞续断弦。恩怨分明仙佛

---

① 钱成:《论〈红楼梦〉戏曲首编者仲振奎的戏曲创作》,《哈尔滨学院学报》2010年第2期,第70—75页。
② (清)许鸿磐:《三钗梦北曲小序》,载吴毓华编著:《中国古代戏曲序跋集》,中国戏剧出版社1990年版。

幻,人心只要月常圆。"所以,清扬州文人张彭年在阐发仲振奎的戏曲美学思想时云:"缘逢深处天偏妒,情到真时死不休。千古伤心词客惯,两行泪洒笔花秋。"①

四、仲振奎的其他剧作

今泰州图书馆藏清嘉庆十六年(1811)年仲振奎《绿云红雨山房文钞外集》卷二载有仲振奎所作《怜春阁传奇》及已亡佚的《火齐环传奇》等十三种传奇的自序。②

从仲振奎为自身剧作所作序中,可以看出除《红楼梦传奇》外,其他部分剧作的主要内容。这十四种剧作,均是取材于男女爱情故事,均为现实题材,其剧作目的,除记载相关才子与情女悲欢离合之情,"使诸人姓名无贤愚尽知之,以厚历风俗,非徒效优孟衣冠已也外",更是发泄一种"故色愈美者,命愈蹇;情愈深者,缘愈艰;才愈高者,境愈迫同"的不平之鸣,寄寓了其人生境况的坎坷遭际,表达了一种强烈的"以伤心人谱伤心事,盖所谓以不安者,知所安矣"的情感。另外,通过对相关序作的研读,可知这十四种传奇,前后创作时间跨度达二十余年,创作地点有徐州新沂、北京、扬州、广东兴宁、泰州等地。创作缘由部分是因友人之托,部分则为感于时事、念及己身,"被诸管弦"。

其中,《怜春阁传奇》一卷八出,叙李塘字秋浦,已有一妻二妾。梁媒媪送叶氏姐妹丽华、艳华来,遂纳丽华。原二妾甚不相容,因携丽华归原籍,居于怜春阁,未几分娩,寻卒。李塘返家哭之,复往扬州,纳其妹艳华。一日入梦,知三人乃陈后主、张丽华、孔贵嫔转世。卷末有青岳所作《跋》云:"乙未孟春,青岳获是书于扬州,乃红豆村樵原稿也。"由此《跋》可知,此剧作成后,原稿曾长期流落坊间,并曾可能在扬州等地的戏剧舞台上演出过。

《火齐环传奇·自序》:

予与所谓虞生有同憾焉,予之"红孺温酒",虞生之"火齐留环",皆生平憾事也。尝于窑湾舟次从,谈及之。虞生曰:"子好为乐府传奇,盍以此二事被诸管弦?"予诺之。越五载,无少暇。壬子秋,客都门。虞生亦至,示我《洞仙歌》四阙,且申前约,又以疾不果为。已而秋风毛躁,虞生去为蓼国之游,孑然离索,百感中来,不复聊赖,遂乃翻旧谱,规范元贤,字与愁俱泪随声落。凡两易其稿而成之,明日予亦有任城之行,遂携之登车,扣箧徐歌,与郎当铃语,凄凉赠答,惜虞生不同载也。既税驾研冰书之邮以寄,不知司马青衫,更增几许新痕矣!或曰:"《火齐环》成,而予之《红孺温酒》将已乎。"曰:"与虞生同憾,而不与虞生同志,其憾予

---

① (清)仲振奎:《红楼梦传奇》,清嘉庆四年(1799)绿云红雨山房原刻本,泰州图书馆藏。
② (清)仲振奎:《绿云红雨山房文钞外集》卷二,清嘉庆十六年(1811)年刊本,泰州图书馆藏。

何为自薄其情也。行且踵成之,合为一册,庶不负虞生窑湾之言。"

《红孺温酒传奇·自序》:

予既成《火齐环》,将自谱《红孺温酒》事,寒灯病榻,念当时语言态度,如在目前。而屈指其人,则已老矣! 因叹二十年前,酒痕墨湛,意气如虹,今则白发渐生,盛年已去,青衫潦倒,客路飘零。岁月忽其如驰,酒地花天,岂堪回首,则所谓沦落不偶者,独玉儿也乎哉? 夫以玉儿之情意绵密,予既为其所心许,而目成,而迓。不免与饼妻厮养妇将,岂遇合之道? 果有数焉,否耶? 遂述其往事如此,附诸《火齐环》后,批斯曲者,鄙为淫哇也可,目为情痴也可! 即以浪费楮豪,以作无益,亦□①不可。虽然知我者,虞生乎!

《看花缘传奇·自序》:

阏逢摄格之岁,予客淮滨,与所谓王生者密,淹雅风流,文人能事无所不通,又长于音律,因检筪中诸曲,质之王生,感《红孺温酒》事,怅然于怀。因述少日情缘,亦有规醉一节,而缘亦未偶也! 嗟乎! 垂离如吾,两人殆所谓同病相怜者耶? 既记之以诗矣。戊秋邗上灯窗无聊,遂亦谱之,以见吾两人心同命亦同一。

《雪香楼传奇·自序》:

世事坎坷,情劫尤深,艳质妍姿,终鲜佳合,古今如此。索解颇难。肰(同"然")岂无坐。花船受宝镜者,夫非情能合缘,合之也。故有情者,不必有缘。有缘者,亦不必有情。贵官富家,不惜千万金赀,朝买一艳,暮买一艳,得新而弃故,彼何情哉? 有缘焉,乃易合耳。若夫情之所钟,眉雨目成,则颠(同"憔")悴支离,飘零淹蹇者,比比肰矣。幸而获偕,亦必以眼泪洗面,以愁为枕头,艰苦万状,始克快其平生,曾不若第有其缘者之取携甚便,故吾谓情而缘其偶也,非常也,梁生乎? 汝勿谓情之偶偕,而更溺于情乎? 爰因其事,而谱之,且书此,以为梁生诫。

《卍字阑传奇·自序》:

癸卯秋,云溪子客白门,得奇遇于秦淮水阁。归述其事,请为传奇。越三年,乃抽青豪(应为"毫"),排《红豆谱》既成,云溪子慷慨高歌,不能自已。嗟乎! 古今来修蛾曼□性温克,情婉约者,不知凡几。而得所天偿所顾者罕矣。故色愈美者,命愈寒;情愈深者,缘愈艰;才愈高者,境愈迫。独赛琼也乎哉! 命之曰《卍字阑》,志地也,实志人也。

《霏香梦传奇·自序》:

---

① 今泰州图书馆藏清嘉庆十六年(1811)年仲振奎《绿云红雨山房文钞外集》中,因部分字迹无法辨认,故用□代替。以下同此例。

天下无痴人,人无痴心。是举天地间,皆无情之物也。举天地间,皆无情之物,夫安用是块状者,为夫痴人者?块状痴人者,之心非块然也。销金石、格豚鱼,波涛逆行,日月返舍,充其痴,无情而有情矣。况草木之妖丽者乎?然而痴之极,未有无憾者也。忧患中之离别、中之颠倒,拂乱求一快,其痴心不可得,谓痴心之与将以痴为诚。是使天下皆迫而为窘者、缦者、漠无与者,而后已也。谓非痴,召之与何天下之窘者、缦者、漠无与者,皆畅肤获其心意,而痴人者,独罹其劫,无所诿诸。诿诸梦而已矣!升沈显晦,苦乐安危皆梦也。情之厚薄,缘之久暂,离合皆梦也。李生之于霏香梦中之梦也,予又安知?夫传李生,传霏香者,之为梦,为非梦耶。予又安知?予非痴人说梦耶。予又安知夫予非梦中说梦耶。以痴心传痴人者之心作梦艺观焉,可也!

《香囊梦传奇·自序》:

百千万劫,无量苦海,情而已矣!然而不知者,堕其中,知者亦堕其中,是何也?修蛾曼眼,悦己为容,楚艳越娇,才人所乐,非只床第之私,亦知遇之恩也。故两心相印,四目交成,石不夺其坚,丹不夺其赤。假令月老姻缘簿,皆成如意珠,岂非世间一大快事。而乃田空积玉,尘聚为山,赋别笺愁思,憔悴莫可奈何?至于死单鸳只凤,贵恨千古,谁实为之耶?将谓情人不偶,彼晁采赠,莲紫竹受镜,无良媒以结欢。仗精诚以偕老,非情偶耶?谓情人则魂魄成烟。襄衣化蝶者,指不胜屈有情,偶有情,不偶赓生。赓死何因何缘?情天不言,难索解矣。且夫蜣螂转丸,□蛆甘带,璞蛞腹蟹,水母目虾,其情耶,非情耶?攻石以玉,洗金以盐,濯锦以鱼,浣布以灰,其情感耶?非情感耶?胶漆相憎,冰炭相爱,其情缘耶?其非情耶?羔□□胎,扁皮黄口,青鸾秋雏,东葵温韭,饱餐大嚼,不啻燔龙肝羹,凤髓鼓盘。比竹鸣铎,各歌于入耳动心,不啻登羽琼奏,流徵仰角。温宝曾青,唐碧被体,眴目不啻曳龙纱嚓,狎忽其知情耶?其非知情耶?故无能求解于情者。吾诿之于命,虽肷厌廉有家,孟陬无郎,媚者专房,义姑独老,其凭诸命耶?其不可凭诸命耶。颜博文乐府云:而今憔悴冀先华,说着多情,已怕悲哉。斯言也。予于唐生《香囊恨》有深慨焉。既为作传奇,复书此以尽其说。

《画三青传奇·自序》:

予阅诸友,上海祝生有奇才,四十不遇,贫甚。妻将无子,欲置妾,无力也。一日,生检书,得少时小照,有捧茶双鬟,貌极娟丽,爱而张诸壁。其友方生见之,呀其酷肖侍儿珊珊,叩之,则所画之年,乃珊珊生年也。以为奇缘,蒋大喜,纳之。珊珊食苦服勤,执妾御礼甚恭,四年间连举二子,嗟乎!妻妒妾骄,妇人之常,而蒋氏为夫纳妾,无愠色。珊珊食贫,居贱无怨言,斯亦奇矣!若方生者,殆所谓古之豪侠耶?世人室有艳妹,将私为己有,否则亦以居奇,虽见画,能赠人者哉,兹则友义。妻贤妾良,三善备焉。而因以有子,祝生之幸也。乃作《画三青传奇》,将使诸人姓名无贤愚尽知之,以厚历风俗,非徒效优孟衣冠已也。或曰是鎏江汪生事。

《风月断肠吟传奇·自序》:

太上无情,其次有情,其次不及情,又其次多情。太上之无情也,非无情也。空天片云,风引之来,风引之去,其来无踪,去无迹。故曰:无情也至于有情,则有迹象,有迹象则有成败。既有成败,其能无沾滞之心乎?然而发乎情止乎礼,义不必见诸事也。不及情者,中馁意怯,即又不能自吃,战神于怀,终已莫遂卒之,亦足以保名全节操,不至溢焉。若夫多情,则爱博不专,而礼防将溃。夫情,犹水也。无以堤则泛滥,而不可止矣!于是,有冒危险,撄祸害以博一欢者,及其事谐,或舍而去之,即不然,情亦淡矣!故寄情于虚,则其情与天地无极;寄情于实,则实至而情销。其有不销者,缘终合也。若其不合,生死以之矣!故不能效太上无情,当居乎有情,不及情之闲,而以多情为戒,庶无悔吝乎?吾欲与天下论情久矣,谱秋舲之风月肠断吟也。而发之秋舲,固知情者,庶不河汉予言耳。

《怜春阁传奇·自序》:

嗟乎!环解同心,锦留半臂,琼枝易断,珠树先凋。尘封镜底之鸾,香冷床头之鸭,谁能遣此?呜呼!不悲朕而伊,固红颜从无白首。天原太忍,人且奈何。惆怅芳缘,低徊薄命而已。若乃爱海生波,痴云弄雨,分茅欢地,全占情天,弱弱之花经风,飘飘之絮为雪。黄鹄非忘忧之种,仓庚岂疗妒之方。风去紫台,乌嗁青琐;遗衣在挂,习习尘飞;长箪竟床,呱呱女苦。斯即金泥报捷,无解于酸辛;玉帐招魂,倍伤于唱叹矣!于是既吟,宋玉之愁未遣,江淹之恨征歌。红豆村中点谱,黄梅窗下灯挑。雪夜伤不再之,容光墨洒霜天。费无因之眼泪,五声既定,八折初成,用寄忆园联安芳魄,以桃根续桃叶君。本钟情修妒,史批妒鳞,客能逃罪所憾。金钗破梦,香山居士何以为怀?更始玉笛吹愁,白石先生宁惟搔首。

《后桃花扇传奇·自序》:

侯生李香君事,孔东塘谱为《桃花扇传奇》,脍炙人口者极矣!阅百余年而甄生李香儿亦以桃花扇传其人、同其事、同其归禅,亦同则意者。李香儿即香君之后身耶?审如是焉。伤己文人,无二世不发情。岂二世不偶耶?虽然予尝读贾仲明《金童玉女》剧,盖三世始为夫妇焉。吾不知甄生香儿后世更为何许人?然准以金童玉女之例,则缘之偶也有日矣。暑昼挥汗,蝇虫挠挠,不字怡悦戏,为甄生谱之。至《归禅》一折,泠然心地清凉,热尽失,不觉拈麈微笑曰:"如是,如是。"

《懊情侬传奇·自序》:

明金陵妓齐锦云与书生傅春相眷爱,春遭诬下狱,锦云脱簪珥、卖卧褥以给。

既遣戍边,锦云饯之以诗,曰:"一呷春醪万里情,断肠芳草断肠莺。愿将双泪唬为雨,明日留君不出城。"春去,锦云闭户不出,未几而没。伤心哉!斯人何其情之笃也。今榕村未尝下狱,而涛以三百金驰赠,固无异于锦云之簪珥卧褥。然涛与生,初无一夕之欢,情之所钟,乃亦闭户而死,较之锦云而为尤难。其伤心更当何如矣!丁巳予遇生于邗沟,述其事,请为歌词。是夕,生梦涛来,拈兰枝,使赠予。故末折及之。嗟乎,生不相欢,至以情死,名士皆有遥遥千古之心,而每困厄挫抑之抑,亦甚矣!虽然不如此,其人不得传。是天之困厄挫抑之者。殆天所以爱之、厚之耶?然则锦云若涛皆千古伤心人,而即以伤心传者也。

《牟尼恨传奇·自序》:

蕉子具倚天拔地之才,潦倒场屋四十年,仅得副车,又无徐卿生离之喜,数奇矣。幸而凤缘有在,佳丽来归,情爱所钟,桃俎可恃。而天又夺之。嗟乎,何其甚也!论者曰:天不福才士,故挫抑之、困厄之。往往已甚。然则天将福不才士耶?将使举世昏昏,皆以才为忌耶?予少蕉子九年,才不逮蕉子远甚,而秋风毛躁,五十无儿,又贫不能卜筑,数之不偶,殆有甚焉,则又何也?蕉子曰:不能卜筑,良亦佳。予至今悔之。乃出《牟尼小传》及《四悔诗》示子。且曰:被诸管弦,以鸣吾憾。予读而伤之,而后知天之于才士,诚已甚也。乃按拍选声。蕉子命之曰《牟尼恨》。

《水底鸳鸯传奇·自序》:

一榻寒云,百愁如雨,夜不成寐,心如悬旌。思一安心法,无有也。偶检旧稿,得《金凤小传》,乃于枕上谱之。嗟乎!贪者嗜利,害必随之。吝者惜费,耗必及之。天地间岂少吴老、金婆辈?而玉郎、金凤则不可多得也。玉郎、金凤不可得,而嗜利惜费者之害大耗多,未尝不与吴老、金婆相垺。特操管者,夸然不屑道耳。玉郎、金凤之事,固宜有收之邑乘、系之情史者。而予以歌曲谱之,将使雅俗争传贤愚共赏,或亦扬扢之一。道与客曰:"子欲安心而谱此伤心不平事,心能安乎?"予笑曰:"是非君之所知也。人尝艰苦,百出而思纷华靡丽,是为妄念。念妄则心不安。予固伤心人也。以伤心人谱伤心事,盖所谓以不安者,知所安矣!"客叹而退。

五、清泰州仲氏家族文人群

由于仲振奎在《红楼梦传奇》中自署"吴州红豆村樵仲云涧填词",故自清末民初国内外治曲史者如日本青木正儿等,均将其视作江苏苏州人。直至赵景深和张增元等,才据《(道光)泰州志·文苑·仲鹤庆仲振奎仲振履》,确定仲振奎、仲振履兄弟为江苏泰州人。

但以上诸先生对仲氏兄弟究竟属于泰州何地人、祖居何处、家世如何等情况均未作进一步的说明。笔者根据相关文献材料及亲临现场考察,得知仲氏家族祖居泰州东乡西场古镇。据今海安、泰州等地仲氏后裔所编《三善堂仲子世家谱》①云,仲氏家族源出山东,宋末南迁,明洪武二十二年(1389)由苏州阊门迁至泰州西场。自仲鹤庆于乾隆十九年(1754)中进士后,举家移居泰州城中,今西场尚存仲氏祖屋明代住宅——春雨庐。其泰州居所位于今泰州市海陵区徐家桥东巷及鼓楼大桥东杨柳巷,已不存。

仲振奎父仲鹤庆于清乾隆十九年(1754)中进士后,移居泰州城中。根据《(道光)泰州志》及《续泰州志》《泰县著述考》记载,特别是《海陵文征》所收录诗文显示,仲氏家族世代书香,阖族之中,男女老幼皆能诗善赋,为"海陵地区"文化世家之一,也是"海陵地区"在戏曲创作方面成就最为显著的文化家族。

根据《道光泰州志》及《民国续泰州志》《海陵文征》《泰县著述考》等记载,清代泰州西场仲氏世代书香,族中男女老幼皆能诗善赋。其中有著述传世者,超过十人。如:

仲邦文,《(道光)泰州志》云其"能诗"。

仲素,人称芍坡先生。《(道光)泰州志》云:"仲素,仲基之后,庠生,能文,性情洒脱,好植花草,以诗酒自娱,修谱绘图。"②存有《茗叟诗草》,附于仲鹤庆《迨暇集》之前。仲振奎在《迨暇集》中评其诗:"冲和淡远,不事雕饰,虽意别工拙,而纯任自然。"

仲鹤庆,字品崇,号松岚。《道光泰州志》云:

乾隆十七年万寿恩科领解大江南北,乾隆十九年捷南宫,官庸蜀,使滇江,驰驱万余里,……厥后以不称大吏意,几落职为流人,僚友部民皆为椎心泣血,而松岚茹苦如荠,履尾不改,和平冲澹,不改平生事。③

仲鹤庆在《迨暇集·自序》中云:

予生平未有暇日也。少忧病,年已就傅,尚伶仃不能自行。长忧贫,未冠即事舌耕,四座村蒙喧声如沸,意殊烦恶。壮而奔走四方,聊以糊口。

《(民国)泰县志稿》云:

仲鹤庆《迨暇诗集》十四卷,嘉庆辛未广东兴宁署,中子振履之官所也。分体编诗,清丽学白居易。经山阴胡裘钟刚汰其少年之作十六五。其自序云:"予羊生未有暇日也。"盖鹤庆自领解南江,膜捷南宫后,官四川大邑县,被议,归主讲雉水书院。其奔走四方,意趣磊落,每当风尘之中,拈毫写状,真天才也。

---

① 仲跻和等纂修:《三善堂仲子世家谱》,2014年1月海安仲氏后裔编印。
② (清)王有庆修、陈世镕纂:《(道光)泰州志》卷三十九,清光绪三十四年(1908)补刻本。
③ (清)王有庆修、陈世镕纂:《(道光)泰州志》卷三十九,清光绪三十四年(1908)补刻本。

此集首有《茗叟诗草》,其父芍坡之作也。集后附《碧香女史》所著遗草,其姊也;《瑶泉女史遗草》,其女也。《辟尘轩诗钞》,乃女史赵笺霞所著,其长媳也。附后之集,乃鹤庆长子云涧润色之,本《仲氏家谱》。鹤庆有《追暇文集》二卷。①

清邹熊辑《海陵诗汇》云:

> 故吾谓松岚少年之诗,中晚唐也;中年之诗,盛唐也;入蜀使滇诸篇,异夜郎之放废,同夔蜀之流离,李之神而杜之骨也。其《武侯祠》诗:"非不乐躬耕,拳拳三顾情。嗣君如可辅,大业讵难成。星落秋风冷,祠荒灶火明。退邸诚服久,犹自说南征。"②

仲鹤庆著作现存有抄本《蜀江日记》一卷、《追暇集》十四卷、《追暇集古文》二卷、《云香文集》一卷。

《淮海英灵集·丁集》云:

> 仲鹤庆,字松岚,泰州人。乾隆壬申江南解元,甲戌进士。官四川知县,著有《追暇初集》一卷。《淮海英灵集》收有其诗十首。③

曾与仲振奎兄弟同入芸香诗社的镇江王豫,在所辑的《淮海英灵续集》中也收有仲鹤庆诗作多首。

如《客归》:

> 柴门落日噪归鸦,行李萧萧正到家。
> 娇女不知须鬓改,误将衫袖拂霜华。

《舟行怀刘砚溢即柬赵涤斋》:

> 故人曾说梅花居,梅花开罢无尺书。
> 一春睽隔万回梦,两日绸缪三月疏。
> 兰桨重游旧时路,柳亭谁买今番鱼。
> 相思不见望邗上,问君凄恻当何如?

《东淘晚秋》:

> 西风一櫂海东头,九月新晴正暮秋。
> 远水绿归渔子艇,夕阳红上老僧楼。
> 花飞芦荻述栖雁,粉堕夫容冷宿鸥。
> 正好单衫快游兴,沉寥天气不须愁。

《落叶》:

> 旧日长条不可攀,凄凄槭槭下空山。

---

① (民国)单毓元等纂修:《(民国)泰县志稿》卷二十八,民国二十年(1931)稿本,泰州图书馆藏。
② (清)邹熊辑:《海陵诗汇》卷二十三,清同治抄本,泰州博物馆藏。
③ (清)阮元辑:《淮海英灵集》卷三,清嘉庆三年(1798)小琅嬛僊馆刻本,第342页。

高楼明月夜如此,古戍西风人未还。
　　四壁萧条伤暮景,一天摇落想衰颜。
　　夕阳多少前朝事,堆满荒苔不叩关。
《蛛网落花》:
　　闲情艳景爱山家,蛛网层层胃落花。
　　荡子销魂春绪乱,美人香梦竹帘斜。
　　装成朱络青丝鼓,唱到红幺苏幕遮。
　　最是怜芳风力巧,不教薄命委黄沙。
《崇明怀古》:
　　十郡屏藩势必争,几人亡命几人存。
　　网舱不署将军爵,航海空传光禄名。
　　马迹山前云作阵,鼋鼍窟里夜交兵。
　　沧江一战无归日,留得风涛卷怒声。
《登烟雨楼》:
　　轻舠一叶转回塘,水殿秋高七月凉。
　　树底人家见城影,日边楼阁浸波光。
　　红衣欲谢芙蓉老,翠角初翻菱芡香。
　　立徧西风不归去,玉兰花下说南唐。
《崇明客中送汤如海迁乍浦参将》:
　　水犀原不畏风波,移节重听织女梭。
　　檇李尚连吴社稷,金鳌已控越山河。
　　轻裘缓带筹边客,石鼓铜铙大海歌。
　　独我送君怊怅甚,乡情谁似老汤和。
《次韵别西坨》:
　　翠管红牙夜不休,接天灯火古扬州。
　　萧闲只有南关客,倚偏夕阳江上楼。
《别王书圊》:
　　一迳西风一夜霜,酒阑歌散别王郎。
　　门前百里东淘水,流过龙溪是故乡。①
清王鋆辑《扬州画苑録》卷四云:
　　泰州仲解元鹤庆,号松岚,善画兰,而诗与书法亦工雅。尝客东河,有《自题画兰绝句》。

―――――――――――

① （清）王豫辑《淮海英灵续集·庚集》卷二,清道光刻本,第117页。

27

> 春山二月下南蒙,簇簇幽兰细细风。
> 我摘瑶台君饮露,怜香曾许两心同。
> 山风山雨本无常,几日空林改旧妆。
> 不识曲江江上路,可能回首问潇湘。①

另笔者从仲鹤庆弟子陈文述《颐道堂集》中,发现仲鹤庆佚诗一首。《月夜闻纺织声》:

> 漏声寂寂夜闲闲,织妇千家杼轴艰。
> 谁写瀛洲好风景,月华如水屋三间。
> 茅檐辛苦勤难支,绣阁娇憨定不知。
> 多少吴□厌罗縠,绿窗一样夜眠迟。
> 银汉斜临海上城,露团庭绿夜凉生。
> 豆花篱落秋如水,处处西风络纬声。②

另民国海安韩国钧编纂《海陵丛刻·先我集》卷二,录仲鹤庆诗十五首,均已为前人引述,此处不再赘引。

从现存仲鹤庆所作诗可以看出,其人诗作多为七绝或七律,诗风宗唐,既可见李白之风,也可发现深受清初诗坛王士禛"神韵派"诗论之影响。

正如仲振奎《茗叟诗草·凡例》所言:

> 奎六七龄时,先大父呼之膝下教以诗歌,多奖诱之,未几而先大父下世,生平著作随手散去,未尝存稿,今于敝簏中检得诗四首,列于先君集前以仰答爱奎教奎之至意,而先君之能诗,其渊源亦可见矣。

此外,仲鹤庆还善写山水花鸟,工书法。《历代画史汇传》:"仲鹤庆,字品崇,号松岚,泰州人。乾隆壬申解元、甲戌进士,善画兰,诗与书俱工。"③

仲鹤庆与钱塘胡西坨、丹徒李萝村、兴化郑板桥、邑人陈志枢等友善,还曾与如皋戏曲家江大键、徐氏家班主人徐荔村以及冒氏家族文人冒国柱等结社交游,社名"香山诗社"。

民国杨钟羲《雪桥诗话余集》载:

> 如皋江片石明经与徐荔村、冒芥园、仲松岚、宗杏原、陈小山、徐弁江、吴梅原、冒柏铭,结"香山吟社"。荔村即山庐,《宴集诗》有"九人共结香山社,十万欢场到白头"之句。片石诗如:"一去又成经岁别,重逢犹似故人寒。贫到依人交更寡,老兼失意别尤难。"语多酸苦。芥原读片石诗,绝句云:"泾尽青山泪暗

---

① (清)王鋆辑:《扬州画苑录》卷四,清光绪十一年(1885)刻本,第6页。
② (清)陈文述:《颐道堂集》卷五十三,清嘉庆十二年(1807)刻,道光增修本,第292页。
③ (清)彭蕴璨:《历代画史汇传》,清道光刻本,第434页。

流,曾无一语不悲秋。飘零莫问香山社,剩有人间两白头。"盖荔村诸人俱归道山,惟与江两人存也。①

冒国柱,号芥园,如皋贡生,著《万卷楼诗》,内有《读江片石诗》:

  湿尽青衫泪暗流,曾无一语不悲秋。

  飘零莫问香山社,剩有人间两白头。

诗下注:秀水徐荔村即山庐,《宴集诗》"九人共结香山社。十万欢场到白头"。今松岚、杏原、弁江、梅原、小山与家弟柏铭,俱归道山,惟余两人尚存。

仲振奎兄弟三人,《(道光)泰州志》云"皆能敷华藻,绍其家声"。

除仲振奎外,仲振履(1759—1821),字临候,号云江,又号柘庵。嘉庆十三年(1808)进士,官广东恩平、兴宁、东莞知县,调南澳同知。

仲振奎三弟仲振猷,举人。其人有诗名,官镇洋训导,曾参加芸香诗社。《(民国)镇洋县志》载:

  仲振猷,字云浦。泰州人。雍正丙辰年江南乡试举人,副贡生。由举人任镇洋训导,好学敦品,教士亦有法度,后卒于任。②

民国泰州陆铨编《海陵金石略》载:

  《重修海安祇树禅林碑记》,邑人仲振猷撰,乾隆元年立在海安祇树禅林亦义田碑记。《修海安镇若成桥碑记》,邑人仲振猷撰,嘉庆九年立。③

作为明清文化世家标志之一,明清江浙地区文化家族中女性文人聚集。在仲氏一族,女性文学创作不让须眉。吴廷燮《追暇集·序》云"闺闱之中,也不乏吟咏之声",并记述振奎祖母查孺人与其祖父"闭门却埽,雅事唱酬"。

仲振奎曾辑有《仲氏女史遗草》诗集,其中包括《碧香女史遗草》一卷,为其姑母莲庆(号碧香素女)所作;《绮泉女史遗草》一卷,其妹振宜(字绮泉,号芗云)所作;《瑶泉女史遗草》一卷,二妹振宜(字瑶泉,号芝云)所作。《瑶泉女史遗草》在嘉庆十二年(1807)又与其姊妹仲振宜遗诗合刻,称《留云阁合稿》。仲振奎还辑有《辟尘轩诗钞》一卷,其妻赵笺霞(字书云)所作;《绮云闱遗草》,其弟振猷妻洪湘兰(字畹云,仪征洪锡章女)所作,一并收入《仲氏女史遗草》④。以下仲氏女性文人诗作,均出自《仲氏女史遗草》,不再赘注。

仲振宜,字绮泉,仲鹤庆女,嫁泰兴世家崔氏崔尔封,著《绮泉女史遗草》。作品有:

---

① (民国)杨钟羲:《雪桥诗话余集》卷五,民国求恕斋丛书本,第381-382页。
② (民国)王祖畬纂:《(民国)镇洋县志》卷八,民国八年(1919)刊本,第159页。
③ (民国)陆铨编:《海陵金石略》,稿本,泰州图书馆藏。
④ (清)仲振奎:《仲氏女史遗草》,清嘉庆辛未(1807)广东兴宁署刻本。

《寄怀云江六弟》：

　　去岁与尔别，关河雨雪霏。
　　最怜分手后，又值落花飞。
　　春草愁中长，家山梦里归。
　　一帆东下艇，何事久相违。

《寄怀芝云三妹》：

　　相思相忆更相怜，一样离怀两地牵。
　　虎阜那堪人寂寞，留云空自梦缠绵。
　　久薄命短随流水，不忍回头怅昔年。
　　几度夜深晓又起，山钟村晚总凄然。
　　一番显悴冷胭脂，薄命何堪又此时。
　　自分幽芬埋浅土，不随飞絮入春池。
　　红尘易了生前债，金屋谁描病后姿。
　　为问瑶宫花侍史，绿阴几得子盈枝。

《春雨》：

　　碧苔芳草尽油油，细雨无声湿瓦楞。
　　燕子不来春寂寞，晚烟空锁杏花楼。

仲振宣，字瑶泉。仲鹤庆次女，嫁泰兴张氏张祥凤。著《瑶泉女史遗草》。作品有：

《蟋蟀》：

　　古砌空阶处处鸣，短长吟出断肠声。
　　难忘悲感前生怨，未免低回此夜情。
　　烟锁藤萝秋一径，草荒亭院月三更。
　　只愁寥落知音少，休苦啾啾诉不平。

《归燕》：

　　杏缬梨云事已非，香巢零落冷珠帏。
　　江南梦断应无赖，塞北家寒尚可归。
　　疏雨疏风情黯黯，秋山秋草影依依。
　　社公酒熟春光好，迟汝花前上下飞。

洪湘兰，字畹云，仪征人。进士洪锡璋女，仲振猷妻。著《绮云阁遗草》。作品有：

《雨丝》：

　　徐徐飘落艳阳天，散不盈筐万缕悬。
　　一夜暖衾添锦绣，十分春意最缠绵。

缫都难尽低萦雾,密到成绷①细和烟。
　　鲍被剪刀风剪断,遗珠零乱满花田。
《新柳》:
　　东风吹醒灞桥春,缕缕朝霞染未匀。
　　不放长条青到地,柔情怕赠别离人。②
所以,钱塘名媛沈善宝《名媛诗话》云:
　　往闻泰州仲氏多才媛,欲求其集,选入《同音集》,惜不可得。丁卯予兄有采访遗文轶事之役,过泰,得云江先生为文字交,先生因以《六女士遗集》,嘱予兄点定入《群雅集》,予遂能尽读之。玉树珠林,仲氏何多才也?③

仲贻鎏,字年华,号金城,仲振奎女,泰州宫氏家族文人宫怀浦妻,年二十七卒。著《仲贻鎏遗诗》一卷。

仲振履子仲贻勤,字受之,又字蓉宾。著《蓉宾遗草》。今海安、泰州等地仲氏后裔所编《三善堂仲子世家谱》④云仲贻勤为仲振奎子,过继给仲振履。笔者考证此说谬误。实乃仲振履子仲贻勤曾兼祧仲振奎、仲振履两门。仲振履女仲贻簪(字紫华)、仲贻笄(字玉华)、仲孺人(佚名)全部能诗善文。仲贻勤受到家族特别是父亲仲振履的影响,在本邑少有"神童"之称,惜早逝。

桐城派古文家、"姚门四杰"之一姚莹曾应仲振履之请作《仲童子传》,云:

　　童子仲贻勤者,兴宁宰仲君柘庵子也。系出山东仲氏,世居泰州,为大族。……生而颖异,身骨清秀,为祖母钟爱。四岁能诵诗。七八岁,岐嶷已如成人。泰州岁荒,乡人出粟私赈,延柘庵董其事。有以伪信记冒赈者,众未之觉。贻勤时十一岁,在侧,独指其弊。其人具服,则仍善言遣之。同人皆大惊,以为明断而能忠厚,成人不及也。未几,柘庵嫂氏卒。兄云涧先生老而无子,乃以贻勤嗣。执丧尽礼而哀。……贻勤读书暇时,辄与诸姊唱和,献二亲以为娱,承颜先意,无不至。无事则端坐,俨然不苟言笑。亲友有贫约者,必告柘庵为乞饮。与家人有小过,必为婉解而私训之。以是上下咸服事之。以成人礼已而得咯血疾,属家人勿言,恐为二亲忧也。病甚,犹谈笑赋诗以娱亲意。十六年,元夕,忽解衣投柘庵曰:'大耦人至矣',遂趺坐而殁,殁年十六岁。⑤

仲一侯(1895—1969),名中甫,号省庐。民国泰州"四侯"之一,仲振履四世

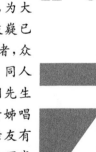

总论

---

① 绷:同"茜"。
② (清)王豫辑:《淮海英灵续集·辛集》卷二,清道光刻本,第249页。
③ (清)沈善宝:《名媛诗话》,清末至民国寓言报馆铅印本,国家图书馆藏。
④ 仲跻和等纂修:《三善堂仲子世家谱》,2014年1月海安仲氏后裔编印。
⑤ (清)姚莹:《中复堂全集》,清同治六年(1867)安福县姚浚昌校刊本,福建师范大学图书馆藏。

孙。仲氏曾世居泰州城北徐家桥东巷,仲一侯后迁居杨柳巷,斋名"深柳堂"。其人工诗文,擅书画。曾历任全国古物保管会泰县支会委员、泰县修志局编纂、文献会委员、泰州工商联历史资料编纂、教师,泰州市政协委员等。1913年,仲一侯经柳亚子介绍加入南社。1923年又以南社社员的资格,经柳亚子介绍参加新南社。1968年秋,仲一侯因被控"组织地下黑诗社"冤案入狱,后因病保外就医,于1969年10月病故。

今苏州图书馆藏晚清海安徐氏家族徐信《遗臭碑政绩传奇》钞本末,附有钞者仲一侯作于1962年10月的《跋》,以及同年12月的《补记》。

仲一侯还是海内孤本、今泰州市图书馆藏清"江左十五子"之一泰州缪沅《余园诗精选》的钞校和捐赠者。

据《(民国)泰县志稿》:

> 缪沅《余园诗精选》,原辑者苏州沈德潜,补辑者沅四子榶。……孤本泛仲氏钞出。按此孤本,今由仲氏一侯送泰州图书馆以供众览。①

仲一侯妻陈佩章,经其介绍加入南社,能诗词,常与夫、翁相唱和,有《蘅兰室吟草》。

作为仲氏文化世家之后裔,仲一侯阖户皆能诗文。民国泰州名医刘楚湘(处乡)曾赠仲一侯诗云:"一门风雅居深堂,杨柳都沾翰墨香。"

此外,西场仲氏家族文人中还有仲蜀岩,字天池。康熙五十年(1711)举人。候选内阁中书。著《余力集》。

仲耀政,乾嘉时人,工诗书画篆刻,师郑板桥。著《荔亭诗抄》《古树园印谱》《怀人诗》等。

仲贻菊,道咸时人。善诗,工墨菊,官湖北道丰乐河巡检司,著《无掩节录》《且憩山房诗抄》。

笔者发现,《泰州诗存》《海安古今诗选》还收有仲氏家族文人仲一成、仲之琮、仲振鹭等的诗作。

仲振奎之弟仲振履,作为清中期著名文人,在戏曲创作方面也取得了一定的成就。

《(道光)泰州志·仕绩》载仲振履之著作有《作吏九规》《秀才秘籥》《虎门揽胜》《咬得菜根堂诗文稿》。清夏荃《海陵著述考》载其有《家塾迩言》五卷、诗集《弃馀稿》六卷、北曲套数《羊城候补曲》一卷、传奇《冰绡帕》和《双鸳祠》,另有《虎门纪游稿》。

此外,嘉庆十六年(1811),时任广东省兴宁知县的仲振履,还曾主修《兴宁县志》十二卷。

---

① (民国)单毓元等纂修:《(民国)泰县志稿》卷二十八,民国二十年(1931)稿本,泰州图书馆藏。

仲振履还重新刊刻《洗冤录集证》六卷,同时将《石香秘录》一篇附后,并亲撰一联于书首,交代了重刻《洗冤录集证》的目的:

成三字狱,冤比岳司勋,最可怜黄口女、白头亲,远戍闽疆,两地山川埋怨骨。

挽六军心,忠先史阁部,止博得紫泥封、丹荔酒,荣施梓里,千秋俎豆奠羁魂。

郭英德据《(道光)恩平县志》《(民国)东莞县志》,考证仲振履作《双鸳祠传奇》时,尚在广东恩平县令任上,时为嘉庆十四年至二十一年(1809—1816)。①

但笔者发现,清刘华东撰有《书双鸳祠传奇后》一文,并有缪莲仙识语附后。缪莲仙,名艮(1766—?),字兼山。该文载于缪艮著《文章游戏四编》。书首有汪云任所作序。是序中概括说明了该剧内容。笔者摘录如下:

李君亦珊,福建闽侯人,任广东别驾,不得于其亲,一弟亦桀骜不驯。自甘凉解饷归,抑郁成疾,疾日笃且死,一棺以外,四壁萧然。其妻蔡氏谓老妇曰:吾夫甫死,无过问者,既久殡此,其何以归,我将死之,闻者或怜我之节,送我夫妇,我翁姑亦借以同归,我无憾矣。乃冠帔拜堂上,自缢死。移棺于庵,人莫不哀蔡之节,亦卒无议归其葬者。同官某之妻,闻老妇言而悯之,乃嘱其夫醵金以助,已仍出二百金,且立庙祀之,粤中传此事久矣,柘安先生卸事闲居,素工音律,爰属为传奇,被之管弦。②

清末福州谢章铤(枚如)《赌棋山庄词话》卷二刘士菜《吊李光瑚夫妇词》云:

闽县李亦珊光瑚仕广州别驾,家庭多缺憾,一弟又桀骜不可驯,自甘凉解饷归,抑郁以死,棺久不得归。其妻蔡氏名梅魁,字如珍,有《焚馀集》,卒年二十九,尝割股愈姑疾。谓老妇曰:"吾夫死,无一过问者,设久殡此,其何以堪?我将死之,闻者或怜我之节,送夫棺归,吾翁姑亦藉以同归,吾无憾矣。"乃冠帔拜堂上,自缢。其同官某之妻闻于老妇而悯之,属其夫醵金以助,已仍出二百金送之归,且立庙祀之。粤中南海知县仲振履为之填《双鸳祠》院本。振履字柘泉,一字柘庵,一字览岱庵柘主人,籍江南,长于倚声。此词尤哀怨动人。卷首有吾乡刘心香士菜先生题词,余调《乳燕飞》书其后云:

苦雨凄风夜。把此卷、长吟一遍,数行泣下。夫妇人间多似鲫,似汝凄凉盖寡。尽辛苦、艰难都罢。委曲求全还未得,况无端、贝锦工嘲骂。心中痛,谁能写。

肝肠寸断颜凋谢。却犹将、纲常二字,时时认者。为妇为儿无一可,此罪

---

① 郭英德:《论明清传奇剧本长篇体制的演变》,《湖北大学学报(哲学社会科学版)》1998年第4期,第56-62页。

② (清)缪艮:《文章游戏四编》,清道光元年(1821)藕花馆藏稿本。

千秋难赦。说不出、泪行盈把。博得旁观称苦节,想君心听此添悲诧。不得已,如斯也。①

由上述两则材料可见,其时正值仲振履卸任南海县令后寓居广州,闻知此事后于嘉庆十五年(1810)谱《双鸳祠传奇》八折,同年刻印,卷首刻"双鸳祠",流传至今。同时,仲振履还将剧本付于广州的职业戏班绮春班排演。谢章铤为《双鸳祠传奇》题《乳燕飞》词。福建侯官著名女诗人陈芸也有诗吟咏。

仲振履《双鸳祠传奇》充分吸收了李渔《闲情偶寄》中提出编写10～12折传奇简本的主张,并自觉地付诸实践,一改当时案头剧作冗长而不能用于实际演出的弊端,使得该剧更适合舞台演出,获得了持久生命力。剧作的结构谨严,情节曲折,宾白如话,曲律优美,赢得了梨园艺人和观众的高度认可。所以梁廷楠《曲话》评仲振履所撰《双鸳祠传奇》:"起伏顿挫,步武井然。"②

仲振履另一剧作《冰绡帕传奇》的本事,则为其同僚汪孟棠与张瑶娘的爱情经历。

清姚元之《竹叶亭杂记》载:

张姬,盱眙汪孟棠观察云任爱姬也,早卒。汪固深于情者,思之殊切。都中友以"茧子"呼之,谓其多情缠绵若茧也!汪即别号茧兹。家伯山太守为姬作传,汪归舟咏长律三十首,曰《秋舫吟》。③

据《清实录》,汪云任(1784—1850),字孟棠,号茧园,江苏盱眙人。嘉庆二十二年(1817)进士,历任广东三水、番禺知县、赣州知府、苏州知府、海关监督、陕西按察使及布政使等职。著《茧园诗文稿》《汪孟棠太守诗钞》。清王荫槐《蚍庐诗钞·重题张瑶娘遗像序》云:

嘉庆辛未,孟棠赴试春明,携其姬人张瑶娘同车,卒于宣武旅舍,载棺南归,丁卯通籍出宰番禺,同官仲柘安明府为《冰绡帕传奇》,付鞠部演之。

孟棠姓汪名云任,盱眙人。张瑶娘卒于嘉庆十六年,柘庵谱为二十二年。④

民国陆铨所编《泰县著述考》也云:

此剧演绎任凤举与妓女秦瑶娘事,似以真人真事而敷衍之。⑤

由此可见,《冰绡帕传奇》的主人公任凤举,其实就是仲振履的同僚汪云任,秦瑶娘即汪云任爱侣张瑶娘。嘉庆二十二年(1817),仲振履结识同僚汪孟棠后,以其

---

① (清)谢章铤:《赌棋山庄词话》,见唐圭璋编:《词话丛编》,中华书局出版社1986年版,第3385页。
② (清)梁廷楠:《曲话》卷三,见中国戏曲研究院编《中国古典戏曲论著集成》(八),中国戏剧出版社1960年版,第288页。
③ (清)姚元之:《竹叶亭杂记》,谢国桢著:《明清笔记谈丛》,上海古籍出版社1981年版,第620页。
④ (清)王荫槐:《蚍庐诗钞》,清光绪七年(1881)江苏盱眙王氏紫花馆刻本。
⑤ (民国)陆铨:《泰县著述考》,民国稿本,南京图书馆藏。

爱情悲剧为素材，谱《冰绡帕传奇》。

《冰绡帕传奇》二卷，二十四出。该剧于民国二十三年(1934)被刊入《珊瑚月刊》。笔者观现藏于私人之手的民国二十六年(1937)刊本"太谷学派"李龙川传人、泰州学者高尔庚的《井眉居诗钞》所收录《海陵杂诗》中云："东塘著述坂埨庄，一卷《桃花》独擅场。为想柘翁堪接武，《冰绡》遗墨谨收藏。"他将仲振履创作《冰绡帕传奇》与孔尚任在泰州创作《桃花扇》相提并论。诗后注曰："仲柘庵振履大令撰有《冰绡帕传奇》，未梓，现藏庚家。"

作为父子进士的世家文人，仲振履尽管生平遭际与其兄仲振奎差别较大，但其历官数地，公务之余，却专注于戏曲创作，且南北曲皆擅长，由此可见海陵西场仲氏家族戏曲文化生命力之强。同时，他摆脱当时已蔓延的传奇案头化影响，以时事为题材，并有意识地将自身剧作付诸演出实践，充分发挥戏曲"娱乐百姓"和"高台教化"的两大功能，既符合普通观众的审美需求，又对社会舆论起到一定的引导作用，超越了同时代诸多文人剧作家对戏曲的认识。

仲振履所作(北双调·新水令)《羊城候补曲》，作为中国古代为数不多的对封建官场讽刺入木三分，把种种官场丑态表现得活灵活现的散曲作品，可与元代睢景臣的《哨遍·高祖还乡》相媲美。

仲振奎作为乾嘉时期的著名戏曲作家，与当时诸多社会名流特别是扬州的诸多文化名流都有交往，甚至在当时的泰州，还以他为中心，出现了一个戏曲创作文人群。

汤贻汾为清代中期山水画一大家，画名籍甚，同时也是一位戏曲家，著有传奇《剑人缘》和杂剧《逍遥巾》，后者今存。仲氏出生于书画世家，双方在戏曲创作上又有着共同的兴趣和实践。由此可知，仲氏与汤贻汾之间的交往活动，一定包括讨论剧作、交流经验的内容。正如汤贻汾自己在《绿云红雨山房诗钞·序》中所言："邑宰仲柘庵(振履)并其兄云涧，皆风雅。……数人者皆与公常相过从。"据此可以肯定，他们无形中组成了一个戏曲创作集团。这一现象，是很值得研究清代中期戏曲的学者们注意的。

此外，今泰州图书馆所藏仲振奎《红楼梦传奇》里封题"嘉庆已未新镌""红楼梦传奇""绿云红雨山房藏版"，署"吴州红豆邨樵填词"，首载署"嘉庆三年岁在戊午(1798)旦月望日红豆村樵自序于小竹西"之《自序》，署"红豆村樵识"之《凡例》，署"河间春舟居士题"之《题辞》，及曾宾谷、蒋知让、黄郁章、郭堃、詹肇堂、俞国鉴、祝庆泰、徐鸣珂、袁镛、陈燮、邹浟宁、张彭年、蒋凤嗜、黄钰、吴会、仲振履等16人的题辞。

这些题辞，对《红楼梦传奇》的批评主要有三个方面：一是对《红楼梦》小说"人生如梦"的主旨、宝黛爱情悲剧及高超艺术手法的感叹，兼及对仲振奎妙笔剪裁与改编的赞扬，这部分内容占题辞的十之八九，如蒋知让云，"各样聪明各种痴，一人情态一花枝。亏他五色生花笔，写到尖叉合拍时"。吴会认为，"不是先生无梦后，争教此曲到人间"。

二是对仲振奎的情节设置委婉地提出了不同意见,如詹肇堂云:"小凤雏凰合一群,怜香底事逼香焚。填词若准《春秋》例,首恶先诛史太君。何必重生乞玉鱼,神瑛原是列仙儒。一家眷属生天去,小妇芙蓉妇绛珠。"对仲振奎将宝钗与凤姐看成是宝黛爱情悲剧的制造者,提出不同意见。他认为悲剧的首恶应该是贾母,对《别兄》中黛玉之兄为黛玉从道士处乞得金鱼一对的情节设置,以及黛玉重生的结局也提出了批评。

如仲振履对借助神仙安排《仙合》《玉圆》的大团圆结局不甚满意,"公子佳人总太痴,痴情何必仗仙慈?一声玉笛高吹起,即是红楼梦醒时"。

三是对《红楼梦传奇》演出的感人场景做了描述。黄郁章云:"歌喉一串泪珠成,关马清辞此继声。唱出相思满南国,故应红豆擅村名。"郭堃评价:"水弦檀板度新歌,只赚痴儿揞(同"掩")泪波。一样骚人心事苦,当场难得解人多。"徐鸣珂云:"吴霜点鬓奈愁何,拍板新词子夜歌。剪烛更翻红豆谱,与君一样泪痕多。"袁镛云:"半枕红楼残梦,一编红豆新歌。酒阑灯地泪如河,直把唾壶敲破。"

从这些题辞可以得知,仲振奎《红楼梦传奇》写成后,曾在小范围内演出,受到文人热捧,产生了感人的艺术效果。

六、仲振奎的交游

北京图书馆所藏仲振奎《怜春阁传奇》原稿本,题《怜春阁传奇》,署"吴州红豆村樵填词"。纸缝刻有"小红豆山房"五字。首载署"戊午(嘉庆三年,1798)嘉平中浣红豆村樵书于小竹西"之自序及蒋凤喈、徐鸣珂、刘嗣绾、周之桂、詹肇堂、张彭年、蒋征蔚、王崇熙、鲁汾、董超然、罗远、蔡昭、刘方开、刘方晖、钱相初、张纯等人的题词。

据李斗《扬州画舫录》,曾宾谷、詹肇堂、徐鸣珂等人均是当时活跃在维扬剧坛的名流俊彦。徐鸣珂《清稗类钞》中也有多则上述诸人参与当时戏曲活动的相关记载。此外,徐鸣珂在《研北花南吟草》中有《仲云涧以感怀诗见示即次韵》诗,邹熊《声玉山斋诗集》中也有《吊仲云涧》。因此,据笔者所见,当时与仲振奎有诗文、戏曲交往的文化名流有近三十人,这从一个侧面反映了仲振奎的交游之广。

仲振奎还与扬州、泰州等地的部分戏曲演员有着深入交往。今泰州图书馆所藏仲振奎稿本《绿云红雨山房文钞外集》中载有仲振奎为当时五位伶人所作传记《五伶传》,分别是《双喜小传》《采生小传》《春容小传》《凤生小传》《情生小传》。《五伶传》以十分同情的心态,客观记录了当时戏曲艺人的坎坷经历和悲惨命运,成为后世研究乾嘉时期剧坛及演员的珍贵史料。

《双喜小传》:双喜姓连氏,怀之清化人,年十三,与麟生同乐部,演剧安昌,麟色旦，喜色生，喜虽出乐籍，不工妩媚，神迥色都，肢轻体便，好跳踯，不受人抚弄。或持之，必脱袖去，故名出麟生下。至于流徵忽发，轻云在霄，如贯珠，如铿玉，如春莺啭林，如龙鸾夜啸，又未尝不叹喜技之妙，虽麟生不可同年语矣，于是宾徒咸甲麟乙喜，使并司觞政。麟生谐谑风起，机趣环生，桃花乍酣，秋波送媚，众宾趋之，换袖引衣，欢声若雷动……

花史氏曰：怪哉喜生，以垂髫贱工，而却贵人之聘，不屑作巾帼状，其气骨不在良家子弟下。然卒以坎坷潦倒，以视麟生之鲜花怒马，照耀亲族者，何其相远也。竹芸子曰：此喜之所以为喜也，荣悴不常，曷足为生慨哉！

《采生小传》：皖伶采生，年十四，徐氏子。骨纤体柔，神远气定，飘飘然有离尘绝俗之致，性婉约如飞鸟依人，吐属多情，灵慧无匹。尝奏伎安昌廉使署中会客，憾皖部长采虽娟好，无当客意，恒挤之。采举止自若，无媚世态，辟若幽兰，自芳空谷而已……

花史氏曰：采生端雅无俗态，又不轻露丰韵，故知己甚鲜，虽相得如先生，亦惟嘉其婉娈解人意，善作情话耳。余尝从先生游，故调笑之，嫣然破颜，媚致百出。先生大喜曰：采生得红豆村樵，遂乃尽情及致。异哉！村樵其东方曼倩之流耶。

《春容小传》：春容杨姓，吴人，年十一，从其师入商，以善歌称。及年十五，客怀州，丰姿娟秀，肌理洁莹，双目含光，巧笑生媚。登场演《打番儿》一折，四座尽惊，得未曾有。既复演惊梦、藏舟、断桥诸剧，阿堵传神，通于微妙，虽老于曲者，皆啧啧称叹不休……

花史氏曰：以江四之情，足以泣鬼神、销金石、格竹鱼，而不终始一春容，可为痛哭，可为长太息矣。春容真千古负心人哉！顾其色艺有不可没者，钟情若江四，世亦无由知，故略具颠末如此，且以为情场之炯鉴焉。

《凤生小传》：许凤，皖之石牌人，缪城先生之爱伶也。先生鬓发皓白，豪于花酒，足迹所至，良遇及多。即客安昌，与凤最昵。常称其秀外慧中，兰芳竟体，恒令侍左右为蝗筹录事，楷略婉尽如人意。先生以为得凤晚，凤亦以为得先生晚也。凤本良家子，贫薄为优，丰夷白质，体貌伟丽；而性和柔，发语温文，善治斛政，遭者无不醉……

花史氏曰：情场跌倒，憎爱百幻，朝为掌上珠，暮作水中萍，虽累千金，其欲不厌，其心不易得也。而凤独能重义善始善终，如是允哉。忆园之言曰：缪城不负生，惟声不负缪城也。

《情生小传》：潘情世居怀宁，芳龄三五，修眉纤曲，风致萧疏，歌尘乍飘，流韵满座。当夫新声北馆，院本南唐，名香夜熟，宝马晨飞，花矛飘霜，绣弓垂玉，将军红粉，剑侠荆娘。已而降雪回春，湘潭度玉，沈乍起，幽怨转生，芳辗未终，颜已齐，垂玉送波，百怜千爱。又或感别催怀，听更茹叹，情何能已，郎卧方酣，

总论

结幽恨于疏灯,付芳情于流水,壶声愁笛,触梦胶肠。他若接木移花,僵桃代李,雌雄一辩,指山海以要盟,背灯花而解佩,玲珑欢怜,弯环凤徇,摇神蛊心,不闻。且如仙子多情,贫儿暴富,花开钱树,酒泻玻璃,舞袖回风,歌声飘雪,清如仡玉,翩如惊鸿,因物赋形,通乎微妙……

从上述五篇传记我们可以得知仲振奎与采生等当时大江南北的一些戏曲演员有着非常直接而深厚的交往。同时,根据这一史料,我们亦可以部分获知仲振奎的戏曲演出观。如其在《春容小传》中这样写道:"丰姿娟秀,肌理洁莹,双目含光,巧笑生媚。……既复演惊梦、藏舟、断桥诸剧,阿堵传神,通于微妙,虽老於曲者,皆啧啧称叹不休。"在《情生小传》中云:"当夫新声北馆,院本南唐……将军红粉,剑侠荆娘。已而降雪回春,湘潭度玉,沈乍起,幽怨转生,芳辗未终,颜已齐,垂玉送波,百怜千爱。又或感别催怀,听更茹叹,情何能已……他若接木移花,僵桃代李,雌雄一辩,指山海以要盟,背灯花而解佩,玲珑欢怜,弯环凤徇,摇神蛊心……舞袖回风,歌声飘雪,清如仡玉,翩如惊鸿,因物赋形,通乎微妙。"从"阿堵传神,通于微妙""因物赋形,通乎微妙"之语,我们可以鲜明地看出仲振奎受李渔戏曲演出观的深刻影响。

另外,仲振奎在《双喜小传》《凤生小传》还以"花史氏"为名对双喜、凤生等当时为世人所不屑的伶人做出了充满钦佩与赞誉的评论。

如花史氏曰:"怪哉喜生,以垂髫贱工,而却贵人之聘,不屑作巾帼状,其气骨不在良家子弟下。然卒以坎坷潦倒,以视麟生之鲜花怒马,照耀亲族者,何其相远也""而凤独能重义善始善终,如是允哉。"

这一评论,将双喜、凤生这些本应是随风飘零,随遇而安的风尘戏子对待感情的真挚与专一表现得淋漓尽致,与《春容小传》中的春容形成了鲜明的对比,也真实反映了当时剧坛的一些实际情况。

七、仲振奎的戏曲理论与创作实践

仲振奎是将长篇小说《红楼梦》改编为全本戏曲的第一人,也是至今可考将明清长篇小说全本改编为戏曲的第一人。在没有多少前人经验可作借鉴的情况下,将长篇小说改编为全本戏曲,确非易事。

我们知道,小说与戏曲同以表现人生为目的,但其方式有着很大的区别。小说以叙述为体,而戏曲则以代言为体。叙事者,侧重在时间流和空间流中的人生经验的展示,借这一流动的过程来展示经验的本质;代言者,是角色直接充当其中的人物,代剧中人立言,重在表现戏剧冲突来传达人生的本质。所以,戏剧关注的是人生矛盾,通过场面冲突和角色诉怀——即英文所谓的舞台"表现"(presentation)或"体现"(representation)——来传达人生的本质。因此,对人生本质的反映方式,小说重在传，而戏曲则重在现。反映的内容同样也存在着量的区别，小说可以用很从容的笔墨展示有关的事件、人物、场合、情境等，而戏曲的现实时空，是受到规定的，它上演的场所是舞台，空间受到演出舞台的制约，因而现实场景或地点的变化不如小说来得转换自如，同时它的时间也受到演出场所和观众接受心理的限制，只能规定在一定的时间范围之中，这也就是西方戏剧"三一律"的来历。现实时空的种种局限，自然也带来了情节结构上的种种限制，形成了其结构是以表现戏曲冲突为主的特点，其情节也因冲突的发生、高潮、解决而铺陈展开。所以，戏剧不可能如小说一般，多方位多层面从容地描述展示。

正如仲振奎在《红楼梦传奇·凡例》中所写道："红楼梦篇帙浩繁，事多人众，登场演戏，既不能悉载其事，亦不能遍及其人，故事如赏花、联吟，人如宝琴、岫烟、香菱、平儿、鸳鸯等，亦不得不概行删去，要之此书不过宝玉、黛玉、晴雯之情而已。""宝玉、黛玉情事亦不能尽载，……否则亦略而不道。""科白有移彼事于此事，有移彼人之事于此人者，有从后补垫者……"。也就是说，作为将《红楼梦》从小说改编到戏曲的改编者，仲振奎已经充分意识到舞台时空的局限，而在结构上作了重新安排。他以金玉良缘和木石前盟作为戏剧的冲突来展开情节和人物的描写，旨在演绎苦乐因缘，浮生一梦，同归幻境，共证前果。这种见解是充分符合戏曲创作规律的。

同时，小说以文字作为它的表现手段，通过形象的描写间接地作用于读者，受时空局限较少；而戏曲则是唱念做打的综合，借舞台形象直接诉诸观众，受制于物质时空。也因此，较之"红楼戏"，《红楼梦》小说用很充裕的笔墨来描写众多的人物和事件，组成丰富而互为呼应的情节，展现人物的个性和风采。而戏曲只能是选取其中最具典型意义的人物和事件，在冲突中推动情节，最终完成人物的塑造。所以，戏曲语言和小说语言在塑造人物及其背景上存在着较大的差异。

1. 在戏剧结构方面。仲振奎删繁就简，突出主线，集中概括，浓淡相宜，说明其是深得戏曲改编三昧的。当然，这在今天也许只是一个常识性的问题，但对于当时的封建文人来说，能有这样的见识，并不是很容易的。仲振奎的这一尝试，不能不说对后人产生了一定的影响。如《葬花》一折紧紧抓住宝、黛爱情这一主线，并把"葬花"和"共读西厢"并为一折，使情节更为集中，也十分符合李渔所主张的"立主脑，减头绪"的戏剧创作观。

仲振奎将长篇小说《红楼梦》整本改编为戏曲，其难度可想而知。尽管他先前曾有过这样的经验，谱有《葬花》一折，但那毕竟只是其中的一节而已，而不是整部书的整合。《红楼梦传奇·凡例》云，"其书前梦将残，续以后梦，卷帙浩繁，头绪纷琐""作为案头之本尚可，若奏之于场上，则不切实际，必须删繁就简，精减头绪"。[①]

---

① （清）仲振奎：《红楼梦传奇》，嘉庆四年(1799)绿云红雨山房原刻本，泰州图书馆藏。

如"赏花""联吟"等场面宏大、人物众多的情节不得不全部删去。这既为集中主题,使得不蔓不枝,同时也是作者熟悉戏曲演出规律的重要表现。"曲中有必不可少之人,而班中旦色有定,不得不一人而兼数人,合两班之旦为之,则劳克可分矣。"①同样出于戏剧演出的需要,若扮演的旦角太多,对戏班而言也是一种压力。一般普通的戏班就很难保证旦角的人数,若使一人扮演多人,则又加重旦角的演出负担。因而与主线关系不大的人物,如宝琴、岫烟、香菱、平儿、鸳鸯等,被删除也就是情理之中的。即使"宝玉、黛玉情事亦不能尽载。可补者,于白中补之,否则亦略而不道"②。对于那些在小说中为了渲染感情,前面有详细描写,后面又出现类似情节,仲振奎在改编时同样删繁就简,有所取舍。如"宝钗《合锁》一折,已传其情,故不载'绣兜肚事'"③。至于刘姥姥进大观园一事,在小说《红楼梦》中是一大噱头,若改编为戏曲对活跃气氛、调剂情绪有意想不到的效果,但仲振奎考虑到"刘姥姥大可插科打诨。然添此一人必添出数人,添曲数折,未免太繁,故去之"。这样的修改与整合是艺术创作的需要,可能也是《红楼梦传奇》能够奏之场上,并成为后世京剧与各类地方剧种改编清代"红楼戏"首选剧目的一个重要原因了。

2. 在戏剧思想方面。 与其他"红楼戏"不同的是,《红楼梦传奇》独出机杼,首次明确把贾母作为鞭挞的主要对象。在仲振奎的笔下,史太君是造成宝黛爱情悲剧的罪魁祸首。为突出贾母的凶恶形象,剧本中用净角扮贾母。《红楼梦传奇·凡例》云"净扮贾母,不敷朱墨",可见其创作之大胆。在《焚稿》一折中,在黛玉垂危之时,贾母前去探望,说什么"孩子家从小儿一处顽笑亲热是有的,到了懂人事就该分别些,才是女孩儿的本分,我才疼他,若是他心里有别的想头,成什么人了。(冷笑介)我可是白疼了他呢。从来医心无药,林丫头若果是心病,不但治不好,我也没心肠了"。贾母的阴险冷淡,跃然纸上。所以仪征詹肇堂在该剧的《题辞》中写道:"填词若准《春秋》例,首恶先诛史太君。"显然是受了仲氏影响。因此,仲振奎在改编剧本时,对《红楼梦》中宝黛爱情悲剧的根源是有着深刻理解的。对于在当时的社会背景下,作为生长于封建官僚家庭,自己也身为封建文人的仲氏其人,能用戏曲的形式来揭露和鞭挞封建社会伦理道德的残酷,是相当难能可贵的。

3. 在人物塑造方面。 在仲振奎《红楼梦传奇》上卷中,他根据《后红楼梦》对小说文本中的情节和人物做了一些明显改动,出现了人物性格脸谱化倾向。对于这一问题,后世有学者提出了批评意见。但是,我们知道,当仲振奎把小说《红楼梦》改编成戏曲时,必然会受到戏曲文体特征的限制。而传统戏曲源于民间,具有鲜明

---

① (清)仲振奎:《红楼梦传奇》,嘉庆四年(1799)绿云红雨山房原刻本,泰州图书馆藏。
② (清)仲振奎:《红楼梦传奇》,嘉庆四年(1799)绿云红雨山房原刻本,泰州图书馆藏。
③ (清)仲振奎:《红楼梦传奇》,嘉庆四年(1799)绿云红雨山房原刻本,泰州图书馆藏。

的"别善恶、分美丑、寓褒贬"色彩,因而形成了一种善恶分明的脸谱化表现方式。在刻画某些性格复杂的人物时,例如薛宝钗、花袭人、王熙凤等,作为戏曲创作者的仲振奎是不能像曹雪芹在小说中采取"春秋笔法"的,必须明确地使之归入非善即恶的某一类型中。所以,仲振奎在《红楼梦传奇·自序》中自述道:"……哀宝玉之痴心,伤黛玉、晴雯之薄命,恶宝钗、袭人之阴险,而喜其书之缠绵悱恻,有手挥目送之妙也。"

仲振奎在剧中把将袭人与凤姐加以丑化,《红楼梦传奇·凡例》云:"副净扮凤姐,丑扮袭人,皆敷粉艳妆,不敷墨。"他以副净扮凤姐,丑扮袭人,虽有与角色不甚相称之嫌,但亦可见仲氏的独特用意。剧中,王熙凤自道其"奸"和"势利",一出场就被定型为小人。所以,《归葬》一出借仆人之口说:"若不是琏二奶奶弄鬼,敢则老太太把林姑娘配了二爷,那时林姑娘也不死,二爷也不病,得了这一分天大妆奁,咱们这府里不大兴旺了么?""真个可惜儿!我想这府里的事,那一件不是琏二奶奶闹坏了?"①将宝黛爱情悲剧的原因归于王熙凤。

同样,仲振奎在《谗构》一出中,写袭人向王夫人进谗言时说:"即如今日二爷捱打,就有人哭得红桃子一样的呢!这却为着什么来?那丫头中有个把狐狸妖精,好打扮引诱他的,也要太太定个主意呢。"②其实,《红楼梦》小说中是把袭人作为一个温柔善良又有几分心计的忠实女仆来刻画的,戏剧却简单地将他描写成挑拨离间的小人。这些改动明显是受到了逍遥子《后红楼梦》的影响,但不可否认的是,这样的人物塑造十分符合当时人们对《红楼梦》的阅读心理需求,甚至成为后世民间对《红楼梦》主要人物的思维定势。

4. 在戏剧语言和音乐方面。根据《红楼梦传奇》,我们可以看出仲振奎精通音律,熟谙曲牌,而曲词未达之处又能以恰当的道白弥补,使得剧作完整而不显得局促。正如清梁廷楠《藤花亭曲话》卷三所论:"其中穿插之妙,能以白补曲所未及,使无罅漏,且借周琼防海事,振以金鼓,俾不终场寂寞,尤得本地风光之妙""其曲情亦凄婉动人,非深于《四梦》者不能也。"③

如在《鹃啼》一折中,李纨哭黛玉时唱:"才非福,艳难留,玉人偏厄运,叹泡沤,万种悲凉态,离魂时候,竹梢残月挂帘钩,灯光暗如豆,灯光暗如豆。"悲歌一曲,情景交融,如泣如诉,惨淡凄凉,读之,令人荡气回肠。

又如《焚帕》一折中黛玉唱道:"俺只为苦仃儿个中如杏,俺只为怕飘风波面吹萍,俺只为靠周亲免叹机丝命,俺只为爱彼温柔心性。谁知道没相干云消天净,还

---

① (清)仲振奎:《红楼梦传奇》,清嘉庆四年(1799)绿云红雨山房原刻本,泰州图书馆藏。
② (清)仲振奎:《红楼梦传奇》,清嘉庆四年(1799)绿云红雨山房原刻本,泰州图书馆藏。
③ 吴新雷:《昆曲史考论》,上海古籍出版社2015年版,第260页。

说什么春花结冢、秋雨挑灯、鲛绡寄泪、诗句含情,值不得回头一笑都冰冷!"一连串形象的比喻,把林黛玉的悲凉心境倾吐得淋漓尽致。

此外,该剧出语浅显,雅俗共赏。如在《索优》一折中,宝玉被打后黛玉的一段唱:"如雨泪滂洋,透了罗衫又罗裳,更谁人仁爱似你心肠? 相看处痛都忘。休悲念精神无恙,暑云凉雨空园里,珍惜自身为上。"语言平白如话,老妪能解,而又情真意切。李渔在论戏剧语言时提出:"贵浅不贵深。"又说:"能于浅处见才,方是文章高手。"[①]可见,仲振奎是李渔戏剧创作主张的忠实实践者和探索者。此外,该剧还充分考虑到舞台表演的种种特点,所以在唱曲之外又增加了通俗对白,在言情之余又添加了热闹场面,使得舞台演出不至于沉闷,大大增强了对观众的吸引力。

对于《红楼梦传奇》在清代首开"红楼戏"改编之风气这一问题,前文已作详细论述,此处不再赘述。但是,《红楼梦传奇》除了是历史上的第一部"红楼戏"外,其在后世"红楼戏"改编与传播史上还有着突出的地位和不可替代的作用。

改编小说为戏曲,首先面临的一个问题就是戏曲演出时间与小说叙事篇幅之间的巨大差异。考虑到舞台演出、观众兴趣等各方面的因素,一出戏的演出时间大都在三四个小时左右,与小说的长度相去甚远。差异同时还体现在舞台演出所受的空间限制。

曹雪芹的《红楼梦》被称为"中国封建社会的百科全书",反映了社会生活的方方面面。而戏曲的表现载体,主要是舞台,利用舞台有限空间,完整地反映出小说中所描写的纷繁复杂的事、情,具有相当大的难度。虽然中国传统戏曲的写意特点可以在一定程度上弥补空间限制给表达主题思想带来的损害,但毕竟要完全用"虚化"的场景来表现一个时代的众生相,还是很难做到的,这就需要编剧在改编小说时做到有目的地取舍与加工。

基于时间、空间上的限制,清代"红楼戏"的作者们在改编小说《红楼梦》时基本上采取以下三种方式:一种为"浓缩式",即删繁就简,从小说庞杂的人物关系、复杂的事件中提炼出一条主线,通过对于这一主线的细致刻画来构架起一个红楼故事。清代大多数"红楼戏"采用了这一方法。第二种方法可以称为"片断式",即对《红楼梦》中某一段具有相对独立性的故事情节进行改编,清孔昭虔的《葬花》即是如此。第三类属于"人物式",即以《红楼梦》中的某一个人物为主角,敷衍其故事,清代此类传奇杂剧不少,如仲振奎《红楼梦传奇》、吴兰征《绛蘅秋》、许鸿磐《三钗梦北曲》、朱凤森《十二钗传奇》等。

对"浓缩式"的改编方式而言,把握小说主题无疑是剧本成功的先决条件。一般而言,《红楼梦》小说的内容大致可以分为三部分:第一,通过贾、王、史、薛四大家

---

① (清)李渔著,程洪注评:《闲情偶寄》,凤凰出版社,2016年版,第12页。

族的兴衰史再现了封建家族的腐朽与其必然灭亡的归宿;第二,通过贾宝玉叛逆人格的形成与发展及"红楼一梦"的悲剧,表达作者对于人生的思考与况味;第三,描写了一场"悲金悼玉"的爱情故事。在这三大内容中,第一块内容范围太大,涉及的人物、事件是戏曲一般难以承担的。因此虽然它是《红楼梦》之所以有如此之高的地位的最重要原因之一,但除了后世的长篇电视连续剧外,迄今很少有戏曲是从这一角度切入来进行创作的。

而从第二块内容来看,它更多的是倾向于一种哲学的思考,在小说中可以通过客观描写人物的心理活动等手段表现出来。但是在舞台上,很显然,这些是无法构成戏剧冲突的,而一出戏如果缺少了戏剧冲突,也等于是丧失了安身立命的根本,无论它文辞有多优美、寓意有多深刻,也是无法做到"案头与场上皆善",广泛流传的。

所以,采取第三条主线进行戏曲改编向来是红楼戏曲的主流。从仲振奎的《红楼梦传奇》开始,清代的"红楼戏"几乎无一例外地援用了这方面的素材。《红楼梦》情节纷繁,要在有限的剧本中得到全面反映,几乎不可能。所以,仲振奎的《红楼梦传奇·自序》中云:"此书不过传宝玉、黛玉、晴雯之情而已。"也就是说,作为将《红楼梦》从小说到戏曲的改编者,他已经意识到舞台时空的局限,而在结构上作了重新安排。

由于《红楼梦》与以往传统小说相比,在情节结构和人物塑造等方面多有所突破,特别是它改变了以往长篇小说情节和人物单线发展的特点,创造出一个宏大完整的艺术结构,使众多的人物活动于同一空间和时间。《红楼梦》小说中的结构是采用人物、事件、情境等对偶平行的复调结构,反映在时空布局上,则是在时空中的交错复叠行进。而戏曲则不然,其时空观念在结构上体现在两个方面:一是有着物质局限的现实时空,二是作为对现实时空突破的虚拟时空。因此,戏曲是以戏剧冲突作为统御全剧的重要因素。将《红楼梦》小说中宏大完整的艺术结构完整地搬上戏剧舞台,这对于戏曲改编者来说是一个无法逾越的鸿沟。为解决这一问题,仲振奎的《红楼梦传奇》首创以宝玉、黛玉、宝钗的爱情婚姻悲剧为主要线索安排故事,表达他对剧中人生离合悲欢的看法以及对宝黛之情的理解。全剧是以"金玉良缘"和"木石前盟"作为戏剧的冲突来展开情节和人物的描写。主要人物也就只是宝玉、黛玉、晴雯、宝钗等数人。这一以"悲金悼玉"的爱情故事为戏曲主线的改编模式,充分符合了舞台演出的需要,故几乎为后世所有的红楼戏曲所继承和发展。

我们知道,从仲振奎的《红楼梦传奇》开始,清代大部分红楼戏曲的改编者都是将一百二十回《红楼梦》作为一个整体来把握的。为了使整部戏曲有完整的故事情节和大圆满的结局,他们根本不提及前八十回与后四十回之分,曹著与高续没有明显的界线。而且,在仲振奎及其后来者的心目中,后四十回的重要性可能还超过了

总论

43

前八十回。仲振奎改编的《红楼梦传奇》引用了《后红楼梦》故事,合两本而为一,使宝黛最终得以团圆,并将后一部分(高续)的部分情节选作戏剧冲突的高潮。仲振奎在《红楼梦传奇·凡例》中说:"前《红楼梦》读竟,令人悒怏于心,十日不快,仅以前书度曲,则歌筵将阑,四座无色,非酒以合欢之义。故合后书为之,庶几拍案叫快,引觞必满也。"

所以,以仲振奎为发端,在清代所有"红楼戏"中,有九部改编自一百二十回《红楼梦》。小说后四十回的"黛玉焚稿""钗玉成亲"的情节甚至还被处理成《红楼梦传奇》等"红楼戏"的主要关目和高潮戏,这一手法一直影响到后世几乎所有剧种的"红楼戏",乃至直至今日影视"红楼题材"作品。

当然,在将小说改编成戏曲的过程中,仲振奎的《红楼梦传奇》基本上保持了小说文本的原貌,明显改动的地方从侧面透露了当时人们对小说《红楼梦》文本意义的接受倾向。与小说文本相比,清代红楼戏曲的文学价值大为逊色,但从文学接受的视野来看,仲振奎的《红楼梦传奇》及其所开创的这批清代"红楼戏",却是很好的《红楼梦》读者所接受的材料,真实反映了当时的读者(戏曲观众)对小说《红楼梦》和"红楼故事"的接受倾向与欣赏趣味。这种接受倾向与欣赏趣味较早地体现在《红楼梦传奇》中,后来的"红楼戏"又予以充分发挥和延伸。

仲振奎的《红楼梦传奇》是出现最早、影响也最大的一部传奇,前半部分主要是根据《红楼梦》中宝玉与黛玉之间的爱情故事,宝玉与晴雯之间的情谊写就的。一些主要场次如《前梦》《合锁》《私计》《禅戏》《扇笑》《补裘》《试情》《诔花》《失玉》等,都是依赖小说的描写内容,保持了小说文本的原貌。这里不妨以《扇笑》一出为例,同小说作个比较。小说的描写,见第三十一回,"撕扇子作千金一笑,因麒麟伏白首双星。"晴雯给宝玉穿衣服,失手将扇子掉在地上摔坏了,宝玉责备了几句,晴雯不快,袭人上前插嘴,又遭晴雯抢白。接下来则详细写了晴雯撕扇的经过。

再看《红楼梦传奇》第十一出《扇笑》,晴雯出场,由贴角扮演。从他的口中交代了先前跌坏扇子后他与宝玉、袭人间发生了口角,然后作"睡介"。接下来是宝玉登场,由生角扮演,宝玉看见晴雯睡在凉榻上,便走上前,剧中写道:

(抚贴介,贴起推生介,生笑接贴坐介)你的性子太惯娇了,便是跌了扇子,我也不过说了几句,你就说了那些,说我也罢了,那袭人好意劝你,又拖上他则甚?

(贴)二爷,人来看见很不雅相,我也不配坐在这里。

(生笑介)既不配坐,为什么配睡呢?

(贴笑介)

(生)我心头甚热,怎么好?

(贴)你心头热么?老太太那时送了些果子来,冰在水晶缸里呢,你放我去罢,好叫他们拿果子你吃。

(生)你便拿来不得?

(贴冷笑介)我是蠢才,连扇子也跌了,敢则连盘子都打了呢。

(生笑介)你还记得这些话么?

(贴)怎么不记着,一辈子还记着呢!

【前腔】那些个温存宁耐,怎将人轻贱,问可应该?敢千金买得扇儿来,迎头招了东风怪,玻璃瓶盘,常时摔开,茱萸新锦,常时剪开,怎今朝气比天还大。

(生笑介)我这几日肉颤心惊,十分烦闷,才是这样,你切莫恼我。若说那些物件,不过是借人使用,你爱这样,我爱那样,各自性情不同,比如你爱打盘子,就打了也使得,你爱撕扇子,就撕了也使得,只不要生气。

(贴)这么说,拿扇子来我撕,我最爱的撕扇子。

(生送扇,贴撕扇介)

【前腔】听嗤的一声撕坏,(笑看贴介)早春风上颊,笑逐颜开。(贴连撕介,生笑介)撕得好,湘兰抛玉堕瑶阶,裂缯褒姒偏心爱,佯痴佯钝,堆栈将俏来,非挑非泛,流将喜来,好风姿态乍可憨态。

(小旦持扇上,指贴笑介)你少作些孽罢。

(生夺小旦扇与贴撕介,小旦)好吓!怎么拿我的东西开心呢!

(生)打开扇匣,拣几把去就是了。

(小旦)即这样,搬出来,尽他撕岂不好?

(生)你就搬去。

(小旦)我不造孽,他会撕,他就会搬。

(下,贴倚生怀笑介)我也乏了,明日再撕罢。

(生大喜介)古人千金买笑,这扇儿能值几何?

两者相比,《扇笑》一出,无论是在场面、情节的安排上,还是在人物的对话叙述上,都直接脱胎于《红楼梦》小说的描写,情形一目了然,无需详述。

此外,仲振奎在《红楼梦传奇》中还根据舞台演出需要和观众接受心理,首创将"葬花"与"共读西厢"移并于一折之中,使戏剧情节较为集中。今人所改编的《红楼梦》戏曲,无一不是将这两节并在一起,可见其在戏曲结构方面对后世红楼戏的影响。值得注意的是,《红楼梦传奇》剧本中还对人物服装、扮相等作了简单的说明,为以后的创作演出提供了参考。特别是仲振奎《红楼梦传奇·葬花》中关于黛玉服饰、道具的说明,"珠笠、云肩、荷花锄,锄上悬纱囊,手持帚上",被后人所沿袭,遂成为后世舞台定例。

所以,《红楼梦传奇》开创的"既忠于小说,又照顾观众接受倾向和欣赏趣味"的"红楼戏"改编原则,在保留小说文本精华的同时,又添加了许多符合当时社会大众审美需要的内容,大幅度地促进了红楼戏曲的传播,也使《红楼梦》小说从文人狭小书斋走

总论

向社会广阔天地,为广大百姓所喜闻乐见,客观上促成了后世"红学"热的生成与发展。

仲振奎在《自序》中说:"壬子秋末,卧疾都门,得《红楼梦》,于枕上读之,哀宝玉之痴心,伤黛玉、晴雯之薄命,恶宝钗、袭人之阴险,而喜其书之缠绵悱恻,有手挥目送之妙也。"其所改编的《红楼梦传奇》对此观点作了形象化的描述。它在清代红楼戏中首创了"扬黛抑钗"的情感定位,并最终形成了清代红楼戏曲明显的"扬黛抑钗"的传统倾向。我们知道,这种倾向是人们在理解红楼人物时简单化、表面化的突出表现。黛玉与宝钗孰优孰劣的争论,一直伴随着小说《红楼梦》的流传过程,但《红楼梦传奇》中林黛玉的形象显然比薛宝钗更要受人欢迎,"扬黛抑钗"的倾向特别明显,而且林黛玉戏份也要比薛宝钗多。需要强调指出的是,"扬黛抑钗"的情感定位自仲振奎《红楼梦传奇》明确后,几乎成为后世所有"红楼戏"的共同选择。

对于贾母、王熙凤、袭人等其他《红楼梦》中的主要人物,仲振奎的《红楼梦传奇》把贾母作为鞭挞的主要对象。他对贾母、袭人与凤姐等的人物角色定位和接受倾向,影响到清末、民国以及当代的"红楼戏"。例如,在民国"红楼戏"《晴雯撕扇》中,袭人是以势力小人的形象出场的,一上场就说:"一身专爱宠,姐妹尽低头。奴家袭人,上蒙太太台举,下有宝玉爱怜,在怡红院中,一向称尊,只有晴雯他总是负气,不肯相下,好在他性情暴躁,口角尖酸,得罪的人不少,我且让他一步,待他自己得了不是,那时便不能再与我怄气的了。"口气显得专横霸道。1930年代,京剧名家荀慧生所改编的《晴雯》,更是将袭人写成一心向上爬而不择手段的奸诈之徒。她直接向王夫人告密并进谗言:"夫人,晴雯是老太太房里拨来的。自从他到了怡红院,放着事不做,仗着模样长得比别人标致,成天擦胭脂抹粉,在人前是能说会道,和宝二爷也是打打闹闹,他劝二爷不要读书,不要做官,二爷就听他的话。夫人,今天二爷叫他拿扇子,一不留神,掉在地上,二爷说了他几句,他不但不认错,反而哭着闹着要走。二爷没法子,又赔礼又说好话。夫人您瞧,他拿着扇子撒气,好好的东西让他都撕成这个样儿了。"

由此可见,仲振奎的《红楼梦传奇》基本明确了后世"红楼戏"中主要人物的角色定位,对《红楼梦》在由小说向其他诸如戏剧、曲艺、绘画等各种形式的传播途径的转化过程中,产生了极大的影响。

当然,作为开山之作,仲振奎的《红楼梦传奇》也存在许多不足。据目前所见,清代"红楼戏"大抵是根据《红楼梦》小说内容敷演的,有的是全书内容整体搬演,有的则是将《红楼梦》及其续书内容合二为一,如仲振奎的《红楼梦传奇》。对原书内容的处理,大多按事或者按照人物这两条主要线索进行。按事者,大多围绕宝玉、黛玉的爱情故事,穿插其他相关人物或情节。如仲振奎《红楼梦传奇》、陈钟麟《红楼梦传奇》、吴镐《红楼梦散套》。按人者,则以各位人物的命运为主线,取各自事件敷衍之。如《三钗梦》,各以晴雯、黛玉、宝钗为主角,分别写晴雯之逐、黛玉之死、宝钗之寡；朱凤森《十二钗传奇》，合十二位女子的命运为一传之中。无论按事按人，内容上，围绕情、空、盛衰，在悲叹宝黛爱情和十二金钗悲剧命运或荣府盛衰之余发其人生空泛之慨，对原书情节、人物和事件都能按照改编的旨意有所取舍删改。但在艺术构建上，不免结构庞大，有卷帙浩繁，头绪繁多之病，拼凑芜杂之痕。正如李渔在《闲情偶寄》中所谓的："逐节铺陈，有如散金碎玉，以作零出则可，谓之全本，则为断线之珠，无梁之屋。"①

因此，以《红楼梦传奇》为代表的清代"红楼戏"大抵均是侧重于对小说内涵的演绎，大多侧重对人生空泛的感觉和经验。这些剧作，以"借他人之酒杯，浇心中之块垒"，以抒发个人感慨的文人案头剧居多，存在着文人剧中常见的不可避免的一些通病。

不可否认，作为一本长篇传奇，《红楼梦传奇》容量较大，情节起伏变化，人物的悲欢离合刻画描写得详尽细致，比较符合观众和读者的欣赏习惯及审美喜好。但是，与其他清代"红楼戏"一样，其缺点在于文人剧共有的剧本内容过于冗长，插入情节过多，整剧显得头绪繁杂等。特别是有些插入情节虽有"冷热相济"的作用，但却与主题关联不够紧密，妨碍了情节的进行发展。

不可否认，在现存清代"红楼戏"中，《红楼梦传奇》的插入情节最多，约占全剧的三分之一，虽各出之间的关联与过渡，能够通过人物台词予以交代，但效果有限，整体上显得拖沓松散，显示了作者戏剧创作的才力及对于《红楼梦》文本内容的把握尚未臻于完美。对于这一点，连仲振奎自己也不得不承认："《红楼梦》全书，头绪较繁，且系家常琐事，不能不每人摹写一二阕，殊难于照应。偶于起讫处稍为联络，盖原书体例如此。"②

同样，与逍遥子等《红楼梦》的续书作者一样，仲振奎一生潦倒，却醉心于功名，着力于封建伦常的维护。其在《悼亡》诗中有句云："一事语君难慰取，此生不上孝廉船。"③足见其以一生未能中个举人为人生之憾事。这和借宝玉之口讽刺热心功名富贵为禄蠹的曹雪芹相比，确实不可同日而语。正是基于这一原因，所以他的《红楼梦传奇》，不可避免地引用了《后红楼梦》的故事，使宝黛团圆，并最终形成大团圆的中国传统戏曲常见的"才子佳人、洞房花烛"的喜剧性结局。

仲振奎阐述自己的创作宗旨，"前红楼梦读竟，令人悒怏于心，十日不快，仅以前书度曲，则歌筵将阑，四座无色，非酒以合欢之义，故合后书为之，庶几拍案叫快，引觞必满也"④，这一主张，可谓庸俗之见，是在迎合了大众审美需要的同时，一定

---

① （清）李渔著，程洪注评：《闲情偶寄》，凤凰出版社 2016 年版，第 12 页。
② （清）仲振奎：《红楼梦传奇》，清嘉庆四年（1799）绿云红雨山房刻本。
③ （清）仲振奎：《绿芸红雨山房诗钞》，清嘉庆辛未（1807）广东兴宁署刻本。
④ （清）仲振奎：《红楼梦传奇》，清嘉庆四年（1799）绿云红雨山房刻本。

程度上丧失了小说文本现实主义的批判力,开后世以大众化、庸俗化审美倾向解读《红楼梦》小说俗套之先。此外,在前三十二折中,写一僧一道是骗子、史湘云成仙等情节,也十分荒诞,可以被视为败笔。

八、仲作引发的首部红楼曲艺作品《红楼梦滩簧》

在仲振奎《红楼梦传奇》问世稍后一点(仍在嘉庆年间),泰州"赧生居士"把《红楼梦》改成全本长篇曲艺,这就是《红楼梦滩簧》。可以说,清代中后期由两位泰州人改编的《红楼梦》一曲一戏,堪称《红楼梦》由纯文学向通俗文化转变传播过程中出现的"双璧"。

然而,与《红楼梦传奇》素为人知相比,《红楼梦滩簧》却长久湮没无闻,知者绝少,诸目不载,其至就连搜罗泰州人著作比较详备的《泰县著述考》及民国韩国钧的《海陵丛刻》也都未曾提及。而是在 1960 年代初期,在泰州一位民主人士家中,发现了这部书的抄本。其后,由泰州古旧书店借抄出售,才稍稍在社会上得以流传。目前在泰州图书馆古籍部藏有钢笔小楷精抄本,共分上下两册装。

《红楼梦滩簧》四本,分元、亨、利、贞四集,其中元集八出,亨集十一出,利集十二出,贞集九出,共四十出。首页题有"海陵赧生居士新编""东牧晓庄付粹"以及"嘉庆己卯"字样。

滩簧作为明清时期江浙地区流行的一种"小戏",又称"滩黄",至晚清民国时期演变成为"苏剧"和"锡剧"。所以,本书将《红楼梦滩簧》也纳入戏曲范畴进行研究。

滩簧的剧本多由昆曲改编而成,每本一般五六出,有白有唱,曲词多为七字句,四句为一段落,全剧尾声多为众人合唱。在滩簧的历史文本中,篇幅最长、文词最美的,则为《红楼梦滩簧》。它的排场之宏大,语言之晓畅,在滩簧的历史上几乎是空前绝后的。

《红楼梦滩簧》将小说《红楼梦》删繁就简,改编成滩簧剧本。起首述作书原起云:

> 《红楼梦》一书不知何人所作,本名《石头记》。曹雪芹先生删改数过,书乃告成。看他作书之意,无非打开情窟,唤醒痴顽。无奈篇册浩繁,一时难以展玩,后有红豆邨樵改作传奇,又只是文人击节、学士倾心,城市乡村,不能遍及,爰有赧生居士沿其旧曲,杂以俚言,节其冗长,归于简便。①

泰州博物馆藏光绪五年(1879)宫本昂等纂修泰州《宫氏族谱》和泰州市图书馆藏《芸香诗钞》,其中有关于泰州宫氏家族宫云鬻其人"居宫家涵……改云涧曲"的

---

① (清)赧生居士:《红楼梦滩簧》,今人传抄清钞本,泰州图书馆藏。

记载。

宫云鬻(1750—1816),字揆一。其人与《红楼梦传奇》作者仲振奎系儿女亲家。其长子宫淮甫,为仲振奎之婿。据《光绪泰州宫氏族谱》所载,宫云鬻曾与仲振奎、仲振履兄弟共入嘉道时期泰州芸香诗社,与社友诗酒唱和,共谱词曲。他在仲振奎所著《红楼梦传奇》的基础上,"沿其旧曲,杂从俚言,节其冗长,归于简便"。

与仲振奎一样,身为世家子弟,宫云鬻一生科举不捷,生活艰辛。因此,在《红楼梦滩簧》中,他联系自身命运,把一腔感情倾注到了作品之中。作品中对科举登第的向往、对自身文采的卖弄,使我们目睹了一个封建科举世家科场失意文人的悲惨命运。

此外,如《红楼梦滩簧》第三十出《赠金》"岳岳公侯府,潭潭勋戚家。可怜穷到骨,债主满门哗",这既是对《红楼梦》原著的合理想象与发挥,更是其自身人生的独特经历与体验。"你看门前债主乱奔驰,真果是排就行行似雁儿。料这空空无计能回避,问谁是倾囊倒箧肯扶持。"作为清代泰州世家之首宫氏家族由盛转衰的见证者,其满腔愤懑,溢于言表。由此,我们可以探知宫云鬻《红楼梦滩簧》的创作动机与目的。

对于"东牧晓庄",根据徐鸣珂曾居泰州城东五里桥,其书斋名为"东咏轩",再结合所处时代与自身经历,笔者初考可能为徐鸣珂。同时,"东牧晓庄"亦可能为清泰州俞氏家族后人、康雍乾时期诗人俞牧隐。俞牧隐曾与宫节溪、仲鹤庆等人诗文唱和,极一时之盛。但俞牧隐其人所处时代早于仲振奎和宫云鬻。综合徐鸣珂、俞牧隐二人信息,本书认为"东牧晓庄"为徐鸣珂。

徐鸣珂,字竹芗,著《研北花南词钞》。道光七年(1827)所刻《泰州志》卷首"职名"题有:总辑王有庆、李国瑞、陈道坦、刘铃,同辑陈世镕、曹楸坚、徐鸣珂、周庠、张福谦,监辑梁桂,襄辑宫庭、高銮、潘厚坤、朱士煌。[①]

徐鸣珂在《研北花南吟草·仲云涧以感怀诗见示即次韵》中有句云:"文章半世无知己,只分红楼索解人。"[②]

他还为仲振奎《红楼梦传奇》题辞:

风月偏宜锦绣堆,大家儿女费安排。
伤心紫府司花册,犹记金陵十二钗。
顽石分明是化身,等闲休负满园春。
当头好月能逢几,且饮醇醪近妇人。
今古情缘一梦中,诔花埋玉恨难穷。
返魂纵有灵香蓺,幻果都归色相空。
吴霜点鬓奈愁何,拍板新词子夜歌。

---

① (清)王有庆等修、陈世镕等纂:《(道光)泰州志》卷二十五。
② (清)徐鸣珂:《研北花南吟草》,稿本,泰州图书馆藏。

翦烛更翻红豆谱,与君一样泪痕多。①

乾隆四十四年(1779),徐鸣珂还曾作《初至吴陵住歌舞巷陈宅》凭吊清初泰州陈端先昆曲家班。诗云:

昔年歌舞地,无复歌舞声。

金谷人何处,春花自向荣。

《红楼梦滩簧》内容基本忠实于《红楼梦》,但受仲振奎《红楼梦传奇》影响较深。赧生居士在《红楼梦滩簧》第一出里说明自己的写作动机,是有感于《红楼梦传奇》不够通俗,才另行创作。

> 《红楼》一书,不知何人所作。本名《石头记》,曹雪芹先生删改数遍,书乃告成。看他作书之意,无非打开情窟,唤醒痴顽,无奈篇册浩繁,一时难以展玩。后有红豆村樵改作《传奇》,又只是文人击节,学士倾心,城市乡村,不能遍及。爰有赧生居士,沿其旧曲,杂以俚言,节其冗长,归于简便,庶几花前月下,美景良辰,随意弹唱,皆堪动听。②

在仲振奎《红楼梦传奇》的基础上,赧生居士的《红楼梦滩簧》,对小说的纷繁情节和人物进行了适合"滩簧"的选择。

在改编时,《红楼梦滩簧》"极加删校""摘其关要者传其事",这与李渔提出的"减头绪"有相同之处。李渔在《闲情偶寄》里提到"头绪繁多,传奇之大病也……作传奇者,能以'头绪忌繁'四字,刻刻关心,则思路不分,文情专一,其为词也,如孤桐劲竹,直上无枝,虽难保其必传,然已有《荆》《刘》《拜》《杀》之势矣"③。

所以,赧生居士《红楼梦滩簧》删去了"传奇"五十六出中的二十一出,将《凯宁》改名《题画》,又增写五出,编定为四十出,《原情》《前梦》《聚美》《合镇》《游园》《省亲》《探亲》《围谑》《开社》《葬花》《释怨》《索优》《逸构》《听雨》《试情》《补裘》《搜园》《失玉》《设谋》《焚帕》《哭园》《后梦》《护玉》《谴袭》《拯玉》《返魂》《谈恨》《单思》《煮雪》《赠金》《坐月》《见兄》《花梅》《示因》《劝婚》《题画》《剖情》《解仇》《仙合》《玉圆》。其中第五至第九出为增写。

《红楼梦滩簧》将《红楼梦传奇》的第一人称代言体,改为有表有白的以第三人称进行叙述的表达形式,并将传奇本曲牌名称全部删去,取其唱词之意,变文雅为通俗,变长短句为七字式。

如贾宝玉在林黛玉去世后,独自一人来到大观园中的潇湘馆,睹物思人,悲从心来,不禁唱道:

---

① (清)仲振奎:《红楼梦传奇》,清嘉庆四年(1799)绿云红雨山房刻本。
② (清)赧生居士:《红楼梦滩簧》,今抄本,泰州市图书馆藏。
③ (清)李渔著,程洪注评:《闲情偶寄》,凤凰出版社2016年版,第12页。

只为情无已逃入空门里,谁料空门苦更多。一命几休矣。此事终何底算遍无如死。只是如今你又生,难道翻抛你?

　　只听得萧萧瑟瑟耳边过,莹莹月色挂天河。空庭寂寞无人到,提起新愁泪更多。

　　真蹭蹬、好蹉跎,长夜如年唤奈何。只说回生好事今成就,谁料从来好事更多磨。

　　应该指出,在嘉庆年间就将《红楼梦》改编为长篇全本说唱文学,在中国曲艺史上和《红楼梦》传播史上是件空前的事。据李根亮《〈红楼梦〉的说唱传播与民间接受》一文所言,由红楼小说改编的说唱形式,以子弟书、大鼓、弹词开篇为主,其他还有评书、坠子、琴书、八角鼓、莲花落、单弦、相声等。① 最早的红楼说唱是由《红楼梦》小说片段改编的子弟书《悲秋》,创作时间为清嘉庆二十二年(1817)。所以得舆在《京都竹枝词》中,提到"西韵《悲秋》书可听"。② 与子弟书密切相关的大鼓也是《红楼梦》的重要说唱形式之一。可赵景深认为:"大鼓书正式的成立至少应该在同治二年(1863)以后。"③此外,一粟《红楼梦书录》提到的大鼓篇目有二十一种,清代和民国后的弹词开篇有一百一十余种。这些红楼说唱均产生于清同治以后。

　　根据现有文献资料考订,赧生居士应是使《红楼梦》这部伟大的文学作品首次走上曲艺舞台的拓荒者。他根据同乡、姻亲仲振奎所作《红楼梦传奇》改编的《红楼梦滩簧》,是《红楼梦》传播史上的首部红楼曲艺作品。

　　传世的《红楼梦滩簧》钞本中有许多"海陵地区"方言俗语、部分本地区独有生活用品名称,以及泰州和扬州地域风情的描写,甚至还有扬州评话和泰州道情说唱的内容,可见该作品可能经过民间说唱艺人的再加工。特别是《红楼梦滩簧》钞本中存有许多比较露骨的性爱用语,可见其在后期的流传过程中,主要的表演对象应是下层民众。与《红楼梦》原本和《红楼梦传奇》相比,《红楼梦滩簧》更讲究故事性,善于突出故事的矛盾冲突和戏剧性,情节剪裁得当、高度概括。

　　《红楼梦滩簧》采取明清传奇创作常用的"点线结构",这是中国戏曲情节结构的特有形式,即全剧以一条主线作为整个剧情的中轴线,并且围绕这条中轴线,安排戏剧矛盾和冲突,推进戏剧情节发展,展示人物性格特征。如通过黛玉迷性、黛玉病危、忍痛焚稿、诀婢归天,直到宝玉娶亲、灵前哭黛玉等情节的推进,一层层把宝黛的爱情悲剧推向高潮。同时在具体情景的叙述中,《红楼梦滩簧》反复进行悲喜对比描写,强化了悲剧性和戏剧性。该剧叙事层次分明、细腻生动,既强调故事

---

① 李根亮:《〈红楼梦〉的传播与接受》,黑龙江人民出版社2007年版,第140页。
② 邱瑞平选编:《红楼潠拾》,江西教育出版社1999年版,第47页。
③ 中国曲艺志全国编辑委员会编:《中国曲艺志·河南卷》,中国ISBN中心1995年版,第465页。

性,更注意以情感人。全剧叙事与抒情紧密结合,情景交融,以情感人,充满诗意之美。

王国维曾云:"写情则沁人心脾,写景则在人耳目,述事则如其口出是也。""极其真善美之致。其意境之妙,恐元曲而外则殊无能与伦者也。"①笔者认为,此语用于评价《红楼梦滩簧》,十分恰当。

如第十出《葬花》中,贾宝玉唱道:

匆匆系不住好春光,倚遍雕栏自感伤。
你看纷纷乱落如红雨,都是些剩粉零硃衬夕阳。
恨只恨妒花风雨情何薄,空惹得浪蝶游蜂乱逐香。
不异是美人一夜归黄土,把个粉黛骷髅委北邙。
好教我心猿意马乱茫茫,离合无凭没主张。
有时似嗔似喜全难定,没奈何偷滴酸心泪两行。
一肚皮愁恨从谁诉,只好闲和燕子共商量。
我且破苍苔小坐傍花墙,把这艳曲香词读几行。
无聊别没有消愁法,且自降心细意按宫商。
争奈东风底事无情义,忍把芳菲历乱打纱窗。
你看清波无一点污泥混,恰好这花片鲜妍紧护藏。
一任明霞千点随流去,真不枉雁齿佳名号沁芳。

林黛玉的唱词,则云:

俺本是瑶岛司花的旧女郎,常记着珠宫艳友意彷徨。
眼看着绿肥无计怜红瘦,空教我无聊搓粉又揉香。
虽然拾翠精神健,变做了伤春症候怎担当?
因此奴家放不落拈花手,几回割不断惜花肠。
只得准备云锄将胭脂扫,一任丹砂几斗都贮入绛纱囊。
省得他催花雨打缤纷落,省得他妒花风紧乱飘扬。
恨只恨芳春一去无消息,这便是薄命红颜没下场。

在这一回的大段唱词中,分别用第一、第二、第三人称的口气叙述、描写、抒情、议论,情景交融,意境优美,是"小书一个情"的具体体现。

如第十四出《听雨》中,林黛玉的唱词:

惆怅他武陵远隔无消息,便是渔郎无处访仙桃。
嗳!我也不用管这些闲事了。

---

① 刘祯主编:《中国戏曲理论的本体与回归——'09中国戏曲理论国际学术研讨会论文集》,文化艺术出版社2010年版,第32页。

痴守着株儿专待兔,倒做了杜鹃花落乱红飘。
　　莫再想连如碧玉环牢扣,莫再想双似鸳鸯颈共交。
　　生来是一个孤鸾命,那里有破镜重圆那一朝。
　　既不能食同器居共劳,不如早跨班龙吹洞箫。
　　纵使小梁清未许把仙曹领,且下个此日根来再世苗。
　　不知今生可消得前生债,猜不透三生缘法枉煎熬。
　　偏是今夜这般风雨啊!
　　只听空檐渐沥乱声敲杂。一片盲风四壁号。
　　这壁厢不住的潇潇摇竹叶,那壁厢又早是沥沥打芭蕉。
　　更有那红栏一带无遮蔽,铁马丁东乱动摇。
　　奴本愁人,禁不得多愁助。偏偏的一声低来一声高。
　　这才是淋霖绞得肝肠断,和我这泪珠儿点滴不相饶。
　　孤窗无赖,无以消愁。不免题诗一首以写闷怀,则个觑着他天心太忍将人闪。
　　闲得我病他痴两悴憔。
　　怎怪得悲秋易使红颜老,怕这一首秋词要吟瘦沈郎腰。

这种直抒胸臆的心理描写在古代文人笔下是很难想象的,只有在戏曲和曲艺等强调舞台演出的艺术形态中才可能出现。这样的唱词,体现了宫云鹬对《红楼梦》小说原著和仲振奎《红楼梦传奇》的创造性改编,具有独特的文学魅力。①

《红楼梦滩簧》中的心理描写生动传神,刻画人物入木三分。中国古典长篇小说善于以语言、动作体现人物心理,直接的、大段的心理描写非常少见。《红楼梦》开始注意描写人物心理,但仍主要以语言、动作体现心理,直接的心理刻画则非常简练。在《红楼梦滩簧》中,直接的人物心理描写显著增多,作者极尽铺陈之能事,替主人公设身处地、左思右想,将其心理活动模拟细致入微、生动传神,很好地刻画了人物性格。

作为《红楼梦滩簧》中重点塑造的人物,刘姥姥初进大观园时,唱道:
　　我是生长乡间,不比你城中客,常在泥途久惯经。
　　脚根儿把得住苍台滑,反怕那石子高低,要扭了脚中心。
　　可惜你满帮花签弓脚小,倒别要污泥沾滞不能行。
　　说着:"哦唷!才说嘴就打了嘴,偏偏的滑倒了。不用搀得,我已爬起来了。"
　　作者叙述:刘姥姥跟着进来,两双眼睛不住的乱相。只见案上设着笔砚,又见书架上堆着满满的书。

---

① 李根亮:《〈红楼梦〉的传播与接受》,武汉大学 2005 届博士论文。

（老旦）阿弥陀佛！我们想做衣裳也还怕折福，拿着糊窗子岂不可惜？

（老旦）咳人的话儿一些儿也不差，真是大家子住大房。昨儿见了老太太的正房，原大得异样。

大箱大桌大窗棂，木床儿睡得千余人。

更有那柜儿，大得真异奇。

把我们的房子只好在里边盛。

东边人听不见西边话，南边灯照不到北边门。

明开路神站着犹嫌矮，四金刚坐着远离身。

若不是许多物件零星摆，尽可辔头一任马横行。

怪道后院里有个地梯马儿，我想又不上房上晒什么东西，要这梯子何用？后来我才想起来为的是柜头要把东西放。

除却这梯儿岂不要请苍神？

"如今又见了这小屋子，比大得越发齐整了，这屋里东西只好看看，却都不知叫什么，我越看越舍不得离了。"

此处语言描写生动活泼，多处纯用方言土语，对刘姥姥心理的刻画，表现出其既胆怯小心，又处处好奇，还带有一点老年人自以为是的世故，非常符合农村老大娘的口吻和身份，个性化强，朴实生动，具有浓厚的乡土气息。可见作者极其深刻地把握了饱经风霜的刘姥姥求人周济、世故机智的性格特点。

值得注意的是，作为泰州"世家第一"的宫氏家族子弟，宫云羲由于家道中落，人到中年，子媳双亡，不得已迁居泰州城东宫氏家族祭田宫家涵，直接参加农业劳动，故十分熟悉农家辛苦与稼穑之难。他在关注刘姥姥形象的同时，还借刘姥姥之口诉说了生活的艰辛和劳动的繁重，对下层人民的苦难表示出理解和同情。

20世纪初中期形成的江苏地区主要剧种淮剧、扬剧、锡剧等，在改编《红楼梦》时，除移植昆曲、京剧和越剧外，也曾从滩簧中学习借鉴。特别是锡剧，在改编、创作锡剧《红楼梦》时，更是大量照搬了许多《红楼梦滩簧》中的选段，相关戏剧情节、人物角色安排等也一并遵从。由此可见，宫云羲《红楼梦滩簧》的流传之广和对后世的影响之深。

清嘉庆四年绿云红雨山房刻本
《红楼梦传奇》二卷 五十六出

上卷

《原情》《前梦》《别兄》《聚美》《合锁》《私计》《葬花》《海阵》《禅戏》
《释怨》《扇笑》《索优》《谏构》《听雨》《补裘》《试情》《花寿》《搜园》
《诔花》《失玉》《设谋》《焚帕》《鹃啼》《远嫁》《哭园》《通仙》《归葬》
《后梦》《护玉》《礼佛》《逃禅》《遣袭》

下卷

《补恨》《拯玉》《返魂》《谈恨》《单思》《煮雪》《赠金》《寄泪》《坐月》
《海战》《见兄》《哭梦》《花悔》《示因》《偿恨》《说梦》《劝婚》《礼迎》
《凯宁》《剖情》《解仇》《仙合》《玉圆》《勘梦》

《红楼梦》篇帙浩繁,事多人众,登场演戏,既不能悉载其事,亦不能遍及其人。故事如赏花、联吟,人如宝琴、岫烟、香菱、平儿、鸳鸯等,亦不得不概行删去,要之此书不过传宝玉、黛玉、晴雯之情而已。

宝玉、黛玉情事亦不能尽载,可补者于白中补之,否则亦略而不道。

科白有移彼事于此事,有移彼人之事于此人者,有从后补垫者,阙省手耳,非屑乱也。

前《红楼梦》读竟,令人悒怏于心,十日不快,仅以前书度曲,则歌筵将阑,四座无色,非酒以合欢之义,故合后书为之,庶几拍案叫快,引觞必满也。

锣鼓戏,俗套也,循琵琶之例,未为不可顾。丝竹之声,哀多伤气,不可无金鼓以震之,故借周琼海防事,而以功归探春,变后书甄士隐之说,免枝节也。探春之为人,沈谋有断,当亦不愧。

刘老老①大可插科打诨,然添此一人,必添出数人,添曲数折,未免太繁,故去之。

宝钗《合锁》一折,已传其情,故不载"绣兜肚事"。

紫鹃是黛玉忠臣,晴雯是宝玉忠臣,后书以为妾媵,甚当吾谓。麝月亦宝玉功臣也。拟庄有"焚花散麝"之语,可知亦是意中人,故令与莺儿并侍帷幄,抑亦收拾之法也。

后书叙僧道拐骗处下语:"欠圆",故借"海盗招军"而为科诨。

净扮贾母,不敷粉墨;副净扮凤姐,丑扮袭人,皆敷粉艳妆,不敷墨;老旦扮史湘云,与作旦妆扮同,余仍旧。

曲中有必不可少之人,而班中旦色有定,不得不一人而兼数人,合两班之旦为之,则劳可分矣。

红豆邨樵识

---

① 刘老老:同"刘姥姥"。

　　今世艳称《红楼梦》，小说家之别子也。其书有正有续，积卷凡百五六十。前梦未圆，后梦复入，虽有佳梦，何其多也。吾友仲子云涧，以玉茗才华，游戏笔墨，取是书前后梦，删繁就简，谱以宫商，合成新乐府五十六剧，关目备情韵流，可使寻其梦者一炊黍，顷而无不了然；黄粱邪、仙枕邪？抑何简妙，乃尔邪。夫辞尚体要久矣。昔李延寿，芟"五代八书"之芜，成"南北二史"；欧宋修《唐书》，事则增，而文则减，其斯为文人之巨笔。与今仲子有此妙才，试取古今大事记，提纲挈领，成一家言，又岂徒占梦中之梦云尔哉。于其督序，逐书以广之。

河间春舟居士题

《都转宾谷夫子题辞》
梦中死去梦中生,生固茫然死不醒。
试看还魂人样子,古今何独《牡丹亭》?
不解冥冥主者谁,好为儿女注相思。
许多离恨何尝补,姑听文人强托辞。
底事仙山有放春,争妍逐艳最伤神。
真灵亦怕情颠倒,人世蛾眉不让人。
栊翠怡红得几时,葬花心事果然痴。
一园尽作埋香冢,不独芙蓉竖小碑。
有情争欲吊潇湘,说梦人都堕梦乡。
与奏玉圆辞一阕,免教辛苦续《西厢》。

巡抚衔巡视两淮盐政江西南城曾燠

题辞

传奇演义竞排场,琐碎荒唐两不妨。
十斛珠穿丝一缕,难将此事付高王。
童憨稚戏了无猜,富贵家儿才不才。
天遣口中衔石阙,情场红翠合生埋。
黛痕眉影可怜生,钏响钗光别有情。
娇鸟一群声万种,不同名士悦倾城。
文章佳处付云烟,竟有文鳞续断弦。
恩怨分明仙佛幻,人心只要月常圆。
各样聪明各种痴,一人情态一花枝。
亏他五色生花笔,写到尖叉合拍时。

　　　　　　　　　铅山　蒋知让　藕船

题辞

镂月裁云苦费情,眼前说梦可怜生。
且从梦境看天上,翠榜金书十二城。
深苑东风着意吹,娇红惨绿太离披。
葬花绝好埋忧地,争奈春来又满枝。
留仙裙揜①合欢鞵②,生死悲欢两意谐。
多分灵芽才补恨,世间奇福是《荆钗》。
歌喉一串泪珠成,"关马"清辞此继声。
唱出相思满南国,故应红豆擅邮名。

清江　黄郁章　贡生

---

① 揜:同"掩"。后义不再赘注。
② 鞵:同"鞋"。

水弦檀板度新歌,祇①赚痴儿拚泪波。
一样骚人心事苦,当场难得解人多。
石头何处证三生,路滑原难放步行。
钗钏玲珑狮子吼,檀郎认得阿谁声。
分明三业事多端,莫认当前作梦看。
此是羯磨真实语,不曾些子把人瞒。
迷海为鱼事岂殊,忏除回向费工夫。
花前为按乌阑谱,似见光明大宝珠。

　　　　　　　　　　　丹徒　郭堃　厚庵

---

① 祇:同"只"。

题辞

独秀神芝玉茁芽,百花丛擢一枝花。
极矜严处真痴爱,儿女私情亦大家。
气到熏莸自不同,浮花浪蕊扇雌风。
情深正愿和情死,枉费蛾眉妒入宫。
小凤雌皇合一群,怜香底事逼香焚。
填词若准《春秋》例,首恶先诛史太君。
何必重生乞玉鱼,神瑛原是列仙儒。
一家眷属生天去,小妇芙蓉妇绛珠。

仪征　詹肇堂　石琴

天遣多情聚一家，情多翻种恨根芽。
若非补恨拈红豆，争得情缘证茜纱。
露华深护玉山禾，消得卿卿眼泪多。
顾我愁心何处寄？半生清泪亦如波。
返魂续命几曾真，幻结人间未了因。
不枉葬花心事苦，三生终有葬侬人。
漫劳鸩鸟妒鸾皇，总付荒唐梦一场。
勘破温柔乡里事，安心同住白云乡。
读罢新编已惘然，那堪顾曲更当筵。
愿将结习消除尽，复解《南华》第二篇。

吴州　俞国镒　澄夫

题辞

前因后果妙于该,一片痴情任剪裁。
不是词人偏爱憎,妒花风雨太无才。
死去生来事有无,却劳补恨费工夫。
人间大抵都归梦,何必伤心为绛珠?

　　　　　　古蓼　祝庆泰　苇艇

《红楼梦传奇》校注

风月偏宜锦绣堆,大家儿女费安排。
伤心紫府司花册,犹记金陵十二钗。
顽石分明是化身,等闲休负满园春。
当头好月能逢几,且饮醇醪近妇人。
今古情缘一梦中,诔花埋玉恨难穷。
返魂纵有灵香爇,幻果都归色相空。
吴霜点鬓奈愁何,拍板新词子夜歌。
翦烛更翻红豆谱,与君一样泪痕多。

兴化　徐鸣珂　竹芗

《西江月》
命薄果然命薄,情多实是情多。
多情薄命可如何？只好替天补过。
半枕《红楼》残梦,一编红豆新歌。
酒阑灯炧泪如河,直把唾壶敲破。

北平　袁镛　棠邨

题辞

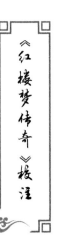

蒙庄妙悟启元风,锦绣丛中证色空。
娇鸟一群丝百丈,可怜辛苦为怡红。
成佛生天亦偶然,痴儿騃①女苦萦牵。
西风一掬潇湘泪,化作冰珠个个圆。
雀裘金线对银釭,惨淡情怀影不双。
一转风轮成小劫,炉烟当傍茜纱窗。
脂盦阳秋绝妙辞,年年红豆种相思。
伤心更有怜春阁,泪尽寒潮暮雨时。

吴州② 陈燮 澧塘

---

① 騃:同"呆"。后文不再赘注。
② 吴州:即泰州。

世事都如梦,《红楼梦》最新。
由来真是幻,何必幻非真?
雨馆残灯夜,梅花异国春。
一声猨①臂起,愁泪几沾巾。

涪陵　邹溆宁　延清

---

① 猨:同"猿"。

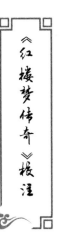

彩云一片断仍连，重证情缘胜得仙。
幻境太虚原不幻，红楼旧恨补人天。
脂粉丛中暮复朝，茜纱窗下黯魂消。
露华记否当年事，雨雨风风慰寂寥。
泪尽潇湘念未灰，薰人花气暗相摧。
岂知珠草回春日，犹带芙蓉①一例开。
缘逢深处天偏妒，情到真时死不休。
千古伤心词客惯，两行泪洒笔花秋。

甘泉② 张彭年 涵斋

---

① 蓉：有版本作"容"，今据阿英《红楼梦戏曲集》改为"蓉"，见阿英：《红楼梦戏曲集》（上），中华书局1978年版，第116页。

② 甘泉：今扬州。

题辞

如泡如梦孰为真！参透元机迥出尘。
一管生花能警幻，更于何处觅仙人？
听雨潇湘奈若何，埋花心事费摩抄①。
大观园里炎凉态，争怪杜鹃红泪多。
过眼风花聚散轻，一群娇鸟各钟情。
凭谁唤醒怡红梦，栊翠庵中磬一声。
又见还魂事可传，别裁新体继临川。
春灯挑尽如年夜，当读《南华》内外篇。
莫怨名登薄命司，花天月地恰相宜。
一生红豆邨中过，此福人间更有谁？

吴州　姜凤喈　桐仙

---

① 抄：同"挲"。

《满庭芳》

新里翻新,慧中参慧,豪端如许风流。生香艳语,一字百温柔。费尽玲珑心孔,闲谱出万种绸缪,入离恨天犹难补,才子笔能勾。

无俦,须要用黄金铸版,白玉雕按,付二八娉婷,绝妙歌喉。檀板轻敲低唱,细描摹一觉扬州。今古事,无非梦境,岂独是《红楼》?

秣陵① 黄钰 秋舲

---

① 秣陵:今南京。

题辞

　　《红楼》无梦不成春,梦到《红楼》转似真。锦瑟浓香花世界,谁人不是梦中人?

　　我住《红楼》二十年,而今梦醒大罗天。曼华不现空中相,那得重寻梦里缘?

　　多君说梦警痴顽,入梦苍黄出梦间。不是先生无梦后,争教此曲到人间。

吴州　吴会　晓岚

十二金钗半折磨,生生死死奈情何。
却怜情海波千尺,不抵颦卿泪点多。
绛珠宫里春空老,青埂峰前月易斜。
只有芙蓉情种子,年年开作断肠花。
公子佳人总太痴,痴情何必仗仙慈?
一声玉笛高吹起,即是《红楼梦》醒时。

       吴州 仲振履 云江

上卷

《红楼梦传奇》

吴州红豆邨樵填词
同里邢亭居士按拍

第一出 《原情》

【中吕引子·青玉案】(末仙装上)情关一座高千丈,问若辈谁能撞?古骨森森非本相。(贴仙装上)赤霞宫里,灵河堤上,又注风流账。

(末)天若有情天亦老,(贴)月如无恨月常圆。(合)有人打破三生梦,高坐清虚第一天。

(末)小仙乃放春山遣香洞太虚幻境警幻真人焦仲卿是也。

(贴)小仙乃警幻仙姑兰芝夫人是也。

(末)夫人,我和你生堕分离劫数,死归忉利天宫,将欢补恨,永偕碧落之缘,去喜忘悲,早醒红尘之梦。上帝因我夫妇识破痴情,命司幻劫,分掌太虚幻境两天之事。夫人主离恨天,小仙主补恨天,专管世间一切情男情女,离合死生,统领各司,稽查册籍。痴多者岂必圆成,疏极者或翻团聚。合者可离,离者可合;生者可死,死者可生。万变不常,一情所引。凡此因果,皆我太虚天中主之。

(贴)相公,我想情场如斯颠倒,那些痴儿騃女,尚尔沈溺于中,真堪一哂也!

(末)便是:

【过曲·泣颜回】辛苦是情场,一片情天罗网。恩男爱女,难逃情劫悲惘;怜生痛死,纵仙缘也堕非非想。算通身泪点流完,空遗恨神人霄壤。

【前腔·换头】(贴)春窗刻凤暗虚房,隔断那九地三天音响。我想若能不合,那得有离,若能不生,那得有死?无边魔障,都因爱心迷惘。金刀破枣,仗天恩别注回生榜。唤香魂重到人间,偿不尽生前悲映。

(末)那一宗还泪公案,神瑛、绛珠、芙蓉仙子和一班欢喜冤家俱经下世,合是夫人主持离恨,也该打点布散相思了。

(贴)妾怜绛珠魔劫甚重,意欲召彼神瑛,梦游幻境,谱成歌曲,指点迷途,若能不着情魔,免堕无量苦海。相公意下如何?

(末)夫人言之有理。

【千秋岁】但忘情定免牛头旁,也省却恩报仇偿。提醒痴人,提醒痴人,怎不把你个仙姬全仗?那绛珠得免劫难,转可速就良缘。我也得少一番运用。只是凤孽已深,恐难唤转。况且芙蓉仙子,与神瑛并无身缘?今生泪,前生账,心缘重,身缘妄。便做醒酬非枉,怕佳人命蹇容易摧伤。

（贴）如今先召神瑛,随机指点,若还不醒,然后以练容金鱼,赐与绛珠,则他日回生,便易为力矣。

【越恁好】真身不坏,真身不坏,此金鱼补恨方。那芙蓉仙子呵！芙蓉杨柳,早注定同根长。意孜孜,恨茫茫,意孜孜,恨茫茫,袅亭亭两灵儿重现高唐。为妒雨惊风,到来生尚兀自无限苦伤。香鸾侍,翠凤双,冤结都休讲。好笑绛珠聪明一世,未免懵懂一时。矢求仙至愿,翻被仙降。

（各笑介）

（末）史真人应为夫人弟子,会当以真诀相传。

（贴）且待了彼尘缘,再为指授。

【红绣鞋】（合）他是侯门薄命孤孀孤孀。做大罗天上仙娘,仙娘。抛绣袺①,改云妆,葱种绮,菜栽琅,看骑鸾参拜西王,西王。

【尾声】生生死死情无恙,一曲红楼好梦香。

（末）夫人,你且去唤取神瑛侍者来上方。

林颦卿死补还泪缘,柳晴雯生泄搜园痛。

贾宝玉离堕野狐禅②,史湘云合勘《红楼梦》。（同下）

---

① 袺:音[jié],古代交叠于胸前的衣领。此处代指衣服。
② 野狐禅:典出盛唐时期百丈禅师在江西百丈山开堂说法,点化一野狐而得。后世把没有真正悟达禅境却自以为因果者,称作"野狐禅"。日常也以"野狐禅"泛指歪门邪道。

第二出 《前梦》

【正宫引子·喜迁莺】(生金冠箭蟒上)奇情天与,又赋就玲珑,一寸心珠。借月为家,将花作枕,年少正好欢娱。频送懒,文章无用;真快乐,缘分何如？问此生恁风流,莫认寻常纨绔。〔清平乐〕凌霄奇气,别具云霞志。命酒看花闲一世,才是生人乐事。功名水上浮沤,荣华草露空留。常傍玉闺春暖,也应抵得封侯。

小生姓贾,名宝玉,金陵人也。先祖代善,以功封国公,中年下世。祖母史太君在堂。父亲讳政,现任工部员外。母亲王氏,诰封宜人。小生生时,口中衔下一块五彩晶莹之玉,因取名宝玉。丰仪绝世,灵悟非常,为因祖母爱怜,与姊妹一同娇养。我想女儿是水做的骨肉,男人是泥做的骨肉。我但见了女儿,便觉神气清爽,见了男子,便觉臭浊逼人。以此终日闺中,未尝轻出户外。脂香粉泽,闻之则心骨皆仙;玉软花酣,见之则神魂若醉。祖母又与一侍儿,名唤袭人,温柔可爱,朝夕相依。煮酒裁诗,自谓无惭风月。争奈父亲定要小生读书,为求取功名之计,只得闷守书斋,可也了无生趣。其实,文章不过禄蠹之津梁,贤传圣经,何劳敷衍？勋业亦属名虫之作用,皋夔益赞,岂读诗书？总不如活泼心胸,陶写性灵为妙。正是但愿一生花里活,何须百卷案头排。

【过曲·玉芙蓉】流光过隙驹,垂白欢无补,算香天翠海,此生堪度,甚蟾宫折桂云梯步,待鸾纸裁花锦句书。可笑这班女子,也撇不去功名二字,常常苦劝小生,也觉太不知心了。红闺住,怎得个同心伴侣,绝没些俗人心孔,常此对清虚。

痴坐半日,身子乏了,不免隐几一回。嫩寒锁梦因春晓,乱絮吹云觉昼长。(睡介)

(贴仙装上)春梦随云散,飞花逐水流,寄言众儿女,何必觅闲愁。小仙兰芝夫人,来领宝玉魂游太虚,将《红楼梦》新曲,令美人歌唱,使彼听闻,化其痴心,早入佳境,庶免历劫之苦。来此已是,宝玉醒来！

(生起介)呀！这却是何处也？你看朱阑玉砌,绿树清溪,人迹罕逢,纤尘不到,真好清凉地面呢。且住！那边有位仙姑,待我问他一问。(揖介)神仙姐姐,这是什么地方吓？

（贴）此乃离恨天上,灌愁海中,放春山,遣香洞,太虚幻境。吾即警幻仙姑是也,司人间之风情月债,掌尘世之女怨男痴。今日与尔相逢,亦非偶然,可便随我一游。（生喜介）这可妙极了!（行介）

【前腔】轻云满袂裾,拂面吹灵雨,太虚幻境,见金书翠榜,半天呈露。假作真时真亦假,无为有处有还无。

（想介）这对句好奇也。为甚么将真作假偏多误,还只待有处如无总是虚?痴情司、结怨司、朝啼司、莫哭司、春感司、秋悲司、薄命司。呀!你看两傍配殿,各署司名,不知里面是些什么?吓!神仙姐姐,小生要到各司中随喜随喜呢。
（贴）此各司中贮着普天下过去未来女子册籍,尔凡眼尘躯,未便先知就里。
（生）神仙姐姐,小生那里就能知道,略容我去去罢。
（贴）也罢,便在薄命司中走走罢。（案上设册籍,生入看介）金陵十二钗正册,金陵十二钗副册,金陵十二钗又副册。且住,小生家本金陵,莫非我家女子,都在这上面?待我取来一看。霁月难逢,彩云易散,这却是谁?堪羡优伶有福,却与公子无缘,这又是谁?待我且看正册。玉带林中挂,金簪雪里埋。越发奇了。后面又有这许多画儿,好难解也?缘何故,这谜儿难悟;细端详,教我难打闷葫芦。
（贴拖册介）这闷葫芦打他则甚?且和我游玩去来。（生随行介）
（内奏乐介）（生听介）（内唱）

【北中吕·粉蝶儿】开辟鸿蒙窍阴阳,害人情重,问谁人风月都空?悼温金,悲冷玉,伤心何用?唤醒愚蒙,仗红楼一场春梦。

（生）是歌得好也呵。神仙姐姐,此曲何名?
（贴）此曲名《红楼梦》。
（生）《红楼梦》,好吓。
（内唱）

【石榴花】一个儿艳晶晶员峤小仙葩,一个儿润生生玉无瑕。若说是无缘偏又遇着他,有缘也假,无处抓拏。甚的是好相知,甚的好相知。东恩西怨同归罢,生离死别两无回话。若没个补缘人,若没个补缘人,重安了连环靶,都化做阳台一片晚云斜。

（生泪介）怎这样凄楚人呵?（内唱）

【斗鹌鹑】一个儿眼睁睁万事全抛,眼睁睁万事全抛,颤巍巍缞衣换了。又谁知翠娟娟杨柳依人,娇滴滴芙蓉更好。一个儿秋雨团蒲宝树高,早勘破繁华景,雾烟消。只分的伴孤眠佛火宵青,伴孤眠佛火宵青,倒博个放双花银灯夜皎。

【上小楼】一个使聪明将身害,一个弄机关生性歪,划地里好梦无多,春色将阑,为着谁来?并头莲原自双开,并头莲原自双开,盲风瞎雨,于花何碍?空赢得汗颜难盖。

上卷

【寄生草】无心的翻成对,着意的偏堕坑,有恩的都从死里逃身命,有情的心虽如铁终难冷。这的是死生离合皆前定,只一个瑶池侍从不关情,眼看着白茫茫大地真干净。

（生）神仙姐姐,此曲音节甚哀,又无头绪,小生不愿听他,别处随喜去罢。

（贴）咳！痴儿尚然未悟。

【朱奴插芙蓉】〔朱奴儿〕红楼梦仙音甚都,怎唤得你痴儿愚鲁。困顿方才念仙语,怕回首空伤迟暮。（叹介）人难度,是生来命途。〔玉芙蓉〕把相思劫中甘苦要咀茹。（生径行介）

（贴）你看他竟自去了,直恁么唤他不醒也。

（生）呀！

【倾杯赏芙蓉】〔倾杯序〕蓦忽的日暗风凄路径芜,一抹烟和雾。只见这黑木长溪,又没桥梁,倒有那狰狞犭犴①虎,怪鸟啼呼！（贴）宝玉作速回头！（生）哎呀！神仙姐姐,这是哪里吓？（贴）这是迷津,遥亘千里,其深万丈,无舟可通。你若堕落其中,那便百千万劫了！（生惊介）呀！

【玉芙蓉】却原来迷津浪涌无舟渡,还只怕直堕其中断送吾。何方去？望仙姑指与。（内金鼓介）（贴下）（生）哎呀！不好了！水中许多夜叉海鬼来也！神仙姐姐,救我一救！偏偏他又去了！（急走介）唬得俺三魂不守汗如珠！

（夜叉海鬼上,赶生绕场,作拖下水介）

（众下）

（生大叫介）

（丑急上）宝玉！宝玉！怎样了？

（生醒介,痴介）好奇梦也！

【尾声】这无端噩梦心惊怖,为甚的黑海迷津陷此躯？（丑）你到底做了什么梦？（生）吓！袭人！且和你归向房栊说太虚。

浅睡偏惊春梦婆,虚堂斜照半窗过。

何由小海风波大,愁听红楼一曲歌。（带丑下）

---

① 犴:同"豻"。

第三出 《别兄》

【商调引子·绕池游】（旦素妆上）凄凉独自，命薄真如纸。（泪介）痛双亲而今已矣，兄依妹倚。又扁舟催人离异，做愁天孤云暮飞。

冰雪聪明命不犹，怅怅多病又多愁。如何更有分离感，千里关河一叶舟。

奴家林黛玉，金陵人也。父亲如海公，官拜两淮盐政。母亲贾氏，诰封夫人，单生奴家一人。嗣兄良玉，系我母乳餔①长成，与奴友爱，无异同胞。（泪介）争奈父母相继归西，依傍嗣兄，便在扬州居住。我哥哥欲承先业，奋志读书，一切家事，皆命义仆王元经理，以此事业尚不雕零。只是形影相依，未免孤苦耳。日来外祖母史太君，悬念奴家，几次遣人来接，奴家不敢推辞，只得买舟北上。今早已经下船，尚未解缆，且待哥哥到来，和他嘱别一番。（叹介）想奴家姿禀天人，胸罗今古，屯邅至此，其如何何！（泪介）

【过曲·山坡羊】泪潸潸，不能舍的乡地；远迢迢，不能分的兄妹；哭哀哀，不再生的二亲；软怯怯，不中用的愁身体。真命苦，怨天不做美，有颜便似玉，虚生耳，倒不如腹少才华做凡女子。思之，虚飘飘病怎支？含悲，实丕丕苦告谁？

我听得母舅家，有个衔玉而生的表兄，唤做宝玉，长奴一岁，只不知怎么样个人儿。

【前腔】少甚么王孙公子，却是他灵胎奇异。打量着生有根基，到红尘游戏、游戏。那人间世，便是奴家呵，恁风姿也，天仙来到此。俺的心儿聪慧，不让灵妃月姊。如今呵，却一处相依。敢灵山旧相识，迟疑，要分明见有时，须知，蓦生人他是谁？

（副净侍儿暗上）

（小生带末上）

【引子·忆秦娥】销魂地，一番风雨添憔悴，添憔悴，江云燕树，分开同气。

（副净）大爷来了。

（旦泪介）哥哥！

---
① 餔：同"哺"。

（小生泪介）贤妹，你抛弃家园，远依舅氏，愁多似絮，身弱如花，使我悬心，切宜珍重。

（旦）哥哥，你抱恨终天，卜居异地，勉承堂构，矢志诗书，愿惜良时，无忧远道。

（小生）贤妹！

【过曲·金络索】〔金梧桐〕你腰身柳不支，瘦弱花相似，劳顿舟车，自要扶持，自三餐好顺时。〔东瓯令〕到京师，双鲤投波莫漫迟，平安庶免兄牵系。今日在姜兄处遇一道长，他有一枚练容金鱼，说是安期岛玉液泉所出，能起死回生，使身形不坏，这话却也无凭。但是此鱼，长祗四分，浑身金色，投之水中，自然活动。那鳞甲上，且有篆书八字，道是："亦灵亦长，仙寿偕臧。"实实是一件异物。我想妹妹必然爱他，特地买来奉送。〔针线箱〕但取这"仙寿偕臧"几字儿，〔解三酲〕言词利，〔懒画眉〕供你兰闺无事闲嬉戏。〔寄生子〕跃清波一片天机，权把做忘忧计。（送旦介）

（旦）果然奇怪。雪雁，取水来。

（副净取水介）

（旦抛鱼看，喜介）多谢哥哥，这真是个宝贝呢。

【前腔】身同粟粒微，浪跋灵鲲势，鳞细于尘，上篆阳冰字。这是乾坤巧弄奇，鼓灵机，棘顶猕猴不罕悉。敢则是金龙幻作须弥芥，谁信道白小多蟠活即师。须珍秘，仙泉玉液谁能至？我想那道人呵，居然到蓬岛安期①，多管是神仙辈。

（末）启爷开船了。

（小生）开船罢，我送姑娘一程。

（末）是。（叩头介）王元叩送姑娘。

（旦）起来。老人家，大爷诸事，你须加意照料呢。

（末）老奴敢不尽心。（回身介）分付开船。（下）

（内鸣金开船介）

（旦泪介）

【尾声】伶俜更向他乡寄，（小生）分手前途泪满衣，（合）又知是何月何年重见伊？

晚云流水放扁舟，珍重金鱼作远游。

此去燕台秋正好，二分明月忆扬州。（同下）

---

① 蓬岛安期：蓬岛，指蓬莱仙岛。见《史记》卷二十八："自威、宣、燕昭使人入海求蓬莱、方丈、瀛洲。此三神山者，其傅在勃海中，去人不远；患且至，则船风引而去。……后五年，始皇南至湘山，遂登会稽，并海上，冀遇海中三神山之奇药。不得，还至沙丘崩。"安期，指安期生。人称千岁翁，安丘先生。琅琊人阜乡人。师从河上公，黄老道家哲学传人，方仙道的创始人。道教视安期生为重视个人修炼的神仙，故上清派特盛称其事。传说他得授太丹之道、三元之法，羽化登仙，驾鹤仙游，或在玄洲三玄宫，被奉为上清八真之一，其仙位或与彭祖、四皓相等。在陶弘景《真灵位业图》中列在第三左位，奉为"北极真人"。

第四出 《聚美》

【黄钟引子·玉女步瑞云】(外冠带上)念切君亲,忠孝万分难尽。(老旦上)椒房①贵,尤加敬谨。

(外)生平严正立朝端,(老旦)为感君恩天地宽。(合)但得公余频舞采,白头人最爱寻欢。

(外)下官贾政,字存周。贯本金陵,位居水部。夫人王氏,内助甚贤。所生三子三女,大儿贾珠,不幸殀②亡,寡媳李氏,抚孤守节。二儿宝玉,衔玉而生,虽在髫年,也还聪慧。争奈诗书懒读,情性乖张,终日在姊妹丛中厮混。只因母亲爱怜,不能严加管束。三儿贾环,庶出之子,闒茸而幼。大女元春,以才人入选,蒙圣恩册为凤藻宫贵妃。三女探春,四女仲春,龆龀未字。下官为荣公次子,家兄贾赦,已袭正爵。皇上念先人之功,持颁余荫,是以下官得司今职,拜恩之后,竭蹶不遑。近来又蒙恩旨,许令元妃归省,现在盖造省亲别墅。录录事多,一时无人经理,只得将侄妇王氏接来,承管一切家务。且喜才情开展,御下有方,甚得母亲欢心,这也极妙了。今日秋光甚好,特请母亲出堂,欢笑一番。夫人,酒筵可曾齐备?

(老旦)齐备了。

(外揖介)奉请母亲上堂。

(正旦、副净扶净上)

【前腔】(净)大国铭恩,一世荣华过分,垂老日,龙钟自哂。

孩儿、媳妇,请我出来则甚?

(外)今日秋光甚佳,儿、媳备有酒筵,请母亲一坐。

(净)生受你们。(内奏乐,外、老旦奉酒介)

---

① 椒房:椒房,西汉未央宫皇后所居殿名,亦称椒室。在未央宫,为汉代皇后居住的宫殿。以椒和泥涂壁,使温暖、芳香,并象征多子。后亦用为后妃的代称,这里代指贾元春。如(清)·孔尚任《桃花扇·拜坛》:"自古道,君王爱馆娃。纻背纱,先须采选来家,替椒房作伐。"

② 殀:同"夭"。

（净）你们坐了，叫两个孙媳伺候罢。（外、老旦告坐介）

（合）

【过曲·画眉序】锦堂人，天寿加筹步安稳，对秋高气爽，同庆长春。（副净、正旦奉酒介）酒怀宽，琼斝芳流；山珍荐，金盘香歕。暮年欢笑精神健，到百岁灵蓍①还闰。

（净）那省亲别墅，有几分工程了？

（外起介）将次落成。

（净）我听得对联匾额，皆系宝玉所题，可还好么？

（外）也尽有些小聪明，只是正业上不肯认真料理。

（净）孩子家慢慢教导，太逼紧了，倒怕生病，反要旷功呢。

（外）是。

（净）今日宝玉那里去了？

（老旦起介）庙上跪香去了。

（净）我说他怎么不来呢？

（正旦、副净奉酒介）

（合）

【前腔】丹桂暗吹芬，筵上风来绣帘引。更酒情踊跃，笑语殷频。（净）林丫头也该来了？（外、老旦）正是。（净）我听得你薛家妹子，带了儿女，也要进京，敢则也该到了。（老旦）也该到了。（净）盼天涯，秋水孤舟，排灯下，珠环云鬓。（合）暮年欢笑精神健，到百岁灵蓍还闰。

（净）收过了罢。

（众）是。

（小生上）禀上老太太，林姑娘到了。

（净喜介）好好，我正想他，他就来了。

（旦上）满袖辞家泪，孤云出岫心。（见介）

（净抱旦哭介）儿吓！你真恁命苦，怎么你父母通不在了！我也不能见他一面！

（旦哭介）（众泪介）

（净）

【滴溜子】青天的、青天的、为何太忍，双亡化、无儿堪悯。（旦）女孙伶仃失训，因连次遣人，感深下悃②，特放扁舟来见至亲。

---

① 灵蓍：占卜用的蓍草。如（汉）王充《论衡·状留》："贤儒之在世也，犹灵蓍神龟也。"（唐）罗隐《投秘监韦尚书启》："灵蓍神蔡，惟祷所从。"

② 悃：诚恳之意。如《楚辞·卜居》："悃悃款款，朴以忠乎？"（明）罗贯中《三国演义》："先此布达，再容斋戒薰沐，特拜尊颜，面倾鄙悃。统希鉴原。"

(净指外介)这是你舅舅。(旦拜介)
(外)儿吓!我和你母亲,最相友爱,你今到此,便与家中一样,有甚言语,告诉你舅母。
(旦)是。
(外点头叹介)好个孩子。
(净指老旦介)这是你舅母。(旦拜介)
(老旦携旦背介)儿吓!我嘱付你,我有个孽根祸胎,是家里的混世魔王,你只不要睬他。
(旦)可是衔玉而生的这位表兄么?
(老旦)正是。
(旦)知道了。(背介)不知怎样个惫懒人儿。
(净指正旦介)这是你珠大嫂。(互见介)(旦视副净,迟疑介)
(净笑介)你不认得他么?他是我们这里有名的一个泼辣货,叫做凤丫头。(众笑介)
(老旦)儿吓!这是你琏二嫂。
(旦见介)原来是二嫂子。
(副净)哎哟哟!我的姑娘!当不起!当不起!(细看介)好标致人物,真是老祖宗的气派,怨不得老祖宗天天心里口里想。
(小生上)禀太太,薛府姨太太和姑娘进府。
(净)你们去罢。
(外、老旦)是。
(外)眼看娇女悲同气,(老旦)心系连枝喜再逢。(下)(正旦随下)(杂旦暗上)
(净)紫鹃!叫姑娘们来。(杂旦应下)
(副携旦手介)妹妹清臞,可服什么药?
(旦)服养荣丸。
(净)我们现配着药,就便给他配些。
(副)是。(老旦携小旦上)
(老旦)自携青鬓客,来拜白头人。老太太!这是媳妇的姨侄女儿薛宝钗,特来拜见老太太的。他娘明早过来请安。
(净)替我问姨太太好。(小旦拜介)(净扶住介)真好人物呢。(向旦介)你们也见一见,以后总要常在一堆的。(旦、小旦见介)
(老旦)这是林妹妹。这是你凤姐姐。(小旦、副净见介)
(副净)宝妹妹,我还没去请姑妈安呢。
(小旦)好说。

上卷

（净）媳妇，我想姨太太既来，也不必外边居住，咱们家梨香院空着，就请到那边住罢。只是窄小些，却可常常来往的。你去告诉你老爷。

（老旦）是。宝丫头，你在老太太的身边坐坐，我着人来请你。

（小旦）是。（老旦下）

（副净）我也得去照料林姑娘的行李呢。老太太！林妹妹的行李，就铺在里间房里罢。

（净）把宝玉挪到前间，林丫头就在后间住罢。

（副净）是。几声灵鹊报，一对玉人来。（下）

（小旦）妹妹也是才到么？

（旦）也是才到。

【鲍老催】**乍来绣壶，幸珠晖玉泽，邂逅佳人。**（小旦）**你朦梅雅度仙丰韵，才是真佳丽，冠群芳，羞金粉。**（杂旦引贴，正旦垂鬟上）（净）过来见了薛、林两家姐姐。（各见介）（净）这是我两个孙女，他叫探春，他叫仲春，以后你们一处读书、写字、做针线罢。（众）是。（合）**今生有缘相亲近，云姿月貌人儿俊，何必向飞元把鲜于问？**

（生上）残钟送客寺门净，活火围香房户深。老太太，宝玉回来了。

（净）快见了你姐姐妹妹。（生见介）

（旦惊介）倒像那里会过来？

（生）这妹妹我认得的。

（净笑介）又胡说了。你在那里见过他？

（生）见是不曾见过，却像是熟识的。姐姐尊名？

（小旦）奴家宝钗。

（生）妹妹尊名？

（旦）奴家黛玉。

（生）表字呢？

（旦）无字。

（生）我送妹妹一字，莫若颦颦最妙。

（贴）二哥哥可又杜撰了，什么出典？

（生）这出在《古今人物考》。西方有石名黛，可代画眉之墨。这妹妹眉尖若蹙，用这两字岂不恰好？（四望介）可惜喜鸾姐姐、史大妹妹未来，不然，倒是个胜会呢。

（内）太太请宝姑娘。

（小旦）来了。再来请老太太安罢。

（净）好说。三丫头、四丫头陪了过去。

（贴、正旦）是。画堂辞阿姥，（小旦）深院过梨香。（下）

(净)紫鹃,林姑娘带来丫环太小,你便伺候林姑娘罢。

(杂旦)是,姑娘。(紫鹃叩头)

(旦)妹妹请起。

(净)袭人呢?(丑应上)

(净)伏侍宝玉去睡罢,我要睡了。(合)

【尾声】绕芳灯,花半褪,听金壶银箭①已宵分。(杂旦、丑扶净下)(生)妹妹,你认得我,我也认得你。(合)莫不是大会龙华②,和你有旧因。

似曾相识两惊疑,执手翻嫌见面迟。

试剪西窗红蜡烛,不妨谈到月斜时。(携手下)

---

① 金壶银箭:古时计时工具。典出(唐)李白《乌栖曲》:"银箭金壶漏水多,起看秋月坠江波。"
② 大会龙华:典出《弥勒下生经》,弥勒菩萨于龙华树下成道的三会说法。又称龙华会、弥勒三会,略称龙华。

第五出 《合锁》

《红楼梦传奇》校注

【中吕过曲·驻云飞】(小旦上)小病新瘥①,倦倚妆台花半軃②。生怕禁寒卧,还怕支寒坐。嗏!闲理绣床罗,刺花描朵。习静空闺,且做清功课。分付炉熏莫漫多。〔菩萨蛮〕红帘深掩香闺情,梅花昨夜新开了。无力拨炉灰,慵来病乍回。不知愁甚个,草草梳妆坐。云冷暗罘罳,独儿睡醒时。

奴家薛宝钗,金陵人也。生书香之后,为豪富之家。最厌繁华,颇耽书史。罕言寡语,人道妆愚。安分随时,自云守拙。父亲早世,老母相依。哥哥薛蟠,性情骄纵,奴家常时相劝,略不回心,这也无可奈何。近因挈眷来京,寄居贾府,姨母甚爱奴家,又得与姊妹们相聚。其中,黛玉姿才,一时无两,尤为契合。此间有位表弟,名唤宝玉,当初系衔玉而生。想奴家幼年,有一疯僧,赠我金锁,说是将来与有玉的是姻缘。因此奴家见他,每每回避。只不知这话可真否?

【前腔】天意如何,慧眼支郎③传证果。道他是东床卧④,奴是赔钱货⑤。嗏!争说附松萝,玉胎金锁,谁占王昌,没的难猜破。只分人前回避呵!

不免做些针黹则个。(针黹介)

(生上)

---

① 瘥:chài,病除之意,如(北宋)孔平仲《续世说·凤慧》:"患既未瘥,眠也不安。"
② 軃:duǒ,下垂之意。如(唐)岑参《送郭乂杂言》:"朝歌城边柳軃地,邯郸道上花扑人。"
③ 支郎:有支谦、支遁和僧人统称三种解释。此处应指东汉末年、三国时僧人支谦。其人西域本月支国人,于东汉迁吴地,从黄武二年(公元223年)到建兴二年(公元253年),先后译出《大明度无极经》等八十八部,一百一十八卷,为著名的佛经翻译家。其人细长黑瘦,眼多白而睛黄,除博通梵籍外,于世间技艺亦多所究研,时人谚曰:"支郎眼中黄,形躯虽小是智囊。"见(隋)费长房《历代三宝记·魏吴录》、(宋)道诚《释氏要览·称谓》。
④ 东床卧:典出"高卧东床"。参见《晋书·王羲之传》。太尉郗鉴使门生求女婿于导(王导)。导令就东厢遍观子弟。门生归,谓鉴曰:"王氏诸少并佳,然闻信至,咸自矜持;惟一人在东床坦腹食,独若不闻。"鉴曰:"正此佳婿邪!"访之,乃羲之也。遂以女妻之。
⑤ 赔钱货:对女孩子的贬称。如(元)马致远《黄粱梦》第四折:"至如将小妮子抬举的成人大,也则是害爹娘不争气的赔钱货。"(清)蒋士铨《桂林霜·烈殉》:"我的两个娇儿呀,两枝花,未嫁娇娥,比不上赔钱货。"

【南吕引子·临江梅】心字香前花一朵,终朝几遍摩挲。乔乔怯怯占娇多,愁也怜他,怨也怜他。

我宝玉,自与林妹妹相依,莫说他深谈浅笑,足以摇荡神魂,便做薄怒娇嗔,也觉低迷心魄。又且性情洒脱,绝无名虫禄蠹之谈。自古佳人难得,知己尤不易逢。因此小生一心一意,要和他到老,只不知祖母意下如何?若得一语完成,小生便终身极乐了。今日他往东府看戏未回,小生独坐房中,十分岑寂。前日听得宝姐姐身上欠安,不免去看他一看。

【过曲·绣太平】〔绣带儿〕虽则是心疎①意浅,由来本性温和。动人怜,暗里藏娇,不出口俊眼留波。〔醉太平〕犯微疴,只怕花憔月悴人无奈,好趁着暇时相过。纵不比那多情素娥,也须是怨我抛他。

来此已是他闺中了。待我掀帘而入。宝姐姐!可大愈了么?

（小旦）原来是宝兄弟。我好了,多谢你惦记着。请坐,莺儿倒茶来。

（杂旦上）来了。原来是宝二爷。（笑介）二爷,今日甚风儿,吹你到此?

（生笑介）特来瞧瞧姐姐的病体。

（小旦）成日价说你这玉,我究竟不曾赏鉴,今日倒要瞧瞧呢。（移身近生介）

（生摘玉送介）

（小旦）呀!真是奇呢!你看灿若九霞,润分五色。

【懒针线】〔懒画眉〕晶洁空明九光多,说甚么璞守荆山老卞和,敢则召龙腾虎总无讹。〔针线箱〕是谁人直凿得天根破?不是那泛常珍货。

（杂旦）姑娘,这上面还有字呢?

（小旦念介）莫失莫忘,仙寿也恒昌。（反看介）一除邪祟,二疗冤疾,三知祸福。一边儿绿字夸仙寿,一边儿金书除祟疴。莫失莫忘,仙寿恒昌。（背介）他和我,这分明成对,不住把八字吟哦。

（与生挂玉介）（杂旦）这两句话,倒不和姑娘项圈上的,是一对儿么?

（生笑介）原来姐姐项圈上,也有八个字,我也赏鉴赏鉴。

（小旦）你别听他,没有什么字。

（生）好姐姐,你怎么瞧我的呢?

（小旦）不过是两句吉利话儿,没有甚么希罕。（解衣取锁介）你便瞧去。

（旦上）好几日不见宝姐姐。东府回来,瞧瞧他去。

（生）不离不弃,芳龄永继。（笑介）姐姐,果然这八个字,和我是一对儿,这也奇吓。

（旦）这是宝玉的声音吓。（悄听介）（生还锁介）

---

① 疎:同"疏"。

【醉宜春】〔醉太平〕因何芳龄几字,对恒昌仙寿,略不争多。(背介)敢兰因絮果,反不是意里娇娥。差讹,除非水尽却飞鹅。不然呵!〔宜春令〕管成就鸳鸯则个。(杂旦)这是个和尚送的,说要配。(小旦嗔介)你不去倒茶,在此乱说。(杂旦笑下)(生偷眼看小旦介)偷眼看,云娇花媚,也非轻可。

好香吓!姐姐熏的什么香?

(小旦)我不喜欢熏香。

(生)这香味儿,竟从未闻过呢?

(小旦)噢!是了,我今早吃了冷香丸的。

(生)什么冷香丸?

(小旦)说也琐碎。这方子,是春天白牡丹花蕊十二两,夏天白荷花蕊十二两,秋天白芙蓉花蕊十二两,冬天白梅花蕊十二两,于次年春分日晒干研细,又要雨水的雨十二钱,白露的露十二钱,霜降的霜十二钱,小雪的雪十二钱,才丸得成。

(生)可难凑巧。

(小旦)不多几年,也竟得了。

【锁窗绣】〔琐窗寒〕按名花分季搜罗,却共那雪艳霜清雨露和,歊①清香到口,所病旋瘥。(生)余芬扇馥,时萦衣里透肌肤,且休夸那百和。(合)〔绣衣郎〕这非关在《名香传》②呵,这非关在《名香传》呵!

(旦笑入介)好香吓!

(生、小旦笑迎,让坐介)

(生)你穿着这衣服,外面下雪了么?

(旦)可不下了半日呢。

(生)莺儿。

(杂旦应上)(捧茶送介)

(生)你叫我的人,取斗篷去。

(旦笑介)是不是我来了,你就该去罢。

(生笑介)不过取了来,那里就去。

(杂旦接杯下)(捧酒上)太太说天冷,劳二爷、姑娘来,一杯淡酒,搪搪风,不自己陪了,姑娘陪着罢。

(生)我正想着吃酒,冷的才好。

---

① 歊:同"喷"。

② 香传:香谱、花谱。如(宋)刘克庄:《满江红·夜雨凉甚忽动从戎之兴》:"平戎策,从军什。零落尽,慵收拾。把〈茶经〉〈香传〉,时时温习。"(明)高启:《郊墅杂赋》之十二:"静里修〈香传〉,闲中录酒方。"

（小旦）宝兄弟，那《本草》①上道，酒性最热，热饮则散，冷饮则凝，快不要吃冷的。
　　（生）便依着姐姐，吃热的罢。
　　（旦笑，视生点头介）

【大节高】〔大胜乐〕仗芳尊酒热破寒多，这肝肠须似火，热心情休更把坚冰做。〔节节高〕深承荷，依仗他，天花唾，从今冷战②热毃③商量过。

　　（副净提手炉上）姑娘，手炉在这里。
　　（旦）谁叫你送来？
　　（副净）紫鹃姐姐叫送来。
　　（旦冷笑介）我冷死了么？也亏你倒听他的话，我的话，只当耳边风，他说了，就比圣旨还快。我问伊何事偏心大，悄语伊行莫妆痴，闲中世事新看破。
　　（生微笑背介）

【东瓯莲】〔东瓯令〕微言刺，俏言诃，刻薄书生心太多，但聪明一任花奚落。（小旦背介）这话儿尽夺的随和坐。（冷笑介）却缘何舌底动风波？〔金莲子〕我闲处试瞧科。（转介）妹妹请酒。且开怀博取醉颜酡。
　　（旦）酒多了，我们也该去了。
　　（生）我们去罢。（旦为生披斗篷介）（合）

【尾声】漫天雪似杨花簌，姐姐请罢。（小旦）请。（下）（生、旦携手介）双携玉手到香窝。（旦）宝玉，我问你，可有暖香？（生）什么暖香？（旦笑介）若无暖香，怎配冷香呢？（生笑介）（旦）我还问你，以后可吃冷酒了？（生笑介）妹妹休得取笑。（旦）吓！我笑你卖尽查梨④惯撒科⑤。
　　暖阁红炉颂酒时，因怜生爱爱生痴。
　　此中暗有关心处，不遣人知人已知。（同下）
　　（副净提手炉，做鬼脸诨下）

---

　　① 本草：始见于《汉书·平帝纪》，本为《神农本草经》的省称，古代著名药书。因所记各药以草类为多，故称《本草》，后泛指中药类的书籍。
　　② 战：diān，同"掂"。
　　③ 毃：què，断绝。战毃：此处有估量、斟酌之意。
　　④ 卖查梨，亦作"卖楂梨"。原为一般专走妓院卖糖食杂货的小贩的叫卖声，因其兜揽生意时常赔笑（同"陪笑"）脸，故转指笑脸奉承。有时亦含轻薄、无规矩的意思。如（元）无名氏《举案齐眉》第三折："（张云）兄弟，你看这女人，他这般受苦，倒说咱磕牙料嘴。（正旦唱）陪着笑卖查梨。"（元）关汉卿《五侯宴》第四折："你那里干支剌的陪笑卖楂梨。"
　　⑤ 撒科：原指古典戏曲中的表情和动作；诨：诙谐逗趣的话。指穿插在戏曲表演中，使观众发笑的动作与道白。亦泛指引人发笑的言语、动作。如（元）李好古《张生煮海》第一折："随你自去打斛斗，学踢弄，舞地鬼，乔扮神，撒科打诨，乱作胡为，耍一会，笑一会。"《水浒传》第二十四回："干娘休要撒科，你作成我则个。"（明）兰陵笑笑生《金瓶梅》第65回："热热闹闹采莲船，撒科打诨。"

第六出 《私计》

(丑上)柔情一缕破瓜时,自恨生非绝世姿。要共玉郎偕白首,好将心力自扶持。

奴家袭人,自宝玉梦醒红楼,与奴私谐连理,深情密爱,似漆如胶,奴的终身,可也不须忧虑了。只是宝玉的正配人儿,尚无定准。若论他的意思,却与林姑娘亲密。一房居住,朝夕相依,甚至日间同卧一床,深谈浓笑,夜间挑灯共坐,温语柔言,虽无伉俪之欢,俨有唱随之势。只不知老太太和太太心下何如?

若据奴家看来,林姑娘嘴舌利害,性气孤高,却不及宝姑娘温柔敦厚,能容下人。奴家既在宝玉身边,不得不虑及于此。怎生使个法儿,教他撇了林姑娘,娶了宝姑娘才好。且慢慢看个机会便了。

前因大姑娘奉旨省亲,整整忙乱了半年,盖了一座花园,娘娘赐名大观园。楼亭之外,又起了一座庙宇,叫做栊翠庵,招了女尼,在内焚修。又买了一班苏州女乐,在梨香院承值。上元这夜,娘娘驾临,沸地笙歌,接天灯火,帘飞彩凤,帐舞盘龙,说不尽奢华富贵。娘娘和老太太、老爷、太太说了一回话,又和二爷、姑娘们做了一回诗,然后游园饮宴,赏赐诸人。临起身,叫四姑娘画这园图进呈,又分付宝玉和姑娘们进园居住。昨日搬来,我们住了怡红院,林姑娘住了潇湘馆,宝姑娘住了蘅芜院,大奶奶住了稻香村,三姑娘住了秋掩书斋,四姑娘住了蓼风轩。每房中又添了两三名大丫头,五六名小丫头,一时这园中,花招绣带,柳拂香鬟,好不风流艳丽。却愁宝玉进了迷城,要生出许多不尴不尬①之事,教我怎生照应得来?

我们这边添了三个大丫头,那麝月、秋纹也罢了。只有晴雯十分美貌,性情又不随和,宝玉见了,说他模样儿和林姑娘相似,喜的无可奈何。哎呀!天那!怎么男子家不从一而终,竟自见一个,爱一个?

尤且我家宝玉,饿眼馋喉,任是什么人,都要纠缠纠缠。我听得他在外边也很

---

① 尬:古"尬"。

闹事。那日在薛大爷家饮酒回来,系着一条红绉汗巾,问起根由,才知和什么琪官儿换了,却将我的一条葱绿汗巾把与他去。奴家说他几句,他倒涎着脸,将红汗巾来赔我,你道这些事儿,可还了得?倘若老爷知道,岂不白白要打死了么?奴家想来没法,须是拏①个去字哄他,等他情急,苦劝一番,多少是好。今日母兄接奴回去吃年茶,说道要赎奴回去,被奴斩钉截铁,说了一个至死不回。恰好宝玉来到我家,那些光景,料然母兄也都明白,断无赎我的念头了。我却偏要将赎我之事,说与他知道,看他是何情景,再做理会。

吓!晴雯妹妹。

(贴上)娇羞花解语,宛转玉生香。姐姐回来了。

(丑)回来了。二爷呢?

(贴)敢是在林姑娘那里?

(丑笑介)我听得紫鹃说,怎么二爷抱着林姑娘袖子闻香,你可知道么?

(贴)我不知道。本来林姑娘身上,那香味儿与人不同,并不是香珠香袋熏衣香的气味,敢则自来的肌肤香呢?

(生上)春花新放怡红院,莫鼓遥闻栊翠庵。小生搬进园来,十分快乐。老太太又与了一个侍儿,名唤晴雯,百媚千娇,竟与林妹妹依稀仿佛,但不知他情意如何?且自着意温存他些儿。今日从袭人家来,想起林妹妹替做了《杏帘在望》一诗,大为元妃赏鉴,走去谢他,恰好大嫂子、宝姐姐、三妹妹也在那里,商量要起诗社,大家另取一个雅号。小生便叫"怡红公"子,林妹妹是"潇湘妃子",宝姐姐是"蘅芜君",大嫂子是"稻香老农",三妹妹是"蕉下客",惟有四妹妹画着园图,不来入社,又商量去接史大妹妹,议论了半日。不知此时袭人会否来家?且去看他一看。

(笑介)原来你回来了,正要叫人去接你。

(丑笑介)不劳二爷费心。

(生笑介)姐姐,我问你,你家那穿红的是谁?

(丑)是我的姨妹。

(生)真好人物,怎么也在我家就好了。

(丑)这可休想,明年便出嫁了。

(生)咳!可惜!

(丑叹介)自从我来这几年,不得和他们一处,如今我要回去了,他们又都去了。

(生惊介)怎么你要回去?

(丑)今日我妈和哥哥商议,要来赎我。

---

① 拏:同"拿"。

（生急介）为什么赎你？

（丑）这又奇了，我不比家生女儿，那里能在这里一世？

（生）我不叫你去,你也难去。

（丑）也没个长远留下人的道理，我家来赎，正该叫去，只怕连身价还不要呢。

（生）依你说,去定了。

（丑）可不去定了呢？

（生叹介）原来是个薄情无义的人！早知要去，我也不该弄来。（冷笑介）晴雯！你去不去？

（贴笑介）我么,撑着也不走呢。

（生）好！你还好！（闷睡介）（贴下）

（丑摇生介）起来,怎么就睡了？（推生起介）（生拭泪介）

（丑笑介）这有什么伤心的？你果然留我,我自然不去了。

（生）你倒说,我还要怎样留你？

（丑）咱们平日相好,自不必说,但则要安心留我,须依我三件事。

（生）莫说三件,三百件我也依。只要你守着我,等我飞了灰,化了烟,那时你顾不得我，我顾不得你,听凭你们去罢。

（丑）可又来了。这是头一件要改的。

（生）改了。

（丑）第二件,你如今大了,妹妹们也大了,以后须要存神,留个疆界。

（生）依了。第三件呢？

（丑）那第三件,是不要和丫头们厮混,吃什么嘴上的胭脂,和那爱红的毛病儿,通要改了。

（生）通改了。

（丑）至于你喜读书也罢,不喜读书也罢,却要妆①个喜读书的样子,也叫老爷不恼你。

（生）我通依了。

（丑）如今是再不去的了。

【大石过曲·催拍】要相依夜灯晓衾，须守奴三条例禁。休得迷沈，休得迷沈。你做公子公孙，不是山野山林。怎把大礼全乖，成了荒淫？（合）从此后记取规箴，全莫纵幼年心。

（生背笑介）

---

① 妆:同"装"。

【前腔】笑花情言娇感深,买仓庚心痴妒甚。暗自沈吟,暗自沈吟。我有千种相思,怎样持禁?要缓分离,权让他频纵频擒。(转介)(合)从此后记取规箴,全莫纵幼年心。

(贴上)三更天了,睡罢。

【前腔】响丁丁花天漏深,昏邓邓银灯欲阴。香烬春衾,香烬春衾,好向华胥①,一觉酣沈。(丑)隐褥芙蓉,且付他法灸神针。(合)从此后记取规箴,全莫纵幼年心。

花嗔花笑岂无端,梅子枝头一点酸。
约法三章君莫恨,从来枘凿事真难。(同下)

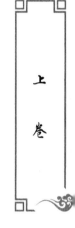

---

① 华胥:传说是伏羲氏的母亲。《列子·黄帝》:"〔黄帝〕昼寝,而梦游于华胥氏之国。华胥氏之国在弇州之西,台州之北,不知斯齐国几千万里。盖非舟车足力之所及,神游而已。其国无帅长,自然而已;其民无嗜欲,自然而已……黄帝既寤,怡然自得。"后用以指理想的安乐和平之境,或作梦境的代称。

第七出 《葬花》

【商调过曲·山坡五更】(生携书上)忒恩恩①韶春已暮,乱纷纷落花如雨。急煎煎子规唤人,闷恹恹②一腔心事和谁语。小生与林妹妹两小无猜,同心已久,自谓今生得一知己,可以无憾。不料他搬进园来,性格忽然一变,若远若近,若喜若嗔,倒教小生无从揣度。偏遇这莫春时候,一片风花,好难消遣也。心缘在,信誓虚,情怀误。只为神光离合,离合无凭据。长恨绵绵,那和春去。

因此携着这《会真记》,出得怡红院来,不免依花藉草,披阅一番,以解闷怀则个。(坐地看书介)

【前腔】破苍苔斜依花树,对香词细参宫羽。问东风吾生奈何,逐游丝,芳踪多怅纱窗阻。(风起举袖介)呀!早落的满身花片也!我想美女名花,皆天地至灵之气,那美人全在温存,这花片岂宜践踏,待我送入沁芳桥下,做个水葬湘妃,也不枉怜香惜玉一场。(兜衣起介,放书介,行介)只是这地上的还得埽起才好。(抛花介)花鲜润,水洁清,无尘污。你看明霞千点,千点随波去。流出仙源,知他何处?(复坐看书介)

(旦珠笠,云肩荷花锄,锄上悬纱囊,手持帚上)

【北越调·斗鹌鹑】则俺是瑶岛司花,常惦记珠宫艳友。眼看着搓粉揉香,还说甚红肥绿瘦。这些时拾翠精神,变做了伤春症候。因此上丢不下惜花的心,放不落拈花的手。准备着护臕③脂药圃云鉏④,拨动俺埽⑤天门零陵凤帚。

【紫花儿序】早贮过绛纱囊丹砂几斗。回避了催花雨过眼缤纷,又遇着妒花风拂面

---

① 恩:同"匆"。
② 恹恹:困倦,精神萎靡的样子,亦用以形容病态。如(明)许仲琳《封神演义》:"气息微茫,恹恹若绝。"
③ 臕:同"胭"。
④ 鉏:同"锄"。
⑤ 埽:同"扫",打扫。

飕飗①。不分明芳春竟去,无倒断花梦谁留?飘流,这是薄命红颜榜样否?怎怪的烟荒月瘦,燕懒莺痴,蝶怨蜂愁。

宝哥哥看什么书呢?

(生起介)妹妹来得正好,我和你将这落花埋起者。

(旦)且慢,将书来看。

(生藏介)没有什么书吓。

(旦)你又来了,一本书儿,也这样藏头露尾,若不拏来,我就恼了。

(生笑介)哦,恼了,妹妹如何恼得?

(送旦介)请看。

(旦看介)是好文字也呵!

【天净沙】这的是艳盈盈《金荃集》②上词头,俊翩翩玉台咏里风流,等超超红豆场中圣手。原来词曲之中,也有天仙化人手段。好一似锦翻翻飞琼回袖,韵悠悠霓裳在月殿龙楼。

(生)妹妹看得好快。

(旦笑介)你道俺女孩儿家,便无一目十行的本事么?(看完介)

(生)妹妹,你道好不好?

(旦笑介)果然有趣。

(生笑介)我是个多愁多病身,你便是倾国倾城貌了。

(旦怒掷书介)呀!

【调笑令】你怎生信口,便胡诌,道倾国倾城病与愁?(哭介)甚心肠爱把奴欺负?好端端少年的心友,定要到参辰③路儿相背走,问哥哥作甚来由?

我去告诉舅舅,看你如何?

(生急介)(扯旦介)妹妹,饶过这次罢,以后再也不敢了!

(旦)

【小桃红】白没事怎将人轻薄肯干休?到高堂你亲口回尊舅。(生连揖介)妹妹饶

上卷

---

① 飕飗:此处指风凛冽貌。如(唐)李颀《听安万善吹觱篥歌》:"枯桑老柏寒飕飗,九雏鸣凤乱啾啾。"(宋)王安石《杜甫画像》:"宁令吾庐独破受冻死,不忍四海赤子寒飕飗。"

② 《金荃集》:晚唐文学家温庭筠的别集。温庭筠词,原有《金荃集》,欧阳炯《花间集序》即称"近代温飞卿复有《金荃集》",而未言卷数。《新唐书·艺文志》著录有《金荃集》十卷,然未知是否为词之专集。清顾嗣立跋《温飞卿诗集》谓见宋刻《全荃词》一卷,然此本既未见公私著录,又未闻流传,不无可疑。今存温词,始见于《花间集》所录六十六首;近人刘毓盘《唐五代宋辽金元名家词辑》有《金荃词》一卷(简称刘辑本),收词七十二首;王国维《唐五代二十一家词辑》有《金荃词》一卷,收词七十首。

③ 参辰:本指参星和辰星,分别在西方和东方,出没各不相见。辰星也叫商星。因用以比喻彼此隔绝。如(宋)秦观《别贾耘老》:"譬我与君索参辰,孰与一见同天伦。"(明)无心子《金雀记·惜别》:"天涯咫尺参辰,眼前难别意中人。"

了罢！（旦冷笑介）你仗着礼体斯文把罪名救，百妆出假温柔。我问你，怎没遮拦，还认取年华幼？（生）小生怎敢欺负妹妹？只不过一时间言昏愦。倘属有心，便堕落沁芳桥下。（旦掩生口介）禁声！做甚便盟神立咒，敢则你失心中酒。（笑介）呸！兀的不是个银样蜡枪头！

（生痴介）

（旦）我们扫花去来。（生应，拾书藏介，荷锄携囊介）（旦持帚扫介）（生装花入囊介）

【秃厮儿】埽不尽锦闱前蜂衔雀藉，只免了锦鞋边玉躏香蹂，恨则恨东风幸薄不耐久。

（生）妹妹，我想这花瓣儿和美人一般，岂宜践踏？你未来之先，我已兜了一衣襟，送入沁芳桥下了，如今也送到桥下去罢。

（旦）此间水气虽清，但是流出园门，便有许多秽浊，岂污了此花？

（生）是吓！这便怎样呢？

（旦）我在那湖山背后立了一个花冢，尽使碎绿残红，皈依净土，你道何如？

（生笑介）我宝玉也算惜花，怎及妹妹这般精细！

（旦笑介）免劳谬奖。但教归净土，较胜付东流沈浮。

来此已是，大家葬花则个。（葬花介）（旦泪介）

（生惊介）妹妹为何掉下泪来？

（旦）偶有所感耳！（背介）

【圣药王】则这花一邱，土一邱，知他能共我合山邱？便道情不休，意不休，不休休到底也休休，那不为花愁？（转介）

（生）妹妹珍重玉体，切莫常常愁闷。（为旦拭泪介，亦自掩泪介）

（贴上）风回裙蝶舞，花绕鬓云香。我晴雯，为寻二爷，来到园中，怎奈百寻不着，不知往那里去了？呀！原来和林姑娘在此葬花。二爷，太太请你呢！

（生）如此，我去了。妹妹也回去罢。

（旦）知道。哥哥请。

（生）香词归绣口，花梦隔琴心。（带贴下）

（旦）宝玉去了，不免回转潇湘馆去者。（荷锄持帚介，叹介）侬今葬花人笑痴，他年葬侬知是谁？一朝春尽红颜老，花落人亡两不知！（泪介）

【麻郎儿】我好似雨中花香鴂玉愁，水中萍蒂小枝浮，百忙里芳心厮藉，又何曾性格钩辀①。

---

① 辀：《说文解字》云："辕也。从车。舟声。张流切。"如《诗经·秦风》："五楘梁辀。"

【幺篇】只为的面羞、事丑、众口,做不的雾非花夜度明休。待博个水和鱼天长地久,不堤防喜成嗔熏香犹臭。

【络丝娘】他其实克性儿言投意投,他料不至将无作有。只是我呵,话到了咽喉,却难剖,闪的他一场消瘦。

（内唱"如花美眷"一曲①介）（旦痴听出神介,锄寻堕地介,软瘫坐介,泪介）

（杂旦上）水流云不定,花落鸟空啼。我紫鹃,为寻姑娘到此。呀！怎生痴痴流泪,是谁得罪了也？

（旦）非也。我触景伤情,你那里知道,扶我回去罢。（杂旦取锄寻扶旦）（旦嗽介）

（杂旦惊介）姑娘,嗽病又起了。

（旦叹介）

【煞尾】柔肠断尽由他嗽,甚年光商量健否？（杂旦）姑娘,到底为着何来？（旦）你待要叩根原下一个解愁方,只问取惹烦冤那三尺埒花帚。

  饯春何早得春迟,独许芳心燕子知。
  闲埒落花流水外,百愁如雨病慵时。（扶旦下）

---

① "如花美眷"一曲:此处指(明)汤显祖《牡丹亭·惊梦》中"【山桃红】则为你如花美眷,似水流年。是答儿闲寻遍,在幽闺自怜。转过这芍药栏前,紧靠着湖山石边。和你把领扣松,衣带宽,袖稍儿揾着牙儿苫也,则待你忍耐温存一晌眠。是那处曾相见,相看俨然,早难道好处相逢无一言？这一霎天留人便,草藉花眠。则把云鬟点,红松翠偏。见了你紧相偎,慢厮连,恨不得肉儿般团成片也,逗的个日卜胭脂雨上鲜。"

第八出 《海阵》

【仙吕·点绛唇】(副净上,走场介)(净领队子上)**大海鲸涛,金鳌尾掉,乾坤倒。铁拨铜铙,拍浪齐歌啸。**十万生犀占海天,金鳌岛畔驾楼船,旁人莫道风波险,夺得骊珠在手边。咱家潘德命,气可排山,力能扛鼎,本系渔户出身,杀人亡命,同兄弟潘德投,逃入海中,占住金鳌大岛,数年以来,有胜兵十万,所向无前,虎视东陲,鹰扬南服,业既鲸吞诸岛,便思蚕食中原,不高鹅鹳之军,新列鼋鼍之阵,足以乘风破浪。便当刻日兴师,探得海防总制,名唤周琼,老迈无能,粮饷不继,奋戈一战,谅必成擒。只是良将无多尚须招纳。

(副净)哥吓!那周琼老头儿,有何本领?不须良将,看兄弟手到擒来。

(净)兄弟,拏那周琼,什么难事?倒怕中原皇帝,遣个能手到来,反要吃亏费力呢。况且欲兴大业,少不得恶战几十场,也不是小可成功得的。你便三头六臂,那里招架得来,便做御驾亲征,也愁众寡不敌,怎么少得良将?

(副净)只是那良将一时怎得就有?

(净)可将招军旗在岛上竖起,一面各处采访奇才便了。今日正当演阵之期,分付大小喽啰,各归队伍,听吾号令。

(副净摩旗介)呔,大小喽啰,各归队伍,听大王号令演操。

(众)嗄。(净高坐介)(内鸣金鼓,副净执旗,引水军上,走阵介)

(合)

【过曲·鹅鸭满渡船】漾横风,旗幡早,一队队蟹将虾兵鼓浪豪,吹螺排阵脚,吹螺排阵脚。只听灵鼍大鼓柂①楼敲,喊的喉咙牛叫。鱼肠剑,蜂壳刀,杂蜮蛇矛逐葾②潮,定把海王惊坏了。只怕晶宫破裂,蓬莱震倒,兀的不是盖世雄骁。

(走阵下)

(净)

【赤马儿】鱼丽鲸麋,鱼丽鲸麋,一声忽哨,驾得网船龙窟鬪③,刮喇喇海涨山摇。只

---

① 柂:tuó。《玉篇》:正船木也。设于船尾,与"舵"同。
② 葾:jiū,草相绕生之意。
③ 鬪:同"斗"。

见鲎背帆开,虹梁路峭,震的轰雷大炮,去把九州占了,去把九州占了。

（众走阵上）

（合）

【前腔】龙蚬①(说明,也可能是虬字。)旗号,蟜②蜂争交,长蛇势矫,蟠蟀鳌大也潜逃,蟠蟀鳌大也潜逃。跕跕飞鸢堕处高,去把九州占了,去把九州占了。

（丑摇船上）背驼元武甲,发挽夜叉头。

（跳船介）巡海喽啰报。

（净）报什么？

（丑）周总制带兵出海。

（净）知道了。（丑跳船下）

（净）大小喽啰,迎上前去。

（众）嘎。（行介）

（合）

【拗芝麻】正待将人祭宝刀,他早来厮闹,海马跑,虾儿跳,大小喽啰剽,虾蟆弩眼,鬼鸟凭云叫,从此中原应占了,周琼不是元戎料。

（领众下）（末白发戎装,引队上）匣里芙蓉有湛卢,口衔威命出京都,但留碧海鲸鲵冢,安用封侯万骨枯。本将周琼,奉旨埽荡群盗。今日出是师,已命儿辈督兵,先行劫杀,本帅随后策应。军士们,杀上前去。

（众应介）（拥末邀场介）（合）

【前腔】大气横将宙合包,吞吐双丸耀,百谷朝,千珍效,肯听取蛟螭闹。榑桑③弓影,横海将军到。歼厥渠魁胁从饶,麒麟阁上图形貌。（下）

（小生上,走场介）壮志吞诸岛,英雄出少年。龙盐知可得,虎飞直通天。小将周端,奉父亲将令,前驱埽荡海疆。（内金鼓介）你看那盗船早蜂拥而来也,军士们,将船一字摆开。（众应介）（副净引众上,战介）（净上,双战小生介）（末引众上,接战介）（末引众趋下）

（净）喽啰们,追上前去。（众应介）

（合）

【尾声】针南指,月上潮,送帆樯威风浩浩,早把个没胆的周郎唬④坏了。

白浪堆边启壮图,狼星今不贯天弧。

好行烈烈轰轰事,蒉绔偷鸡非丈夫。（领众下）

---

① 蚬:民国版本作"虬"。

② 蟜:jiǎo,一种毒虫。

③ 榑桑:同"扶桑",传说中的神木。如(梁)萧统《文选·严忌〈哀时命〉》："衣摄叶以储与兮,左袪挂於榑桑。"(清)魏源《海曙楼铭》："日出榑桑,圣出东方。"

④ 唬:xià,同"吓",恐惧、害怕。

101

第九出 《禅戏》

《红楼梦传奇》校注

【南吕过曲·一江风】(丑上)小冤家，不信奴奴话，性子又难招架。昨日史大姑娘来，在林姑娘那边住下，叴①耐小祖宗，直谈到三更多天，催了几次，才回来睡了。今日天色才明，即便披衣过去。奴家赶去瞧他，早已洗过脸，叫史姑娘梳头呢。我想姊妹们和气，也有个分寸礼节，没有个黑天白日闹的。奴家赌气回来，接着他也来了。和他吵了一场，他自觉无趣，独自坐在房中。弄银毫暗里书愁，冷面飕飕，竟自把奴抛下。如何奴保②他，如何奴保他？由他跌个叉太猖狂，只好奴甘罢。(下)

(生上)

【越调引子·霜天晓角】一齐放下，转觉心闲暇。如许情河波浪，也实在担惊怕。

前日林妹妹问我从那里来，我说宝姐姐处来。他说亏得那里绊住，不然早来了。那时小生便说差了一句，道是只许和你解闷儿，他就大生其气，费了无限温存，才得罢了。昨日宝姐姐生日，史妹妹来了，晚间唱戏，偏偏凤嫂子说，做小旦的很像一个人，史妹妹嘴快道，像林姐姐，我恐怕林妹妹多心，瞅了他一眼，那知史妹妹恼了，又赔了无限不是。这也罢了，再不想林妹妹更恼，又受了多少的语言。今日好端端，又被袭人吵闹了一场，小生竟不知是何缘故。我想不过这几个人，尚难应酬妥协，将来尚欲何为？这正是庄子所说："巧者劳而智者忧了。"③这正是"山木自寇，源泉自盗"④了。

【过曲·绣停针】索垢求瑕，一点痴情惹话疤。几番多谢鹦哥骂，受拘钳做了村沙。甚科条连加罪罚，我也太低迷急急巴巴。如今若俯就他们，将来日甚一日，若加震怒，又觉无情，索性身边不要一人，倒觉心恬意适。不免拟《南华》一段。(写介，念

---

① 叴：同"叵"。
② 保：同"睬"。
③ 巧者劳而智者忧了：典出《庄子·列御寇》："巧者劳而知者忧，无能者无所求。饱食而遨游，泛若不系之舟，虚而遨游者也。"意为有技巧的人劳累，聪明的人忧虑。
④ 山木自寇，源泉自盗：典出《庄子·人间世》："山木，自寇也；膏火，自煎也。"意为人在得意的时候千万要注意，很可能那就是你日后受伤的开始，生命中的得意忘形，往往是很危险的状态。

介)焚花散麝,而闺阁始人含其劝矣。戕宝钗之仙姿,镞黛玉之灵窍,丧灭情意,而闺阁之美恶,始相类矣。彼含其劝,则无参商之虞矣。戕其仙姿,无爱恋之心矣。镞其灵窍,无才思之情矣。彼钗玉花麝者,皆张其罗而穴其隧,所以迷畇缠陷天下者也。(叹介)**玉钗花麝全抛罢,但是寂寥怎样禁愁乍,待借禅机陶写。**

待我书他一偈。(写介)你证我证,心证意证,是无有证,斯可云证,无可云证,是立足境。(笑点头介)

【前腔】**舌吐莲花,色色空空长道芽。有甚心头块磊难消化,算披了一领袈裟。**昨日宝姐姐念出《寄生草》一曲甚好,我不免也拟他一拟。(写介)无我原非你,从他不解伊,肆行碍凭来去。茫茫着甚悲愁喜,纷纷说甚亲疏密。从前录录却因何?到如今回头试想真无趣。(笑介)**无住着千般都罢,则那没底末倒是花瓜。料小情城禁不住翻身打,总艳容光也不过葬黄沙。落得安闲潇洒。**

一时困倦起来,不免去睡他一睡。(下)

(老旦上)春花一朵压香鬟,梦里仙云几住还。不解做愁因甚个,冷吟闲醉住人间。奴家史湘云,早丧椿萱①,相依叔婶。自怜薄命,耻说侯门。每好清吟,生多才调。从不萦心于花月,颇堪食苦于蘦②盐。只是未免伶仃,且多劳瘁。幸得此间老太太,系奴嫡祖姑母,得以常常往来,与姊妹们不时相聚。其中宝姐姐本性金和,林姐姐仙才苴发,与奴倍觉关情。今日同林姐姐上房回来,他到宝玉那边去了。奴家独在潇湘馆,看了一回道书,身子有些倦怠,不免也到怡红院走遭。(行介)竹影横阶静,花阴遶③径斜。呀!那边林姐姐已来了。

(旦笑上)谁知惹草拈花客,竟有长斋绣佛心。奴家去看宝玉,他却睡了。见他案上有《拟庄》一段,甚是可恼,又觉可笑。袭人又取出两纸送与我看,原来是一偈一曲。袖了回来,和史妹妹大家一笑。

(老旦)姐姐,为何这样欢喜?

(旦出笺介)妹妹,你看这个人悟了。

(老旦看,笑介)果然悟了。这都是宝姐姐一曲引出来的,他倒不是个罪魁了么?

(旦)不妨,我能收摄其痴心邪说。

(老旦)如此,我们同去。(转行介)好非所好,徒以自迷。

(旦)欲除妄念,仍用禅机。宝玉!

---

① 椿萱:代指父母。典出《庄子》。如(唐)牟融《送徐浩》:"知君此去情偏急,堂上椿萱雪满头。"(明)汤显祖《牡丹亭·闹殇》:"当今生花开一红,愿来生把萱椿再奉。"

② 蘦:jīn,同"盦"。

③ 遶:同"绕"。

（生应上）这声音是林妹妹吓。

（老旦）二哥哥，你好禅语吓？

（生笑介）不敢，也颇颇去得。

（旦笑介）宝玉，我问你，至贵者宝，至坚者玉，尔有何贵？尔有何坚？（生茫然介）

（旦笑介）这样愚钝，还参禅呢？

（老旦笑介）二哥哥可输了？

（旦）你道无可云证，是立足境，这还未了。我要下一转语，无立足境，方有干净。

（老旦）是吓！这才是真正禅机呢。

（旦笑介）连我们所知所能，你尚且不知不能，还参什么禅？以后再不许谈禅了。

【祝英台】为甚的拟《南华》，书佛偈，轻易嘴儿喳。无立足时，中具初机，方是认真灵芽。全差，箭锋儿一点先输，笑杀几千人也，怎逃得棒喝声声齐下？

（老旦）

【前腔·换头】还怕，划地着痴魔，成左性，颠倒变疯傻。自来那些禅魔所扰的人呵！多半抛弃正途，丢了亲人，翻借月云为家。详察，少年公子人儿，怎便灰心禅榻？更休把那些旁门左道谈他。

（生）

【前腔·换头】闲耍，我暂时消遣春愁，不是爱楞枷，今日片言知解全虚，方信嚼蜡留渣。（背介）娇娃，恁般了彻灵明，我的前根殊下。论扶舆，可不钟毓了佳人而罢。

（丑捧茶上）姑娘们请杯茶罢。

（旦笑介）好嫂子，坐着罢，怎么给我倒起茶来？

（丑笑介）姑娘惯拏我们取笑儿，丫头罢咧，怎么说出这两个字来。

（旦笑介）你说是丫头，我却将嫂子待。（众笑介）

（丑出前场，望天介）天上云头甚乱，竟不知是东风是西风呢。

（旦笑介）也不知东风压了西风，西风压了东风呢？

（丑惊介）呀！

【前腔】听者，却为何压了西风，此话暗惊呀。一日洞房，花烛双圆，敢有几分磨牙。权且，耐心儿等待个机缘，哑谜何须轻打。这言词怎不教人胆寒心怕？（接杯下）

（内）娘娘宫里送出灯谜来了，老太太叫请二爷、姑娘们去打呢。（众笑介）是了，这大姐姐却也高兴呢。

（合）

【尾声】且将灯谜消闲暇，谁是个惯猜诗社家？（旦）宝玉我们谈禅罢。（生）再不谈他了。（旦笑介）则被我一棒兜头打醒了他。（同笑介）

四禅无处避情魔，赢得花枝巧笑瑳。
知是几生修得到，七心开孔慧光多。（同下）

第十出 《释怨》

【南吕引子·于飞乐】（杂旦上）为钟情，翻送恼，不合又助悲添怨。成生分问谁能劝？恁瞒心，他昧己，各生机变。这其间细底，被奴家闲中看穿。

那日宝二爷来，和姑娘好好顽笑，凭空他说了两句，是什么"多情小姐同鸳帐①，不要你叠被铺床"②。当时姑娘恼了，幸而老爷叫他，飞奔而去，也就罢了。接连几日，或喜或怒，反覆不常。到了前日，宝玉来看姑娘病体，正好说话，忽然大闹，这一闹，直闹的个天翻地覆，亏得袭人和我抵死劝开，两下竟不往来。

如今老太太、太太都知道了，逗着琏二奶奶做张做智，形容得着实难听。我想姑娘和宝玉，心下其实相亲，只为你疑我，我疑你，两下里倒生了许多风浪，竟不知姻缘大事可能成就否？

日来姑娘不住伤悲，奴家劝过多次，总不开怀。那宝玉又全不过来，难道倒等我家姑娘，去赔他的不是不成？因此，奴家也十分纳闷。

【过曲·太师引】恁良缘，两下都情愿，偏则是恩多怨连。论心迹又毫无更变，但双双恨语仇言。越挑疵越加眷恋。这的是情天磨炼。最牵愁的是鲍星正悬，怕成了筐篮漏水欠完全。

你看姑娘出房来了，我且闪在一边，听他说些什么。（下）

（旦上）

【赚】想起凄然，他自知心我见怜，不过闲排揎。老羞成怒竟冲冠，忒狂颠。水流花泛方今见，月破云遮表意难，空依恋。岂无慧剑将情断，眼潮频溅。

奴家原知宝玉心中有我，便是金玉姻缘，他又岂肯听这邪说。只是事有可疑。头一次，他要看宝姐姐的香串儿，呆了半晌，等到脱下来时，他并不知去接。第

---

① 鸳帐：绣有鸳纹的帐帏，夫妻或情人的寝具。如（唐）杜牧《送人》："鸳鸯帐里暖芙蓉，低泣关山几万重。"（明）谢谠《四喜记·催赴春闱》："此去龙头独领，断肠鸳帐冷。"

② 原句见（元）王实甫《西厢记》第一本·第二折：【幺篇】若共他多情小姐同鸳帐，怎舍得他叠被铺床。

二次,宝姐姐到怡红院去,随即闭上门儿,奴家敲门不开。第三次,他来看我,我说了几句"霜儿雪儿,冷香暖香"的话,他就十分着急。至于前日,偶因张道士提亲,奚落了他几句,他竟动了真气,说白认得了我。奴家和他口角了一场,他便要砸碎了玉。因此奴家百般伤感,又百般疑心。假饶你真心向我,便提那金玉之事,你只管了然无闻,这就毫无私心了。但我提起,你便做出许多光景,这不是有心欺瞒么?想奴家和他耳鬓厮磨,心性相对,不料竟至于此!且又两日不来,可不负了奴家的心也!

【前腔】枉结缠绵,竟作参商住两天。此后休相见,伯劳飞燕任飘翩。自为怜,水萍身世风花旋,本是玲竮①孑然。抛奴善,纸鸢断了东风线,那能无怨?

(杂旦上)奴家听了半日,似有悔心,再等我劝他一劝。姑娘,只管闷闷的怎么?

(旦叹介)紫鹃,我一腔心绪,难解难言,叫我怎得不闷?

(杂旦)姑娘,不是紫鹃多嘴,前日姑娘也太急了些。那宝玉脾气,别人不知,我们是知道的吓。

(旦)你倒来派我不是。

(杂旦笑介)姑娘,好好的做甚么蔫了穗子呢?若论他素日,待姑娘却好,未免姑娘小性儿,歪派他些,他才这样的呢。

(旦)你去取本书来,我看看解闷。(杂旦取书,送旦看介)

(生上)孤负春心空自悔,调停花事太无才。小生那日从窗隙中偷窥林妹妹,听得他说了一句,"镇日价情思睡昏昏"②,不觉心痒起来,以致言语颠倒。更兼这几日屡次不顺他心,教他生气,总由小生不能温存之过。但是别人不知我心,情原可恕,难道你也不知我心里眼里只有你一人,你却倒来奚落我,如何不急?因此吵了一场,两日不敢过去。今日且去与他赔话,看是如何?(敲门介)

(杂旦)那个?

(生)是我。

(杂旦笑介)这是宝玉的声音吓,来赔不是了。

(旦)不许开门。

(杂旦)罢咧,姑娘看破些罢。(开门介,笑介)我只道二爷再不上门了,谁知又来也。

(生笑介)我便死了,那魂,一日也来一百遭。(旦泪介)

(生笑介)妹妹可大好了?(旦不理介)

---

① 玲竮:líng píng,孤单貌。
② 原句见(元)王实甫《西厢记》第二本第一折【油葫芦】,意为每天因为情思缠绵而睡意昏沉。价,虚词,意为"每日里"。

（生坐旦旁，笑介）我知道你不恼我，我却不敢来，又不敢不来，所以今日才来了。你若不理我，叫别人知道我们拌嘴，大家来相劝，那倒不生分了么？

（旦哭介）你也不用来哄我，我也不敢亲近二爷，只当我去了罢。

（杂旦）好了。（下）

（生笑介）你那里去？

（旦）我回家去。

（生）我跟了去。

（旦）我死了呢？

（生）你死了，我做和尚。

（旦恼介）你又来胡说了。（怒视生良久，以指点生额介）你这。（叹介，泪介）

（生以袖拭泪介）（旦掷帕与生介）（生取帕拭泪介）（副净暗上窥介）

（生携旦手，强笑介）我的五脏都碎了，你还只是哭。

【仙吕入双调过曲·江头金桂】〔五马江儿水〕休得把啼痕轻泫，九回肠，不耐烦。（旦）我为的这个心。（生）我也为的这个心。两两心心相印，性命牵连，纵嗔多，没闲言。就是前日，也不过偶然角口，不到得便存芥蒂。〔柳摇金〕我和你似影依形，如针穿线，说不尽千般关爱，怎付冰渊。小生如今也悔不来了。你宽宏恕俺痴可怜。〔桂枝香〕漫茹悲含叹，将身作践，但开颜一笑应消散，莫使傍人作话传。

（旦）

【前腔】非是我多猜多怨，你从来，心太偏。（生）小生怎敢偏心？那些亲戚，都是外三四路，你我是姑表兄妹呢。（旦冷笑介）姑表虽亲虽近，争如姨善。（生）其实小生心中并无别人。（旦）哦！感君心多谢歪缠。（生）那是小生一时愚蠢。（旦）从此后另更颜面，免受刁钻。（生）还要妹妹怜念。（旦）可也不能了。早把妄心来蕲，你捏匾①搓圆，我难受人闲语言。（生）以后再不敢了。（旦）再敢呢？（生）再敢，听妹妹处置。（旦叹介）算来难，不饶他罪须中断，只合将他且放宽。

饶便饶你，以后却不许来。

（生笑介）妹妹，还要许来才好。

（副净拍手笑介）何如？我说不三日就好了，老太太一定教我来劝你们，说这两个小冤家，真个不是冤家不聚头呢。（生、旦各低头介）

（副净）如今好了，快和我见老太太去。（携旦行介）你们三日好了，两日恼了，越大越成了孩子了。有这会子拉着手哭的，前日又成了乌眼鸡呢？

蜂猜蝶怨亦何嫌，心性由来冷暖兼。

送暖太深才送冷，甜中苦是苦中甜。（同下）

---

① 匾：同"扁"。

第十一出 《扇笑》

【仙吕引子·鹊桥仙】(贴上)花柔无奈,又经风摆,为是平时涩耐。红莲摇梦夜蟾①来,自叹我泥中情态。

奴家跌了宝玉一把扇儿,受了他些言语也还罢了。时耐袭人也软撑硬抵,帮着数说奴家。被奴奚落了一回,宝玉竟要回了太太,撵我出去。(冷笑介)我就死,也是不出这门的。恰好林姑娘走来,大家罢了。奴家转想转恨,那宝玉平日最是温存,从无一言半语,忽然这样作践奴家,其中必有缘故。

【过曲·皂罗袍】不料非常疼爱,竟薄言逢怒,定有差排。封姨②何必妒花开,明珰怎肯吹灯解?么花十八,心情怎乖。挑茶干刺,叨登费捱。忍幽悒半枕新凉在。(睡介)

(生上)

【前腔】扶醉绕沁芳桥外,向怡红归去,秋水楼台。莲花锁梦月波筵,珠兰香里藤床矮。(见贴笑介)晚云深院,吟虫徧阶。罗襟烟细,凉风水来。拥桃笙画出无聊赖。

小生今早也忒过分了些,不免去温存他一番。(抚贴介)(贴起推生介)

(生笑,拉贴坐介)你的性子太惯娇了,便是跌了扇子,我也不过说了几句,你就说了那些。说我也罢了,那袭人好意劝你,又拖上他则甚?

(贴)二爷,人来看见,很不雅相,我也不配坐在这里。

(生笑介)既不配坐,为什么配睡呢?(贴笑介)

(生)我心头甚热,怎么好?

(贴)你心头热么?老太太那里送了些果子来,冰在水晶缸里呢。你放我去罢,好叫他们拿果子你吃。

(生)你便拿来不得?

---

① 夜蟾:代指月亮。如(宋)梅尧臣《依韵王司封宝臣答卷》:"自愧不从灵蚌吐,谁教相并夜蟾飞。"
② 封姨:又称封夷,古时中国神话传说中的风神,亦称"封家姨""十八姨""封十八姨"。如(宋)张孝祥《浣溪沙》:"妒妇滩头十八姨,颠狂无赖占佳期,唤它腾六把春欺。"

（贴冷笑介）我是蠢才,连扇子也跌了,敢则连盘子都打了呢。

（生笑介）你还记着这些话么？

（贴）怎么不记着,一辈子还记着呢！

【前腔】那些个温存宁耐,恁将人轻贱,问可应该？敢千金买得扇儿来,迎头招了东风怪。玻璃瓶盎,常时摔开,茱萸新锦,常时剪开,怎今朝气比天还大？

（生笑介）我这几日肉颤心惊,十分烦闷,才是这样,你切莫恼我。若说那些对象,不过是借人使用,你爱这样,我爱那样,各自性情不同。比如你爱打盘子,就打了也使得,你爱撕扇子,就撕了也使得,只不要生气。

（贴）这么说,拿扇子来我撕,我最爱的撕扇子。（生送扇,贴撕介）

（生）

【前腔】听嗤的一声撕坏,（笑看贴介）早春风上颊,笑逐颜开。（贴连撕介）（生笑介）撕得好！湘兰抛玉堕瑶阶,裂缯褒姒偏心爱。徉痴徉钝,堆将俏来。非挑非泛,流将喜来。好风姿乍可增憨态。

（小旦持扇上,指贴笑介）你少作些孽罢。

（生夺小旦扇,与贴撕介）

（小旦）好吓！怎么拿我的东西开心呢！

（生）打开扇匣,拣几把去就是了。

（小旦）既这样,搬出来,尽他撕,岂不好？

（生）你就搬去。

（小旦）我不造孽,他会撕,他就会搬。（下）

（贴倚生怀笑介）我也乏了,明日再撕罢。

（生大喜介）古人千金买笑,这扇儿能值几何？

【玉交枝】只见云娇花懒,眼迷厮多少情怀,偎人软玉观音赛,嫣然笑口还咍,怜卿爱卿呆打孩。（搂贴悄介）香心能许狂蜂采？（贴推生介）二爷,吃果子去罢。（生笑介）纵红冰难消渴抱来,为伊家情深似海。

（抱贴介）（贴避下）（生笑介）

销魂一笑值千金,半似无心半有心。

可奈殢①郎怀抱处,晚凉庭院月初沈。（下）

---

① 殢:tì,困扰、纠缠之意。如(清)洪升《长生殿·絮阁》:"外人不知呵,都只说,殢君王是我这庸姿劣貌。"

第十二出 《索优》

【越调过曲·水底鱼儿】(副净带两役上)王命亲衔,来寻小蒋涵①。潜藏贾府,此话有人谈,此话有人谈。

  咱乃忠顺王府长史官是也。奉王爷令旨,前往贾府,索取优人蒋涵。左右打道。(役喝道诨介)

  (副净)

【前腔】虎窟龙潭,轻轻用手拈。不愁崽子,狐兔把踪潜,狐兔把踪潜。

  (役)已到贾府了。

  (副净)通报。

  (役)门上有人么?

  (小生上)什么人?

  (役)忠顺王府差官要见。

  (小生)老爷有请。

  (外上)

【引子·桃柳争春】朝衙放参,熏风满袖来南。拣凉亭,寻欢纵谈。

  (小生跪介)禀老爷,忠顺王府差官要见。

  (外沈吟介)素与忠顺王府并无往来,为何差官到此?道有请。

  (外迎副净入见介)(各坐介)

  (小生献茶介)(接杯介)

  (副净)下官此来非敢擅造,因奉王命,有事相求,仰仗老先生做主。不但王爷感情,连下官也感激不尽。

  (外)大人既奉王命而来,不知有何见谕,望大人宣明,学生好遵办。

  (副净冷笑介)也不必办得,只用老先生一句话就完了。我们府里有个做小旦的琪官儿,名唤蒋涵,一向好好在府,如今竟三五日不见回去,各处皆找不着。

---

① 蒋涵:蒋玉涵,此处为演唱所需,改做蒋涵。

闻得人都说,他近日和衔玉的那位令郎相厚。下官听了,尊府不比别家,可以擅来索取,因此启明王爷。王爷说,若别个戏子呢,也罢了,这琪官甚合我心,是断断少不得的。故此请老先生转达令郎,将琪官放回,一则可慰王爷之心,二则下官辈也免访求之苦。(揖介)

(外怒,背介)哎呀呀!这畜生要死!适间环儿说他强奸金钏儿不从,逼打投井而死,我还不信,那知又闯下这样祸来,这还了得!(转介)叫宝玉来!

(小生应下)(引生上见介)

(外怒介)该死的畜生!你怎么做出这些无法无天的事来!那琪官,是忠顺王爷驾前承奉的人,你何等草莽,敢于哄骗他出来?

(生)哎呀!爹爹!孩儿不知什么琪官吓!(哭介)

(副净冷笑介)公子也不必隐饰,或藏在家,或知其下落,早说出来,我们也少受些辛苦,岂不念公子之德?

(生)恐系讹传,实在不知。

(副净冷笑介)若说不知,那红汗巾怎得在公子处?

(生惊背介)哎呀!这事坏了!且打发他去,再做道理。(转介)大人既知底细,为何他置了房屋,倒不知道呢?

(副净)在那里?

(生)他在东郊二十里紫檀堡居住,恐在那里,也未可知。

(副净笑介)一定是在那里了,我且去找一回,若有了便罢,若没有,再来请教。(与外别介)

(外)宝玉不许动,回来有话问你。(送副净下)

(生急介)这事不好了呢,须得递个信儿里面去才好。焙茗!焙茗!锄药!锄药!怎么一个小厮也不在?如何是好!(丑老妪上)

(生)好了,来了个老婆子了,你快进去,告诉老太太、太太,老爷要打我呢。快去!快去!要紧!要紧!

(丑作聋介)吓!跳井吓!让他跳去,怕什么?

(生急介)出去叫我的小厮来!

(丑)有什么不了的事,老早完了,怎么不了事呢?

(生)呀呸!(丑下)

(生哭介)

【过曲·罗帐里坐】没乱里肠慌泪沾,问谁人怜俺救俺?偏遇个痴聋费喊,我陡地唬开心胆。怒轰轰料不把鞭笞略减,此身羸弱又何堪?可轻恕,我从今不敢!

(小生、末上)老爷在书房叫二爷呢!

(生)哎呀!(颤介)

【前腔】听说叫惊魂冉冉,似飞蛾投身赴炎。

上卷

(小生、末)哥儿快走。
(生哭介)灾星怎脱,伏愿你仁乖鉴,好年华没的早填坑堑。
(小生、末扶生介)哥儿不要延捱了。
(生)哎!想来无法避威严,只合硬着头皮蹈险。
(小生、末扶生哭下)(丑、贴上)
(丑)风雨横空至,(贴)雷霆震地来。姐姐,听得老爷痛打二爷,老太太、太太都到书房去了。不知为着什么事,这样生气?
(丑)论二爷呢,很会闹事,得老爷管教管教也好。
(贴)只是他那里禁受得起?
(丑)可不是呢,我和你门前望望,看可有消息。
(贴)如此就去。
(杂扶生,净、老旦同拥上)
(合)

【黄钟过曲·出队子】一番惩创,一番惩创,嫩笋皮肤着重伤。层层紫黑间青黄,血肉淋漓衣绔上,怎不教亲人针心刺肠?怎不教亲人针心刺肠?

(贴见慌介)(场上先设床帐)(丑、贴扶生睡介)
(净)儿吓!好生将息,我再来看你。(生哼介)
(净恨介)唔!虎毒不食儿。
(老旦)牛老犹舐犊。(下)
(丑笑介)为什么就这样毒打?
(生)不过那些事,问他做甚?你且瞧瞧,那里打坏了。
(丑看介)娘吓!怎么打得这样!(贴泪介)
(丑叹介)若听我一两句,敢也不致如此。
(小旦托药上)忍悲怜大杖,止痛倩灵丹。袭人姐姐,晚间将这药用酒研开,与他敷上就好了。
(丑接介)多谢姑娘。
(小旦)宝兄弟,可好些了?
(生)多谢姐姐,好些了。
(小旦叹介)早听人一句话,也不至有今日。莫说老太太、太太心疼,就是我们看着,心里也。(低头弄带介)明日再来看你,你好生静养着罢。(同丑下)
(贴泪介)二爷,可觉怎么?
(生)也不觉怎。你去梳洗罢,我要睡些儿。(贴应下)
(生叹介)我受了这一顿,他们一个个怜惜,我若死了,还不知何等悲痛呢!纵然一生事业,尽付东流,但得如此,死亦瞑目!只不知林妹妹更伤到什么分儿了!(旦哭上,抚生恸介)

（生举首看介）嗳！你又来做什么？虽然太阳落了，那地上热还未退，若受了暑，怎么好？我虽然吃了打，也不觉疼痛，我妆这样子，教老爷听，其实是假的，你不可认真。

（旦拥面泣介）（哽咽介）你从此可都改了罢。

（生泪介）你放心，我就死也死得着了也。

【画眉序】如雨泪滂洋，透了罗衣又罗裳。更谁人仁爱，似你心肠？相看处痛楚都忘？休悲念精神无恙，暑云凉雨空园里，珍惜自身为上。

（内）二奶奶来了。

（旦）我从后院去了，回来再来。

（生扯旦介）这又奇了，怕他做甚？

（旦急介）你瞧瞧我眼睛，又该他取笑了。

（生放手介）（旦急闪下）（副净上）（贴随上）

（副净）宝玉！可好些了？

（生）好些了。

（副净）娘娘有恙，明早老太太、太太入宫请安，张罗了半日，才得来看你。

（生）可知大姐姐什么病？

（副净）说是痰喘。你安心睡着，我去送些东西来你吃。

（叹介）只是打得太重了，我也心疼。（下）

（生）晴雯，你瞧瞧林姑娘去。

（贴）二爷有什么话说？

（生）没有话说。

（贴）没话说，他问我来做什么，我怎样答应呢？

（生）也罢，就将床头这两条鲛绡帕子，送与他去，说我多多致意。

（贴）这帕子旧了，怎么好送与他？

（生）不妨，越旧越好。

（贴）哦！越旧越好？既这样，我与你放下帐儿，你安心睡一睡，我去了就来。

（生应介）（贴放帐介）（生暗下）

（贴）我如今拿了这帕子到潇湘馆去走一遭者。

无端下马拜荆条，愁宋还怜瘦沈腰①。

一掬断肠情女泪，可堪淹透两鲛绡。（下）

---

① 沈腰：本用来形容姿态、容貌美好，特指男子。典出《梁书·沉约传》：沈约与徐勉素善，遂以书陈情于勉，言己老病，"百日数旬，革带常应移孔，以手握臂，率计月小半分。以此推算，岂能支久"？后因以"沈腰"作为腰围瘦减的代称。如（南唐）李煜《破阵子》："一旦归为臣虏，沈腰潘鬓消磨。"

第十三出 《谗构》

《红楼梦传奇》校注

【越调引子·金蕉叶】(老旦上)泪流、泪流,为娇儿添些僝僽。忒下得鞭笞乱抽,恨杀人销金逆口!

今日老爷痛打宝玉,若不是老太太和我抵死救回,几乎一命难保。这畜生本不争气,只是也太很了,竟全不顾妾身仅存此子,直恁下得无情!(泪介)我那苦命的儿吓!不知这时候怎么样了,已曾分付到怡红院去,唤个丫头来,问他一问,此时想也该来了。

(丑上)随机施暗箭,趁火接犁头。①(见介)太太唤我,有何分付?

(老旦)你不管叫谁来罢,你又丢下了他,谁伏侍②呢?

(丑)二爷安稳睡了,有他们伺候着呢。恐怕太太有什么分付的,他们听不明白,倒误了事。

(老旦)也没甚话,问问他这会子疼的怎么样了?

(丑)宝姑娘送了一丸药来,替他敷了,便沉沉睡去,可见好些。

(老旦)可吃些什么?

(丑)饮了两口汤。

(老旦)我恍惚听见今日宝玉捱打,是环儿在老爷跟前说了什么话,你可曾听见?

(丑)倒没听见这话,说是二爷霸占了王府什么小旦琪官,差官来要,所以打的。

(老旦摇头介)也为这个,还有别的缘故呢?

(丑)袭人今日大胆,在太太跟前,说句不知好歹的话,论理——(住口介)

(老旦)你只管说。

(丑)论理,我们二爷,也得老爷教训教训,若老爷再不管,不知将来做出什么事来呢!

---

① 随机施暗箭,趁火接犁头:化用清代俗语"明枪易躲,暗箭难防。""恶是犁头善是泥,善人常被恶人欺。"
② 伏侍:侍候,照料。如(明)凌濛初《初刻拍案惊奇》:"滴珠身伴要讨个丫鬟伏侍,曾对吴大郎说。"

（老旦）我的儿,你说的是。我也是这个心,我何曾不知道管教儿子？只是你珠大爷又死了,我年已五十,只剩他一个,又长得单弱,老太太又宝贝一般。若管紧了,或有好歹,或气坏了老太太,岂不倒坏了,所以纵了他些。常时我也说他,他略好些儿,过后又依然如故,端的吃了亏才罢。若打坏了,教我靠谁呢？（泪介）

（丑亦泪介）不要说太太说他,就是我,那一日那一时不劝？只是再劝不醒。今日太太提起这话,我还惦记着一件事,要回明太太呢。

（老旦）我的儿,你只管说。

（丑）也没甚说的,只是怎么变个法儿,教二爷还搬出园来住就好了。

（老旦惊介）难道和谁作怪了不成？

（丑）眼前原没事,却保不住将来不和谁作怪。袭人的小见识,觉得二爷也大了,姑娘们也大了,宝姑娘、林姑娘,虽则两姨姑表姊妹,到底有男女之分,日夜一处起坐不方便,由不得叫人悬心。二爷性格,是太太知道的,倘或错了一点半点,人多口杂,那小人的嘴有什么分量。即如今日二爷捱打,就有人眼睛哭得红桃子一样的呢,这却为着什么来？那嚛,丫头中有个把狐狸妖精,好打扮引诱他的,也要太太定个主意呢。

（老旦）好孩子！你这话提醒了我,我竟不知你这样好。我自有道理,只是还有一句话,你今日既这样说,你好歹留心,保全了他就是保全了我。

（丑）太太！我日夜悬心,又不好出口,只好灯知道罢了。

【过曲·山桃红】〔下山虎〕我只为事儿贻臭,暗里担忧,要朝夕防疏漏。常把闲中意留。〔小桃红〕却不敢轻开口,恐怕的坏名头。这里跟,那里随,竟终朝没个闲时候也。〔下山虎〕但只愿不在园中心便丢,那宝姑娘却好,他语笑全无苟,和而不流①,知谁个有福儿郎赋好逑②。

（老旦）

〔下山虎〕你真即溜,心意和柔。那更你人敦厚,体心到头。尤难大理分明,与言忠见周。儿吓！我将你留在宝玉房中,教你们一辈子过活。你要心神时刻留,莫落他人后。不然我也叫你开脸了,一则老爷未必肯依,二则你做了屋里人,就不敢劝他,他也未必听你。三则到底未有正配,倒恐闲言此事休。至于你的月钱,每月在我的分例内,派出银二两、钱一吊。我告诉你二奶奶便了。（丑叩头谢介）（老旦）起来。

---

① 和而不流：儒家伦理思想,强调善于与人相处又不随波逐流。典出《中庸》："故君子和而不流,强哉矫。"

② 好逑：此处指贤淑的女子。如（明）无名氏：《四贤记·挑斗》："他是良家好逑,性幽閒且自多忠厚。"

但只这千斤担,你的担头尽收,漫道双飞欠一筹。儿吓!你且去罢。谁知爨下①妾,提醒梦中人?(下)

(丑笑介)这番却被我摆布着了,(惊介,四望介)幸喜无人听见。(行介)

【蛮牌令】真大幸,话儿投,早生拆散了顺和俦。女淳于将毂炙,雌苏季到燕游。锦囊佳计,悬河辩口,博得个花蕊双头,枕函边明风已流。只是太太忒拘泥些,什么正配不正配呢。我早是破天荒占了头筹!

【尾声】从今怕甚言挑逗,问谁及绿珠婚媾,年深岁久绸缪。

杀人不用赫连刀②,舌底横生万丈涛。

饶是白丝应变黑,从来谣诼爱吹毛。(下)

---

① 爨下:指厨房。如(清)周亮工《书影》:"小人即除马通,妇括爨下,甘心矣。"
② 赫连刀:泛指少数民族随身携带的腰刀。如(清)王士禛《雨度柴关岭》:"谁识熏香东省客,戎衣斜压赫连刀。"

第十四出 《听雨》

【南吕过曲·梁州新郎】（旦上）〔梁州序〕芳年虚掷，凉秋又报，一点金荷孤照。碧阑干外，疏篁碎玉频敲。只觉酸来心底，闷锁眉尖，那更俺薄命同秋草。撇不去凄凉怀抱也两鲛绡，情句书成独自瞧。〔贺新郎〕愁和病，啼兼笑。费支持，瘦损花容貌。闲坐卧，夜闺悄。

奴家因宝玉受责，未免心疼，走去看他，又怕泪眼难干，被凤丫头取笑，只得悄地回来。哪知他命晴雯送来半旧鲛帕两幅。奴家初意不解，既而想出他的意思，倒教奴家喜一回，悲一回。当下在鲛帕之上题了《三绝》。忽然一病淹绵，将次两月，或好或歹，医药无灵。我想死生有命，富贵在天，本非人力所可勉强。只是奴家以惊鸿游龙之姿，抱桂馥兰芬之性，伶仃孤苦，所愿都虚，一旦鬼箓冤沈，人天梦断，不免痴魂难化耳！（泪介）

【前腔】眸空凝血，身难自了，苦杀我回肠千道。月残花谢，谁知黛玉今朝？便算知心留想，玉骨成灰，小梦烟空抱。浮生如寄也，忒萧寥，石火①泡光容易消。（叹介）聪明误，精华耗，算虚生浪死殊堪笑，何处是，我依靠？

这些时哥哥也不见有书来，不知他光景如何了？

【渔灯儿】当日个赠仙鱼分袂河桥，杳不见平安信雁带鸿捎。想必是功名事犹缓扶摇，又未卜于飞②曾效。此间喜鸾姐姐姿容性格，冠绝一时，我倒有心与他撮合，只不知他曾订下否？**锁天台难访红桃**③。

（叹介）我也不用去管这些事了。

---

① 石火：以石敲击，迸发出的火花。其闪现极为短暂。典出（晋）潘岳《河阳县作二首》："人生天地间，百岁孰能要？颎如槁石火，瞥若截道飙。"如（唐）裴铏《传奇·封陟》："莫种槿花，使朝晨而骋艳；休敲石火，尚昏黑而流光。"

② 于飞：典出《诗经·大雅·卷阿》："凤皇于飞，翙翙其羽。"本义是凤和凰相偕而飞，后来用来比喻夫妻和谐相爱。此处用以祝人婚姻美满之辞。

③ 锁天台难访红桃：此处化用刘晨和阮肇误入桃源。（南朝）刘义庆《幽明录》载，汉明帝永平五年，会稽郡剡县刘晨、阮肇共入天台山采药，遇善丽质仙女，被邀至家中，并招为婿，半载返家，子孙已过代。阮肇又被称为阮郎。但此处意指与丽人结缘之男子，暗指林黛玉之兄。

【锦渔灯】厮盼着青裳树丹颜呈笑,倒做了杜鹃花红泪常飘。不能够扣紧连环成凤交,这散娄光①的媒人,何必更唠叨?

想我和他虽然情投意合,争奈我千里依栖,无人做主。舅母本也不甚怜爱,加以凤丫头百般诋毁,以致老太太心上也冷落了许多,看来是无益了。只是两下痴心,终归不遂,即使腼颜人世,亦甚无聊,又不如早赴泉台,倒落得个身心干净也!

【锦上花】既不呵食同器,居共牢②,不如去跨斑龙,吹洞箫。纵小梁清③未许领仙曹,且下个他日种,来世苗。但可能前生债,后世消。猜不透三生缘法枉煎熬,魆地倩魂飘。

偏是今夜这般风雨呵!

【锦中拍】我只听空檐乱敲,杂一片风萧。又兼着花何树萧骚不了,竹和蕉渐冷相闹。不住的骤红阑铁马频摇,助愁人许多烦恼!一声低,一声又高。厮搅着雨惨风号,风悲雨啸,和我这泪踪儿流到晓!

不免题诗一首,以写闷怀。(写介)(叹介)

【锦后拍】觑着他忍天心把人抛,闪的我病他痴做成焦。可甚的心盟无处缴,可甚的心盟无处缴。怎怪得悲秋气红颜易老,战秋窗风雨夜萧条。独把这一首秋词吟了。疎喇喇秋声到耳人寂寥。

(生上)冲泥④过别馆,含意慰愁人。

(旦笑起介)这样风雨,怎样来了?

(生)我想风雨长宵,妹妹必然孤闷,特来和你谈谈。

(旦笑,点头介)你好了?我因抱病多日,没来看你。

(生)我好了,妹妹可好些?

(旦)也只如此。

(生)日来可吃药了?

(旦)药是吃着,也无甚效验。

(生)妹妹这病,都由郁结所致,总要排遣静养才好。

(旦点头介)

(生见诗介)原来妹妹在此做诗。(取看介)(旦夺介)

(生)好妹妹,赏我看看罢。

(旦笑介)偶尔闲吟,畧⑤无好句,你便看去。

---

① 散娄光:《娄说文》:"空也段玉裁注:"凡中空曰娄,今俗语尚如是。"散娄光:娄即空也,空与光同义。此处可能指将所有的话都全部说尽,包括可说可不说的话,唠唠叨叨。

② 食同器,居共牢:指新郎新妇共吃祭祀肉食,含有夫妻互相亲爱,从此合为一体之意。典出《礼记·昏义》:"妇至,婿揖妇以入,共牢而食,合卺而酳,所以合体同尊卑以亲之也。"

③ 梁清:典出(清)吴绡《七夕》:"梁清谪去谁相伴,子晋归来合公游。"暗指牛郎织女鹊桥相会之意。

④ 冲泥:意为踏泥而行,不避雨雪。如(唐)杜甫《崔评事弟许迎不到走笔戏简》:"虚疑皓首冲泥怯,实少银鞍傍险行。"(宋)苏轼《是日宿水陆寺寄北山清顺僧》:"披榛觅路冲泥入,洗足关门听雨眠。"

⑤ 畧:同"略"。

（生）《秋窗风雨夕》，这题倒与《春江花月夜》相似呢。
（旦笑介）此诗原拟此格①。
（生念介）
秋花惨淡秋草黄，耿耿秋灯秋夜长。
已觉秋窗秋不尽，那堪风雨助凄凉？
助秋风雨来何速？惊破秋窗秋梦续。
抱得秋情不忍眠，自向秋屏挑泪烛。
（叹介）
泪烛摇摇爇短檠，牵愁照眼动离情。
谁家秋院无风入，何处秋窗无雨声？
罗衾不奈秋风力，残漏声催秋雨急。
连宵脉脉复飕飕，灯前似伴离人泣。
寒烟小院转萧条，疏竹虚窗时滴沥。
不知风雨几时休？已觉泪洒窗纱湿。
（泪介）读妹妹此诗，使我寸肠欲断也！

【北骂玉郎带上小楼】铸雪裁云锦句敲，一似清商怨，和玉箫。空江呜咽送回潮，感心苗，不觉的气沮神摇。（背介）为痴生郁陶，为痴生郁陶。倚红笺怨写秋宵，泪模糊未消，泪模糊未消。痛杀我相思盈抱，苦了他乱愁如草，隔香衾梦想魂劳、梦想魂劳。问何时金屋深贮陈娇②？（转介）妹妹。任淅沥沥窗儿外那断雨零飚，你是个病烦人要强寻欢笑。（送诗还旦介）

（旦）你去罢，我要睡了。
（生）我也去了。
（旦）且慢，外间风雨难行，紫鹃！
（杂旦内）怎么？
（旦）可将玻璃灯点起，照了二爷去。
（杂旦应，持灯上）
（生）不用你送，我自照了去罢。（携灯介）

【尾声】风天雨地玻璃耀，这分明心灯留照。（下，复上）妹妹，你要什么，告诉我，我好要去。（旦笑介）等我夜间想起来再告诉你罢。（生下）（旦叹介）难得他百样的殷勤来破薜恼。
风风雨雨奈秋何，泪较秋窗雨点多。
强自裁诗寄幽思，个侬亲口为吟哦。（下）

---

① 格：诗格，本为一种文体，后广泛指诗的格式、体例与诗的风格、格调。
② 陈娇：指汉武帝陈皇后。此处化用"金屋藏娇"典故。

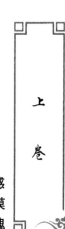

第十五出 《补裘》

【仙吕引子·卜算子】(小旦扶病贴上)(贴)病染身偏重,力倦神难耸,只为金泥没处逢,强起拈针弄。

(指小旦介)昨夜和麝月妹妹,偶然作耍,未经添衣出院,着了风寒。今日头晕眼花,四肢沉重。二爷请大夫看了,说是太阳感寒。服过药,些微有汗。只因二爷从舅太爷处,拜了引寿回来,将老太太新赐的一件俄罗斯国雀金裘,烧去盏大一块,女工成衣皆不能补,袭人姐姐,又因母病而回。他明日一早便去拜寿,假若不穿此衣,老太太知道了缘故,他岂不受气?奴家只得扶病替他补好则个。妹妹,你把那烛台拿近些。(小旦拿介)

(贴)适才他在这里闹得慌,是我叫他去睡了,且待我补起来者。(用蔑拆介,复用金刀割介,竹弓绷介,穿针补介)

【过曲·桂枝香】金刀微送,竹弓轻控,一时经纬分明,做意儿挑针拈弄。(伏枕哼介)奈惊花到眼,奈惊花到眼。一霎指尖难动,腰支沉痛。(复缝介)(合)漫生慵,金丝界线谁能补?只合停眠忍病缝。

(小旦)

【前腔】寒情摇梦,针神催送,不辞病里躬劳,谅为他垂青殊众。(贴伏枕抚心介)(小旦)靠檀隈小停,靠檀隈小停,好比雪消云冻,风敲花重。姐姐,(合)漫生慵,金丝界线谁能补?只合停眠忍病缝。

(贴起缝,仍伏枕介)哎呀!

【前腔】心神虚纵,耳波喧哄,(强起缝介)说不得瘦骨劳蒸,要做的天衣无缝。(喘介)剩丝儿嫩喘,剩丝儿嫩喘,轻魂飚动,双肩山重。(合)漫生慵,金丝界线谁能补?只合停眠忍病缝。

(杂持衣上)二爷叫将这皮衣替姐姐披上呢。(贴点头介。杂披衣介。下)
(小旦)

【前腔】娇身禁冻,芳心深用,(贴嗽介。小旦)一番儿病体增劳,(背介)怕做了轻尘短梦。(贴)妹妹!取个牙刷儿来。(小旦取送介)(贴刷介)(小旦)这金泥补成,这金泥补成,还须刷动,毪①毛方纵。(合)费针工,听铜龙玉漏沈花底,徒倚空房蜡炬红。

(小旦看笑介)一些也看不出。姐姐!竟做得俄罗斯国的裁缝呢。(贴笑介)补虽补了,到底不像,我也再不能了。(倒介)(小旦扶介)

(贴)妹妹快扶我睡罢。

寒扶病骨强拈针,补就金裘漏已沈。

不惜万金花性命,为君无量爱怜心。(扶下)

① 毪:同"绒"。

第十六出 《试情》

【南吕过曲·懒画眉】(杂旦上)软风庭院宝帘垂,开到桃花春又归;慕琼娇羔未全回。纤影添憔悴,心病难将心药医。

我紫鹃,因姑娘和宝玉那番口角之后,情意加倍绸缪,未知宝玉之心是真是假,几番要试他一试,未有空闲。今日姑娘病体稍痊,午窗小卧,奴家做些针黹,且看他宝玉来否?(针黹介)

(生上)

【前腔】一番花谢一增悲,锦地香天两意违,双双紫燕画桥飞。蜂蝶都成对,苦耐春愁瘦沉围。

小生为看林妹妹,一径行来,已到潇湘馆了。你看,竹阴徧地,花影环墙,深掩湘帘,悄无人语,敢是他往别处去了?(见杂旦,笑介)紫鹃姐姐,姑娘呢?

(杂旦)睡了。

(生)他夜来欬嗽可好些?

(杂旦)好些了。

(生)阿弥陀佛!

(杂旦笑介)你也念起佛来,这又奇了。

(生笑介,抚杂旦介)你穿得这样单薄,还在这风头坐呢。

(杂旦嗔介)二爷!一年小,二年大,以后不要动手动脚。那起黑说白道的,背后嚼舌,你全不留心。还是这样行为,怎怨得姑娘分付我们,不许和你说笑。你瞧他近来,可不是远你还远不及呢?(下)(生呆介,行介,泪介,坐介)

(副净上)我雪雁,取了人参回来,已望见潇湘馆了。(见生惊介)那桃花树下,不是宝玉么?怎么痴痴坐着哭呢?敢是呆病又发了!等我要他一要。(蹲介)咧!苦吓!哭罢!

(生)你又来做甚,你难道不是女儿?他们既嫌我远我,你又来寻我,可不又有口舌了?你快去罢。

(副净)咦!这是什么话,是了,又受了姑娘气了。(笑介)

【前腔】说你痴来更加痴,偷向花边把泪垂。悬知揣了闷弓儿①,子细②还淘气。(学旦声介)宝玉!你可敢了?(学生声介)妹妹!以后再不敢了。(刮鼻介)羞羞羞!你这卖蜜人儿没面皮。

(笑下)(杂旦上)

【前腔】纤纤小步到花蹊,为着幽情悄试伊。雪雁回去,说起宝玉在沁芳亭后桃花树下流泪,因此前来寻他。红桃花树小亭西,呀!果见双流泪,怎如此春风不肯归?

(笑介)我不过说了两句,你就赌气到这风地里来哭,弄出病来,还了得么?

(生笑介)谁赌气呢?我想你这样说,自然别人也这样说,将来都不理我,我成了孤鬼儿了,所以伤心起来。

(杂旦笑,坐生旁介)

(生笑介)刚才对面说话,你尚且走开,如何又挨着我坐呢?

(杂旦)你倒忘了,几日前你姊妹两个正说话,二奶奶走来,奚落了一阵,姑娘才这么说。适间听得他们入宫去了,所以我来问你,你前日说什么燕窝的话?

(生)我因你家姑娘,离不得燕窝,是我回过老太太,一天送一两来,吃上二三年就好了。

(杂旦笑介)吃惯了,明年家去怎么好?

(生惊介)谁家去?

(杂旦)妹妹回扬州去。

(生笑介)你说白话③呢。原因无人照应,他才来的,如今回到那里去?

(杂旦)他有哥哥呢,不会照应他?你难道不知道?况且年纪大了,该出阁了,自然送还林家。难道林家女儿,在贾家一世不成?明年早则春天,迟则秋天,这里纵不送去,林家也必有人来接。前夜姑娘说了,叫我告诉你,小时玩的东西,他送的,你还他,你送的,他也还你,快打点去罢。

(生急介)哎呀!

【仙吕入双调过曲·朝元令】魂迷梦迷,只说偕连理。花依月依,不道成抛弃。骨化形销,寸心都碎,怎生下得分离?从小和伊,心儿意儿两做痴,烟水送将归?风花

---

① 闷弓儿:比喻猜不透的事。如(元)郑光祖《倩女离魂》第四折:"不甫能盼得音书至,倒揣与我个闷弓儿。"(元)无名氏《抱妆盒》第三折:"兀的不是个难开难解闷弓儿,娘娘也,甚意儿? 怎揣与我这该敲该刷罪名儿。"

② 子细:认真、细致;细心。如(唐)李德裕《续得高文端贼中事宜四状》:"昨日高文端到宅臣,因子细问得贼中事宜。"(宋)杨万里《又题寺后竹亭》诗:"壁间题字知谁句,醉把残灯子细看。"(元)王仲元《粉蝶儿·道情》套曲:"俺也曾子细评跋:譬似去丹墀内穿靴着袍,怎如俺草庵中丫髻环绦。"

③ 白话:没根据的话;大话。如(明)李贽《初潭集》卷十七"刘伶纵酒放达"评:"不是大话,亦不是白话。"

并影飞。(哭介)怎捱这三稍滋味,清清冷冷,遣愁无计,寄愁无计。(痛苦介。呆介)

(杂旦)二爷!二爷!哎呀!看他神色顿然改变,不要弄出病来吓!(笑哄生介)

(生不理介)

(杂旦慌介)不好了呢!

【前腔】看他情移性移,衰飒无神气。魂离魄离,所事都茫昧。紫鹃吓紫鹃!作甚来由这番儿戏?二爷!二爷!是我哄你来。(生不理介)(杂旦急介)声声唤他全不知。(泪介)看这光景,好不可怜!我也怜伊,痴心怎般真个稀。白首定同归,青庐①更莫迟,才信道真情真意。怪不得玉人心醉,玉人心醉。

(贴上)我晴雯,新病初痊,精神尚少。因老太太宫里回来,叫二爷说话,只得去寻他。(见生惊介)哎呀!怎么这个样儿?

(杂旦)他来问姑娘病,我告诉他,就变成这个样儿了,你快扶他去罢。(贴扶生下)

(杂旦)这却怎么好?(定介)且回潇湘馆去,再做道理。(向内介)姑娘服过药了?

(旦内)服过了。

(旦上)花雨迷离春院悄,柳风绰约莫寒轻。紫鹃,我一病多时,今早虽觉好些,这会儿倒又精神倦怠了。

(杂旦)本来天气困人,姑娘加意调摄,自然就好。

(丑急上)这是那里说起?(哭介)紫鹃姑奶奶,你说了些什么话,你瞧瞧他去。你回老太太,我不管。(坐介)

(旦惊介)怎么了?

(丑怒介)紫鹃姑奶奶,不知说了些什么,我们那呆子眼也直了,手脚也冷了,胡说八道,是什么林家接的人来了,快打出去。看着西洋船,说是接的船来了。李嬷嬷说是不中用了,只怕这时候已经死了呢?姑奶奶,你这是何苦呢?(旦急介,吐介,欸介)(杂旦搥介)

(旦推介)你不用搥,你竟勒死我罢!

(杂旦)我并没说什么,不过几句顽话,他就认真了。

---

① 青庐:青布搭成的篷帐,结婚场所,后世借指结婚。东汉至唐有此风俗。如《玉台新咏·古诗为焦仲卿妻作》:"其日牛马嘶,新妇入青庐。"(唐)段成式《酉阳杂俎·礼异》:"北朝婚礼,青布幔为屋,在门内外,谓之青庐,于此交拜。"

（丑）你还不知道他傻，顽话①专要认真的。

【前腔】他是个天生最痴，何用来相戏？常时你知，为甚的故意儿招他气？我也无法维持，你保他生死。（杂旦）我怎么保他？（丑怒指杂旦介）你闯下来的祸，你不保谁保？口儿里休乱吙，你暗下心机，问妖娆②，有何仇负了伊？你断送他一身亏，说的来没系儿，待要向谁行推诿？遮遮掩掩是何心肺，是何心肺！

（旦恨介）你说了什么话，赶早去解说，只怕就好了。

（丑）去吓！姑奶奶！

（杂旦顿足介）受他无限气，因我一番心。（同丑下）

（旦叹介）听袭人言语，敢是紫鹃说了奴家回去的话，他情急了，所以如此。

（泪介）此心真可感也！

【前腔】想我时低运低，感你情无二，则他蜂欺蝶欺，闪的神如醉。雪雁！你去看二爷可曾好呢？（副净内应介）（旦）心似悬旌，黛全锁翠，问可能化解灾危？难分莺喜乌悲，愁中病中，又添些苦意儿。他若是有差迟，我不若先他死。那紫鹃呵！分明是前生冤对，没揣的送他辞世，送奴辞世！

（副净上）姑娘！紫鹃去了，二爷就哭出来了，说是要去同我去，只拉着紫鹃不放。老太太说，且叫紫鹃在那里住几天，姑娘若要人使唤，叫琥珀来罢。

（旦）你看见二爷没有？

（副净）我看见的，果真好了。

（旦）果真好了？阿弥陀佛！（下）

（副净学介）果真好了，阿弥陀佛！（笑介）

说道分离便感伤，如歌河满断柔肠。

可怜病里佳人泪，更为知心堕几行。（下）

---

① 顽话：嬉笑的言语。顽，通"玩"。如（清）李汝珍《镜花缘》第五十五回："姐姐不过是句顽话，那知白猿果真将碑记携去。"

② 妖娆：本指娇媚的女子，但此外略有贬义。如（唐）法宣《和赵王观妓》："桂山留上客，兰室命妖娆。"（宋）张孝祥《鹧鸪天》："主翁若也怜幽独，带取妖饶上玉宸。"

第十七出 《花寿》

【正宫过曲·倾杯赏芙蓉】（老旦醉上）却谁道梨花春酒醉当风，倍觉心头涌。悄地里离了芳筵，过了回廊，倚了湖山，占了花丛，好贪着林阴透骨梢云重。权借这药圃园香石磴空，把花茵拥，酣眠万卉中，认钧天①一觉梦儿浓。

（睡介）（小旦、旦上）

（合）

【铺地锦】步翘云悄向那花田迥②，因为个侬，被琳腴醉倒，芍药阑东。（旦）今日宝哥哥生日，大家行令猜拳，欢饮了一回，忽然不见了云妹妹，听得丫环说，他在湖山背后石磴上睡着了，宝姐姐，我们去寻他去来。（小旦）寻他去来。（合）香海分开，花路斜通，呀，女庄周先占下蘧蘧③梦。

（小旦）妹妹，你看云妹妹，浓香一枕，落花满衣，蝶队蜂羣，四周围飞绕，真神仙中人也。

（旦）便是。

（合）

【古轮台】我见他态娇慵，映花花比艳姿容。蜂喧蝶嚷围香哄，真要算神仙伯仲，问玉佩金裙，可消得蕊珠青凤④？（旦）待我唤他醒来。云妹妹！云妹妹！

---

① 钧天：古代神话传说中天帝住的地方。典出《吕氏春秋·有始》："中央曰钧天。"高诱注："钧，平也。为四方主，故曰钧天。"如（宋）苏轼《潮州韩文公庙记》："钧天无人帝悲伤，讴吟下招遣巫阳。"

② 迥：同"迥"。此处指僻远的地方。

③ 蘧蘧：悠然自得貌。典出《庄子·齐物论》："昔者庄周梦为胡蝶，栩栩然胡蝶也。自喻适志与，不知周也。俄然觉，则蘧蘧然周也。"如（唐）杨炯《卧读书架赋》："风清夜浅，每待蘧蘧之觉；日永春深，常偶便便之腹。"（宋）叶适《翁常之挽词》："幸能栩栩形中去，何不蘧蘧梦裡归。"（明）徐复祚《投梭记·叙饮》："本是乾坤一腐儒，岂堪与人间张主，自合掩蓬门蝶梦任蘧蘧。"（宋）叶适《翁常之挽词》："幸能栩栩形中去，何不蘧蘧梦裡归。"

④ 青凤：此处为鸟名，即桐花凤。如（唐）李贺《天上谣》："秦妃捲帘北窗晓，窗前植桐青凤小。"（清）姚文燮注："青凤亦名桐花凤，剑南、彭蜀间有之。鸟大如指，五色毕具，有冠似凤。每桐有花则至，花落则不知所之。性至驯，喜集妇人钗上。"

（老旦醉语介）泉香酒洌醉扶归，宜会亲友。（小旦、旦笑介）醉到这个分儿，还说酒令呢！快醒醒罢！（老旦开眼望介，自看介。笑介）**本是贪取凉风，因甚的神思蒙懂**①？（小旦、旦笑介）**恁红酥一朵欲消融，似这般香熏锦烘，胜得那珠围翠捧。**四妹妹！现画着园图，教他将你画上罢。**如此佳人，无边幽韵，花天擎醉，宜画入图中。**（老旦）休捉弄，早求一片脆冰红。（旦）他们都等着你呢，快去罢。（小旦同扶介）

（合）

【隔尾】**花驮柳捧穿溪垄，扶醉低鬟云未拢，人在凉烟暮霭中。**（扶下）

（丑上）

【黄钟引子·瑞云浓】**弧南夜朗，恰对枣花帘幌，雪藕冰桃寿筵敞。**（贴上）**花枝招展，尽簇拥灯前，齐捧仙酿，又夸甚金人露掌**②？

（丑）今日二爷生日，我们暗地里开了一坛香雪春，备了四十碟鲜果，替他祝寿。怎么二爷此时还不回来？

（贴）姐姐，我请他去。

（丑）等他来罢，不要闹得上头知道了，怪不好意思。

（生上）还丹无九转，奇福有群花。袭人！我们还得吃酒才好。

（丑）我和他已经备了果碟儿，开了好酒，替你做生日呢。

（生喜介）既这样，我们脱了衣裳，就吃罢。

（贴）你脱便脱，我们还要安席呢。

（生笑介）安什么席，如此热天，快卸了妆，一同畅饮。（丑、贴卸妆介）

（丑送酒介）虽不安席，也在我们手里吃一盏儿，尽尽我们的心。（生饮介）

（贴送酒介）我这杯要吃个一口干无滴呢。

（生笑饮介）干。（共坐饮介）

（生）

【过曲·降黄龙】**快吸流霞，多谢花情，沁骨沾肠。**（合）**愿千秋万年，共祝恒春，仙树同芳。欢场，酒天花地，做个可意的群芳盟长。更家门蒸腾日盛，福缘长享。**

（丑、贴奉酒介）

（合）

【前腔·换头】**何当，我辈侍儿，得执金壶，与君常傍。叨荣匪浅，算身注东华，名并**

---

① 蒙懂：今作懵懂。
② 金人露掌：指汉武帝建铸铜仙人承露盘，承接天上甘露，和玉屑饮服，以求得仙道长生之典。典出（汉）司马迁《史记》卷二十八《封禅书》："其后则又作柏梁、铜柱、承露仙人掌之属矣。"如（唐）杜甫《赠李十五丈别》："清高金掌露，正直朱丝弦。"（唐）岑参《尹相公京兆府中棠树》："魏宫铜盘贮，汉帝金掌持。"

烟娘。(生合)兰房翠偎红倚,料没些乖离惆怅。摆几座脂营结采,粉阵吹香。

(生)我们也该行个令才好。

(丑)要行令,就行令,只不要大呼小叫。再则我不识字,可不要文的。

(贴)我们占花名儿罢。

(丑)这玩意儿虽好,人少了没趣。

(贴)我们去请了宝姑娘、林姑娘、云姑娘来,可不好?

(丑)怕闹的大发了,大奶奶知道呢。

(生)索性请了大奶奶来,怕什么?

(贴)也好,我就请去。

(丑)你在这里,等我去罢。

(贴)你去请客,我拿筹子去。(丑、贴下)(贴持筹筒骰上)

(生笑介)我和你先掷骰子。

(贴笑介)输了可不许赖酒。

(生)你输了呢?

(贴)我输了么?(笑介)二爷代吃。

(生笑介)你叫我代吃,我也吃。

(贴笑介)二爷,红到你,你先掷。(生、贴互掷介)

(丑、杂旦提灯引正旦、小旦、旦、老旦上)

(合)

【黄龙衮】花亭昼传觞,花亭昼传觞,夜蜡还倾酿,直挽银汉波,一齐儿浇下心才爽。特占花名,寻欢一饷,兴太高,心忒却,聊同往。

(生笑介)好了,闹热起来了。

(丑)我还带了紫鹃来,前日伏侍了几夜,也该谢谢他。

(生笑介)他哄我病了,我还谢他么?

(杂旦)既这样,我去就是。

(生笑,扯介)可不是该谢的?

(旦笑介)我们这不也夜饮聚赌了么?

(正旦笑介)生日节间何妨,你们都来坐了。

(老旦)我日间醉了,这会儿不能再吃,只好坐坐罢。(各坐介)

(丑送酒介)(贴掷介)六点,宝姑娘起。

(小旦笑介)我先抓,不知抓个什么呢?(掣介)

(众看介)任是无情也动人,牡丹花,在席贺一杯。

(众笑饮介)你也原配牡丹花。

(小旦掷介)十六点,该紫鹃。

(杂旦掣介)荼蘼花,开到荼蘼花事了。在席各饮三杯。(众饮介)

(杂旦掷介)十九点,该大奶奶。

(正旦掣介)很好。

(众看介)寒姿霜晓,是梅花。请自饮一杯。下家掷骰。(正旦饮介)

(旦掷介)十八点,该云妹妹。(老旦掣介)

(众看介)香梦沈酣,海棠花。

(旦看介)只恐夜深花睡去。(笑介)这夜深两字,不如改做石凉好?(众笑介)

(老旦笑介)你快坐上这西洋船家去罢。(众笑介,看介)掣此签者,不便饮酒,上下家各饮一杯。

(老旦)阿弥陀佛!真正好签!(生、旦饮介)

(老旦掷介)九点,该晴雯。

(贴掣介)

(众)松上寄生女萝花,自饮一杯,随意奉一杯。(贴奉生饮介)

(贴掷介)又九点,该林姑娘。

(旦)不知可有什么好的了。(掣介)

(众看介)风露清愁,是芙蓉花,好极了,除了他,别人也不配。自饮一杯,牡丹陪一杯。(小旦、旦饮介)

(旦掷介)二十点,该袭人。(丑掣介)

(众看介)武陵别景,是桃花,同辰者陪一杯。(旦、丑饮介)

(丑掷介)十二点,该二爷。(生掣介,笑藏介)

(众搜出看介)风絮飘零,是杨花,(笑介)也很像他。在席一杯,自饮三杯。(众笑饮介)

(合)

上卷

【黄龙醉太平】〔降黄龙〕丛芳,独是杨花忒煞轻狂,惯被风引上。红帘翠幌,看乍点西窗,旋过东墙。〔醉太平〕飘扬,闪一片莫云,天外送春光。颇似恁性情摇漾,造痴生妄。这花筹有眼,合付伊行。

(生笑介,掷介)

(旦)我可撑不住了,去罢。

(众)去罢。(生留介)(众)迟了,该去了。

(丑、贴)既这样,每位再奉一杯。(送酒介)(众饮介)

(合)

【黄龙捧灯月】〔降黄龙〕如海兰浆,不更能支,倦体摇荡。筹添几转,北斗阑干,花梦迷茫。〔灯月交辉〕透罗衣露采生凉,穿柳曲风丝来爽,携一片夜园情同归睡乡。

(杂旦提灯,引众下)(生笑介)我们挐大杯来,再吃几杯。

（贴）我吃不得了呢。

（生）勉强吃些儿，我今日很高兴。也不用行令，只吃一个流星赶月罢。

（丑）你做月，我们做星，来赶你。

（生）轮流着好，我先吃起就是了。（生、丑、贴轮饮数巡，叫干介。各醉介）（丑、贴拍手，随意唱小曲介）

（生大笑介）今日这生日过着了，我好不快哉乐哉也。

【玉漏迟序】群花供养，尽生平未有今宵欢畅。媚眼娇歌，漫夸唯酒无量。劝人把名花要赏，劝人把金杯莫放。陶然矣，倩红袖控扶归帐。

（起欲倒介，丑、贴扶介，同跟蹡介）

（合）

【尾声】惊花乱散春魂漾，问谁个玉卮无当，惟愿取岁岁年年乐未央。

九春香色注瑶觥，尽向掺掺手内擎。

如此生辰天下少，不劳仙曲奏长生。（相扶下）

第十八出 《搜园》

【双调引子·捣练子】（副净上）心比蒜,腹藏鳞,口生波浪面生春,却是玉楼金屋品。
珠情玉韵虎狼心,吓鬼瞒天计最深。笑里有刀君莫怕,把持威福到而今。
奴家王熙凤,金陵人氏。丈夫贾琏,本系大房之子,因这边二老爷家,诸事无人照管,二太太系奴姑母,特命搬来,同理家务。
奴家天性聪明,滑稽善辩,多谋足智,善能治剧理烦,肩难任巨。主持家政,一例严明,顺我者生,逆我者死。喜的是老太太怜爱,可以放胆而行。手下得用之人,又皆心腹,以此每每干预些外事。更兼私放支头,多收月利,行之数载,私橐①亦颇丰腴。但只有女巧儿,并无子嗣。人道心机太过,我言天道难知。从来祸福无门,岂必贤豪有子? 这也不在话下。
今早二太太满面怒容,拿着一个春意儿香袋,硬派做奴家之物,说是傻大姐在园里拾了,被我家太太看见,送过来的。奴家辩白了一场,才得罢手,那王善保家的出了主意,定要搜园。
我想园中这班儿姑娘丫头,平时好不利害,借此去搜他一搜,搜得着,大家出气,搜不着,又不与我相干,当下应了。二太太又叫了晴雯来,骂了一顿,说要回明老太太撑他,这又不知是谁放了暗箭。那王善保家的,一力揎掇,我也不便开言,只好听他摆弄罢。
此时天色尚早,我且歇息片时。正是计就月中擒月兔,谋成日里捉金乌。（下）
（生上）

【过曲·孝顺歌】情虽厚,意未申,怡红院中花一羣②,熏岂是香焚,膏宁为明烬。其中个人,郑旦夸光,许多丰韵,未许消魂,空怜厮认。只尺红墙路,隔乱云。又未知何日得缔良姻。

---

① 私橐:私人的钱袋。亦借指私人的钱财。如(明)宋濂《东阳兴修乾元宫记》:"于是各捐私橐而兴修之,不足,则遣缓颊之徒说诸有力者,土木之需,不期月而集。"(清)东轩主人《述异记·仲夫子诛教谕》:"顺治甲午年,因文庙倾圮,圣像暴露,鲍君募助修葺,数年以来,所收三百餘金皆入私橐。"

② 羣:同"群"。

小生坐拥群花，放怀一醉，那知乐极悲来，接着大姐姐归天，十分伤感，三妹妹又许了周家，行将远嫁。姊妹们渐次分离，林妹妹这段婚姻，又无定准，一腔恶抱，无以为欢。病榻愁灯，幸有了晴雯相依为命，怎奈屡求欢好，他执意不从，看来光景是怕袭人妒忌，这也怪不得他，只是小生害杀了也。

（贴哭上，倒生怀哭介）

（生惊介）怎么！怎么？是谁欺负了你，快快说来！

（贴哽咽介）太太唤去，也不问青红皂白，便说道：好个美人儿，真是个狐狸精呢！谁许你这样花红柳绿的打扮？又说，你干的事，打量我不知道么？我明日揭你的皮！二爷，你道我干了什么事来？

（生）并没干差一件吓！

（贴哭介）还要回了老太太撵我呢。

【前腔】无端绪，为甚因，说来话儿真怕人。（生）你便怎么说？（贴）他问宝玉可好些，我说我不大在房里去，袭人、麝月才知道呢。（生）嗏嗏！太太怎么说？（贴）太太说，阿弥陀佛，你不近宝玉，是我的造化。便喝声："出去，我看不上这浪样儿！"二爷，这不把我冤屈死了么？和伊纵相亲，何尝结殷勤，冤人诱引。我自那番病后，身子总不得好，近来又着风寒，若果真撵了出去，多分是死。（哭介）只是二爷呵！**蒙你擎奇，酬君无分，到死春蚕，柔丝难尽！**（合）**咫尺红墙路，隔乱云，又未知何日得缔良姻。**

（生泪介）

【前腔】**肝肠断，五内焚，如何舍他可意人？罗袜散香尘，金裘线谁引？**想是太太的气话，你且休慌。（贴）二爷！我心里也明白，是人放了暗箭了，看来断不能免。只是舍你不得，怎生是好？（哭介）（生抱贴哭介）**遭逢困顿，未占欢期。抛离何迅，眼看琼枝玉消花褪。**（合）**咫尺红墙路，隔乱云，又未知何日得缔良姻。**

（副净带净、杂上）

【赚】**恩仇折准，好去搜园问祸根。**（净）二奶奶，先往那里去？（副净）先往怡红院去。**踏芳尘，怡红来到，早是掞①重阍②。**（敲门介）（丑上，开门介）**有何因，夤夜来敲月下门。**（生慌介）二嫂子却为何？（副净）丢了一件要紧东西，怕是丫头们偷了，大家查一查好除疑。你们去搜罢。（众应介）谁的箱笼，谁来打开。（丑忙开箱介）（众搜介）没有什么。这是谁的箱子？（贴怒倒箱介）（净）姑娘不要生气，叫查就查，不叫查，还许我们回太太呢。我们并非私自来的，是太太叫来搜的。（贴怒介）你说是太太打发来的，我还是老太太打发来的呢。太太那边人都见过，就只没看见你。（副净笑介）晴雯不许多言！妈妈，你别和他一般见识，你且细细搜你的。（众搜介）**满地掀翻翡翠衾，零脂和剩粉，轻抛尘垒。**（净）也没什么。（副净）你可细查

---

① 掞：同"掩"。
② 重阍：指重重门禁。如（明）陈汝元《金莲记·生离》："重阍有阻，绵力难支。"

查,若查不出来,难回话呢。(净)都细翻过了。(副净)哦! 都细翻过了? 这等我们去罢。**漫因循,去把夜园搜尽。**(带众下)

(生)这是那里说起? 晴雯,你身子又不好,又闹乏了,去睡睡儿罢。(贴下)

(老旦带杂,含怒上)

【鹊踏枝】尤物是晴雯,入眼便堪嗔,急除宝玉迷魂阵。(生见老旦惊介)母亲。(老旦不睬介)(生背介)完了,晴雯保不住了! (老旦)晴雯呢? (丑)病了。(老旦)扯他来。(杂下,扶贴上)(老旦)好个病西施,你装这样儿给谁瞧? 扯他出去,交与他哥嫂。(生背,顿足介)(老旦冷笑介)我统共一个宝玉,难道凭你引他坏了么? 妖狐去! 妖狐去! 省得缠人! 袭人! 以后这些丫头,你须查管。我将宝玉交与你了! 休只管避评论。(丑应介)(贴哭介)**最苦生离别未分,死离别未分。辣苦酸咸,苦辣酸咸,无从置吻,甚日得再图亲近?** (杂扶贴哭下)

(老旦)宝玉,你此后好生念书,仔细你爹要问你。

(生)孩儿送母亲。

(老旦)罢了。! 难容心上刺,且拔眼中钉! (下)

(生彷徨介)这怎么好? 这怎么好? (痛哭介)

(丑)二爷,哭也不中用了。

(生)究竟晴雯犯了什么弥天大罪,就这么撑了。

(丑)太太嫌他生得好,未免轻狂些,说这样美人儿,心里是不安静的,倒像我们粗粗笨笨的好。

(生)呸! 美人儿,心里就不安静么? 晴雯外面虽然伶俐,心中其实老成,便有过失,也不过顽笑而已。你和麝月未尝不和我顽笑,为什么太太不挑你们呢?

(丑惊介)(笑介)是呢,太太为什么不挑我们呢? 想是回来再发放,也未可知。

(生)晴雯也是老太太那里过来的,和你一样,虽生得比人强,也没什么妨碍着谁的去处。就是性情爽直,口角锋芒,也没得罪了谁? 可不是你说的,生得好累了他了。(哭介)

【尾声】无边冤抑怜红粉,便能拚①**心疼怎忍?** 我想他娇生惯养,何尝受过一日委屈,兼之一身重病,一肚子闷气,又没个亲爹热娘,他这一去,那里等得一月半月,再不能见一面两面的了。(哭介)我的晴雯吓! **怕不做露叶灯断俏魂?** (哭下)

(丑冷笑介)听他言语大是疑我,且自由他,看他怎样?

漫天风雨送娇花,无计留花枉自嗟。

不是妒花花引妒,教人错怨风雨斜。(愤下)

---

① 拚:同"拼"。

第十九出 《诔花》

【商调过曲·二郎神】(生上)人儿妖,撇的来似鲫鱼直跳。问去后谁消愁一抱。衣篝虚麝气,几番错唤娇饶,唤不着娇饶心碎了。疼杀人春葱绫袄,却么么开交。怎得他扑琅生①现出灯宵!

小生昨夜瞒了袭人,悄出后门,去见晴雯一面。他一见小生,又惊又喜,又悲又痛。说道:我不料今生还能见你!小生问他可有什么说话?

他道:"我有什么说的?不过一两天就好回去了。只是我死也不甘心!我虽生得好,并没有私情勾引着你,怎么说我是狐狸妖精?今日既担了虚名,又没有远限,不是我说后悔的话,早知如此,我也打正经主意了。"

随将两个指甲咬下与我。又脱下红绫袄子,和小生换了。便说道:"你去罢!这里腌臜,你的身子要紧。今日这一来,我就死也不枉担了虚名。你的恩情,只好来生补报罢!"

彼时小生哭得死去活来,难抛难舍。恰值五儿来了,扶我回来。睡到五更,便梦见他来辞我。天明之后,叫人打听,果尔身亡!(哭介)哎呀!天那!这不是生生送了他性命么?早间小丫头说起,也曾梦见他来,做了芙蓉神女。此时芙蓉正开,小生特制一首诔文,用他心爱的冰绡縠写了,悄向花前,偷声一哭!(行介)

【前腔·换头】号咷!佳人分浅,仙容已杳。怎到得花宫来唤叫,是天乎命也,不能够彩凤同巢。酪子里一片针砂把心碎搅,只落得虚头的名号。说多娇,共翠被红菱,占了良宵。

来此已是池边了。(叹介)虽不能多陈祭品,却有一片丹心。晴雯吓,晴雯!你须怜鉴小生,休嫌轻率。(哭揖介)想你暑天戏扇,寒夜补裘,那番情况,不能见矣!

---

① 扑琅:象声词。生:语气助词。如(明)汤显祖《南柯记·释图》:"〔太射介〕公主看箭!(箭响介,旦作袖闪半跌介)哎也,扑琅生射中了八宝攒盔金凤钗,险些儿翎拴了凤髻钩掛住莲腮。"(清)袁于令《西楼记·自语》:"唉,那得他此时就立在面前也。慢俄延,但愿扑琅生立在灯前。"

【二犯二郎神】〔莺啼序〕恨漫漫裹边扇底魂竟消,直恁么绝艳偏雕。〔集贤宾〕眼看这万树芙蓉花自好,为什么送红颜身先花落!〔二郎神〕早知道如今无处,我悔当初蒙眬①过了。教花笑,说是个幸薄儿郎,填不满深深情窖。

  待我将祭文读与他。维太平之不易之元,蓉桂竞芳之月,无可奈何之日,怡红院浊玉,谨以花蕊冰绡,芳泉露茗,致祭于芙蓉女儿之灵曰:窃思女儿自临人世,十有六年,玉得于衾枕栉沐相与共处者,仅五年八月有奇。忆女儿生时,其质则金玉也,其体则冰雪也,其神则日星也,其貌则花月也。孰料鸠鸩②为灾,苣兰被刈,花原自怯,岂耐狂飙?柳本多愁,何禁骤雨?诼遭蛊蜮,病入膏肓。自蓄辛酸,谁怜夭折?仙云既散,芳趾难寻。洲迷聚窟,何来却死之香?海失灵槎,不获回生之药。委金钿于草莽,拾翠盒于尘埃。楼空鳷鹊③,徒悬七夕之针;带断鸳鸯,谁续五丝之缕?况乃金天届节,白帝司时;连天衰草,岂独蒹葭,匝地悲声,无非蟋蟀。芳名未泯,檐前鹦鹉犹呼;艳质将亡,槛外海棠预萎。抛残绣线,谁补金裘;裂损桃枝,空伤宝扇。尔乃西风古寺,落日荒邱,隔雾圹以啼猿,逸烟塍而泣鬼。红绡帐里,公子情深;黄土陇中,女儿命薄。固鬼蜮之为灾,岂神灵之有妒?毁诐④奴之口,讨岂从宽,剖悍妇之心,忿犹未释!在卿之尘缘虽浅,而玉之鄙意尤深。因蓄倦倦之思,不禁谆谆之问。始知上帝垂旌,花宫待诏。生侪兰蕙,死辖芙蓉,相物类才,斯言可据。用希灵感,陟降于兹。不揣鄙辞,有污慧听。

【集贤听画眉】〔集贤宾〕仰看那空天不语何杳渺,跨苍虬,驾绿轺⑤,碾咿哑,月御衔山悲太早。镂珠玛琼佩飘摇,侍云旗花姑⑥南岳⑦。可能够一灵儿来到?〔画眉序〕藉葳蕤桂膏,莲焰凭虚吊,仿佛见幽魂娇小。

【黄莺带一封】〔黄莺儿〕却又怳惚不能招,盼归来,徒自劳。则问他住神林可念人悲悼?泛金霞兮海涛,弄珠林兮凤箫,衔一抹空蒙尘雾区寰罩。〔一封书〕闪的我兀

---

① 蒙眬:眼睛欲闭又开,形容醉态或睡态。
② 鸠鸩:恶鸟。代指进谗言的坏人。
③ 鳷鹊:传说中的异鸟名。如(晋)王嘉《拾遗记·后汉》:"章帝永宁元年,条支国来贡异瑞。有鸟名鳷鹊,形高七尺,解人语。其国太平,则鳷鹊群翔。"后专指喜鹊。如(清)李慈铭《蓬莱驿》:"看他额黄稀,眉青锁,粉痕疏,唇褪猩朱,只忆着填桦鳷鹊待黄姑。"
④ 诐:诽谤。如《诗·周南·卷耳》:"内有进贤之志,而无险诐私谒之心。"《笺》:"诐,妄加人以罪也。"
⑤ 轺:本义是指迎宾车、先导车、开道车。后来指被国君召唤者所乘坐的宫廷专车。此处指上天迎接成仙之人的专车。
⑥ 花姑,神话传说中的人物,统领群花,司天和以长百卉。典出《淮南子》。《月令广义·春令》云:"春圃祀花姑。"《花木录》:"魏夫人弟子,善种花,号花姑。"
⑦ 南岳:指南岳夫人,中国民间信奉的神仙,为道家所称女仙名。姓魏,名华存,字贤安,又称紫虚元君、魏夫人,自幼好道,后被尊奉为道教上清派第一代宗师,世称"南岳夫人"。见《太平广记》卷五八引《集仙录》。

淘淘把愁泪抛,还求你玉简重留下紫霄。

呜呼尚飨!(哭介,奠茶焚文介)

【莺集御林春】〔莺啼序〕空留恨旧日韦皋,再生缘,何处缴?〔集贤宾〕哭烂了犀帘,教我怎样抛?杀尧婆①讵忘悲恼?晴雯吓晴雯!欲拚身来伴你,〔簇御林〕只是有人心上难丢落。你是知道的。〔三春柳〕你知我这根由,切休要冷语娇言怨侬薄!

明日等芙蓉花落,装入净瓶,送到埋香冢去便了。(欲下)

(旦内)且请留步!

(生惊介)敢是晴雯阴魂来了?

(旦笑上)飘零娇婢命,新雅谏花辞。宝哥哥,好新奇的祭文吓!可与《曹娥碑》并传矣。

(生笑介)偶尔写恨,谁知被你听见了,有甚瑕疵,妹妹改削改削。

(旦)将来倒要看看原稿。只听得什么"红绡帐里,公子情深;黄土陇中,女儿命薄。"这一联意思却好,只是红绡帐熟烂些,想我们用软烟罗糊窗,何不说茜纱窗下,公子情深呢?

(生笑,顿足介)好极!好极!这一改,新妙之至。只是你住的窗儿,我怎好借用?

(旦笑介)何妨。我的窗即可为你的窗,如此分晰,倒觉太生疏了。

(生)非敢生疏,那唐突闺阁,却万万使不得。我如今改作"茜纱窗下,小姐多情;黄土陇中,丫环薄命"。算你谏他的罢。你素日又待他甚厚,这可不好呢。

(旦笑,摇头介)小姐、丫环,也不典雅。

(生想介)是吓!这样罢,我竟改作茜纱窗里,我本无缘,黄土陇中,卿何薄命罢。

(旦惊介,迟疑介)这改得好,快去罢。太太叫你呢。

(生)这等妹妹,也回去罢。

(旦)我知道了。

(生)

【尾声】问今朝甚处有春红笑,只隔一昼夜时光魂梦杳,空教我谏尽名花把恨挑!(下)

(旦视生下,良久叹介)他怎生说"茜纱窗里,我本无缘"呢?

【南吕过曲·红衲袄】莫不是为奴嗔,不愿谐?莫不是冷奴心,将病解?莫不是,怎高堂,有甚风声歹?莫不是,怎痴肠,终牵薛宝钗?这话儿教人怎猜?这事儿教人怎揣?还怕是言出无心,做了谶语天机,也好教我闷恹恹难放怀!

花天擎泪谏芙蓉,恰向花前带笑逢。

何事茜纱缘法少,暗添愁结上眉峰。(闷下)

---

① 尧婆:指后母。如(元)关汉卿《蝴蝶梦》第二折:"不争着前家儿偿了命,显得后尧婆忒心毒。"(元)杨显之《酷寒亭》第三折:"前家儿招了个后尧婆;小媳妇近日成亲,大浑家新来亡过。"

第二十出 《失玉》

(净秃和尚,副净跛道士上)
(净)我盗一只牛。
(副净)我偷一只狗。
(净)若无牛狗,大家撒手。
(副净)若有牛狗,大家一口。
(内)到底是怎么着了?
(合)月华满天,万象来会,聚妄会真,随意点缀。(同笑介)
(净)贫僧志九。
(副净)小道涵虚。
(净)道兄,咱们法力高强,云游四海,我能隐身。
(副净)我能望气。
(净)我能勾摄生魂。
(副净)我能变幻梦境。
(净)我能埋兵布阵。
(副净)我能倒海移山。咱们同伙多年,也造了千千孽债,得了万万金钱,这家当我真仙。
(净)那家当我活佛。日来游到京城。道兄,这京城你住过的吓?
(副净)便是,我住过十年。
(净)可有什么巧宗儿?
(副净)偌大京师,怎么没有巧宗儿?只是辇毂①之下,轻易干不得的。我如今想了一宗大买卖,只不知你做不做。

---

① 辇毂:皇帝的车舆。代指京城。如《三国志·魏志·杨俊传》:"今境守清静,无所展其智能,宜还本朝,宣力辇毂,熙帝之载。"(唐)元稹《唐庆万年具令》:"辇毂之下,豪黠僄轻。扰之则狱市不容,缓之则囊橐相聚。"

（净）什么买卖？

（副净悄说介）如今海上潘王，招延豪杰，你我如此法力，到了那里，怕不军师、元帅起来。这场富贵，非同小可，这不是大买卖么？

（净笑介）此事我已留心久了，只为此去要建奇功，须凭两个阵法，用着些人，一时没有全备。

（副净）那两个阵法？

（净）一个迷魂阵，一个勾魂阵。

（副净）用些什么人呢？

（净）那迷魂阵，用三百二十名美女。

（副净笑介）那美女娇娇怯怯，那里拏得动刀，使得动鎗，要他做什么？

（净笑介）如今人见了美女，怕不丧魄销魂，还待动刀动枪么？

（副净）虽是如此，那里拐逃得这许多？

（净）只要摄了魂来就是了。

（副净）那勾魂阵呢？

（净）那勾魂阵，要二百八十名美男。

（副净）要他做甚？

（净）天下还有不好女色专好男色的呢？迷魂迷不得他，少不得勾魂也勾了他，这不一网打尽了么？

（副净）据我看来，还得摆个元宝阵才好。见了元宝，他才顾财不顾命呢。（各笑介）

（副净）请问师兄，这美男也摄魂么？

（净）这却要生人的。

（副净）怎么又要生人呢？

（净）以阳勾阳，犹如以毒攻毒，全要阳盛，才送得死他，若是魂魄，就大半阴了。

（副净）领着许多人，不怕关津隘口盘诘么？

（净）我闻得潘王有十万军兵，可以到彼挑选。只是领队之人，须得一个绝色，还要有些根器才好。怕他那里没有这样人，却是带了一个去的妥当。单则一时那里得有？

（副净想介）咱们那年在大荒山无稽崖经过，那块女娲补天未用之石，不是已投生人世了么？

（净）是吓！他如今在那里？

（副净）就是这荣公府里的贾宝玉，那块石头，如今变做一寸多长，鲜明美玉，在胎里口中衔下来，真是一件奇宝，除灾却病，见吉知凶。

（净）那玉到处有瑞云笼罩，神鬼护持，出入百万军中，矢石不能伤损，此去甚是合用。只是这宝玉你见过没有？

（副净）见过多次，他面若中秋之月，色如春晓之花，鬓似刀裁，眉如墨画，一对巖巖电眼，两行灿灿银牙，不但男子无双，抑且妇人少有。但是轻易不出大门，没法儿拐他前去。

（净想介）这玉，他家可宝贝么？

（副净）怎么不宝贝？这是他的命根呢。没了这玉，他就不得活了。

（净）这就容易了。我们如今隐身进府，取了他玉，等到垂危，将玉送还，用几句话儿打动他，归我禅门，不怕他不随着我走，那不是人也得了，玉也得了么？

（副净）若不走呢？

（净）不走嚜，咱们仍旧取了玉去，替另找人。

（副净）好计好计！就这样行！

（净）他家可还有些女子？

（副净）他家女子极多，美的也不少。若论绝世佳人，也只两个，一个叫林黛玉，一个是使女柳晴雯。

（净）晴雯！我昨日收了他家一个新死的女魂，不是叫晴雯么？

（副净）想是他了。

（净）那黛玉你如何知道？

（副净）他家老太太，时常领了到我们师父那里来烧香看戏，我们通看见过，并且还有年庚八字，在我们师父处，替他禳灾祈福呢。

（净）这就好了。其余你还知道些么？

（副净）其余还有几个什么傅秋容呢、史湘云呢，不过五六人，也都生得好。

（净）是了，我们就使起隐身法来，到这几处去，一面摄魂，一面盗玉便了。

（各画符念咒介）急急如律令！勅勅勅！（合）

【仙吕过曲·上马踢】神通变现多，鬼画符儿妙，真形顿地收，化成烟雾杳。藏癸趋壬，常怕丁神找。弄鬼妆妖，幻比偷天，喜的是人不觉。

（副净）这是史湘云家了。

（净）我们进去。（急下）

（末天神提鞭打上）咄！妖僧孽道！此系天仙府第，焉取隐身擅入，快走出去！

（下）

（净、副净乱走，碰跌介）

（净）哎呀呀！碰破了髻头了！

（副净）哎呀呀！跌折了瘸腿了！（定介，笑介）

（净）道兄，什么天仙，有天神护卫？

（副净）难道就是史湘云么？我们贾府去罢。

上卷

（净）再有天仙呢？

（副净）且莫管他，到那里再看。

（净）两团黑气！

（副净）一阵妖风！

（净）穿过夹道。

（副净）走进胡同，这里是了。

（净）道兄！你先望望气看。

（副净望介）这府里甚衰飒，虽有红光，也都被黑气掩了，不多时就要损伤人口呢。

（净）这等咱们进去。（下即上）

（净出玉介）在这里了。（看介）果然是一件至宝，咱们如今回去，查了黛玉年庚，摄取灵魂，再拐了宝玉，那事业就做得成了。（合）

【前腔】东洋战阵开，好座坑人窖，雄兵上将来，望风身便倒。谁本天阉，一定魂飞了。（净）咱们不时前来，看个机会，好用言语打动他。（副净）极是。（合）看风下操，片玉收来，不怕他人不到。（笑下）

（丑提灯哭上）皇天菩萨，怎么好端端把玉丢了。如今那一处没有找过，那一人没有问过，只得到园里找去。（寻介）平时这劳什子，没一日不挂着，偏偏今日枯海棠开花了，一家子闹着赏花、做诗呢、吃酒呢，我忙着伺候，不知他怎么丢了，叫我去那里找？屋里屋外，只少翻过地皮来，也没些影响。（哭介）这园里又没有，这却怎么了？菩萨吓！我可不是个死了么？

命酒看花乐事多，谁知平地起风波。

人生祸福原难料，失却通灵且奈何。（哭下）

第二十一出 《设谋》

【仙吕过曲·傍妆台】（老旦上）**闷沈沈,几度寻思难把话儿喑,到头这事如何？怎空着我坐毡针。**自宝玉失玉痴呆,老太太着急,分付老爷,替他娶亲冲喜。因宝丫头有一把金锁,可以辟邪,又有金玉姻缘之说,定了主意,要讨宝丫头。既是王家瓜葛①,又且稳重大方,这是极妙的了。争奈袭人悄地请我出来,说宝玉与林丫头十分绵密②,那年夏天,宝玉曾将袭人错认做林丫头,说了好些私心话儿,加以紫鹃一句顽话,便病了多时,惟恐知道娶的宝丫头,不是冲喜,倒是催命,要我想个万全之法,这却教我难了。**不堤防琼浆思另饮,教我两下踌躇薛共林。**林家既系衰门,林丫头性情气度,也总不及宝丫头好,况又有怯病。**他背上无三甲还腹欠壬,轻花飞絮太临侵。**

且去回了老太太,看是如何？（副净扶净上）
（净）

【前腔·换头】鬅③**松华髪未堪簪,更为孙儿病体皱眉心。**那袭人鬼鬼魆魆,和你说些什么？（老旦）他说宝姑娘甚好,实在老太太有眼力。（净）可不是宝丫头好呢？（老旦）但是宝玉心中,只有林丫头,恐怕娶了宝丫头,这畜生要闹得个天心不顺呢。所以他回了媳妇,要想个万全之策。（净沈吟介）这就难了。林丫头原也好,就是病多些。况且又与他姨妈说过了,怎好改口呢？**这大事难擷窨**④**,要身健比黄金,况此舌难扪朕**⑤**,又只怕痴颠甚,真无任,费酌斟,有何良计要搜寻。**

（副净）良计倒有一个,只不知姑妈肯不肯？
（老旦）你有什么主意,可就说出来,大家商量。

---

① 瓜葛:此处指姻亲关系。
② 绵密:此处指亲密。
③ 鬅:péng,头发披散的样子。
④ 窨:此处为思忖、揣度之意。
⑤ 此句典出《诗经·大雅·抑》:"无易由言,无曰苟矣,莫扪朕舌,言不可逝矣。"意为说出去的话不可收回。

（副净）依我想，这件事，只有一个掉包儿的法子。

（净）怎么掉包儿呢？

（副净）如今不管宝兄弟明白不明白，大家吵嚷起来，说是老爷做主，将林姑娘配了他，瞧他的神情。若是全不管，这包儿也不用掉了，若有些喜欢，这事就大费周折呢。

（老旦）便算喜欢，却怎么样？（副净耳语介）

（老旦点头笑介）就这么行罢了。

（净）你到底也告诉我。（副净耳语介）

（净）这么样也好，只是苦了宝丫头了。若林丫头知道，又怎么样呢？

（副净）这话原只说与宝玉听，外面一概不许提起，有谁知道呢？

【掉角儿序】代李僵桃，权欺瘦沈，喜的病痴难审。到佳期芳缘自谐，又何须转鸠为鹁？不是我说，那林妹妹左性儿很难受呢。口儿尖，心儿重，性儿阴，身常病，泪常淋，久无疵荫，欢嗔任心。又全无驱邪宝锁，玉金符谶。

且待我试试看。袭人，扶二爷出来。

（丑扶生上）

（副净）宝兄弟大喜，老爷给你娶亲了。（生笑介）

（副净）给你娶林妹妹，好不好？（生大笑介）

（副净）老爷说，你好了，给你娶林妹妹；还这么傻，就不给你娶了。

（生正色介）我不傻，你才傻呢。（众惊介）

（生）我瞧瞧林妹妹去，叫他好放心。

（副净）林妹妹早知道了，要做新媳妇，他还肯见你。

（生）娶过来，他见我不见？

（副净）你好好儿的，就见你，你若是傻，就不见你了。

（生）我的心，前日已交给他了，他过来，横竖给我带来，我就好了。

（副净）袭人，你快扶他进去罢。

（丑扶生下）（副净笑介）看这光景，竟得行那着了。

（净、老旦）只好这样行呢。我们不要管他，且求姨太太去。

（合）

【尾声】命门针，消灾禩，擘开莲子借莲心①，单则要铭背三缄莫漏音。

以假为真不是真，权将妙计慰痴人。

八门金锁五花阵，别仗心机役鬼神。（同下）

---

① 擘开莲子借莲心：典出（宋）洪迈《客斋四笔》卷十六："世传东坡一绝句：'莲子擘开须见薏。'"按："薏"就是莲心。

第二十二出 《焚帕》

【北南吕·一枝花】(旦上)嗟哉你缘难旦暮成,兀的倒身患膏肓病。受凄惶无从能正本,怕将来悠忽竟伤命。都为的遗失通灵,才惹下了这痴呆症。闪得我皱双蛾熨不平,眼看着小方乔瘦尽冰肌。怎教俺愁紫竹抛开宝镜。

　　画桃赋藕事都讹,还遣花星避病魔。悔把瑶琴弹别怨,断弦赢得泪痕多。奴家那日谱成三曲,写入孤桐,不料末调太高,君弦忽断。自谓孱躯,将辞人世,那知不几日间,宝哥哥失玉痴颠,形神危殆。倘若琴竟通灵,岂免身为异物。(泪介)哎呀!天那!那茜纱无缘之语,可不竟成谶了么?日来他已搬出园中,仍在老太太里房居住,奴家看过他几次,着实忧心。不知今日如何了,我且再去看他一看。

【梁州第七】他和我是当翠水指天为证,度红羊①历劫翻身。想他所衔之玉,莫非就是我林黛玉么?他他他口衔黛玉为生命,但见面言欢语喜,但见面心畅神清,但见面眉花眼笑,但见面体健身轻。他他他小书生不让元经,谪仙人合配双成。他他他不打量一家儿银汉金城,不打量十年来虚华画饼,不打量两心期泛梗浮萍。他赤力力白费了志诚,急登登昏迷了本性,惨模糊幽恨成冤病。那里是星为祟,灾来峻,一谜价被愁推,落坑穽②。说起失玉这事,可也太奇。到处跟寻,竟无踪影。若果奴家数应此玉,必且先他而死矣。怕不做晓月晨星。(欲下,丑傻大姐哭上)

　　(旦)傻丫头哭什么呢?
　　(丑)姑娘,珍珠姐姐打我呢。
　　(旦)他为什么打你?
　　(丑)就是为宝二爷娶宝姑娘的事。

---

① 红羊:典出古代的谶纬之说,代指国难。此处借指磨难。如(唐)殷尧藩《李节度平房诗》:"太平从此销兵甲,记取红羊换劫年。"
② 穽:同"阱"。

(旦惊介,旁皇①介,定介)你且跟我这里来。(转介)怎么宝二爷娶宝姑娘呢?

(丑)老太太、太太、二奶奶商量了,娶宝姑娘过来,给二爷冲喜。(笑介)还要给林姑娘说婆家呢?

(旦呆介,颤介,径下)

(丑)我说这个也是宝,那个也是宝,又是宝姑娘,又是宝奶奶,真正才宝做一堆的,他就打找我了,姑娘,你评评这个理。(抬头介,笑介)咦!怎么就走了?

(杂旦上)傻大姐,我家姑娘呢?

(丑)正说话,就走了。

(杂旦笑介)和你有什么话说?

(丑)就是宝二爷娶宝姑娘的话吓。

(杂旦惊介)怎么宝二爷娶宝姑娘呢?

(丑)上头说的,二爷病了,娶宝姑娘冲喜呢。

(杂旦)哎呀!你这话告诉他了么?

(丑)他问我,我怎好不告诉他呢?

(杂旦急介)不好了!你死多活少了!

(丑惊哭介)姐姐,我怎么死多活少了?

(杂旦)上头知道,不活活打死你么?

(丑)哎呀!(怕介)

(杂旦)我且快寻姑娘去。

(丑拖住介)好姐姐,你别告诉他们吓!(杂旦推倒丑,急下)

(丑起气介)我就不信,这些话是说不得的。打的打,推的推,通蹧蹋②我。若是说不得,上头又怎么就做呢?

(杂旦内)姑娘看子细③。(丑望惊介,奔下)(杂旦、小旦扶旦上)

(杂旦)姑娘回去歇歇罢。

(旦笑介)可不是,我这就是回去的时候了。(急走介)

(杂旦)麝月!这怎么好?偏偏今日他这脚步儿,走得飞快,那里赶得他上。

(小旦)那是潇湘馆了。

(杂旦)好了,阿弥陀佛,可到家了。

(旦跌介)(二旦急扶介)(旦吐介)

(杂旦惊介)哎呀!这不是吐红了么?

---

① 旁皇:同"彷徨"。

② 蹧蹋:同"糟蹋"。

③ 子细:同"仔细"。

（旦昏介）（二旦扶旦坐介）

（小旦）我且回老太太去。（下）

（杂旦）姑娘！姑娘！（旦不应介）

（杂旦哭介）这番罢了。

（旦徐徐开目，四望介）你哭什么？

（杂旦）刚才姑娘从二爷处来，觉得身子有些不好，我没了主意，所以哭了。（旦笑介）我能早死，岂非万幸！（喘介）

【牧羊关】这冤愆债，全还过，望夫山，不用登，甚的美甘甘着意知情？一枕儿春梦初醒，寒灰尽冷。昏惨惨的人间殊闷损，黑漫漫的泉底料安宁。今日里荡东风，花飞定，惟愿取速化虚烟，再不生！

（副净扶净上）

（净）娶妇莫娶多娇女，做人莫做有情人。林丫头！你怎么又病了？这会儿可好些？

（旦开目看净，笑介）老太太！你白疼了我了！

【四块玉】多谢你念先人，道奴是孤凄命。美意儿移花栽到谢公庭，到头来只落的都干净。兀的不结了恩，兀的不叨了幸，兀的不人世间空弄影！

（净冷笑介）好孩子，养着罢，不怕的。

（旦微笑，闭目介）

（净出叹介）这孩子不是我咒他，只怕难好了，你们也该替他预备预备。（副净应介）

（净）紫鹃！这些话到底是谁说的？

（杂旦）不知姑娘听了谁的话呢？

（净）孩子家，从小儿一处顽笑，亲热是有的，到懂了人事，就该分别些，才是女孩儿的本分，我才疼他，若是他心里有别的想头，成什么人了？（冷笑介）我可是白疼了他呢。从来医心无药，林丫头若果真是心病，不但治不好，我也没心肠了。

（副净）林妹妹的事，老太太不用费心，倒是姑妈那边的事要紧。喜日近了，我们且去请姑妈来，说结了，好办事。

（净）你说得是，我们就去。（下）

（杂旦气介）

（旦长吁介）懊侬心最痴，怜侬命垂绝，曷不求神仙，无端堕情劫。

【哭皇天】俺只为苦仁儿个中如杏，俺只为怕飘风波面吹萍，俺只为靠周亲免叹机丝命，俺只为爱彼温柔心性。谁知道没相干云消天净，还说什么春花结蒂，秋雨挑灯，鲛绡寄泪，诗句含情。值不得回头一笑都冰冷！（喘介）（杂旦）姑娘冷么？（旦

上卷

点头介)(杂旦)火盆移近些罢。(旦点头介)(杂旦移介)(旦)再近些。(叹介)取我诗本来。(杂旦取送介)(旦翻介,指介)(杂旦)敢是要手帕子么?(旦点头介)(杂旦送介)(旦摇头介)有字的。(杂旦另送介)(旦)外面是谁?(杂旦出看介)(旦抛诗帕入火介)(杂旦急抢介)完了!都烧坏了!姑娘,这是什么意思?(旦咳!紫鹃!**留甚么他人笑柄,我只合的尽付丙丁!紫鹃!我和你分有尊卑,亲同姊妹,相依数载,无限关情,只道终身聚首,不料和你分离。**(杂旦哭介)

(旦)这也是大数如此,你也不必悲伤。我死之后,那妆奁内有个金鱼儿,千万与我含殓。倘得太阴錬①形,也胜是虚生一世。

(杂旦)姑娘!事到如今,我也不得不说了。姑娘心事,我也知道。现在宝玉这样大病,况且娘娘服制未满,怎能做亲?那些瞎话,不要听他。还要自己安心保重才好。

(旦微笑介)

【乌夜啼】太悠悠这没料的人情,人情竞送冷,便不死也只虚生。哎呀!紫鹃吓!你是我体心人。哎呀!妹妹吓!你再不必来提醒。俺如今摒却娇身,躲却愁城,切切的走阴司,急急的弃红尘,急急的弃红尘,也省得心头眼底无穷恨!流毕了千行痛泪,再不系半点痴情!一任取天悲绝代,惟仗着鱼錬真形。

【煞尾】纵不得金丹绛雪归仙境,落可的风快钢刀斩葛藤,不患桃人伤土埂。妹妹,我的身子是干净的,好歹叫他们送我回去。墓鸳鸯既不能,小魂灵怕孤冷,好松楸江南云影。(忽起介)宝玉,宝玉你好。(倒介)(杂旦急扶,哭叫介)姑娘醒来!姑娘醒来!(旦徐醒介,喘介)哎呀!宝玉吓!**害得俺没终竟,送入了泉台,那可不痛快杀您。**

镜花水月枉禁愁,万苦应知死即休。
焚却鲛绡完恨债,更无情感到心头。

(杂旦哭扶下)

《红楼梦传奇》校注

---

① 錬:同"炼"。

第二十三出 《鹃啼》

【仙吕过曲·一封罗】（正旦上）〔一封书〕**情捐命也捐,剩残魂,延几天,毒害焉能人不怨?**（泪介）**苦杀我姊妹班中失阆仙!** 奴家李纨,因为孀居,那边喜日,不便过去。正在稻香村与兰儿改诗,忽地紫鹃走来,说林妹妹病势,只在旦夕,唬得我连忙过来,看了光景,果是不详。咳! 这都是二娘的主谋,直送了他的性命才罢!〔**皂罗袍**〕**三回五次闲挑冷言,千方百计离鸾间鸯,合欢枝苦被他金刀剪!**（下）

（杂旦上）

【中吕引子·粉蝶儿】积恨填胸,香魂此番难守,几丝儿气结咽喉,惜花轩翻做了前生雠寇,忒情偷识得人心真谬。

劝君莫系情,系情徒自苦。残烛又经风,催将归地府。新欢方入门,旧恨已难补。可惜天上花,竟化泉中土。

我家姑娘,一心牵着宝玉,前因王姓提亲,绝粒数日,已自垂危,后来知道未经依允,才转过来。接着宝玉失玉疯颠,上头定了娶宝姑娘冲喜,傻大姐漏了语言,立地迷了本性。扶回园里,吐血不休,焚帕焚诗,一卧不起。今日病体更甚,已经晕过几次,眼见得不能好了。

（哭介）我想姑娘孤孑一身,虽有一个哥哥,又不常通音信。薛家正在势耀之时,宜乎舍此就彼,只是也太势利了些。听得都是二奶奶的摆弄。(恨介)咦! 我好不痛心切齿也!

【过曲·粉孩儿】恩恩①**的送华年,遭谗口,觑炎凉意歹,恨来真陡。** 方才去回老太太,不在房中,去看宝玉,也搬去了,细问墨雨,才知今日做亲,这些人好很毒呢! 尤且宝玉,更是可恨! **深情密爱一旦丢,合他人去结绸缪。这边厢肠断魂离,他那壁鸾配鸳偶。**

想我姑娘也太痴心了,什么有情之物,还值得为他而死么?

【红芍药】甘不过乔作温柔,相思树却唤鸺鹠。这也难怪姑娘,便是奴家呵,险被他

---
① 恩:同"思"。

拖刀计儿诱。幸奴家向铜豌豆①,只可怜姑娘呵!软绵绵扯不去锦套头,小魂儿暗风吹皱。画鱼函灵鹊无缘,买花船变了虚舟。

(净上)东边日出西边雨,冷处悲多热处欢。奉二奶奶之命,叫紫鹃姑娘去扶新人。来此已是。姑娘,二奶奶叫你呢。

(杂旦)林奶奶,你请罢。姑娘死了,我们自然是去的。我守着病人,身上也不干净。姑娘还有气呢,不时的叫,我也万不能去。

(净恼介)姑娘的话是不打紧,只是叫我们怎样回呢?

(正旦急上)紫鹃!你还不去替姑娘穿衣裳,难道女孩儿家,叫他赤身露体去么?(杂旦痛哭,急下)

(正旦)你来做什么?

(净)二奶奶叫紫鹃姑娘,他不肯去。

(正旦)为什么叫他?(净附耳介)

(正旦点头介)本来他也离不开,你叫了雪雁去,也是一样,二奶奶问,说是我的主意。

(净)大奶奶说了就是了,我带了雪姑娘去罢。(下)

(内)大奶奶!姑娘不好了!(正旦急下)(内细乐一套)

(杂旦哭上)我的姑娘吓!

【耍孩儿】万劫一身偏不寿,兀那归真去,何处是凤阙麟洲。(哭介)伤悲!他恶噷噷②薄幸难生受,恨的我碎咬牙儿咒,世不曾见这欺心兽!

今日他死了,你算躲过了,日后你拏什么脸来见我?(哭介)哎呀!姑娘吓!

【会河阳】小梦如烟,愁魂更愁,他生未卜此生休,问谁埋向花坟,乌啼废邱?那紫金鱼儿替他含了,棺衾之类,尚未备来,也并无一个人来问信。(哭介)这可不痛杀我也!人踪绝,人情陋。甚日,消得我心头怄,甚时,捏着你衫儿袖!

(正旦哭上)

【缕缕金】才非福,艳难留,玉人偏厄运,叹泡沤。紫鹃!看这光景,今夜是不能入殓了。还得叫些人来,一同守夜才好。

(杂旦)大奶奶!这园里人,通是二奶奶叫去了,还有谁呢?

(正旦泪介)万种悲凉态,离魂时候,竹梢残月挂帘钩,灯光暗如豆,灯光暗如豆。

(杂旦)大奶奶!你是个有情有义的人,还来送我姑娘,也不枉相好一场。你看那些人可有个影儿?(痛哭介)

---

① 铜豌豆:此处比喻人格耿直,性格坚强。
② 恶噷噷:恶狠狠。

【越恁好】什么至亲关切,至亲关切,回面尽如仇!今日收蓝罢斗,黄泉路,恨难休?浮云太薄风弄秋,何曾会久?砖儿呵!重测测何其厚?瓦儿呵,脆薄薄无将就!

(正旦)你也不用恨了。起先姑娘绝气之时,你可曾听见那一阵音乐?

(杂旦)也曾听见,那是新人进门呢。

(正旦)娘娘服中,那边不用鼓乐,想是你姑娘升仙去了。

(杂旦)哦!升仙去了。(叹介)

【尾声】纵乘云直上登离垢,骑不得白凤随他翠幰①游,(合)可能够月现云开重聚首。

寂寞空园秋夜长,竹风桐露助凄凉。

瑶姬一去归何处,痛哭潇湘旧馆荒。(同哭下)

---

① 幰:本义为车幔,借指为马车。如(南朝梁)·刘遵《度关山》:"路狭幰难回。"(清)蒲松龄《聊斋志异·辛十四娘》:"躞蹀出窥,则绣幰已驻于庭。"

第二十四出　远嫁

【中吕引子·尾犯】(小旦上)悲逝复怜生,花落夜寒,离轻愁更,姊妹相依,无端孤另。魂已断,凄其旧馆人欲去,萧条画屏,最堪怜是雨栊风更,灯伴纤纤影。

奴家喜鸾,系出贾氏,只因父母双亡,老太太怜爱,太太认为已女,常时得与姊妹相聚,尤加亲爱者,黛玉、探春两人,怎奈林妹妹竟尔殀亡,使我寸肠欲断,又值探春妹妹行将远嫁,更觉执手难分,不免去送他一送。

【过曲·尾犯序】残照逼离情,冷落花畦,珠泪双迸。此去关河,问何年转程。孤影,瀛海上风多浪涌,蓬岛外烟凄月冷。荒荒地,干戈时节,着个小娉婷。

妹妹!(贴上)伤心悲远嫁,矢志靖边烽。姐姐,(小旦)奴家特来奉送。

(贴)有劳了。

(小旦)好说,妹妹,我和你相依未久,一旦远离,无限情怀,难以言罄。

(贴)奴家薄命,远别双亲,既乖姊妹之欢,复有道途之苦。

【前腔·换头】星程雨驿飘萍。别路苦长,难拒亲命,垂海妖云,正兵戈相争。(小旦)妹妹娴熟韬钤,战胜攻取,正堪建立功劳。(贴)难定。有几个蛾眉皓齿,画得上麟台凤鼎。天涯远,如何教我,抛撇了好家庭?

日来二哥哥病可好些?

(小旦)前日他知道林妹妹去世,一恸而绝,幸喜救回,将来还不知怎样呢?(贴泪介)

(小旦)

【前腔·换头】佳人归玉京,笑杀旁人,苦杀多情。我想凤嫂子也太很毒了!吓鬼瞒神,还科派顶了虚名。老太太也甚是懊悔,说害了他了。伤情,哭不转娇花嫩柳,唤不出烟痕画影。空凄断,轻怜痛惜,都是假惺惺!

(贴)我想二哥哥天性多情,日前既丧晴雯,如今又亡黛玉,此皆痛心切骨之事,若使忧能伤人,非止病魔来扰,我此去甚不放心。

【前腔·换头】他痴心难唤醒,怕命似悬丝,身如飘梗。那宝姐姐也不是仅讲道学,可以笼络得来的。只用道理牢笼,恐更添上嫌憎。姐姐!你可将我言语,细劝宝姐姐。丁宁,他没奈何悲花恋凤,难便把言规语诤。奴今去,心儿怎放,兄妹最关情。

(小旦)妹妹好起身了,前途保重,切莫多愁。

(贴)姐姐!小妹有一拜。

(小旦)愚姐也有一拜。(拜介)(各泪介)

(贴)

【鹧鸪天】泪满罗衣万里行,卧龙山外捣衣声。(小旦)云浮大海风催冷,日落长河水欲冰。(贴)凭浩气,斗心灵,天潢倒挽洗戈兵。(小旦)一朝得埽烟尘净,凯奏来将父母宁。

蜃气蒸成海市高,红群斜压雁翎刀。

从今梦倚三壶月,青雀舟中检豹韬。(分下)

第二十五出 《哭园》

【北正宫·端正好】(生上)痛沉沉,难存坐,(哭介)哭杀人无处腾那。闪下这彻天冤,害得无明夜,端的是熬煎杀!

小生一病痴迷,被他们欺鬼瞒神,一场摆弄,只说娶了林妹妹,那知倒是宝姐姐。及至细问起来,才知林妹妹已死!(哭介)就就这样害杀了他也!前日随老太太、太太到潇湘馆哭了他一场,未能尽哀,便被他们催逼回去。今日宝姐姐生日,众人畅饮欢呼,小生勉强吃了几杯,按不住心头悲戚,佯推欲卧,悄地来到园中,着实哭他一哭。(哭介)哎呀!妹妹吓!

【滚绣球】你竟长眠茧窝,为支离谁个?几年来受多少折挫,今日里死生分一面还差。我心儿里没耐向的痴,梦儿中可也没处的抓。谁想你做轻虹随风而化,一旦价影断音遐。我哈喽喽为青鸾佳信眼儿斜,又又谁知弄虚嚣诳骗咱。哎呀!妹妹吓,送的你落叶飞花。

【倘秀才】奈朦胧天何也那地何。镇日价暗吞声,难禁架,更受些儿没聊赖的言语多。他假姻缘将人拘缚,只分的顿开了网罗。

【叨叨令】向断肠天和你消闲过,那日一恸而绝,径向泉途问你,有人道,你生不同人,死不同鬼。

大嫂子又说,你临死之时,半空有音乐之声,一定是成仙的了。小生久拚一死,倒为此展转迁延。

怕进了幽城费查,被泰山宫早牒,向酆都来住下。那时节兀的不更波查也么哥,兀的不又虚花也么哥。哎呀!妹妹吓,急切里仙云那答,难道只这呜呜咽咽的罢。

我当初梦中,将心剖交与你,只道你过门时,带来与我,那知如今你带着上天去了。

【脱布衫】那高云里余心怎挐,须共你上垿①为家,我已自觑人间鱼龙戏假,却怎能筋儿梯从空挂下?

我想要得上天,非仙即佛。

【小梁州】遥望着佛地仙山万里遐,淹答的心内顽麻。好妹妹!你看往日之情,来度我一度罢。料不能再世倚蒹葭,难甘罢,来度我上灵槎。

妹妹!度我一度!度我一度!哎!你怎么全不理我,敢则恨着我么?

【幺篇】你敢则无边怨恨如天大,实丕丕②是阴错阳差。若论娶宝姐姐这节事情,小生之心,惟天可表!他们都乔坐衙,精打诳,直弄得神魂颠倒,无何奈始成家。

你生前喜也是怜小生,嗔也是怜小生,难道死后就全不怜我了么?

【满庭芳犯】你共我但差一嫁,亲亲热热,浃浃洽洽。你纵不怜我,我却怎能抛你?怎忘得雨敲诗,墓埋花,和那几遭禅话。想那日和你谈禅,你笑着说道:宝玉!我问你,宝姐姐和你好,你怎么样?宝姐姐不和你好,你怎么样?你和宝姐姐好,宝姐姐偏不和你好,你怎么样?你不和宝姐姐好,宝姐姐偏和你好,你怎么样?我笑道:任凭弱水三千,我只取一瓢饮。到如今,被黑心人那里暗使着绝命钢叉,真个把欠知心的冤家送下。你倒向云天上脱胎舍家,寻思起恨杀。我心中悲也不悲,你魂魄化也不化。(风起介)

(生哭介)

【上小楼】只见灵风飒飒,钱灰飘堕,料应是天海归来,艳魄媌娿,一地胡拿。(四面拥抱介)妹妹!你来了也!你来了也!现真容,留圣迹,天风裾衩。慰痴人,瘆心窝,万般悲咤。

(望介,哭介)你竟不肯一现仙容,叫小生如何是好!

【幺篇】我将这冤苦鸣,怼当做衷情寡。俺便合戴着僧伽,披着袈裟,拜着菩萨,誓成功,寻见他。遇着咱,图个三生一夜,那便是犯天条,也值得被风吹化。(恸倒介)

(小旦上)当局真堪死,旁观也痛心!正饮酒,不见了二爷,又不在房中,定是偷到园中去了。因此一径寻来,呀!原来哭倒在此!咳!可怜可怜!(扶生起介)

(生)哎呀!

---

① 上垿:上天。如(晋)陆机《汉功臣赞》:"茫茫宇宙,上垿下黩。"

② 实丕丕:亦作"实坏坏"。亦作"实呸呸"。实实在在之意。如(元)李好古《张生煮海》第三折:"俺实丕丕要问行藏,你慢腾腾好去商量。"(元)无名氏《东篱赏菊》第二折:"实坏坏舞剑轮刀,乱纷纷不辨清浊。"(明)高明《琵琶记·糟糠自厌》:"思之,虚飘飘命怎期?叹搛,实丕丕灾共危。"

【朝天子】把你润风风玉花,活生生拗折。消不了相思假,但剩下茜纱窗疏篁低亚①,幻中缘,无收煞,似这祆庙全焚②,可也包山③悄下。我志诚心你也难勾抹。哎呀!妹妹吓!一回儿哭他,哎呀!宝玉吓!一回儿哭咱。哎呀!天吓!**更没处重寄幅儿鲛绡帕**。

哭坏唐衢④竟不闻,空园寂莫锁寒云。

何由得赌珊珊步,天海今无李少君。

(小旦强扶生下)

---

① 亚:同"桠"。
② 祆庙全焚:典出《渊鉴类函》卷五八引《蜀志》:"昔蜀帝生公主,詔乳母陈氏乳养。陈氏携幼子与公主居禁中约十余年。后以宫禁出外,六载,其子以思公主疾亟。陈氏入宫有忧色,公主询其故,阴以实对。公主遂托幸祆庙为名,期与子会。公主入庙,子睡沉,公主遂解幼时所弄玉环附之子怀而去,子醒见之,怒气成火而庙焚也。"元明戏曲中常用此典,比喻爱情受挫折。如(元)无名氏《争报恩》第一折:"我今夜著他个火烧祆庙,水淹断了蓝桥。"
③ 包山:江苏常州有地名包山。按:明王宠有《游包山集》卷,上海博物馆藏。1520 年,王宠游昆陵(常州)包山,曾任游诗数首,结为《包山集》。此处仲振奎直接引用《后红楼梦》,此地名也是《后红楼梦》确系清常州人所作证据之一。
④ 哭坏唐衢:唐衢,唐代诗人,屡应进士试不第。所作诗意多伤感。见人诗文有所悲叹者,读后必哭。尝游太原,预友人宴,酒酣言事,失声大哭。时人称"唐衢善哭"。事见(唐)李肇《唐国史补》,白居易《伤唐衢》诗二首,《旧唐书·唐衢传》。后用为伤时失意之典。如(宋)陈与义《入城》:"欲为唐衢哭,声出且复吞。"

第二十六出 《通仙》

【正宫慢词·长生道引】（侍从翠旗羽葆引贴仙装上）烧丹炼汞，在本分工夫用，一寸净灵台，此即天宫，免去谟觞①求仙洞。跳猿②定也，御气飞空，是为乘凤与骖龙。

小仙兰芝夫人，近因离恨天中，幻情诸案，将次完结，惟神瑛、绛珠，尚须补恨，数应史真人摄合于前，觉迷于后。现在湘云始具志心，未成大道，特奉焦仙之命，前去传彼真诠。

【中吕过曲·合笙】俺骑着一捧天风，望神仙第宅云彩中。趁更声漏点清夜永，唤醒他浮生梦。九灵镜空，看元霜翠霞滋味浓。九天路通，听鸾笙凤箫声韵宏。十芒心孔，仗灵慧生光，大丹应合用。不在云笈开签，洞元虔嗺，天女自钦奉。（众下）

（老旦道装上）

【大石引子·念奴娇】金羊夜皎，正元功肃穆，三关轻送。一片冰轮来海底，满度金桥光炯。缘督为经③，收心至踵，无浪因风动。还丹成否？且须朝拜仙洞。

碧奈④花开瑶笋长，云衣一着紫琳香。倘能种得丹泉粟，免向人间更断肠。

奴家史湘云，以叔婶之命，出嫁董生，女貌郎才，琴和瑟好。怎奈他一病支离，竟成不起。奴家欲以身殉，却又上有翁姑，须为董郎侍奉，只得偷息人间。日前贾府祖姑薨逝，奴家前去吊献⑤，才知黛玉殀亡，着实伤心。

因念草露风灯，难免三官⑥之考，遂尔矢志修仙。却喜平时道书尚熟，要诀稍

---

① 谟觞：石室名，借指仙人居处。典出（唐）冯贽《记事珠》："嵩高山下有石室名谟觞，内有仙书无数，方回读书于内。"

② 跳猿：本古代百戏一种，模仿猿猴跳跃动作。此处借指"心猿"躁动。

③ 缘督为经：典出《庄子·内篇·养生主》："为善无近名，为恶无近邢，缘督以为经。"缘：顺着，遵循。督：中，正道。中医有奇经八脉之说，所谓督脉即身背之中脉，具有总督诸阳经之作用；"缘督"就是顺从自然之中道的含意。经：常。

④ 柰：苹果的一种，通称"柰子"，亦称"花红""沙果"。

⑤ 吊献：吊唁。

⑥ 三官：三官大帝是历史悠久的中国民间宗教信仰之一，属于道教（中国唯一的本土宗教信仰）尊奉的三位天神。三官大帝，指天官、地官和水官。

知,当此孀居,正宜抛却俗尘,力求正果。几日来三关已透,虚室生明,只是未有真传,恐遭魔扰。

奴家以女子之身,既不能求谒名山,又未便招延道侣,只好凭着慧悟,慢慢而行的了。

【过曲·念奴娇序】虚房静悄,溉琼田几徧。香心一点和融。十二重楼①旋转处,督任阴蹻先通。谁共?闲论丹头,为传真诀。千川月印启愚蒙。(贴众上。合)应自有金仙引道,朝谒青童。

(侍女)史湘云速来迎驾。

(老旦喜介)你听仙乐盈庭,兼之异香满室,有人唤奴引驾,想有真仙下降也。

(侍女又唤介)

(老旦跪介)尘凡弟子史湘云,敬迓仙舆,乞恕不知,有失祗侯。

(贴笑,扶老旦起介)史姑娘请起。

(老旦拜见介)请问上仙何来?

(贴)吾乃放春山遣香洞太虚幻境警幻仙姑兰芝夫人是也。因汝夙有根基,心忘风月,堪称道器,特指迷途。

(老旦跪介)下愚固陋,得承上仙指引,何幸如之!

(贴)大凡修仙,不在金丹服食,惟须心地洁清。要诀无多,你须静听。忠孝节廉,其根本也。闭九窍,通三关,其功用也。心死而后身生,保精而后藏神,其真诀也。今汝有忠孝之性,节廉之心,稍知功用,未能尽死其心,则心且召魔,定贻后悔。你且起来听者。

【前腔·换头】休懵,鞭心芥孔。要纤埃全埽,明珠澄水晶莹,姹女婴儿②,休要去元白工夫轻用。当懂,元气周天,丹宫无垢,自然不死御刚风。(合)应自有金仙引道,朝谒青童。

至于工夫次序,也须层累而企。去欲速之心,守常惺之体,得一步再进一步,到一层才上一层,桶底天脱,火枣③生胸矣。幸汝颖慧过人,以此诀坚行一载,便可成真。

(老旦拜谢介)谨遵仙师要旨而行。

(贴)功成之后,尚有一段补恨情缘,应汝作合,汝宜勉之。

(老旦)仙师,那补恨情缘,可否宣示。

---

① 十二重楼:道教对人的喉咙的称谓。《金丹元奥》:"何谓十二重楼?人之喉咙管,有十二节是也。"

② 姹女婴儿:道教用语,指炼丹用的水银和朱砂。如(唐)刘禹锡《送卢处士》诗:"药炉烧姹女,酒瓮贮贤人。"(唐)陆龟蒙《自遣》诗之二八:"姹女精神似月孤,敢将容易入洪炉。"

③ 火枣:传说中的仙果,食之能羽化飞行。典出(南朝)陶弘景《真诰·运象二》:"玉醴金浆,交梨火枣,此则腾飞之药,不比于金丹也。"如(元)徐再思《红绣鞋·道院》曲:"青猿藏火枣,黑虎听黄庭。"

（贴）待汝道果既登，自然说明就里。

【前腔】功用，你且白錬朱砂，青栽琳树，蹑干履兑取圆通。开绛阙，待着恁明月飞琼。须共，出地香花，飞天灵萼，一时携手返瑶宫。（众拥贴行介。合）应自有金仙引道，朝谒青童。（众下）

（老旦跪送介，起仰望良久介，喜介）我湘云好徯幸①也。

【前腔】知重，我欲飞去瑶天，手摩银汉，即逢仙驭入尘中。传要诀，定能到紫府银宫②。只不知补恨情缘当在何处？占凤，怎冰下无人，绳边阙系，等俺孀女管牵红。我想前因后果，谅非偶然，我果能了此一宗公案呵！应自有金仙引道，朝谒青童③。

【余音】大药金丹何须用，看俺佩曳海山风，去嵘学瑶台人姓董。

宝光珠雀掌中来，烟女相期去九垓。

一片石英坛顶月，从今不许着纤埃。（下）

① 徯幸：同"侥幸"。
② 紫府银宫：代指神仙居所。典出《六贴》云："银宫金阙，紫府青都，皆是神仙所居。"
③ 青童：指少年，亦指古代中国神话传说中的仙童。典出（南朝·梁）任昉《述异记》卷上："（洞庭山）昔有青童秉烛飚飞轮之车至此，其迹存焉。"

第二十七出 《归葬》

【仙吕入双调过曲·双劝酒】（小生上）新拖旧逋，开除无处。锦貂绣于，都归典铺。只为的事多难措，算将来煞费枝梧。

在下乃荣国府门官吴新登是也。俺这荣宁两府，本来富贵风华，自从琏二奶奶来管家务，闹了个稀烂，私放支头，盘剥小民重利，又背地里打着老爷旗号，东面恳情，西面说事。琏二爷又不成材，私娶了尤二姐，被他知道了，骗进府来，要了性命，又暗地卖出。尤二姐本夫张华，告了部状，希图泄忿。闹得都老爷①知道了，参劾了赦老爷、珍大爷，查抄了家产，这府里几乎一例抄没。幸喜北静王一力保全，只抄了琏二爷一处，老爷即便将两家口搬来居住。

赦老爷、珍大爷出关去了，圣上恩旨，便教老爷袭了荣公之职。怎奈数年以来，支应浩繁，库藏空虚，又添了两家眷口，浇里不来，只得遣了尼僧女乐，接着老太太受惊成病，转背归西；二奶奶费尽心机，积趱的私房，尽被抄去，哭了几夜，吐血而亡；宝二爷又为林姑娘去世，患病疯颠。丧仪医药，所费不支，把老爷逼得走投没路。老太太的蓄积，又为盗贼所劫，箱箧一空。

如今要送老太太灵榇回南合葬，各处张罗，都不应手，只得将间壁这所大宅子，抵了三千金，且作盘费。点了总管赖升和跟班诸人，择定今日酉时起马，这倒也了却一桩大事。只是一切账目，俱未开发，将来年下很饥荒呢。话言未了，赖总管来也。

（末上）

【哭歧婆】多年总管，爪牙纷布。封翁七品，荣而且富。梨皮斑剥鬓萧疏，虽老此心常恋主。

---

① 都老爷：指都察院官员。都察院，明清时期官署名，由前代的御史台发展而来，主掌监察、弹劾及建议。与刑部、大理寺并称三法司，遇有重大案件，由三法司会审，亦称"三司会审"。清代都察院是法纪监督机关，既审核死刑案件，另外参加秋审与热审，还监督百官。

自家总管赖升,三代旧人,一腔忠悃①。怎奈两府事业,日渐衰微,哥儿们又多浪荡,眼见得支撑不住了,这却如何是好?

(小生笑迎介)老太爷来了。

(末笑介)兄弟,我因匆忙起身,支派些家事,就来迟了。

(小生)来的不迟。老爷酉时才起马呢。

(末)这么着,我且坐坐。

(小生)老太爷,如今老爷南去,要到你令郎地方过了,你去瞧他不瞧?

(末)自然要去的。

(小生)老爷盘费不足,只怕要烦你令郎心呢。

(末)那有什么说的? 只是好好一件美事,却被上头弄坏了。

(小生)什么美事呢?

(末)咱们这里林姑娘的哥哥,叫做林良玉,两日前我听得人说,在扬州行盐,发了大财,有一二千万之富,各处都有字号大店,近来京城也有了十几处银楼,若不是琏二奶奶弄鬼,敢则老太太把林姑娘配了二爷,那时林姑娘也不死,二爷也不病,得了这一分天大妆奁,咱们这府里不大兴旺了么?

(小生)真个可惜了儿,我想这府里的事,那一件不是琏二奶奶闹坏了?

(末)可是呢,这林姑娘的性命,不是他送的么? 薛家这门子亲,什么好? 薛大爷还是人么?

(小生)那宝姑娘却也罢了,听得说二爷不大喜欢。

(末)他自幼儿和林姑娘好,忽然撇了姓林的,娶了姓薛的,怎怪他不喜欢呢? 老爷也很心疼,说本意原要把林姑娘配二爷的,因为老太太言语,不敢违拗,还说太太偏向亲戚呢。

(小生)如今林姑娘的灵柩,也该趁此带回南去才是。

(末)老太太留的五百银子,上头使了,听得说,要等他哥子来搬呢。

(杂上)伺候齐了么? 老爷要起身了。

(小生)伺候齐了。

(杂下,随外素服上)

---

① 忠悃,忠诚。如(明)张居正《谢银币疏》:"随又节奉圣谕……赐元辅居正银五十两,紵丝四表裡,以示朕嘉奖忠悃之意。"

【五供养】无限刺心悲楚,繐帐①秋风,泣坏皋鱼②。南天开葬穴,桐杖诣苫庐。那更邮程千万。看囊箧浑难前去。只分的扶灵榇下三沽,再思良计救焦枯。(小生下)(众拥外行介)

(合)

【月上海棠】才上车,早离了荣宁两府家常路。望元州官道,一意驰驱。马蹄轻夕照遥山,水程近虚烟柔橹。俶俶去,回望神京,几行云树。

王谢门衰燕子稀,更堪血泪染麻衣。

藟荒三列齐围火,池跃铜鱼万里归。(俱下)

---

① 繐帐:细而疏的麻布制成的灵帐。如(三国)曹操《遗令》:"于臺堂上安六尺牀,施繐帐。"(南朝)刘孝标《广绝交论》:"繐帐犹悬,门罕渍酒之彦;坟未宿草,野絶动轮之宾。"(唐)刘禹锡《哭庞京兆》:"今朝繐帐哭君处,前日见铺歌舞筵。"

② 泣坏皋鱼:化用"皋鱼之泣"。典出(汉)韩婴《韩诗外传》:"孔子行,闻哭声甚悲。……至,则皋鱼也。被褐拥镰,哭于道旁。孔子辟车与之言,曰:'子非有丧,何哭之悲也?'皋鱼曰:'吾失之三矣:少而好学,周游诸侯,以后吾亲,失之一也;高尚吾志,间吾事君,失之二也;与友厚而中绝之,失之三也。树欲静而风不止,子欲养而亲不待也。往而不可追者,年也;去而不可得见者,亲也。吾请从此辞矣。'立槁而死。孔子曰:'弟子诫之,足以识矣。'"后世以"皋鱼之泣"用为无以养亲的典故。

第二十八出 《后梦》

【仙吕过曲·临镜序】(贴上)柳青娘①,玉身娇小称情场,怜杀我禁病禁愁,只怕的生是枉。纤腰一捻,常自怯晨妆。颤轻飔花一朵,经晓雨树摇香,总被情丝漾。却盼到依张敞②,那知心迹又佁张③。

奴家柳五儿,珊珊玉骨,常患捧心,怯怯花枝,每思续命。因为二爷爱惜女孩儿,想着贴身伺候,费尽许多周折,日来才在身旁。谁知二爷为林姑娘去世,一向抱染沈疴,近日方痊,了无情绪,兼之二奶奶端庄可畏,袭人又时刻堤防,奴家倒将旧日念头,一齐冷了。今夜二爷,忽然要在外房住宿,派奴伏侍,只得在此等他。

(生上)

【不是路】空费思量,一去谁知梦也凉?怎缴这胡涂④账,恩恩草草小黄粱。小生虽然哭了林妹妹几次,只是抛他不下,今日袭人,偏偏又把晴雯所补的雀金泥,拏来我穿,更添我一番悲感。又被这些人行监坐守,实在可厌可憎。无可奈何,只得在这外房住下。(泪介)哎呀!妹妹吓!你若怜着小生,好歹今夜在梦中会我一会。望娘行,悄趁鸡前,梦里来相向。(贴为生解衣介。生睡介)支枕遥听玉漏长,多少懂⑤驮况。金环幸为羊权⑥降,诉些悲怆。(睡不着介,起坐介,叹介)

【哭相思】悠悠生死别经年,魂魄不曾来入梦。(闭目合掌介)

(贴笑介)二爷真像个和尚。

上卷

---

① 柳青娘:唐玄宗时的著名歌伎。(五代)冯翊子《桂苑丛谈》:"国朝妇人有永新妇、御史娘、柳青娘,皆一时之妙也。"后世把因歌伎柳青娘而得名之曲命名为《柳青娘》,后用作词牌。

② 张敞:此处用"张敞画眉"典故,以张敞代指宝玉。

③ 佁张:欺骗。

④ 胡涂:同"糊涂"。

⑤ 懂:同"呆"。

⑥ 羊权:化用"羊权遇仙"典故。据(宋)张君房编:《云笈七签》卷九十七:"羊权,晋简文帝时黄门郎羊欣之祖,潜修道要,耽玄味真。晋穆帝升平三年,感仙女萼绿华降其家,授以长生之术。得尸解药,隐影化形而去。"

（生笑介）果然像么？

（贴笑介）果然像。

（生细看贴介）人道五儿和晴雯一样，果然脱个影儿。

（招介）二爷要什么？（生视贴良久介）

（贴羞介）二爷要什么？

（生）你和晴雯姐姐好么？

（贴）好的。

（生）晴雯病重，我去看他，不是你也在那里么？（贴笑点头介）

（生）你听见他说了什么？

（贴）没有听见。

（生携贴手介）他和我说，早知担了虚名，也就打正经主意了，你怎么没听见？

（贴羞介）也亏他女孩儿家说出这些话来。

（生放手介）怎么，你也是道学先生。我因你生得和他一样，才和你说这些，你倒派他不是，又奇了。

（贴）二爷，夜深了，睡罢。

（笑介）今夜不是要养神么？怎么倒坐着呢。

（生笑介）实告诉你，什么养神，倒是要遇仙呢。

（贴羞介）你莫混说了，人家听见，什么意思？（内响介）

（小旦内）外间什么响？（生、贴各惊介）（贴吹灯悄下）

（生）敢则林妹妹来了也。

【望吾乡】半夜金堂，何处虚声起绣窗。抛球想必仙真降，缕金罾佩风来往。妹妹吓！我欲睹娇模样，你怜侬病，来消妄想。须知道玲珑梦里空无障。

（睡介）（内奏乐介）

（生徐起行介）呀！何处乐声嘹亮，待我看来。真如福地，原来是座禅林。假去真来真胜假，无原有是有非无。且住。我记得太虚幻境，那对联是：假作真时真亦假，无为有处有还无。这里也是什么真假有无，却说得好。待我进去问问去来因果。（行介）你看一径松阴，满空花雨，这般气象，好不庄严也。

【十二红】法雨法雨香台滉，松径松径翠阴凉，一尘不到似天上。薄命司！原来这就是太虚幻境，我梦中来过的，如今竟得亲身到此，真正是大幸呢。且喜册籍犹存，待我取来一看。无恙，这册儿好更端详。这玉带挂在两株树上，不是林黛玉么？这雪里金钗，不是薛宝钗么？**一个夜台抱恨，一个绣窗寄畅。一个知心侣伴，一个无意鸳鸯。**看这诗句，也无甚不祥，为什么离合死生，这般悬异？**早是一生一死太荒唐，蜂媒莽，红丝枉，误杀好容光，留恨空天壤。**

待我再看这弓上香橼，敢是大姐姐？虎兔相逢大梦归。（想介）是吓！他是卯年下世的吓。这船中女子,想是三妹妹。这古庙美人,难道是四妹妹?这飞云几缕,逝水一湾,莫非是史湘云?上面金书一篆字,是何缘故?我且看这又副册,这水墨之痕,敢是晴雯?怎么后面又有五株柳树呢?这鲜花一簇,破席一条,分明是花袭人呢。堪羡优伶有福,却与公子无缘,哦哦,原来如此。

一个冤归泉下,闪的我痛折愁肠,一个花移槛外,却与我并没下场。今朝明白花胡账,(放册介)**这不了闲缘又何须强。**只是伏侍多年,又有此情分,怎么抛得他下?(哭介)

(贴悄上)你又发呆了。林妹妹请你呢?(下)

(生)这是晴雯吓,待我赶上前去!(急行介)**待我把两般心事诉红妆。**(迟疑介)呀!一路来并不见晴雯,他从何处去了?那林妹妹又在何处呢?你看那白石阑中,有一株青草,叶尖上微带红霞,中间有些花朵,微风动处,妩媚可人,却不知叫什么名儿?这般矜贵,**只觉满袖香风漾。**

(小旦上)何方蠢物,擅敢偷窥仙草。

(生惊介,揖介)神仙姐姐,小生听得晴雯说,林妹妹请我,所以来的。请问神仙姐姐,此草何名?

(小旦)这草么,名曰绛珠,生在灵河岸上,那时萎败,有神瑛侍者,日浇甘露,得以长生,应劫报恩,暂归真境,我即专司此草者。

(生)姐姐既是花神,可知芙蓉花是谁掌管?

(小旦)这倒不知,我主人才知道呢。

(生)你主人是谁?

(小旦)是潇湘妃子。

(生)是了,这潇湘妃子,便是我表妹林黛玉了。

(小旦冷笑介)此乃上界神女,岂与凡人有亲?若不速退,叫力士打你出去。

(生惊退介)呀!**如此庄严话又刚,休苦受黄荆杖。**

(贴上)速请神瑛侍者。

(小旦)我等够多时,并无神瑛侍者来到。

(贴)那去的便是。

(小旦)神瑛侍者请转吓!(生急走介)(贴扯住介)

(生惊看介)原来是晴雯。(哭介)你想杀了我也!

(贴)侍者,我非晴雯,乃妃子侍女,奉命请你一会。

(生)姐姐!那妃子是谁?

(贴)到彼便知。

(生背介)他声音面目,皆是晴雯,怎么说不是呢?(旦仙装引侍女暗上坐介)

(贴)请侍者参见。(下)(生拜介)(侍女卷帘介)

上卷

（生举头见旦，痛哭介）妹妹！你原来在这里，叫我好想！

（众喝介）这侍者无礼，快快出去！（撑生介）（生急走介）（旦、众下）（副净暗上立介）

（生彷徨介）叫我从那里出去？怎么好？那是凤嫂子吓！（笑介）我原来回到家中了，怎么这样迷乱起来？姐姐，你在这里么？那林妹妹！（副净带鬼脸介）（生惊，哭走介）（副净下）

（四力士提鞭上）咄！什么人敢在天仙福地啼哭，照打！（生急奔介）（力士下）

（生回望介）且喜力士去了！（看介）补恨天！（叹介）

心中事，恨最长，问谁人能够比娲皇，刚才见，旋即扬，料无缘，能共你成双。真如福地好家乡，只让我暂相羊。

（净和尚笑上）宝玉！你看了离恨天中什么了。

（生）看了些册籍。

（净）世上情缘，都只如此，你可悟了？

（生）悟了！

（净）既悟了，你去罢。（推生跌介）

（净下）

（生惊醒介）哎呀！

（贴急上）二爷！二爷！魇住了么？

（生痴想介）（大笑介）

（贴惊介）二爷又犯病了！

（生）

【节节高】浮云过眼忘，漫悲伤，红楼梦破都明亮。有何风浪，虚情诳，痴愁枉，置身须在青霄上。撒开尘界上天堂，心儿畅。从今花底不干忙，大睁慧眼看空相。

【尾声】平生孽债徒劳攘，填却银河浪不狂。小生原许下他做和尚的，岂可失信？是必拜莲花身毒礼鸠王①。

梦醒红楼忽憬然，尘缘消尽见心缘。

宝雯满地花谁采，长啸高登广果天。

（笑下。贴随下）

---

① 鸠王：一叉鸠王简称，为释迦族之祖先，居于印度河流域之浮陀落城。此处代指佛祖。

第二十九出 《护玉》

【正宫过曲·锦缠道】（丑上）玉来归，感菩提慈悲送回。起病果稀奇，竟从容兴居饮食都宜。料从今消灾免危，不争的又早是神情全异，踪迹甚堪疑，扢①的把奴家搁起，毫无挂眼时。敢深知，其中就里，其中就里，近日敢深知。

前日二爷又病了，有个和尚送了玉来，登时病起，和好人一样。那和尚要一万银子，太太和二奶奶打算了几日，尚未停妥。今日和尚又来要银，二爷会他去了。但是这事我有三不放心：一则当日失玉之时，并无外人，拆字请乩皆有空门之象，今日和尚送来，敢则便是和尚取去，保不住得银之后，不再来取。二则和尚行踪怪异，怕他着魔，另有心肠，白费了奴家许多心力。三则他日来待我光景，比前大不相同，漫道恩爱衾裯，便亲热言语也无一句，怕他知道奴家的暗计，存恨在心。那日他和莺儿说，袭人是靠不住的，这话就古怪了。

（生急上）自知金可錬，安用玉通灵。（取玉走介）

（丑）二爷，你急忙忙拏玉那里去？

（生）还和尚去。

（丑）哎呀！这玉是你的命根，还不得的！（急赶扯住生介）（生推倒丑介）

（丑不放介，哭介）前日丢了玉，几乎把我命要了，如今有了，又去还他，你也活不成，我也活不成了！你要还，先叫我死了罢！

（生推丑介）你死也要还，你不死也要还！

（杂旦急上）怎么！怎么！

（丑哭介）他要把玉还和尚呢！

（杂旦急扯住生介）哎呀！这却如何使得？

（生左右推介，大笑介）这玉就死命的不放，若我走了，又待如何？（丑惊哭介）

（老旦、小旦上）怎么好端端拏这玉去做什么？

（生）那和尚不近人情，必要一万银子，我还了他玉，他见不希罕，敢则随意给他

---

① 扢：忽然、立刻。如（元）王实甫：《西厢记》："忽攘攘因何，扢搭地把双眉锁纳合。"

些就罢了。

（老旦）原来如此，为什么不说明了，也叫人放心。

（小旦）这倒使得，若真个还他，那和尚古怪，可不又闹不清了。至于银钱，我的头面还变得来，你也不用出去，我给他银钱就是了。（取玉介）你们放了手罢。

（杂旦、丑放手介）

（生笑介）你们原来重玉不重人，我跟他走了，你们守着玉罢。（急下）

（丑）太太，他说要跟着和尚走呢。

（老旦）快叫人分付①门上，莫放二爷出去！

（丑急下）

（老旦）这畜生竟不知是何意见？

【普天乐】父娘恩，深无比，抚成人，新成室。偏存个乖劣心期，傍昙花要着缁衣。

（小旦愁介）怕情迁性移，下得便抛家计，做了转关难料，拆开恩爱夫妻。

（俱下。净和尚上）白昼逢僧虎，元邱啸鬼狐。那日咱家取了玉去，果然他家宝贝，出了赏帖，送还者谢银一万。咱家几次来打探机缘，才知他与黛玉、晴雯有情未遂。且喜两人魂魄已自摄来，可以诱他同走。我便寻入他的梦境，示以禅机。后来送还了玉，本不为黄金起见，却借索银名目，来指名会他。我晓得太虚幻境，他们当年的公案，用些言语打动他。他进去取玉去了，待他出来，徉为指引，敢则就上了钩也。

（生上）师父，玉被他们抢去，弟子在此，愿随师父去罢。

（净）我要玉不要人。

（生跪介）师父慈悲则个。

（净）你且起来，你可知那玉的来头么？

（生）弟子不知，望师父指点。

（净）

【古轮台】那在大荒西，倚高峰青埂弄神奇。偷下这繁华世界，了情缘把空花闪你。你若入我门来，那黛玉、晴雯仙魂便指日可见。想见他生小痴魂，娇颜艳体，且须撒手，空门之内，指证牟尼。

（生喜介）弟子便随师父去罢。

（净背介）这里怕走不了呢。

（转介）你尚有世缘未了，等到那日，我自来引你。做君家一个印度懒残师。

（生）请问师父，弟子还有多少世缘？

（净）你且听我一偈：火宅抽身，鳌头小占。意马收缰，玉人见面。咦！荣华富

---

① 分付：同"吩咐"。

贵没收成,和你同登太虚殿。

(生)是吓!弟子梦游太虚幻境,曾见过师父的,真是一尊活佛了。但不知这地方却在何处?

(净)说远就远,说近就近。**且等灵山高会,和你潜行去。着了紫梨衣,欢天喜地,称心如意。鸠摩宗法许双栖,巧笑迦和底,不经生死没分离。**

我和你既有旧相识,如今不要银子了,但记着我的言语罢,我去了。(生送介)

(净)

【尾声】虚空领悟西来意,好打破葫芦没底。(下)

(生)**且喜那仙草仙花尽可依。**

听师父偈中,说什么鳌头小占,想父亲正有书来,命我乡试,不免料理些场屋工夫①,赚取一举,以慰父母,以了世缘便了。

浮名从不系心胸,偶被名牵为懊侬。

劈破玉龙飞彩凤,顿开金锁走蛟龙。(下)

① 场屋工夫:指参加乡试。

第三十出 《礼佛》

【仙吕过曲·羽调排歌】(杂旦上)篛了香心,抛开梦影,皈依古佛青灯。昏衢麻线好难行,世事盘陁①不惯经。不忍听,不忍争,早则游丝委地懒萦情。优婆命,华盖星,没牵没绊且翻经。

奴家紫鹃。自林姑娘下世,立意不与宝玉交言,怎奈他一种柔情,再三剖白,又见他几番大病,死去活来,奴家倒心中不忍。可惜我姑娘性急了些,假如在世,这姻缘尚可结成。咳!而今是无益了!

从来万事难凭人作主,一生惟有命安排,奴家见此风波,看得世情雪淡。恰好四姑娘愿入空门,再生求准,太太叫他带发修行,便在栊翠庵居住,因问情愿伏侍之人,奴家便求了太太,来伺候四姑娘。

昨日搬到此间,且喜十分清净,只是心心念念,忆着林姑娘,不能抛下耳。(泪介)(正旦上)

【南吕过曲·宜春令】分珂月,点慧灯,唪②莲花香生妙经。这云堂暮鼓,把世间缘敲得无余剩。早将我算定今生,也只合伊蒲清冷。那化人城谅许我住香天,打碎梅花磬。

紫鹃,我立心事佛,情愿翦发盟神,幸得太太依从,可酬素愿。只是你青年③妙丽,那能耐此凄清?

(杂旦)姑娘说那里话来?

【前腔】奴心死,早断腥,为林娘把人间看轻。似电光一闪,夕阳已翦桃花影。博得个绣佛长斋,全不怕更迷真性。只求姑娘时常指点愚儜。神机慧悟,好指点这寸心明净。

(正旦)将来慢慢讲求便了。

(杂旦)多谢姑娘。

(生上)一心归妙法,随意叩禅关。妹妹,你倒遂了愿了。只是愚兄尚自沉沦苦

---

① 盘陁:同"盘陀",形容曲折回旋的样子,一作石头不平的样子。如(唐)寒山《诗》之二六六:"盘陀石上坐,溪涧冷凄凄。"

② 唪:大声诵经。如(清)褚人获《坚瓠八集》:"梵策无须唪,公案何劳颂。"

③ 青年:青春。

海,奈何奈何!

(正旦)哥哥世缘太重,怎及妹子无挂无牵?

(生笑介)贤妹差矣,我有什么牵挂来?

【解三酲】俺几曾为他们中心①耿耿,为他们肯去夜晓营营?俺把些香迷翠惹竟全看剩,俺把些燕莺欢比做浮萍。俺自从亡了玉人,还有甚闲心兴?算了一枕华胥②梦不成!(杂旦泪介)(生)守得真源定,你道是牵挂多人,我道是了没关情。

紫鹃,你果然伏侍四姑娘一生,功劳可也不小。只是你既自愿出家,为什么前日又帮着袭人阻我?

(杂旦)二爷,那和尚古怪,未知是妖是佛,怕你走差路头,因此紫鹃呵!

【前腔】怜伊做浪花无定,这其间体认难清。(生笑介)你又那里知道我从太虚幻境过来,久知他是一尊活佛了。(正旦)什么太虚幻境?(生)太虚幻境中,有神女主持,我家诸人,皆有册籍在内。(正旦)那册籍上写些什么?(生)我便念将你的出来。勘破三春景不长,缁衣顿改昔年妆。可怜绣户侯门女,独卧青灯古佛傍。(正旦)原来也有定数。(杂旦)二爷,林姑娘呢?(生)他是两株大树,上面挂了一条玉带。我前日已经会过他来,现今已为神女,好不威严。晴雯也在那里伺候他呢。(杂旦)哦!原来如此。住仙宫是何人为证?(生)是我亲眼见的。(杂旦)见佳人敢惹的讥评。(生)并没一言,早被侍女们撵了出来。(杂旦背介)我紫鹃,若能去伏侍他就好了。怎得丹房悄展韩房镜,也免的枉住尘中没着生。一片娇云影,只隔断半壁虚烟、几点钟声。

(生大笑介)妹妹!我去了呢。

(正旦)哥哥去了。

(生看杂旦,笑介)紫鹃很好,也罢。

【尾声】论佛法都平等,青鸾会许侍儿行,只要去寻见瑶宫的那旧日盟。(下)

(杂旦)姑娘!你听二爷言语,只怕将来也要走上这路呢。

(正旦)他若走上这路,那就不得安宁了。

(杂旦)便是。

(正旦)你且随我进来。

(杂旦)是。

珠火生眉优钵香,水田衣衲事空王。

人天最永惟花窟,百福何如清福长。(同下)

---

① 中心:此处应为"衷心"。
② 华胥:传说是伏羲氏的母亲。典出《列子·黄帝》:"(黄帝)昼寝,而梦游于华胥氏之国。华胥氏之国在弇州之西,台州之北,不知斯齐国几千万里。盖非舟车足力之所及,神游而已。其国无帅长,自然而已;其民无嗜欲,自然而已……黄帝既寤,怡然自得。"后用以指理想的安乐和平之境,或作梦境的代称。

第三十一出 《逃禅》

【仙吕入双调过曲·字字双】(净和尚、副净道士上)(净)**拐行手段我为魁,妖魅**;(副净)**拐人拐到漏州西,顽意**;(净)**任他逋峭着痴迷,圈牍**;(副净)**何尝有座上天梯**,(各笑介)(合)**把戏！把戏！**

(净)道兄,我用尽心机,骗得宝玉心肯意肯,约定今日出场同走,我们等他去。

(副净)这时候好放牌了,快走快走！

(净)踏破铁鞋无觅处,(副净)得来全不费功夫。(下)

(末、小生上)我们贾府家丁,因为二爷和兰哥儿乡试,今日出场,特地来接。

(末)哥吓,人山人海,眼睛要放快些呢。

(小生)知道。(内鼓吹,生众士子挨挤上)(净、副净暗上,扯生下)(众下)

(末)哥吓,兰哥儿出来了,怎么二爷还没有出来?

(小生)我们去问兰哥儿。

(末)有理。(下)(净、副净引生上)

(生)师父,我们走罢！

(净)走罢。

(生)

【窣地锦裆】**天空海阔鸟高飞,脱却儒衣换佛衣。**师父！那黛玉、晴雯仙魂指日可见?(净)今夜就见的。(生大笑介)**仙魂今日会相依,从此应无肠断时。**(大笑下。净、副净各做势下)

(末、小生上)我们走去问了兰哥儿,说是二爷一同出场,如今不知走到那里去了,我们快快找去。(合)

【倒拖船】**急须寻去休迟滞,休迟滞。若无公子怎逃罪,怎逃罪?** 小街大街胡同内,分头找,赶忙追。恨身躯不能飞,寻不见哥儿可就了不的！

为云飘散水分流,此去何时更转头。

无限花枝留不住,暮云残日杏难求。(同下)

第三十二出 《遣袭》

【商调过曲·二郎神】(老旦哭上)抛娘去,刺娘心,痛娇儿宝玉,可怎的覆地翻天无觅处？年华老迈,叫娘争受悲吁。是不合将情来间阻,闪杀他山椒水渚忒胡涂。为残缘鬼窟,亲人都付空虚！

老身只有一个宝玉,前出科场,不知去向,京城内外,跟寻了一月有余,都无下落。他却中了第七名举人。天子甚爱其文,询及缘由,令各省地方官搜寻,也无消息。老身年过半百,靠谁主张？(哭介)早知如此,便娶了林丫头也罢了。日前写了家书,报与老爷知道,不知如今可曾接着否？(哭介)哎呀！我的儿吓！

(小旦哭上)

【前腔·换头】号呼,我终身无人做主,生生撇舍,比病死家园还要远。我红消翠减,怎生般天佑儿夫？早遣他活去生还,也归故居。一霎里,喜孜孜向灯前共往,免欷歔,上赖你天公,化转痴愚。

婆婆。

(老旦)媳妇,我生儿不肖,忍弃家园,误你青年,使我沈痛。

(小旦)婆婆,说那里话来。媳妇颜不花红,命如纸薄,遭兹遐弃,莫可如何。尚望婆婆强自排遣,切莫过伤。

(老旦泪介)儿吓！你叫我怎能不伤呢？

【集贤宾】千辛万苦来抚育,正膝下欢娱,竟人向天边无定所。又谁知生死何如？送得我残年受苦。算此后光阴难度,我生命蹇,要忘悲快归黄土。

【集贤听黄莺】〔集贤宾〕(小旦)你孩儿撇你真坦如,又何必苦为萦纡①,你老景余年奴看取。纵不能改换门闾,也守得崦嵫日莫,莫常抱无量忧苦。(低介)〔黄莺儿〕喜

---

① 萦纡:曲折旋绕。如(唐)白居易《长恨歌》:"黄埃散漫风萧索,云栈萦纡登剑阁。"(明)于谦《村舍桃花》:"野水萦纡石径斜,芋门蓬户两三家。"

171

的是水怀珠,倘能罴入梦①,何患影儿孤?

（老旦）这却还好,儿吓,我还有事和你商量。

（小旦）婆婆有什么事情,分付媳妇便了。

（老旦）这般寻觅,没个影儿。（哽咽介）宝玉是不回来了,那袭人虽然跟他多年,却未经收在屋里,不便留他,我已命人唤他兄嫂去了。等他来时,叫他领回另嫁。那五儿更不必说了,人也大了,叫他出去配人罢。

（小旦）媳妇也如此想。（杂侍儿暗上）

（老旦）你去唤袭人、五儿来。（杂应下）

（老旦）儿吓！这袭人却有些难处,若遣他,怕他寻死觅活,若不遣他,又怕老爷回来不依。

（小旦）且等他来,以大义说他,再则婆婆与他些妆奁,叫他哥嫂配一门正经亲事,他也就可安心了。

（老旦）这也说得是。（杂领丑、贴上）

（杂）太太！袭人、五儿唤来了。（丑、贴见介）

（老旦）袭人,我想宝玉和你虽有恩情,却未分明说破,老爷是全不知道的。我岂不愿你为宝玉苦守,只是老爷如何肯依？我已经分付你哥嫂,叫他替你寻一门正经亲事,我还与你一分妆奁,你却不要拂我之意。

（丑哭跪介）哎呀！太太！念袭人呵！

【前腔】贱身早与公子俱,怕贻笑庭除②。（老旦）你既未分明,便还是侍女；那有侍女守节之理？（丑沈吟介）却说是守义从来无侍女。（老旦）况且老爷也断不依。（丑）又兼之主人难恕,待抛离竟去,却怎把旧恩情来负？（想介）袭人从不敢违拗太太的言语,任凭太太主张罢。几踌躇,打熬一世,偿不了白辛劬③。

（老旦）好孩子,你真个明白,你哥嫂定与你拣个好人家的。五儿,你是不用说的,我已叫你娘去了,你好好跟他回去配人罢。

（贴哭跪介）太太,五儿却是不愿出去的。

（老旦）这又奇了,你与宝玉什么相干,你倒不肯出去。

（贴）五儿不为二爷起见。

（老旦）可又来。

---

① 水怀珠：典出(晋)陆机《文赋》："石韫玉而山辉,水怀珠而川媚。"此处代指怀孕。罴入梦：化用"熊罴叶梦",典出《诗经·小雅·斯干》："维熊维罴,男子之祥。"此处指生儿子。如(明)赵弼《蓬莱先生传》："已见熊罴入梦,行看老蚌生珠。"

② 庭除：庭前阶下。暗指袭人尚不是宝玉屋内之人。如(晋)曹摅《思友人》诗："密云翳阳景,霖潦淹庭除。"(唐)刘兼《对镜》诗："风送竹声侵枕簟,月移花影过庭除。"(元)无名氏《梧桐叶》第二折："搁管下庭除,书作相思字。"

③ 劬：过分劳苦,勤劳。

（贴）念五儿呵！

【二犯二郎神】投身未久心意迁，愿常侍阶除，忍似燕恩忙辞旧主？五儿果然有了过犯，太太撵了，是该的，今日呵！甚愆尤除名而去？若二爷在家，或者还有一说。如今二爷又走了，怕什么？比不得花貌晴雯遭忌妒，望洪恩依厦宇，暂时住，待得他年，再寻归路。

（老旦怒介）我的言语，怎敢不依？你可子细你的皮肉！

（贴叩头哭介）五儿情愿太太处死，不愿出去！

（老旦）这倒教我疑惑起来了。

【莺簇一金罗】留恋亦何须，敢私情，曾共居？（贴）二爷并无苟且。（老旦）既无苟且，为什么不肯去呢？（贴）五儿情愿长久伺候二奶奶。（老旦）不劳，锦堂中自有人围护，绣帷前怕没花扶助？我今日偏不许你在这里。（贴哭介）（老旦）敢违吾，再枝梧①，那时动了我无明，你死矣夫，奈何？称得你心头，你好不愚！（贴哭叩头介）只求太太恩典。（老旦）看你涓涓清泪，如同滚珠，哀哀求告，应知切肤早难言，就里无缘故。

侍儿，取家法过来。

（贴哭介）

（小旦）婆婆且请息怒，待媳妇问问他去。

（老旦）也罢，你问问他去。

（小旦携贴，向前场介）

【琥珀猫儿坠】肺肝倾吐，不必更妆愚。料我官人曾汝觑，好将心事告知奴。（贴）五儿并不为着二爷，只是不愿出府。（小旦）这却也奇。龃龉②，竟没缘由，却思长往。

（老旦）他说什么？

（小旦）他说并不为二爷呢，依媳妇愚见，且送他四妹妹那里去，晨钟暮鼓，受些凄凉，自然就肯去了。

（老旦）此言甚是。侍儿，你可送五儿到栊翠庵去。

（杂）是。（老旦哭介）只是我那亲儿呵！你却在何处也？

（小旦泪介）（合）

【尾声】望天云，悲风絮，可能够月再团圆花再舒？（带丑下）

（贴背介）二爷吓！我只为那一夜灯前难弃汝。

一园秋雨一龛灯，心迹年来署似僧。

欲颂金经盟古佛，沾衣恐有泪痕凝。（同杂下）

---

① 枝梧：抵拒、抵触。典出（汉）司马迁《史记·项羽本纪》："诸将皆慴服，莫敢枝梧。"如（唐）杜甫《夜听许十损诵诗爱而有作》："陶谢不枝梧，风骚共推激。"

② 龃龉：意见不合。典出（战国）宋玉《九辩》："圆凿而方枘兮，吾固知其龃龉而难入。"

下卷

吴州红豆邨樵填词

同里邗亭居士按拍

第三十三出 《补恨》

【仙吕过曲·油核桃】（末仙装上）论大劫，有情都幻。到情真，天随人愿。太虚宫闲检乔公案①，不做美呆杀神仙。

不死情不坚，不生情不了。能死复能生，具此情非小。况彼娲皇石，原以补为好，昔为相思花，今作合欢草。

小生焦仲卿，昨准离恨天移到还泪公案。那绛珠子已饮恨而终，神瑛逐入空门，欲登佛果，不料为妖僧所惑，绛珠与芙蓉女儿魂魄，亦为所拘。正在与夫人商议，先除妖孽，然后补此情缘。却值南海菩萨遣神来召，及至落②珈，始知史太君懊恨生前，不与黛玉圆成姻事，哀求菩萨，赐彼回生。

小仙当将补恨缘由，启明菩萨，并乞佛兵，驱除妖孽。菩萨生大欢喜，即遣揭谛神前往毗陵，暗助贾政擒妖，护法神送黛玉回生，得此慈悲愿力，即日冷骨生春。只是黛玉含恨甚深，尚多周折也。

【八声甘州】情波涨竟天，为怪风苦雨，般若沈船，钟情非福，芳容懊恼悲怜。可怎的酬恩未完泉下眠。早则是回梦难消心上冤，求仙，越冷淡须知越越相牵。

那宝玉贵介公孙，娇妻美妾，一齐抛下，此情也不让黛玉、晴雯之死。

【前腔·换头】逃禅，期登上品莲，仗兜罗绵手，要缔来缘。惕自是情无更变，悬厓③上撒手飘然。他把那娇妻美妾一旦捐，望落月仍同三五圆心坚，恨不补没有青天。

因此南海菩萨呵！

【解三酲】为着那朝不溜神瑛灾满，须把个绛珠子魂气归原。小花姨悄入垂杨院，放一片普渡慈船。他那里旃林鹦鹉无同翼，却愿彼文树鸳鸿常并肩。春冰泮，若没有青腰玉女，宝黛难圆。

---

① 乔公案：虚伪的事。如(元)戴善夫《风光好》第一折："凭着我雾髻云鬟、黛眉星眼，寻衣饭，则向这酒社诗坛，多少家乔公案。"

② 落：本应为"珞"。

③ 厓：同"崖"。

且喜史湘云得成大道,补恨之事,夫人业与言明,他自有一番作用。况黛玉有情女子,岂能铁石为心,变恩成仇,少不得转悲为笑。

【前腔·换头】紫陵台等闲春送暖,费还泪还愁还病冤。仙真人夺转金丹愿。怎回避雨云天,秋波旬线双花依旧妍。厮赶着雪里金钗紫杜鹃,同欢抃①,只苦杀更衣侍女,白费谗言。

【尾声】赓生赓死仍迷恋,则他一梦红楼两世圆,才把那离恨天中恨补完。

仙缘重续有根基,情憾中人偶见之。

若使世间全补恨,应无死别与生离。(下)

---

① 抃:拍手,鼓掌。《吕氏春秋·古乐》:"如帝喾乃令人抃。"

第三十四出 《拯玉》

（一）揭谛神舞上。
（一）吾乃波罗揭谛，（一）吾乃波罗僧揭谛。
（合）奉菩萨法旨，来到毗陵，暗助贾政擒妖，并送黛玉、晴雯魂魄，交与史太君管领。（内鸣锣介）你看贾政官船早到也。（下）

【黄钟引子·翫仙灯】（二院子二童引外上）风木含悲，乍抛撇晚山庐墓。放孤舟寒云冻雨，正是泪洒江天，又痴儿逃去，百结回肠，转家门那堪痛苦。

仰事事方终，俯育偏多患。昨夜得家言，哀喜各居半。喜子已成名，哀子忽逃窜。萧然两鬓斑，我那不肝肠断。

下官奉母桐棺①南来，卜葬窀穸②已成，谒谢苏抚③，放舟北归途中接得家信，宝玉、兰儿皆领乡荐④，怎奈宝玉不可士向⑤。天子因喜其文，询知其故，传旨各处访查，竟无踪影，好不烦闷人也。左右，前面是那里了？

（院子）毗陵驿了。

（外）分付住船。（院子应下）（内鸣金，住船介）

（外）我想宝玉失去，夫人、媳妇不知伤到什么分儿？待我写书宽慰。先差赖升

---

① 桐棺：棺木。典出《左传·哀公二年》："桐棺三寸，不设属辟。"如《后汉书·周磐传》："若命终之日，桐棺足以周身。"（清）田兰芳《哀袁信菴》："七尺桐棺停啸史，一杯黄土瘗昂之。"

② 窀穸：埋葬。典出《左传·襄公十三年》："若以大夫之灵，获保首领以殁于地，惟是春秋窀穸之事，所以从先君于祢庙者，请为'灵'若'厉'，大夫择焉。"（晋）杜预注："窀，厚也；穸，夜也。厚夜犹长夜。春秋谓祭祀，长夜谓葬埋。"如（南朝）谢惠连《祭古冢文》："轮移北隍，窀穸东麓，圹即新营，棺仍旧木。"

③ 苏抚：江苏巡抚简称。此处代指江苏本地官员。

④ 唐宋应试进士，由州县荐举，称"乡荐"。典出（唐）顾云《上池州卫郎中启》："自随乡荐，便托门墙。"如（宋）徐铉《稽神录·赵瑜》："瑜应乡荐，累举不第。"（明）陈汝元《金莲记·郊遇》："前秦少游来京，说他兄弟俱叨乡荐。"后世称乡试中式为领乡荐。如（明）孔贞运《明兵部尚书节寰袁公墓志铭》："戊子，公（袁可立）病疫浸剧，愦愦中见金甲神乘赤马入城隍庙，蹋进戊子科乡试，录公。从旁睨之，见其名高列，下注联捷数字。病已，果于是年领乡荐。"

⑤ 此处日本内阁文库藏双红堂本为"不可士向"，泰州图书馆藏民国刻本作"不知去向"。

178

入都者,童儿磨墨。(童磨介)

(外提笔,复放介,叹介,看须介,泪介)

【过曲·师子序】须发素,筋力枯,这孩儿须送俺夫妻晚途。你今这一去呵,教双亲谁靠?莫路桑榆,那更听媳妇的怨苦。我想他衔玉而生,本是一桩奇事。从来这一辈人,不过借胎而已。**多应他下紫阙,借灵胎,炼元珠,功成归去。**他也没有什么功果吓!怕的是小人骗拐,遁入虚无。(写介)

(净、副净引生上)

(净)走吓,一山复一山。

(副净)一水复一水。(合)不过几多时,行来数千里。

(副净)师兄,我们带了宝玉,出了京城,一直南来。几次他要逃回,被我们洒了迷药,他就不能言语。如今去苏州相近了,走上海船,还愁他飞上天去。

(净笑介)便是。

(副净)今日这样大雪,怎么走呢?不要将这小子冻坏了,那就没蛇弄呢。

(净)且到毘陵驿歇去。

(副净)如此快走。(生见外,上船拜介)

(外觑介)呀,这不是宝玉么?(掷笔,起赶介)(净、副净拖生急行介)

(外)家丁们快来。(众上)

(外)快追宝玉。(众追介)(内放火光介)(揭谛神上,拦住,打倒净、副净介)(众擒住介)(神立高处介)(众扶生上船介)

(外)我儿怎么了?(生不言,泪介)

(外)这是着了迷药了,且扶到内舱歇息,不可离人。(童扶生下)

(外)带过妖僧、妖道来。

(净、副净不肯跪介)

(外)速取狗血秽物,淋这狗才。(众淋介)

(外)扯下去重打。

(净、副净跪介)情愿认供。

(外)从实招来。

(净)僧人志九,与这涵虚道人,皆有隐身符法,时常出入府中。曾将通灵玉窃去,欲得银一万,不能到手,将玉送还。因以度佛为名,约他出场之日,一同逃走。骗出京城,洒了迷药,带到此间被获,甘罪无辞。

(外)你将宝玉拐到那里去呢?(净、副净叩头,不语介)

(外)左右与我打。(净、副净慌介)

(副净)实是要拐到苏州,卖与戏班里做戏。

(外)左右,这狗才身上,必有妖物,与我搜来。(众搜出通灵玉及葫芦、铜匣、木

179

匣、册子介）

（外取玉介）这葫芦做什么的？

（副净）这葫芦能幻梦境。

（外）这铜匣呢？

（净）这是迷药。

（外）这木匣呢？

（净）这是摄魂的。

（外开匣介）有这许多木人儿。（翻册介）尽是些女子年庚。（惊介）荣国府闺秀一名，林黛玉，荣国府使女一名，柳晴雯。（拍案介）呀！

【太平歌】只见生魂簿，把这柳林书，不觉心头生大怒。（泪介）恁闺不料残生误，那侍儿与你何仇恶，你竟把双魂摄去附枯株，似你寸磔有余辜。

（净）爷爷不妨，拔了针儿，便回生的。（外拔针介）（旦、贴魂吧上）（揭缔神跳舞，引旦、贴下）

（外喝介）狗才，快将宝玉迷药解了。

（净）爷爷要半碗水呢。（院子与水介）（净符咒介）（童捧下）

（外）左右，拏我名帖，将这两个妖人，并这些妖物，送交该县，按律处死。（众应介）

（外）来，（低介）随意说一家奴姓名，不必指明宝玉。

（众）是。

（净、副净背介）这官儿有揭缔神护卫，不能逃避，这番罢了。瓦罐终归井上破，军师未到阵前亡。（众带净、副净下）

（生哭上）爹爹，（跪介）宝玉该死。

（外）你这玷辱祖宗，不守规矩的奴才。（视生良久，抱生哭介）儿吓，这苦也是你自作自受呢。（生哭介）（外为生挂玉介）

（生）

【赏宫花】儿痴顽卞愚，望爹爹饶恕初，只为妖人误，非做网禽逋，今日里膝前增愧惧。（外）可知你中了第七名举人么？（生）孩儿路上，见奉旨我寻榜文，便思转去，苦被妖僧禁吓！只得随他劳顿渡江湖。

（外长叹介，背介）

【降黄龙】长吁，我孩儿的心下非愚。我听得夫人说他疯颠之疾，实因黛玉而起，莫不逃走出家，也因黛玉么？**孟浪婚姻，意乖情误。**

据这妖僧所说，黛玉尚可回生，此言若真，定将黛玉配他，方能杜绝后患。**杜痴心妄想，是同偕到老，定不堕空虚。**

我与黛玉之母，何等友爱，不幸身亡，单留此女。我原该立定主意，娶他做媳妇。竟草草聘了宝钗,这却是夫人姊妹情深,姑嫂念薄呢。笑夫人太分金,竟把宝钗娶。起初老太太爱惜黛玉,也与宝玉一样。只为琏儿媳妇,数黑道白,因此老太太冷淡了。

其实黛玉又伶俐,又稳重,有什么不是处?那琏儿媳妇,一意迎合太太,所以如此,我好不恨呢。闪的我一腔深恨,暗泪弹珠。

（生背介）

【大胜乐】为佳人想上云衢,才拜金身,要撼道枢,耐酸辛空泣杨朱路①。原来妖人摄了他俩人魂魄,又来骗我。且喜老爷将针儿拔了。**两人若真个回生,我还要成什么佛。他那里俏魂能向人间住,我这里佛足何须世外趺。**（合）此夜相逢快否,好比做云中得月,饿后噙珠。

（外）明日写书,差赖升回去,报知喜信便了。我儿,随我进来睡罢。

（生）是。

津鼓声和喜气融,阮生幸免泣途穷。

今宵剩把银釭照,犹恐相逢是梦中。（俱下）

---

① 杨朱路:指歧路、分别的路,亦作"杨朱陌"。典出(北周)庾信《别张洗马枢》诗:"君登苏武桥,我见杨朱路。"如(唐)唐彦谦《离鸾》:"尘埃一别杨朱路,风月三年宋玉墙。"(元)汤式《普天乐·友人为人所诬赴杭》曲:"袖拂庾公尘,人上杨朱路。"

第三十五出 《返魂》

（场后设床幔，贴暗卧幔中介）

【正宫过曲·普天乐】（杂旦上）想玉人魂魄淹然化，伤得我痛泪常盈，把悲光寺海印无家。南充县谢女骑霞①，偏又把肝肠挂。苦因个拂袖人儿添呜咽。

我紫鹃自到栊翠庵，倒也一尘不染，万念皆空。只是想起姑娘，便有万分悲感。近来宝玉弃家遁去，无处跟寻，定是逃入空门，随着那和尚去了。倘若能成正果，和我姑娘做对儿天上夫妻，也不枉他两个死生情意。单则合家大小，日夜悲啼，何时是了。奴家细思往事，哀彼痴心，不知将来，可能再见。那袭人已嫁什么蒋琪官去了。五儿妹妹，却无故不肯出门，太太送来庵中，与我一房居住。未经一月，便染沈疴，水米不沾，势甚危笃。不知此时如何，待我再看他一看。**把灯挑亮，将帷幔轻揭。**五儿妹妹，这会儿可好些？（贴哼介）

（杂旦叹介）**一似秋风摇泪蜡，最伤怀是消了艳容华。**（内三更介）

（杂旦倦介）长夜难熬，我且打睡片时。（睡介）

（贴上）

【忆莺儿】这前世他，今世咱，接树移花共一家。我晴雯，数应借五儿尸身还阳。老太太将林姑娘和我，一同带进府中，便到太太那边去了。我送林姑娘到潇湘馆，他教我寻唤紫鹃。一路行来，好不荒凉冷落。**月馆风亭多半斜，梅含冻芽，霜惊睡鸦。**这甚栊翠庵了。**俺趁风早抵庵门下。**（拜介）菩萨，弟子晴雯，少刻回生。伏望慈悲保佑。**鬼乜邪，金轮再转，休更有波渣。**

紫鹃姐姐，我回来了。（杂旦起介）

（贴）林姑娘在那里等你呢。

（杂旦）晴雯妹妹，不要哄我，我不信。

（贴）我哄你么，快跟我见姑娘去。（扯杂旦下）

---

① 谢女骑霞：指唐代谢自然升仙典故，典出《集仙录》。（唐）韩愈有《谢自然诗·序》："果州谢真人上升在金泉山，贞元十年十一月十二日白昼轻举，郡守李坚以闻，有诏褒谕。"

（旦上）依稀似梦还非梦，仿佛如烟不是烟。一酌中山残酒醒，不堪人世已经年。奴家昔因情死，无意求生，乃蒙大士慈悲，免稽鬼箓，与晴雯一同回生。只是尘海纷烦，恐又生许多枝节，如何是好？

老太太引奴来到闺中，往那边去了。晴雯唤取紫鹃，尚然未到。奴家独在潇湘馆，目睹这断魂地方，好不伤感人也。

【前腔】生有涯，情有涯，不死焉知非梦华，死后焉知不是家。云情赚咱，风怀恋他，可甚闭穷泉①一例都干罢。（贴扯杂旦上）这不是你姑娘？（旦）紫鹃妹妹，我到了家，还不能进去，我好苦吓！（泪介）（杂旦哭介）（贴）姑娘，紫鹃已来，我进屋子去了。（旦、贴合）鬼乜邪，金轮再转，休更有波渣。（旦下）

（杂旦扯贴介）晴雯妹妹，你往那里去吓？

（贴推杂旦跌介）（寒帷卧介）

（杂旦醒介）晴雯妹妹。（迟疑介）原来是一梦呵。

【关黑麻】这几上昏灯背人放花，（内四更介）听更鼓谯楼，早已四挞，（泪介）猛的愁泪洒，没撑达，梦醒空房，凄寥病榻。五儿妹妹，你可要些汤水？（贴吟介）（杂旦）有暖的粥汤在此，待我灌他些儿。（灌介）咳，神衰骨怯，怕他生命绝玉碎珠沈，玉碎珠沈，抱烟化蝶。

好了，竟受了些汤粥了。（内五更介）

（贴）这是那里吓？

（杂旦）五儿妹妹，这是你卧房吓。

（贴）我不是五儿，是晴雯。

（杂旦大惊）呀。

【前腔】你若痴晴雯，甚冤诉说？（贴）我回生了吓！（杂旦）因何的回生？借人气血？（贴）五儿寿命已尽，数应晴雯借尸。（杂旦）元良妹儿生，五儿绝。（泪介）知他何处飘零，艳魂瘦怯。（贴）他如今伺候老太太了。（杂旦）生欢死咽，心中千万折，异事奇闻，异事奇闻，此疑未决。（向内介）叶妈妈，你回太太去，晴雯借五儿尸身回阳了。（内应介）

（正旦上）

【玉胞肚】听说是病娃尸厥，小晴雯回生。借也柳家魂。柳家骸骨，一边寒一边温热。交花共叶，不由人动嗟呀，好向床前亲问他。

紫鹃，真个个晴雯借尸还魂么？（杂旦）或是五儿着邪，或是晴雯回生，尚未可

---

① 穷泉：九泉，指墓中。典出(梁)萧统《文选·潘岳〈哀永逝文〉》："委兰房兮繁华，袭穷泉兮朽壤。"吕延济注："穷泉，墓中也。"如(唐)白居易《李白墓》："可怜荒陇穷泉骨，曾有惊天动地文。"(宋)司马光《梦稚子》："穷泉纤骨已成尘，幽草闲花二十春。"

定。只是紫鹃方才一梦,甚是奇怪。

(正旦)什么梦呢?

(杂旦)

【前腔】刚才梦晴雯来哑,却道俺林娘今番到家。共佳人急去潇湘,见娇魂泪横斜。说紫鹃我到了家,还不能进去,我好苦。(正旦)这样说,连林姑娘也要活转来呢。(杂旦)便是。我恨不得就到潇湘馆,扶他起来。姑娘,你道不奇怪么?(贴)有甚奇怪,我方才同林姑娘回来,教我来唤你。**明明白白,有甚奇处,漫将真认假。**只是你回了太太,敢怕重新撵我出去。**春魂初醒恨犹赊**①,**依旧东风吹落花。**

以前撵我,怕我引诱二爷。如今二爷不在家,不妨留下了我,等回来再撵罢。

(正旦)你敢则知道二爷的下落?

(贴)我和林姑娘,本同二爷一处走。如今林姑娘也回生了,二爷也待回家了。

(正旦)果然如此,就是天大之喜了。(老旦、小旦上)

(老旦)方惊异梦回灯下,忽报奇闻到榻前。

(正旦)太太来了。

(老旦)好奇事吓。

(正旦)太太,他说二爷待回来了。

(老旦喜介)哦,(执贴手介)好孩子,你且细细告诉我。

(贴)晴雯和林姑娘生魂,皆被妖僧摄去。往后二爷也来了,一路儿走。后来二爷遇见老爷,上船下拜,老爷赶出舱来,那僧道拖了二爷上□,被老爷赶去拿住。当时上船审问,拔了木人上针儿,便有神人,引林姑娘和我到了宗祠,跟着老太太过来。现今林姑娘在潇湘馆,专等巳初一刻回生。二爷在老爷船上,少不得一同回来的。

(老旦)是了,你这话是准的了。我今夜也得了一梦,梦见老太太说道,好了,林丫头回生了。明日巳初一刻,快去开棺。我正在踌躇,老太太就恼起来道,我是正经话,你还不信么?不要说林丫头和宝玉前生配定姻缘,就是这两府,也要在他手里兴旺呢。你记着,你若不信,还你一件信物。便将手中寿星拐掷来,我唬醒了。果然有寿星拐在床上。

(贴)可不是呢。

(小旦、正旦)这样说,宝玉一定回来了。

(老旦)好孩子,宝玉回来,我回明老爷,叫你们一辈子过活。

(贴)多谢太太恩典,往后不撵我就够了。(杂旦暗点头介)

(老旦笑介)我的儿。

---

① 赊:同"赊"。

【川拨棹】安心住,谁蹧蹋?你话儿,真是傻。但有日宝玉归家,但有日宝玉归家,谢芳姿姻缘在咱。(杂旦)如今谁到潇湘馆去?(老旦)大家同去。且与晴雯放下帐儿。四姑娘,你在此照应着他罢。(正旦)是。(杂旦放帐介)(贴暗下)(正旦下)(老旦)紫鹃,去请了大奶奶来。(杂旦)是。(合)**送终时,独有他,再生时,漫少他。**

(俱下)(小生韦蜕上,绕场跳舞下)(正旦、小旦、杂旦用被裹旦,扶出鬼门由生门下)

(老旦上)且喜甥女已生,宝玉一定回来了。

【前腔】神明佑,真缘法,看活现潇湘白玉花。地中春早透灵芽,地中春早透灵芽。返魂香何须海槎,望南云虽路赊,定娇儿能到家。

【尾声】今朝连打归魂卦①,生死事原来当耍,只多谢破棺星朗照应纱。

笺愁赋恨总徒然,情死情生自有天。

定许佳音灵鹊报,好凭泪眼望江烟。

---

① 《易经》六十四卦中,第7师卦、第8比卦、第13同人卦、第14大有、第17随卦、第18蛊卦、第53渐卦、第54卦归妹共八个卦,叫做归魂卦。

第三十六出 《谈恨》

【双调引子·秋蕊香】(旦上)已觉形骸安稳,还飘荡未定惊魂。(贴上)玉貌依然如花嫩,无奈是真身难认。

(旦)痴情受尽痴情害,一死偿还前世情。从今识破几人心,蠲断悲愁蠲断爱。

(贴)生前所愿未能偿,重到人间尤罣碍①,却怜此体非故吾。姑娘,怎及你金刚身不坏。

(旦)晴雯,我和你已为异物,不料重生,你因同病相怜,愿与奴家作伴,搬来一处,将息多时,你既气血归原,我亦精神如故,只是人情可见,生也无聊,这倒是这练容金鱼,害人不浅也。

(贴)姑娘若无练容金鱼,也得像晴雯借体了。

(旦)当初若将此身,借了与你,岂不是好?

(贴)晴雯是何等样人,敢借姑娘玉体,将来怎生位置呢?

(旦)哎。

【过曲·孝顺儿】〔孝顺歌〕我把情参透,有甚因,重生也同地下人。纵我身躯果是真,心儿早离尘。漫商量名分。(笑介)巧跌轻翻,可把人来错谗。晴雯,似怎心底留连,未免还痴钝。〔江儿水〕抛去前生愁闷,怨窘仇山,不用低迷亲近。

(杂旦上)忙将天上大喜,报与地中人。姑娘,老爷回来了,就来看你呢。

(旦)你去替我请老爷安,说我当不起老爷来看。

(杂旦)是,姑娘。果然宝玉也回来了。

(旦恼介)哎,我以后耳中,总不许有这两字。(杂旦、贴呆介)

(外上)人间果有回生事,天上应无未了缘。甥女在那里?(旦哭见介)

(外哭介)哎呀,儿吓。

【前腔】你游魂久外喜再亲,玉好珠完真是神。(旦哽咽介)我那良玉哥哥在那里?

---

① 罣碍:佛教语。谓凡心因迷成障,未能悟脱。典出《心经》:"心无罣碍,无罣碍故,无有恐怖,远离颠倒梦想。"后因以谓心中毫无牵挂。"

（外）他已中乡魁，腊底春初，便可到此。（笑介）儿吓，你既想亲人，就不要生分了我。俺也是娘行至戚人，**且莫去惦记亲枝本，着意滋培虚损**。（老旦、正旦上）竹畦寒翠满，苔径断青多。（外）夫人、媳妇也来了。媳妇，你来得正好。我深知你们的情分，总来你林妹妹也不是外人，你疼他，就如孝顺了我。**全赖你终始关情，更贴心着紧，待到百体安和，这肩儿才放稳**。

（正旦）是。

（老旦）晴雯来见了老爷。（贴叩头介）

（外看笑介）果然与晴雯一般无二。晴雯，你同紫鹃，都是老太太的旧人吓。

（贴）正是。

（外）你们若念着老太太，须是好生伏侍林姑娘。这林姑娘，并非外人，你们总跟定了他，我一辈子相看待。**须得百依千顺，细意扶持，还你个终身安顿**。你们都明白了么？

（杂旦、贴羞介）明白了。

（外笑介）我儿，再来看你。当前难说心中事，眼下聊传弦外音。（下）（老旦、正旦随下）

（杂旦、贴）姑娘，你可听见老爷的话了？

（旦冷笑介）

【步步娇】**影墙儿添我三分闷，往事思量尽，还那有意中人。撇正庞甜，要甚闲人帮衬。剗①断了古痴根，任风波怎动的奴方寸。**（睡介）

（杂旦笑介）宝玉说姑娘已为神女，你跟着他，谁知你们还被妖僧钉住。妹妹，可觉得苦么？

（贴）倒也无甚苦处。姐姐，我问你，宝玉做亲怎样光景？

（杂旦）那多是二奶奶的诡计。二爷自失玉之后，人事不知，老太太动了个冲喜念头。二奶奶力荐宝姑娘温厚，金锁可以锁邪，是配定的金玉姻缘。又分付众人，只说娶的姑娘，到那晚还要叫我搀拜，稳住二爷的心。你想我可肯去，被我发挥一阵，他们无法，只得叫了雪雁去。二爷果然认是姑娘，欢欢喜喜，心地也大明白了。及至坐床之后，揭去方巾，见是宝姑娘，登时又疯傻起来。

（贴）二奶奶这是何苦呢？

（杂旦）也不尽干二奶奶之事，都是袭人的不是呢。不但你是他害的，就是姑娘，也是他害的呢。

（旦起介）紫鹃，别人罢了，怎么袭人也害我。你试说来我听。

（杂旦切齿介）说起袭人，好不很毒呢。姑娘才好了，不要听了气苦。

---

① 剗：音 chán，凿；铲。

（旦笑介）你道我什么人，这番回过来，定了一个死主意。饶你说什么，于我有甚相干，何至气苦。

（杂旦）那日老爷打了二爷，太太叫袭人去问话，他便道晴雯狐狸妖精，花红柳绿的引诱二爷。又说眼睛也像姑娘，行步也像姑娘，又说是保不了二爷要和谁作怪。又说宝玉打坏了，有人哭得。（住口介）（旦泪介）

（杂旦）那时太太就道，好孩子，以后你要加倍留心。我叫你和宝玉一辈子过活。不多几日，就撵了晴雯。又要将宝玉搬出园去，还听得说，他力赞宝姑娘端庄，太太动心了。二奶奶才顺着太太行的。姑娘，你道这些话，说到那里去了。（贴泪介）

（旦笑介）这才是知人知面不知心呢。

【醉扶归】则为俺泪成河便惹的逸言进，意如绵招他仇口歘①。却是奴家呵，怎想做罗纨锦兜的便相亲，却无端舍命真堪哂。到如今云开风静枉劳神，只分的谷神不死回头稳。

（杂旦叹介）说起二爷真是可怜。

（贴）姐姐怎么可怜呀？

（杂旦）姑娘归天之后，他偷空儿粘着我，问长问短，又跟着老太太来痛哭，问姑娘可曾留甚言语。宝姑娘生日，又偷进园来，哭倒地上，几番大病，死而复生，才得病痊，就便弃家而去。至于当初你死之时，当你芙蓉神祭你，见扇含愁，披裘洒泪，后来又将五儿当了你，半夜里说是遇仙，这不可怜么？（贴泪不止介）

【皂罗袍】止不住万点啼痕偷揾，恁腻人情处，我怎报你深恩。桃花薄命奈何春，返魂不断芙蓉恨。

（旦笑介）呆丫头，真个转了一世，还梦不醒么？

（贴）为是红绫犹在，春纤尚存，一番离另，五年旧人，两相怜怎下的无情刃。

（旦）这也怪你不得，但是香魂不返，又将如何？凡事须看破些才好。

（杂旦背介）呀，这番姑娘，竟另换了一个人儿也。

【好姐姐】我听他言抛开晋秦，倒没个夭桃定准。只可怜宝玉呵，含悲忍愁，病郎当活害的昏。巫山峻，他那里香灯怅忆飞琼鬓，怎知他春梦无心祇似云。

（旦）我们好睡了。（杂旦、贴）好睡了。

（旦）

【尾声】镜花缘莫再话前生恨，俺且自拥被闲眠妥梦魂。（笑介）晴雯，你可也休更伤心则那良会儿准。

此恨绵绵无尽期，闲谈往事意难怡。

焚香细读神仙传，幻梦惊回不再痴。（俱下）

---

① 歘：同"喷"

第三十七出 《单思》

【仙吕引子·小蓬莱】（生上）足趼归来高卧,这断情还费撕罗。孤鸾只凤经年间别,于意云何。

【卜算子】只为情无已,逃入空门里,谁料空门苦更多,归认旧溪旨。此事终何底,算徧无如死,只是如今你又生,难道翻抛你。

小生为着林妹妹,一心要成佛作祖,好去寻他。那知被妖人欺骗,竟应紫鹃之言,吃尽辛苦,幸而父亲救回。

果然黛玉重生,晴雯再世,一天喜事,恨不得即刻走去,与他痛哭一场,诉说些悲离的言语。

怎奈诸人俱说,林妹妹这番转过,漠然无情,并不许提宝玉二字。又不敢前去,惹他烦恼。哎呀妹妹吓,你恨是该恨的,只是小生的苦衷,难道你就不能怜鉴么? 这些时坐卧不宁,饮食少进,更兼今夜满腮月色,四面风声,好难为怀也。

【羽调过曲·金凤钗】衔一抹风喧树,月映罗,怆怀颓唐一我。说回生送喜难禁,转凄苦双眉常锁,忒蹉跎,这星宫磨蝎仍未过。空房夜寒如梦何。小沧桑,重起波,我为你打魔馱,要寻证果,才妄把怪穷奇认成真杜多。到今日呵,依然是浪涌绳河,倒百无一可,紧闭了仙关,还三簧锁儿纳合。

小生自你死后,那种哀苦悲凉,你虽未经亲见,谅紫鹃断无不提之理。

【四时花】几番价忧为病,痴着魔,求速死安心不过,争奈我弱体还瘥。偏不许愁乡债躲。天呵,只分的啛嗟嗟泪珠儿收来一裹。赤离离恨筹儿担着满馱,做了个软咍咍睡馄饨婆珊梦婆。昏沉沉醉黔驴坡陀下坡,捱尽搓磨,你俏心儿忒叵,害的我谎桃源不见收科。

想你我情分,可也不浅。

【庆时丰】曾记花边雨外香肩軃①,更诗坛禅榻展幺荷。虽则是嗔喜费调和,论心情

---

① 軃:下垂。如(宋)苏轼《鹧鸪天》:"軃袖垂髫,风流秀曼。"(宋)柳永《定风波》:"笑捻红梅軃翠翘,扬州十里最妖娆。暖酥消,腻云軃。终日厌厌倦梳裹。"

到底真联络。生缘在，死恨讹，多罗树①底病维摩。盼到花重艳，登善果，谁知翻转面皮呵。

【马鞍儿】怎教我心猿意马能拴锁，则你这回生，因甚么，把个定盘星②断送残生。我闪黄昏凄清灯火。（闭目介）妹妹，你来了也。合眼处纤纤玉立。（开眼望介）（叹介）但开眸悄悄愡罗，一朝昏比做三年过。恁谎甚偻罗，难道把故人抛躲。哎呀妹妹吓。孤负你情儿厚，受折磨，俺便算亏心短幸犯由多，还求你心相印。眼暂睃，漫将欢好变干戈。

（小旦上）水中难捉月，镜里欲拈花。二爷睡罢。

（生）我且问你，这两日林姑娘做些什么？晴雯为何也不过来？

（小旦）林姑娘么，修仙定了，终日和四姑娘谈道呢。晴雯跟着他，也是一步不离。二爷，我劝你也不必十分认真了，果是姻缘，自然会合，若不是姻缘，枉自苦坏了身子。

（生叹介）

【卖花声】不了身躯凭他掀簸。我想园客缫③车，婉妗鹏翱。便世外神仙，也须是阴阳配合，怎便吞霞想火孤单坐，把参同契④真秘都勾抹，只煮元秋沈灵过。我想他那种深情，断不致这样冷落。只怕世上未必有这个个人，他们故意造出这些言语来的。不但林妹妹，便是晴雯，也只是虚言骗我。他的指甲绫衣，现在我处，此情岂比寻常。若果重生，岂竟不来看我。

【归仙洞】秋千病，原两和，灵光赋，尤无过。过劫岂差讹，敢则生非真个。（泪介）他把假话赚人轻可，怎禁我泪难干，愁添大，魆地眉心干折，待打破砂锅。

麝月，可是世上并没有林姑娘和晴雯。

（小旦）怎么没有，我见过好几次了。

（生）哦，你见过好几次了？

（小旦）见过好几次了。（生叹介）

【尾声】倘是果生回，偏情薄，甚法儿安排停妥。那便行到糖州也只是苦味多。

荡许愁门终不开，躯愁仍自引愁来，

谁知煮得愁根热，翻向愁田到处栽。（俱下）

---

① 多罗树：多罗叶之树。《法华经·药王品》："坐七宝之台，上升虚空，高七多罗树。"

② 定盘星：做杆秤的关键是能选准定盘星，只要确定好定盘星，就是一把好秤。因此，人们往往把定盘星用来比喻事物的准绳。如（宋）朱熹《水调歌头·雪月雨相映》词："记取渊冰语，莫错定盘星。"

③ 缫：缠束。

④ 参同契：指《周易参同契》，东汉魏伯阳著，简称《参同契》，黄老道家养生经典。全书以"黄老"参同《易》来指导炼外丹，以乾坤为鼎器，以阴阳为堤防，以水火为化机，以五行为辅助，以玄精为丹基等等，从而阐明炼丹的原理和方法，为道家最早的系统论述养生的经籍。

第三十八出 《煮雪》

【双调引子·梅花引】(旦上)愁看满目旧风光,意旁皇。恨苍茫,何死何生。提起泪汪汪。(杂旦、贴上)艳雪一庭寒院晓,梅蕊在粉墙新放了香。〔玉楼春〕(旦)无端死入黄泉路,无端生向红尘住,可怜生死不由人,想起都因情字误。(杂旦、贴)芳情何用轻抛去,生死从来情切处。(合)一窗寒雪拥金炉,共把生前心事诉。

(旦)奴家调摄多时,身轻体健,可以外间走动。只为厌看世态,藉此静养闺房,却又十分孤闷。紫鹃,这几日怎么四姑娘全不过来?

(杂旦)想是雪阻了。今日是个好日子,姑娘外边走走罢。

(旦)我也正想出去散散呢。

【仙吕入双调·过曲】〔忒忒令〕我步珊珊行来画堂。似梦酣酣惊回罗帐。图书满壁,与生前一样。空心树,断肠花,又谁知仍无恙,教我难忘既往。

紫鹃,可将白描祖师像挂起。(杂旦挂介。旦解金鱼供介。拜介)

【尹合】念弟子前生景况,愿勾消今生虚妄。还只怕来生魔障,稽首仙真怅怏,愿你早度愚迷,曳佩瑶池去拜九娘。

(贴悄介)姐姐,看这光景,修仙定了呢。

(杂旦笑介)这样仙女,却也不枉。

(旦取鱼挂介)紫鹃,开了窗儿,我看看雪景。

(贴取雪衣兜,与旦披介)

(杂旦开窗介)

(旦望介)妙吓,你看竹斜横径,梅重垂墙,回风送玉蝶之飞,拂树堕琼花之蕊,好一派雪景也。

下卷

【品令】图开辋川①,全像现瑶窗。诗题谢家②,锦句贮吟囊,无声飞处,满屋寒光朗。(叹介)(泪介)看旋消又扬,似奴家再生情状,单怕未定飘摇,更被惊风闪过墙。

(杂旦)姑娘,不要着了寒,进去罢。(掩窗介)

(旦坐介)紫鹃,我爱那水仙和素心腊梅,与我取来摆下。

(贴去兜衣介)(杂旦摆花介)(旦对花微笑点头介)

(贴背介)你看林姑娘,映着雪影,越显得粉妆玉琢,月媚花娇,从古美人,也未必赶得他上。人说我像他,好不惭愧,怪不得二爷死生不放。

(旦)昨日紫鹃说,史妹妹孀居修道,将次成功,难道我就不及他么?

【豆叶黄】想琼楼玉殿,缥缈何方,我待乘烟去天边,怎拨出浮提世上。我爱这花呵。凌波垂带,冰心吐香,好一似洛川的风况,洛川的风况。这花受了日月精华,也会成形脱体。我若不早回头,就便草木也不如了。惊醒红香,愿脱去鸳羁蝶网。

(贴)四姑娘来了。

(正旦上)寻梅过别院,扶竹上回廊。

(旦笑介)妹妹来了,我正要叫紫鹃来请你。

(正旦笑介)你还肯放紫鹃来么?姐姐,你爱这两种花,什么意思?

(旦笑介)你且猜来。

(正旦点头笑介)我知道了。

(旦)为何不说?

(正旦)你为何不说,倒要我说。

(旦)我专等你说呢。

(正旦)你要我说,我偏不说。(各笑介)

(旦)妹妹,我连日看参同契,性命圭旨,这几种书,好不有味。

【玉交枝】紫精天上,这金书郁森秘藏,你是下工夫研的通身亮,我仗胸中一点灵光,机心缦心奴已忘。元都珍宝从容讲,做凡人终朝事忙,做仙人终身愿偿。

(正旦)姐姐。

【赛红娘】你是前生住蓬阆,杜兰香③。灵心悟彻了空明障,餐桂方,这番着力向高上,骑凤往。只是呵,碧桃花底绛罗帐,功怕枉。

(小旦上)绣窗重见云容姊,碧乳来烹雪水茶。

---

① 辋川:指(唐)王维《辋川图》。《辋川图》是王维所作的单幅壁画,画面自然而闲适,呈现出悠然超凡的感觉,开启了后人诗画并重的先河。如(清)魏源《富阳董文恪山水屏风歌》:"摩诘《辋川》难独步,郭熙《清明》何足道。"

② 谢家:指东晋谢安家族。

③ 杜兰香:仙女名。(东晋)干宝《搜神记》:"汉时有杜兰香者,自称南康人氏,以建业四年春数诣张硕,言本为君作妻,情无旷远,以年命未合,其小乖,太岁东方卯时还求君。"

（旦、正旦起介）宝姐姐请坐。

（小旦）妹妹，你回过来，更出落的娟丽了。（旦笑不语介）

（小旦笑介）你两个妹妹，像似在这里谈道，怎么瞒着我？（各笑介）

（旦）讲了你也不懂。

（小旦笑介）你看他欺我到这样，我倒告诉你，这仙佛是不容易做的。论林妹妹，自然是天下第一个女孩儿了，也还拏不定就做神仙呢。

【莺踏花】紫字浮黎，青空路长。盼灵瓜宁非妄想。驾云軿①根基无上，问几生虹丹修养。

（旦笑介）宝姐姐，你也拏不定人，从古神仙，也没有人预先认出的。

（小旦）我却知道你断断做不成神仙。

（旦冷笑介）你不知道我，我却知道你。

（小旦）你知道我什么？

（旦）我知道你是情虫。（各笑介）

（小旦）好，竟将我编入虫字号了。宝玉说是禄蠹，你又说情虫，真是一对儿呢。

（旦）啐。

（正旦）这比二哥哥还上一层。

（小旦）亏你将上天梯，再送一步。（各笑介）

（小旦）闲话少说，我带了龙井芽茶来，试试雪水。

（旦、正旦）妙吓。（杂旦接茶，同贴下）

（旦）

【两蝴蝶】自回生到此日言笑香，兰闺深掩了茜纱窗。姊妹还来往，殷勤杀人转凄怆。这荅挥尘旧谈场，多艳妆，倒不承望过来人，重颉颃②。

（杂旦、贴捧茶上，送介）（各饮介）

（小旦）这雪味儿倒很配口。

【番卜算】从来嚼雪生香，沁入心脾非诳。今日何多让，代梅花，仙茗芳，真替另，味儿长。

【窣地锦裆】（正旦）素心风味称禅床，睡汉蕾③腾且莫尝。轻瓷深绿艳生光，净洗肝脾分外凉。

---

① 軿：一种有帷幔的车，多供妇女乘坐。如（北宋）苏轼《陌上花》："不见当时翠軿女，今年陌上又花开。"

② 颉颃：原指鸟上下翻飞，引申为不相上下，互相抗衡。如《晋书·文苑传序》："潘夏连辉，颉颃名辈。"（宋）岳珂《桯史·姑苏二异人》："状不慧，而言发奇中，与何颉颃。"

③ 蕾：同"懵"。

【十二时】(旦)嵊山①甜雪为上,琼苞碎击琼娘,玉杯金盏休停放,消内热此奇方。(合)怕渴倒俊裴航②,把香瓯当琼浆,把香瓯当琼浆。(杂旦、贴接杯下)

(小旦)我也去了,让你们谈道罢。(合)

【尾声】今朝煮雪酬清况,强似陶家强似党。(小旦下)(旦)妹妹,今夜同我住了罢。同拥着玉容华细论琳琅。

　　金壶墨汁有遗编,众妙须参元又元。
　　门外雪花深一尺,香衾坐对说真诠。(携手下)

---

① 嵊山:嵊州之山,借指仙山。如(明)杨慎《凤赋》:"吸昆邱之琅霜,吞嵊山之紫露。"
② 裴航:"蓝桥捣药"主人公,典出(唐)裴铏《传奇·裴航》。传说裴航为唐代秀才,一次路过蓝桥驿,遇见一织麻老妪,航渴甚求饮,妪呼女子云英捧一瓯水浆饮之,甘如玉液。航见云英姿容绝世,十分喜欢,很想娶她为妻,妪告:"昨有神仙与药一刀圭,须玉杵臼捣之。欲娶云英,须以玉杵臼为聘,为捣药百日乃可。"后裴航终于找到月宫中玉兔用的玉杵臼,娶了云英。婚后夫妻双双入玉峰,成仙而去。这个故事也常被叫做"蓝桥捣药"。"云英"则被当作意中人的代名词。宋元话本《蓝桥记》、元《裴航遇云英》杂剧、明《蓝桥记》传奇等均以此为题材。

第三十九出 《赠金》

（小生上）岳岳公侯府，潭潭勋戚家，可怜穷到骨，逋客满门哗。在下吴新登，自老爷救了二爷回来，家中林姑娘和晴雯，又还魂再世，想来定是姻缘。将来得了这分天大妆奁，咱们两府就很兴旺了。只是眼前饥荒难打，债务有数万金之多，盈门讨索，酬应不开，这却怎么处？话言未了，那送欠帖的又来也。
（四杂上）二太爷，我们这一项银子，是少不得的。我们本钱小，全要仰仗二太爷呢。
（小生看帖介）荣源缎号，三千五百两；恒昌银号，一千六百两；瑞隆南货号，八百八十两；恒舒油蜡号，三百两。是了，这小账呢，是清楚的，大账怕未必全呢。
（杂）什么话，二太爷，这有几两银子，值得府上什么？都要仰仗二太爷呢。（下）
（净上）放债放债，西儿买卖，先要抵头，还要担戴。五除六扣，七支八派，若是不还，打降撒赖。
（内）放走了呢。
（净）有时放走便做乞丐。（拍小生介）好吴二爷，替我回一回。
（小生）还早呢，去一会子再来。
（净）好二太爷，做兄弟的路远，就替我回一回。
（小生）回也是这么，不回也是这么，等候着就是了，瞎跑什么。
（净怒介）你讲什么？晚来说迟了，早来说早了。只管躲着，躲到什么时候呢？咱们西边人直性儿，你们家琏老二，要来拉扯，认什么兄，什么弟。拉了账，不还钱，你躲就躲过了么？你躲得过是汉子，摆什么架儿，闹长随呢。
（小生）哦，这府里有你老西儿闹的分儿，滚罢。
（净跳介）咱们便是老西儿，算我泥腿谁也不怕。好，滚罢。谁滚谁看，咱们拼着性命，把你这班没良心的忘八羔了。到提督府闹一闹去。什么府里府里，咱们只知道欠债还钱，谁知道什么府里府里。既是府里，就不该不还咱们钱。
（小生怒介）你这狗攮的，好大胆，我打你这狗攮的。（相打介）
（副净、丑上劝介）
（丑）咱们王老五，好个直性人儿，顽话罢咧，就气得那么着。

（副净）吴二太爷也不要认真了。

（丑）王老五，你不要低了咱们同乡的名儿，难道堂堂荣国府，少咱们的钱不成，只好好的讲。虽则将本求利的苦营生，不是将钱买苦吃的，却也该两下里顾些前后交情。咱们且去，改日再来。

（丑、副净）二太爷，咱们的事，今日也不说了，拜托二太爷罢。（拉净下）

（小生叹介）这样闹法，如何是好？且去回明老爷再说。（下）

（外愁容上）

【仙吕入双调过曲·六幺令】点金无计，叹空囊萧条如洗。震雷般百债喧哗，剩衰年身世支离。王孙冷落旧门楣，虎落平阳被犬欺。

（小生上）臣门喧比市，债主很如狼。禀老爷，这债务闹的太不像了。

（外）便是，我都听见了。只是这数万金的事情，一时没法。昨日因那几桩事儿逼迫着，已将你大奶奶、二奶奶的钗环首饰典了，才分派开去。今日又是这样，教我如何布摆呢？

琏哥儿的空心把式又打穿了，我就自己出去。这把式更不好打。间壁这所房子，你琏二爷拏着东支西挡。我听得这时候，才在那里寻买主，急切里那有这一二万金的主儿。这可不是白话么？

（小生）奴才昨日听得赖升说，要面求老爷赏脸，他情愿招架了外边的账目，老爷不如准了他罢。

（外叹介）怎样奴才的钱，也使起来，等我再想主意。

【前腔】教我心儿急碎，谅金珠无从作抵。就是敷衍开发，也得万余金，才能挡到新年，再作计较。这万余金何处那移。叹无梁桶大难提，如山势败怎支持，当此何能不皱眉？

（老旦带杂旦、贴捧金上）

（老旦）挥金真似土，琢玉可为心。老爷，林丫头知你年事艰难，送来叶金六百，教将就拂理些事儿。等他哥哥来时，再为打算。我觉得怎好倒用他的贴己呢。老爷斟酌，还是怎样？

（外想介）这孩子实心，使了他的罢。吴新登，你就拿去，交与琏哥儿支拨。

（小生）是。（持金下）

（外）我且看看甥女去。床头金尽浑无色，掌上珠擎最可怜。（下）

（老旦）你姑娘这番美意，莫非回了心么？

（贴）那是回心，他要上天，这是丢在尘埃中的呢。（各笑介）

一寸芳心一寸金，赠金不是断金心。

坚钢定有归镕①日，道味难如世味深。（俱下）

---

① 镕：同"熔"。

第四十出 《寄泪》

【双调过曲】[锁南枝](贴上)三生愿,一地里牵。人虽再来何日圆。蓦忽地提起前尘。恰到了怡红院。奴家蒙太太说开旧事,又叫我到宝玉那里走走。今日大年初一,和紫鹃姐姐去到那边。只见雪雁赶来摇手,说二爷睡着了。奴家负气回来,在园中闲逛了一遭。紫鹃姐姐先回潇湘馆去了,奴家几次要往怡红院中认认。从前带病临死撑出去的地方,未经睋,今日才来走走。(叹介)这是我撕扇子的所在了。**空庭静,草树蔫软玻璃。尚挂在外门扇。**

(生急上)
【前腔】终朝望相见,来时偏睡眠。误了香情非浅,一片风外仙云。不见人儿倩。小生一觉初醒,听得雪雁说,晴雯、紫鹃刚才到此。小生急急赶来,竟不知何处去了。这是怡红院吓。(望介)那掀帘进去的,不是晴雯么?(急行介)**见掀帘,一丽娟,是当年,有情媛。**(贴见生惊介)(软瘫坐介)(生倒贴怀哭介)
(合)
【哭相思】痛死悲生今一见,意茫茫无处开言。
(生扯绫袄与贴看介)(哽咽介)你说担个虚名儿,谁知还有这相见的日子。(抱哭介)
(小旦上)这二爷,真真急死人,不知走到那里去了,敢在怡红院中么?(贴慌推生起,急闪下)
(小旦)果然二爷在这里,快去罢,太太等你呢。(推生下)
(小旦袖袄襟上)
【越调·小桃红】一苞情泪袄襟溅,都是那血点淋漓偏也,异样痴心,教奴争不暗生怜。因此上把情传潇湘馆,问晴雯可惨然。他多管心儿软也,与东人作么周旋。奴家麝月,只因二爷在怡红院,遇见晴雯,未能诉说出苦衷,便被太太唤去。他流泪不休,都成血点,将晴雯所赠袄襟,斑斑湿透,他就铰了下来,叫我送与他去。来此已是园中了。(望介)呀,那不是晴雯来了么?**手把着早梅花,恰行过假山前。**

(贴拈梅枝上)

【下山虎】探梅禅室，满手春烟。（小旦）晴雯姐姐这里来。（贴）原来是麝月妹妹，你往那里去？（小旦）我想到怡红院走走，没个伴儿。恰好你来了，同我去去罢。（贴）使得。**趁兰时携手怡红院。**（泪介）**又难禁泪涟。**（小旦）姐姐为何落泪？（贴）**为旧日曾居，死生淹蹇。**（小旦）你伤这屋子，也该念念这屋子的主儿呀。（贴）论二爷呢，原不曾薄待了我，只是当初这屋里，也还另有个把主儿，就是撑了也不妨。却为什么不容分辩呢？就算我真个狐狸妖精也没有走了别路。我想起来好不恨呢。**恨杀翻翻蓁菲言，不容人分辩，送的我鬼丛中，哭皇天。**（小旦）据我说，你该乐呢。不要说别人现世现报，在你眼里，就是太太那么疼你，你也傲够了洗清了。你还恨什么？

（贴）深感夫人，十分爱怜。只是我白骨成灰终古冤。

（小旦）姐姐，你也看破些罢。我们二爷，为你害得不象样了。

【山麻秸】痛永诀，含悲怨，甫盼到地底回生，图你相欢。他说在这里遇见你，怎么话也没有一句。（贴）我原要和二爷说话，只不知从那里说起。你们进来，我就走了。（小旦）**淹煎，摆一副难画出凄凉颜面，不住的愁肠戚戚，哭声耿耿，血泪涟涟。**（出祆襟介）你看你这祆襟子上斑斑点点，都是血痕，这不苦恼么？这不罪过么？

（贴惊哭介）哎呀，我的爷，这是何苦呢？

【五般宜】见了这红模糊一片血涟，把我的无穷恨尽消尽捐。我其实并不变心缘，也只为瓜期有待，抱衾难展，闪的你辛酸至此，倒叫我浑难过遣。（藏襟介）妹妹，你向二爷说，晴雯并不变心，你若可怜见他，切莫这样蹧踏自己。**好保重你金玉之躬，漫虚猜奴不缱。**（哭介）

（小旦）二爷还有要紧话呢。

（贴）还有什么话？

（小旦）只为二爷和林姑娘呵。

【蛮牌令】金石旧情坚，心地忽更迁，要你将言语，宛转劝婵娟。（贴叹介）咳，说也话长，林姑娘的性格儿，你也知道，本来害他的人也不少了，这番定了主意，我和紫鹃千言万语，他竟西风也没有过耳的分儿。

（小旦）难道你不拿个主意？

（贴）我也没有什么主意，想他们虽然生分，或者有见面之情，等无人时，我插竹花门为记。二爷前来，和他当面讲开，便做林姑娘恼了，也还有我和紫鹃解劝呢。

（小旦）好呀。当日里双心共牵，今日里相看俨然，情难割，怨可捐如生烦恼，全仗周全。

（贴）林姑娘等花插瓶，我去了。

(合)

【江头送别】林娘的,林娘的,何苦相煎。痴郎的,痴郎的,权图一面,但能款语应无怨。(贴指介)好记取竹插门前。

(小旦)我如今将你言语回复二爷便了。

(贴)正是,你去罢。

(小旦)

【尾声】好传花信生欢抃。(贴)但愿把芳心拨转。(小旦)全凭你有义晴雯和紫鹃。(下)

(贴)妹妹转来。

(小旦复上)姐姐怎么?

(贴)千万教二爷保重吓。

(小旦笑介)姐姐,你偷空儿去了,了他的心愿,敢则就好了。

(贴)啐,那不真个是狐狸妖精了么?(各笑介)

寄将红泪可人怜,天汉看珠眼欲穿。

试结枝娘杨柳带,为郎先种并头莲。(分下)

第四十一出 《坐月》

【仙吕引子·鹊桥仙】（旦上）十华八会，金泥芝检，放下花情月念，心清如水梦皆恬，先具有灵飞征验。

【临江仙】神仙不是难为者，乾坤自在吾身，持心休，更涉情尘。一朝梅子熟，含笑坐青云。真元保得卮无漏，也亏生死离分，右英坛影绛霞新。仙城开不夜，芳树种恒春。奴家因舅舅年下诸事掣肘，赠金六百。一则尘埃之物，带不上天，二则还了老太太白疼了我的账。遂自元日为始，定下修炼工夫，半月来六气常调，一关已透，非惟病魔远避，亦且悲喜俱忘，眼见得升天有日矣。今夜上元佳节，月色满天，独坐高楼，对此圆影，真如世外仙源，纤尘不到，心地好不清凉也。

【过曲·月云高】〔月儿高〕窗虚未掩，悄楼台，素光闪。一片空明鉴，没有些儿玷如粉金波，把篱落尽情染我似听嫦娥笑，好快睹嫦娥艳。

【渡江云】则俺这袖筒星河瀣气沾，想能毂高并嫦娥骑片蟾。

【前腔】酣霞晕验，九光衣，未为黎，悟后无闲念，月窟应能占，津噀云瓶，再不许梦儿魇我，但把人缘断，争到的天缘欠。好笑宝玉还苦苦贪着奴家，怎知我云味如同蜜样甜，你只好枉自相思一担担。

昨日晴雯说，他又犯了旧病。（冷笑介）奴家是两世之人，与他恩断义绝。莫说是病，就是死，也与奴家无干。

【月上五更】〔月儿高〕有甚情怀欠，愁他病儿闪。即死非奴害，并没来虚赚。俺可也心里无亏，凭人妄褒贬。〔五更转〕俺怎肯消迷，重入迷途暗，抛却杖底天桥，投身坑堑。以此奴家这心呵，一似他，蟾兔光，无云点，冰寒雪洁清味饶全占。星眼停波，翠眉羞敛。

【月照山】〔月儿高〕自小相依念，风波洞庭险，焚了鲛帕，一死前车鉴，白月西斜，云埋定昏店。（内钟声介）

【山坡羊】天空地迥风钟飐，打灭痴嗔，收悲罢感。休憨，假恩情水底盐。焉贪，落香泥絮已沾。

且待哥哥来时，问他要一个人迹不到的地面，精进修持。他干他的功名，我完我的志愿。他将世上的荣华,封赠父母,我将天上的因果,超拔先人,谅他也定然依我。纵使不依,奴家拏定这心,他也奈何我不得。

【二犯月儿高】要得生无忝,琼文秘搜检,不改烟霞志,百鍊身如剑。依笑天边,端的是更无憾,畅姑姑自合留真艳。(杂旦、贴上)姑娘,天气还冷,夜又深了,下楼睡罢。(旦)也好,睡了。(内鹊噪介)(旦叹介)月明星稀,乌鹊南飞,绕树三帀,无枝可栖。这绕树灵禽,无枝似俺。俺,**乡思漫天南,则你个良玉哥哥,听鸡甚村店**。(末、小生上)

(末)

【长拍】**重迭关山,重迭关山,吴云燕树,堀堁**①**满堆衣剑**。今宵来此,我每小姐,见家书定开眉尖,生死岁华淹。望鲤鱼传信,可堪驰念。

(小生)这里是了。(叩门介)

(三旦惊介)这会儿什么人叫门吓?

(杂旦)是那个?

(小生)吴新登。

(杂旦)做什么?

(小生)林大爷家王总管到了,有话面回姑娘。

(旦喜介)好了,我哥哥到了,(泪介)唤他进来。(杂旦开门唤介)

(末见介)王元叩见姑娘。

(旦)老人家罢了,一路辛苦了,我哥哥呢?

(末)大爷差老奴先进京来,找寻一所住宅,大爷等个伴儿。在正月初间长行,大约月底月初可到。现有家书在此。(贴接送介)

(末)大爷说凡事请姑娘做主就是了。

(旦点头介)(泪介)我已入泉台,不料还有见这家书的时候。

(末)大爷前岁接着姑娘凶信,整整哭了多时。去岁舅太爷信来,知道姑娘回生,万分欢喜。日来姑娘精神可如旧了?

(旦)我好了。

(小生)奴才回姑娘,咱们东边这所大宅子,整整齐齐,不用修理,实价一万九千两。现在老爷分付叫卖,一时间也没有买主,何不请林大爷住了罢?

(旦)这宅子不和我这里隔着一墙么?

(小生)正是。

(旦)这很好,我也便当。老人家,你明日就看定了罢。

(末)是。大爷原也分付,要近着这府里些,老奴明早就看去。恰好是有所闲房

---

① 堀堁:飞尘。如(清)顾炎武《霍山》:"像设犹古先,冠裳蒙堀堁。"

厮近着,花外见翠红檐,明日把银交点,待主人一到,壮得观瞻。

(旦)老人家,你且去歇息罢。

(末)是。再生人世还千里,一纸家书抵万金。(同小生下)

(旦泪介)

【短拍】之死之生,之死之生,乡音断绝,镇常时眼雨廉纤。书到待开械,早动了许多般悲感。哥哥一来,我的修仙之愿,便可遂了。烂煮河车五种,瑶天上飞去弄冰蟾①。

月送乡愁到广陵,忽开家信对宵灯。

黄金裕襦②知能着,卜得幽居万虑澄。

(持书下)(杂旦、贴随下)

---

① 冰蟾:月亮。如(明)汤显祖《牡丹亭·闹殇》:"海天悠、问冰蟾何处涌? 玉杵秋空,凭谁窃药把嫦娥奉?"

② 襦:《康熙字典》:"《唐韵》市玉切《集韵》殊玉切,音蜀。《玉篇》长襦也,连腰衣也。"

第四十二出 《海战》

【中吕过曲·剔银灯】(内鼓吹,四军士、小生引末上)(合)君恩重,貔貅山拥,鸡响处,军声雷动,空波万里天无缝。怎容得蛟蜃潜。老夫周琼,百战海疆,未获全胜。且喜媳妇贾探春,深知战法,广有机谋,不愧将门之后。老夫藉彼韬钤,颇多斩馘①,眼见得渠魁授首,海不扬波也。(合)升平颂,金鳌浪靖,收海上明珠贡。

(小生参介)

(末)我儿,今日又当会战,媳妇之计如何?

(小生)媳妇道,今日西北风大作,利用火攻,可以一战,剿除诸寇。他已先领后营军将,在海上山头,相度机宜去了。

(末)我儿,便可依计而行,先领头队,本帅随后策应。

(小生)得令。(下)

(末)大小三军,准备诸般火具,就此开船。

(众)嗄。(合)

【前腔】连环铳,红衣炮攻,瓶和箭,硝硫多用。驾长风烈焰腾天烘,破渠魁好贾余余勇。升平颂,金鳌浪靖,收海上明珠贡。(呐喊摇旗下)

(净、副净领队子上)(合)

【仙吕过曲·光光乍】沧海风起浪千迭,战舰万篷汇。抢风前去威风杀,把敌兵杀得光光乍。

(净)兄弟,那周老儿交运了。

(副净)怎么?

(净)他三战海疆,大小百战,不能得我一将一军。谁知这几场厮杀,竟损我大将数十员,雄兵数万,好不伤心。今日须要奋勇争先,杀这老头儿报仇雪恨。

(副净)哥吓,那老儿有什么难杀,听得有个女将主谋呢。

(净)琐琐群钗,有何谋略,就此杀上前去。

---

① 馘:军战断耳也。古代战争割取敌人的左耳,用以计数报功。《春秋传曰》:"以为俘馘。"

（众）嗄。（重唱抢风二句下）

（小生领队子上）

【前腔】我仗着铁鞭樆，驾着挂星槎，趁风前去威风杀，把贼兵杀得光光乍。

（副净引众上，战介）

（净引众上，接战介）（战下）

（末引队子上）

【前腔】俺旗影漾波斜，吹火艳流霞。趁风前去威风杀，把贼兵杀得光光乍。

（小生、副净战上）（斩副净介）（净上，接战介）（末接战介）（小生取火箭，射净介）（众放火介）（净败下）（众追下）

（净败上）哎哟哟，了不得，了不得，正在酣战之时，不料他用火攻，将船尽行烧毁。兄弟命丧周端之手。（哭介）咱家若非跳上小舟，逃出重围，几乎一命难保。（内鼓角介）

（净馁介）你看他又追上来了，且先逃回岛去，收集残兵，再图后举。

【前腔】他斩杀只如麻，我胆怯似惊蛇。焰腾腾烧得艨艟化，火弓儿送的光光乍。（急下）

（贴雉尾挂剑上）

【风入松】望家山烟树路何穷，闷倚蓬云心痛。奴家探春，结褵①海上，虽则夫妻和顺，无如乡路迢遥，驰念双亲，欲归无计。因念疆不靖，返斾无时，必须诸寇剿除，始可遂奴隐愿。恰好老爷殷殷问计，奴家便为设谋。果然屡挫贼锋，军声大震。今日设下火攻之策，期于一战成功，为此特上山头，纵观海濆，相机应变，擒彼渠魁。他竟敢兵戈盗向潢池②弄，仗神火烧他绝种，喜飓飚狂吹苑风。（望介）早则是飞灰散海天空。（内金鼓呐喊介）

（贴望介）我军齐赶着小舟一叶，必盗首也。将士们。（内应介）

（贴）速拨快船二十只，各带钩枪，由卧龙岛抄出洋面，擒取盗首，自有重赏。

（内）嗄。（吹角金鼓介）

（贴）

【前腔】分明他贼寇势孤穷，待请君入瓮。也亏俺女葛亮谋奇中。火烧坏螳螂威猛，扑刺斡光腾剑虹，鼋鼍窟，建肤功。（立高处介）（小生领队子上）

【急三枪】只杀得血漂波，人人恐，妖气散，趁今日去，获元凶。

---

① 结褵：代称成婚，亦作"结缡"。典出《诗·豳风·东山》："亲结其缡。"如（元）王子一《误入桃源》第三折："现如今桃源好结缡，问甚么瓜田不纳履。"

② 潢池：池塘。"潢池弄兵"简称，指发动兵变或起义。典出《汉书·龚遂传》："其民困于饥寒而吏不恤，故使陛下赤子盗弄陛下之兵于潢池中耳。"如（明）唐顺之《海上凯歌赠汤将军》："自咤一身都是胆，欲将巨海作潢池。"

(净上,战介,净败下)(小生追下)(老旦带钩鎗手上)

【前腔】我把钩枪用,将奸人取,靖边烽,一发天山箭,灭崆峒。(下)

(小生、净战介)(末上,双战净介)(净败欲下)

(老旦用钩枪,猝上擒净介)启元帅,末将遵奉内令,擒得盗首献上。

(末)斩讫报来。(斩净介)

(末)就此奏凯回船。

(众)嗄。

(合)

【风入松】沧波从此尽朝宗。手斩了元凶威重。贾探春谋略三军颂,笑鸦怎当鸾凤,恰比似风吹蠛蠓,汤泼雪,铁归镕。(鼓吹下)

(贴)且喜盗首既擒,竟应了喜鸾姐姐言语。奴家可以凯唱归宁了。

【前腔】看三壶云日瑞光浓,听凯唱天风飘动,喜今宵应有还家梦。这功勋把与我儿夫受封。只不知二哥哥如今怎样了?前日老爷说他中了第七名举人,忽然不知去向,奉旨各处找寻。咳,我当初就虑及于此。(泪介)**谁知果化了,却云空。**

军士们就此回衙。(内应介)

(贴)

半壁氛霾散海门,洗家兵法盖乾坤。

功名不喜闻金阙,愿驾钿车归故园。(下)

第四十三出 《见兄》

【一江风】（生带小旦上）（生）苦伤情，莫辨乔行径，陡地心儿硬。麝月，果真林姑娘变了心了。（小旦）果真变了。（生）这也奇吓，他和我何等知心，竟到这样地位。前日晴雯寄来言语说，人有见面之情，教我到潇湘馆当面说开。他插竹花门为号，小生盼了这几日绝无影响。今日麝月来说，花门上有了竹枝，因此一径前来，我恨不得立时相见也。问颦卿，自幼知心，意气相投，何事移情性。饶伊假撇清，饶伊假撇清，见形模定念我腌臜病。

（望介）吓，麝月，那花门上不见有竹枝吓？

（小旦）刚才有的，怎么又没有了，难道有人么？

（生望介）果然一群人走进去了。

（小旦）咳，这又不凑巧了呢，我们且回去罢。

（生）咳，也罢，回去罢。正是千种相思对谁说。

（小旦）一天好事太多磨。（下）

（旦带杂旦、贴上）

【黄钟引子·西地锦】（旦）报道兄来欢幸，槛前鹊噪声声。王元来说，我哥哥到了，怎么还不见来？（小生上）今番兄妹相逢，更难说尽别离情。妹妹在那里？（旦）哥哥在那里？（各笑介）（拜介）（小生）一从画舸放扬州。（旦）死别生离无限愁？（小生）今日京华重聚首。（旦）无言但有泪双流。哥哥，妹子呵。

【过曲·画眉姐姐】〔画眉序〕羽化入宫冥，枉死城中望乡井。谢金鱼得力，竟能重生。（小生）果然起死回生，分明是神仙预来救你。如今身体可健了？（旦）倒觉比先好些。梦唤醒缺月孤灯，心悟彻幻花泡影。（好姐姐）翻无病，五云楼阁真清净，日诵黄庭一卷经。（杂旦、贴见介）

（小生）请起，我家姑娘在此，很劳动了。

（杂旦、贴）大爷说那里话来。

（旦）哥哥，你几时起身，怎么今日才到？妹子眼也望穿了。

（小生）我呵。

【前腔】因为石交情，欲整行装又相等。过新年七日，问了征程。（旦）石交是那个吓?(小生)战友友契合兰盟,人伦鉴景星姜姓。当日金鱼,就是在他家得的,他英年妙品,饱学多才,已中新科解元,是当今第一流人物。现在与我同住,尚未缔姻。(贴惊介)(小生)**春闱定,琼花诹吉方行聘,银汉双吹碧玉笙。**

(旦)前日王元来时,恰好舅舅家这宅子要与人。妹子便拿主意买了,一切规模,粗粗料理,还要哥哥自家主张。

(小生)这也好极的了。妹妹,我想回明舅舅、太太,接你过去。一则兄妹聚首,二则那边事烦。我初来摸不着头脑,全仗你做主呢。

(旦)我呢,原时刻望哥哥来,搬了过去,只是等哥哥娶了嫂嫂,那时过来,觉得便当此。

(小生)这又何必呢。

(贴)大爷,我家老爷、太太,是到底不肯放姑娘过去的。有甚事情,不过一墙之隔,叫人来往便了。(小生踌躇介)

(旦微笑背介)

【啄木鹂】〔啄木儿〕他言语教我忍笑听,梦魇模糊他全未醒,说甚么到底留人,那些儿用着消停。(转介)妹子倒有个两便之法,听说那边绛霞轩,接连着我这潇湘馆。但得开个儿小小门庭,绛霞轩便逶迤,路接潇湘径。(小生)如此甚好。(旦)〔黄莺儿〕往来经分花拂柳,只抵一家行。

(小生笑介)妹妹,我问你,适间舅母那边呵。

【三段子】翠帘人影,袅亭亭西施再生。朱颜舜英①,艳双双嫦娥对行。一个五短身材,瓜子面,长眉凤目。一个面如满月,眉若春山,体态庄严,神情闲雅,不知是舅母什么人,可受过聘没有?

(旦笑介)你道那个好?

(小生笑介)那后面一个更好。

【鲍老催】的是惊鸿体度游龙韵,纤秾修短都匀称。更加那元蝉鬓,瓠犀牙,蜻蜓领。(旦)他是舅太太的女孩儿,叫做喜鸾,我替你做媒罢。(小生笑介)妹妹若肯做媒,愚兄就有幸了。**人生最重青鸾镜②,花星须照红鸾命,可容我双鸾并。**

(旦笑介)媒是做的,也要先讲了谢仪。

(小生笑介)谢仪呢,也不用讲,少不得令兄也有个对仗儿的。

(旦)啐,哥哥,此事须请南安郡王作伐,里面的事,总在妹子便了。

---

① 舜英:同"蕣英",木槿花。如《诗·郑风·有女同车》:"有女同行,颜如舜英。"(南朝·梁)刘勰《文心雕龙·情采》:"吴锦好渝,舜英徒艳。"(隋)江总《南越木槿赋》:"东方记乎夕死,郭璞赞以朝荣,潘文体其夏盛,嵇赋悯其秋零,此则京华之丽木,非于越之舜英。"

② 青鸾镜:代指夫妇。典出南朝·宋·范泰《鸾鸟诗序》:"昔罽宾王结罝峻祁之山,获一鸾鸟。……其夫人曰:'尝闻鸟见其类而后鸣,何不悬镜以映之?'王从其言,鸾睹形感契,慨然悲鸣,哀响中霄,一奋而绝。"如(唐)李白《代美人愁镜二首》:"影中金鹊飞不灭,台下青鸾思独绝。"

【滴溜神仗】〔滴溜子〕姻缘的,姻缘的,敬求定成。尊兄的,尊兄的,暂时畧等,做三青十拿九稳。〔神仗儿〕好将聘礼,早些端整。春榜后,展心盟,春榜后,展心盟。

(内)老爷请林大爷书房用饭。

(小生)来了,妹妹,我再来看你。(下复上)妹妹,适间所说,千万不要忘了呢。

(旦笑介)是了。

(小生)只因一面逢鸳偶,陡起三生卜凤心。(下)

(旦笑介)我哥哥煞是多情也。

【滴金楼】絮语丁宁①,欲纳温郎镜②,为爱娇容真艳盈,订佳期好不过琼林杏。奴家久有此心,恰好他就见了。是天缘肯分,何须媒情。(低介)但是姜生之说,好不荒唐。胡麻宝玉还难领,说甚景星姜姓,笑哥哥枉费调停。

(贴背介)我看林姑娘,这会儿神气大不相同。莫非听了林大爷的言语,心里顺了么?你若真个要干净,连姓姜的也丢开才好。你和我虽然一样担了虚名,我倒不这样有始无终的。我只替宝玉瞧着你罢了。(转介)姑娘,我们大爷原也义气,只是姓姜的也太便宜了。若不是趁了大爷便,难道他坐西洋船来?若不是大爷那么护着,敢则打他出去。

(杂旦笑介)(旦笑介)倒也不是这样讲呢。大爷是家主,他拿定主意,谁还拗得过。他既同姜大爷好,就分一半家赀,谁拦得住?

(贴、杂旦惊介)

(贴出前场气介)原来林姑娘是这么样个人儿。我也不是这屋里人,散场时候快了。(快快径下)

(旦微笑介)

【双声滴】丫环等,丫环等,都认我心儿肯。聊作兴,聊作兴,权付与狐疑病。他怎知我黛玉此心呵。空清,澄波皎镜,也无宝玉心,也无姜姓,念在云衢,芳情久冷。

【尾声】闲将戏语挑争竞,暗笑佳人太用情。紫鹃,今日大爷这一来呵,我百样的愁肠一旦宁。(下)

(杂旦失惊介)哎呀,听姑娘这些言语,好没分晓。果真如此,宝玉不白苦了么?咳,罢也罢了。日后怎么相见呢?

(旦内)紫鹃。

(杂旦)来了。

难从新旧辨亲疏,似有浮云点太虚。

混浊不分鲢共鲤,水清方见两般鱼。(下)

---

① 丁宁:同"叮咛"。

② 温郎镜:代称婚娶聘物。如(清)陶煕午《梁州新郎》套曲:"蓝桥约,黄姑聘,笑他家错守温郎镜,千载遇一时情。"

第四十四出 《哭梦》

（生带小旦上）
（生）十二巫峰碧树遮,力穷难拔蜀山蛇,落花有意随流水,流水无心恋落花。
前日小生依着晴雯,走进潇湘馆,见林妹妹正在葬花。我才要开言,他早掉头不顾,走入房中,倒做了个闭门不纳的鲁男子。小生苦苦哀求,他略不加怜,反生大气。
晴雯只得将我扶回,说起林表兄属意姜生,虽不知他心下如何,看来光景不妙。小生想他纵是乖张,也还不至抛弃旧情,另谐新偶。倒是修真之志,怕难挽回呢。
今日是他生日,阖府中人,都是他请到新宅里去了。母亲却不容我过去。虚堂枯坐无人声,只有喜鸾姐姐,因许配林表兄,也在家里。小生为他吉期已近,要他过门之后,暗里周旋,告诉他些苦楚。
回到房中,更难消遣。麝月,你看日头敢好下山了?
（小旦看介）早呢,才过午呢。
（生叹介）偏偏今日好天长也呵。

【南吕过曲·宜春令】**虚堂寂,画漏修,万千情环心砌愁。**（内奏乐介）（生泪介）**青城何处,趁微风一片仙音奏。**我想他从前那些苦况,原该这样,才称他心,可惜凤嫂子不能看见,就教宝姐姐看看也够了。只是撇得我好苦。教我难剖这一点丹台,怨杀你抛付何时。便是神明他也容人祷告。**怎不容俺相见,一笔都勾。**

想来这些时,晴雯也着实为难,我若叫了他来,谁还能替我分剖。那紫鹃呢,本是心肠铁石的。前日晴雯说,他倒还为我这样看来,林妹妹待我,连紫鹃也不如了。

【前腔】**我淹心苦,他很命丢,告天知和天定愁。**便道后面光景,你未经亲见,难道不看见的事情,就不容剖辩么?**直恁般生分,金坚玉玦难将就。**只想坐千岁龟床,全不管相思红豆,把我不瞅不睬,抛开脑后。

好了好了,天吓,你也有夜的时候了。

【前腔】纱窗黯,夕照收,对银灯迷奚倦眸。(风马声介)咭丁当咭,空檐风马频驰骤。麝月,我要睡些儿,又怕这惹厌的东西,搅人好梦。(小旦)你且睡下,我去解了它。(生)好,解了好。(睡介)(小旦下)(生叹介)梅花帐长夜如年,桃花枕残痕淹透,多少长吁短叹,不堪回首。(睡熟介)

(贴上)二爷,林姑娘等着你呢,快些去罢。

(生惊起介)晴雯,这话当真么?

(贴)谁来哄你。

(生喜介)妙吓。

【北黄钟·醉花阴】遥传着香信佳音似琼玖,笑吟吟这眉心开皱,往常间千般恨一朝丢,到底他芳性花柔,罨不记冤仇旧。(贴)快些走罢。(下)(生)步慌张潇湘馆何处投。(回望介)则那俏晴雯偏落后。

(丑上,拦门介)二爷,现今二奶奶在屋里,你往那里去?

(生)哇。

【喜迁莺】休提起冤家闺秀,休提起冤家闺秀,挡闲门待把我步勾留,羞也波羞。你事儿太丑,怎生般抛下茶船上别舟。(推丑介)你如今还来管我么?(丑下)(生)哎呀,不到头,恨的我擎拳奋袖,管甚么昔日的个衾裯,昔日的个衾裯。

(老旦上)宝玉,你往那里去呢?

(生急介)我去看看林妹妹。

(老旦)傻孩子,死了心罢,林妹妹许了姜家,早晚就过门了。

(生顿足介)哎呀。(老旦下)

(生哭介)

【出队子】他怎的甘心而就,竟把个意中人,硬拿着向天外丢。则恁这狠心肠,睁眉返眼的没清头。为甚么负心交另配个鸾皇便煞休。不料你转回生倒吃姜家那一筹。

(急行介)(众花轿鼓吹绕场介)(旦艳妆暗上)(生跪抱旦,哭介)(众下)

(生)妹妹救我,你死也不要往姜家去吓。

(旦)这是我哥哥做主,不干我事。

(生)好妹妹,你由你哥哥做主么?

(旦冷笑介)你守着宝姐姐就是了。

(生)

【刮地风】呀,这桩儿幻姻缘其实非自由。(旦)你说非自由,怎么宝姐姐也有了喜呢。(生)只被着恁到底根搜。我往后总不与宝姐姐见面交言,可不好?(旦)迟了,不中用了,我既是姜家人,终久要去的吓。(生哭介)甚姜家我劝恁休生受,咱们的旧日情投。你就到姜家,我做奴才走狗,也跟着你去。哎呀,妹妹吓,你是最疼我的呢。漫将痛肠儿一旦价,就咬着牙根掐了开,全不把咱救。赏做个小幺儿愿傍着妆楼。你怎么不保我,好妹妹,不看今日看往日罢。(旦不理介)(生恨介)则你刻意儿仇,白眼瞅,没一句言词出口。空悲苦,任哀求,空悲苦,任哀求,料今生也怎生能够?(旦)紫鹃你来,送二爷出去。我正要上轿,倒被他闹乏了。(生)你看这冷冰冰无情的面貌飕,恼得我剖剖这个血渌渌的心与他休。

【四门子】我恨杀他玉容颜,就里偏禽兽,气气的来阻咽喉。猛弃个断断魂,去把阴城叩。俺让让娘行,可也才称心头。(取刀介)(旦笑介)你道我真个姜家去么? 实告诉你,我而今已是没心的了。管你什么心来。(卸妆介)(生)你新妆卸了休,我不如死休。便算做并头花,也受不得你没心难聚首。哎呀,天吓,这是俺前世的仇,今世里兜,生擦擦仗镔刀离垢。(剖心与旦看介)(旦冷笑掉头下)

(生伏案大哭介,忽醒介)原来是一场恶梦。(想介)难道将来竟是嫁姜家么?

【水仙子】呀呀呀,心转忧,怎怎怎怎一梦荒唐到枕头。想想想想梦儿中真卯酉。敢敢敢敢这昏姻难辐辏。他他他他冷容颜满面儿秋。俺俺俺俺到黄昏没路儿投。便便便便剖出心来也一笑休。料料料料兜跟变卦难生纽。闪闪闪闪的我苦做了鬼胡由。

我想前前后后,也做了好几个梦,这番是最凶的了。

【煞尾】兆头凶怕永断了从今后,怎禁这窥窗淡月助牢愁。天呀,空捱尽没味的初三和下九。

牢潇湘一段愁,依依残月下帘钩。

悠扬归梦惟灯见,似与青春有旧雠。(泪下)

第四十五出 《花悔》

【仙吕引子·步蟾宫】(丑上)平生心意无分晓,错一着全盘输了。论而今烦恼是徒劳,却也难忘烦恼。

【一翦梅】无语低头暗自嗟,一念生差,一着行差,东风又放故园花,乐杀人家,恼杀奴家。怎免闲人作话疤,前既留瑕,后又留瑕,盈盈惭泪两行斜,绝好情芽,变做愁芽。

奴家花袭人,自从宝玉潜逃,太太遣嫁来到此间。虽然小小人家,也还温饱。我丈夫即赠宝玉红汗巾之人,奴家葱绿汗巾尚在他处,可见事有前因,兼之最善温存,也算可人夫婿。奴家心意倒也罢了。

昨日他从林府唱戏回来,说起这林府便是林姑娘的哥哥,从南边新近到京,十分势耀。连荣宁两府也都比不上他,又道林姑娘已自回生。昨日是他好日子,他哥哥替他祝寿,两府中太太、奶奶娘们,都在座中。林姑娘赏出缎疋^①四卷,酒筵两席,还说琪官的家里人,也是今日生辰,可就叫人送与他去。

奴家见了,好不惭愧凄惶。他又说宝玉也自归家,前日在北静王府见过,而且晴雯亦复回生。哎呀,天吓,怎么世上的事奇奇怪怪,到了这样地位呢?(叹介)我如今想起来,好不悔恨也。

【过曲·梁州序】争强赌胜,心丝抽尽,倒被傍人谈笑。含羞忍气,可堪人事蹊跷。我想宝玉和我的情分,那些儿差了。到得分离一旦竟没多时,早把琵琶抱。

他昨夜说起做了一出《商妇琵琶》,那林姑娘椅背后立着一个绝色佳人。说这琵琶娘子,真个花红柳绿狐狸妖精一般。想来就是晴雯了。听言中字眼是讥嘲,可知晴雯呵,怨结深深定不消。我可不是现世现报了么?**这番来现世分明报。**

我想林姑娘当日,原也待我好。只为东风压了西风,这句言语叫我胆寒起来,

---

① 缎疋:亦作"缎匹",缎的总称。亦泛指丝织品。如(清)吴敬梓《儒林外史》第五十三回:"陈木南写了一个札字,叫长随拿到国公府向徐九公子了二百两银子,买了许多缎疋,做了几套衣服。"

才使了机谗,将他们的姻缘打破,以致送了他性命。早知宝玉与我无缘,又何必管他那些闲事。

【前腔】空生机窖,毫无益处,误了佳人年少。想宝玉逃走也是为林姑娘而起,他走了,太太才遣我出嫁。子细算来,倒不是自己害了自己么?扳砖磕脚,当日我原颠倒。如今生的生了,归的归了,两两旧情无损,翠馆红闺,欢乐花生笑。只苦了奴家呵,自分鸾凤侣,到今朝隔断天渊别泪遥,何须面重相叫。

若是永远分开,倒也各走各路。只是林姑娘何等聪明,何等尖利,他岂肯轻轻饶我,将来还不知怎样呢?

【前腔·换头】敢怕使机心泄愤唠叨,将我几宗儿借端啰唣。我想昨来赏赐,也还垂念旧人。他大家风范,料应海量能饶。只是晴雯这番回过来,定是宝玉的人了,便算林姑娘不记前情,他利嘴利舌,那里还,能恕我。他的尖利,摆下连环,怎出他圈套。这也是奴家不好,平白地在太太跟前,说他许多不是,撵了去,送了残生,也忒毒了。那知他又会活转来呢。常言道相逢狭路也,不开交,便闭着门儿也祸遭,通盘算,愁非小。

就做他无意报仇,依然姊妹相待,奴家也要愧死了。

【前腔】愧山鸡难入鸾巢,好儿夫他人偕老,向仇家,取气望恩,此恨那能消。我算起来总不如一死。(泪介)只是又死迟了,深悔当时惜命,流水杨花,做了落溷沾衣料。悔不来如何不悔,最牢骚。我暗里担惊暗自焦。奴家这些心事,又不便与丈夫言明,只办终朝泪,无人告。

事已如此,也说不得了。但愿再不相逢,便是万千之幸。

【尾声】由来祸福凭心造,既失脚何能起调?(叹介)偏是会弄鬼的人儿没下梢。

本是花中第一香,而今吹作陌头杨。
当年无限痴心事,结向愁眉两道长。(下)

第四十六出 《示因》

《红楼梦传奇》校注

【双调过曲·锁南枝】（老旦道妆上）升天路,自有梯。人间暂居无是非。尘梦破绡帷,闲愁与流水养黄宁。我从经参玉箓,为死生缘,要调剂。

三花顶上发光芒,五岳真形袖里藏。金阙玉楼何处起,个中识破只寻常。我史湘云,幸遇兰芝夫人,指点精微,得成正果,已可飞神御气,控景升空。

只为宝玉、黛玉生死姻缘,忽生魔障。那黛玉痴迷既醒,愿弃尘凡,矢志甚坚,非人可夺。因此师父命我运用仙机,于中作合。

昨日黛玉生辰,接我过来,就便在栊翠庵,与四妹妹住下,随机应变,成就此缘,也算俺升仙一大功劳也。

【前腔】回冰窖,焌①冷灰,做糜非易为。我想天下绝顶聪明人,总有绝顶痴愚处。其道在乘机,何难回嗔变成喜,只等到愁限清,灾度移,教他两和谐,缔双美。

【孝南枝】〔孝顺歌〕（正旦上）鸡园内,姊妹依,参仙拜佛心自怡。粥鼓动云涯,经鱼出花里。姐姐,云床偶栖,有甚时须,向俺言意。

（老旦）我三餐之外,一切用物,又有林妹妹送来,也就一无所须了。

（正旦）正是呢。昨日林姐姐好不得意,你看他酬应虽多,神闲气静,也无非要踹过凤嫂子的意思,竟认真被他踹过了。

（老旦）那两席酒毅,四卷缎疋,竟要把袭人愧死呢。

（正旦）你那一出《商妇琵琶》,也点得忒很。

（老旦笑介）不过是顽意儿罢了。

（正旦）似那"别抱琵琶",此语难回避。

〔锁南枝〕欢时恋,别后飞,嫁衣裳,着得太容易。（老旦）道是缘法如此,他也强不过的。（小旦上）欲知剪发辞婚意,料是钟情恋旧心。姑娘,翠缕刚才在潇湘馆,听得他们说,林姑娘回心了。（老旦、正旦）怎么林姑娘回心呢?

（小旦）今日林大爷来,说什么天下英雄,莫如姜景星的话,要把林姑娘配他。

---

① 焌:烧,灼。

林姑娘登时要铰了头发,被晴雯夺了剪子,他就哭闹了半日,慌得林大爷作揖陪礼,费了无限周旋才罢。这不是回心了么?

(老旦)只怕未必呢,据我看来。

【前腔】**他的游仙梦,尚自迷,断香发,此心应可知。**

(小旦)紫鹃说,没事,请姑娘们过去呢。

(老旦)晚间去罢。

(正旦)好个林姐姐,亏他立得定。我当初也是这样,才得自由自在的呢。

(老旦笑介)

(正旦)姐姐,你怎么只是笑,难道林姐姐还立不定么?

(老旦)**天意幻难推,有头恐无尾。**不要说他,只怕你也还立不定呢。**秋风吐梅,敢则另有机缘,向燕堂送喜。**

(正旦)你还是激着我,还是料定我?

(老旦笑介)只怕料着些儿。**一任心似金坚,事敢难推委。**

(正旦)你不过胡闹罢了。

(老旦)**非胡闹,岂妄疑,到其间,自然见端的。**

(生上)小生听得林妹妹剪发辞婚,十分快乐,敢则夜来恶梦,不足为凭了。我且到潇湘馆去会他一会。且住,恐怕他们两个在那里。待我先到栊翠庵一看。

(老旦)我且讲与你听,大凡人要。

(生突入介)大凡人要怎么样?

(正旦)哎呀,二哥哥,吓人一跳。

(老旦)你且坐下听我讲。大凡人要成仙,不但自己心上,一无罣念,也要天肯成全他。天若定了人的终身,人也不能拗过他的。

【锦堂月】〔画锦堂〕**从古英奇,由来士女,何能拗违天地。延景登真,也须上天扶持。**当初那些成佛作祖之人,或历尽魔障,或超出繁华。**要知他历得尽,超得出,也就是天意了。**〔月上海棠〕**坐莲花珂月琉璃,跨山海,银云高倚,成人美,尽都是无上天恩,佑他灵慧。**

【醉公子】(正旦)**如此,那人生事,都归天意。**(老旦)**果然百千善行,几世苦,心也就立了根基。**叫做人定胜天。其实只是顺天罢了。(正旦)**你言语虽通,有志终遂。**(老旦)我且问你,你前生是怎么样的人儿?(正旦不语介)(老旦笑介)这不是初世为人,就想上天么?(生点头介)**然矣!我误走歧途,总受制于天真数奇。**

(正旦)既这样,你自己的根基如何?

(老旦)也不过有些因儿。一世一世做去便了。你们而今静静心,也落得百病消除。只是认清了自己的心,不然就着魔呢。

(正旦)休妄议,只你是天产真仙,甚人如你。好笑姐姐,竟不知我的心。我怎么剜出来你瞧瞧。

（生）哎呀。（呆介）（径下）

（老旦）翠缕，你看二爷，大有疯颠之意，快跟了他去。（小旦急下）

（老旦）二哥哥一心颦儿，怎奈颦儿略无转意，这也忒过分了。

【前腔】他痴迷，一片真心到底，却无益求仙，妄异阆风高寄。（正旦笑介）你做神仙，管人家那些事么？（老旦）我怎么不管，你须知，那月老姻缘，原为登天善果为。（正旦）休妄议，只你天产真仙，甚人如你。

（小旦上）姑娘，二爷一直走到林姑娘那边，坐着傻笑，说是林姑娘，我单为你想的病了。那林姑娘连忙走开，这里晴雯便拍着他道，二爷回去罢。他便点头笑道，可不是就是我回去的时候了。立起身来就走，恰好麝月也来了，和晴雯扶了他去。听说哇出一口血来，现在人事不知，一家子围着哭呢。

（正旦）咳，这也可怜。

（合）

【侥侥令】甘伊身上死，情总没推移，似这男子痴心何曾见，那女负心期也太奇。

（老旦背介）

【尾声】瑱还恨债诸魔退，试看微风生定水。且待会合之后，再与他手种瑶林道笋肥。

一点香吹瞻卜林，谁能止水鉴澄心。

秋风摇动天河浪，试验开襟七孔针。（俱下）

第四十七出 《偿恨》

【商调过曲·水红花】（贴上）东风吹皱沁芳波,共纤蛾,一般儿锁,粉墙高障绛霞窝。似秋河,一条儿涸,我把微言相劝,怎禁他恨笃笃话儿苛,谁道乖离也啰。

那日二爷来到潇湘馆,姑娘闭上房门,立时要搬过去。二爷无奈,只得含泪去了。我只道他有姓姜在心,恨得我一夜不曾合眼。那知林大爷来提亲,他又要铰了头发,似乎意转心回。我递了信与二爷,不料二爷走来,精神怳惚,傻笑之中又说是为姑娘病了,俺姑娘并不加怜,匆匆避去。我和麝月扶了二爷回家,忽然吐血一口,病势濒危。（哭介）天吓,这却怎么好?奴家告知姑娘,他全然不理,这是真要干净了。只是你要干净,难道白害了人家性命不成?今日林大爷和喜姑娘的吉期,昨夜姑娘搬来,在绛霞轩住下。奴家本不愿同行,他却十分取笑。当初老爷又分付跟定了他,只得随他到此,想起我姑娘好很心①也。

【前腔】任痴人痴的病常磨,笑呵呵,愁无些个。任情人情的命无多,恨波波。怜无些个,似这般心儿真左。何时能缔好丝萝?这两日不知他怎样了?我又不得去看他,叫我那里放得他下,且去打探他消耗也啰。（下）

（小旦上）

【南吕引子·虞美人】儿夫孽病如何好,怕是今难保,一丝两气在须臾。天那,何不当年合浦不还珠。前日宝兄弟自潇湘馆回来,郁火攻心,吐了一口鲜血,气息淹微,医药罔效。（哭介）哎呀,我宝钗直恁命苦也,我想黛玉若不回生,倒也罢了。宝兄弟一去不归,我也无可奈何。偏是那个生了,这个归了,凤世姻缘,自应早早成就,怎奈那个左了性儿,干什么神仙事业,害得他这样光景。难道老太太的阴灵,也不保佑他保佑么?为此奴家设下香案,志诚拜祷一番。

（拜介）

---

① 很心,应为"狠心"。

【过曲·红衲袄】奴禀上太婆婆,从来怜念奴,可晓得你孙儿,危急真无□①。既然他配丁壬,当点姻缘簿,为甚么比参商,难同如意珠。当日节情昏昏,淹缠招病符。(老旦暗上。小旦)到如今气咻咻,厌的将就木。(拜介)伏望你老太太慈悲保佑他成全也,免的我苦哀终朝眼泪枯。

(老旦)儿吓,你拜祷老太太么?

(小旦)便是。

(老旦)我也得拜一拜。(拜介)婆婆吓。

【前腔】敢则你在阴空,心疼也为渠。只无奈傻孩儿,定要魔头为伴侣。黛玉呵,硬心儿如铁,浑难铸,闪的他愁帽子,笼头还带箍。老太太,你当初托梦与我,说他们配就姻缘,将来兴旺两府,还在林丫头手中。为甚的反龃龉,成怨府。为甚的频乖劣,难捉摸。良缘愿仗阴灵佑也,情海波恬把桀骜除。

(生暗上,伏几介)

(老旦)今日宝玉怎样了?

(小旦)也只如此。

(老旦)和你看他去来。儿吓,你今日可好些?

(生)好些了。

(老旦)儿吓。

【侥侥令】心休苦,病无虞,漫看错,绿和朱。(小旦合)保重你身躯寻欢笑,订鸳盟自有谋,但从今莫问隅。

(老旦)今日你喜鸾姐姐出阁,那边事情多,我不能常来看你,你耐心儿养着罢。媳妇,你也得去帮帮呢。

(小旦应介)

(老旦)忧多偏事冗。

(小旦)心惨要颜欢。(同下)

(生叹介)

【越调·小桃红】叫天天死去太无辜,便做鬼难甘伏也,甚热熬盘无端过了冷风炉,最奇是梦不模糊。想他那些形状,竟与梦中一般无二,可不是如冰冷,比沙疎。剖真心,料含笑回头去也,恨杀他生小娇姝,偏做得,忍人儿断送我乌有虚无。

(丑内哭介)

(生)雪雁,谁哭呢?与我唤来。

(副净扯丑上)二爷,是傻大姐哭呢。

(生)哭些什么?

---

① 此处疑为"措"字。

（丑）琏二爷打我。

（生）为什么打你？

（丑）他说从前二爷娶二奶奶，是我告诉林姑娘。如今林姑娘搬到林家去了，你再乱说，就打我一下。

（副净）哎呀，叫你别说，怎么又说了？你一笑笑死晴雯，一哭哭死我姑娘。如今又来闯祸，还不快走。琏二爷要你命呢。（丑慌下）

（生拍案介）不好了，真个去嫁姜景星了。（倒介）

（副净扶介）麝月，二爷不好了，快回太太、奶奶去。（内应介）（老旦、小旦哭上）

（老旦）亲儿吓，亲儿吓。

【下山虎】频呼不应，痛杀痴愚。盼不着回鸾信，甚来由拚将命俱。（生醒介）（小旦）好了。（老旦）却愁他返照回光，做了兰膏竟枯。（内鼓吹，放炮介）（生惊介）（老旦顿足介）罢了，冤家路儿，催他的命了，希罕新郎来御车巧，凑着那冤家路。（内又鼓吹，放炮介）（生惊倒介）（老旦哭介）我那没福的儿吓，我那剜心的儿吓，此去王孙非路隅，再没相逢处。抛娘别途，好容易盼得归来又早成子虚。

（小旦哭介）

【五韵美】这沈冤天也怒，活生生害的无回互。既是你懒解明珠，免劳尊顾，思量提步，怎旧日诱我儿夫。天吓，你到幽阴只问可也重苏。这死生恨较彼如何。却难道偏你回头无路。

（生醒介）娘吓。

【五般宜】闪的你逼衰年心伤意勋。（老旦哭介）（生）宝姐姐，闪的你守空房，形单影孤。（小旦哭介）（生叹介）昔日他死我还到园中哭他，今日我死，他就未必来哭我了。他那里衔恨未消除，那能邀一束生刍。雨行愁雨。只是我死为谁求。只问你怜乎忍乎，只问你悲乎喜乎。撇得我埋骨青芜，夜雨春花小梦虚。黛玉、黛玉，你好。（死介）

（众哭介）（净急上，抚生介，悄下）

（小旦惊介）适才见老太太一直上床去了。

（老旦看生介）好了，气息也有了，汗也住了，大家不要惊惶，快设起香案来。（设介）

（贴急上）刚才打听二爷消息，他们都说不好了。（哭介）哎呀，这还了得么？为此急急赶来，见他一面，叫他等我一等，随后跟了他去罢。难道我还没有死过么？（哭入介）

（老旦扯贴介）儿吓，喜得老太太阴灵保佑，转过来了。

（贴瘫坐地上介）哎呀。

（老旦）儿吓，难得你来，且看他一看。

（贴持生手叫介）二爷醒醒儿罢。（生叹介，开眼视贴介）

（众）好了。

（贴）

【忆多娇】他魂不苏我无了局，回春幸喜神气腴。（合）早庆周堂，是如天之福两玉双珠，两玉双珠，全把那愁驱病驱。

（老旦）且扶他睡下罢。（合）

【尾声】一灵险向无生住，不经恨苦不欢娱。（众扶生下）（贴）我如今回去，将此光景，告知姑娘，看他心里可过得去。（顿足介）哎，罢，告诉了他，没的倒教人怄气，还能有打后床前的痛泪无。

忍将旧爱尽情抛，何不当初不似胶。

笞凤囚鸾真过分，可能双定玉楼巢。（下）

第四十八出 《说梦》

(杂宫女上)梦短梦长俱是梦,情深情浅岂无情。我乃元妃宫中侍女,奉史太君之命,来唤林姑娘入梦。(向内介)林姑娘请起。

(旦徐上,欠伸介)

【南吕过曲·绣带儿】扶残醉,倦魂初醒,谁人唤我一声。(杂)是奴家。(旦)呀。**乔妆女,因甚的来前,袅亭亭玉貌可人情。**(杂)奉史太君之命,来请姑娘。(旦)哦。**家庭,老封君差遣来传命。姐姐,我怎么没有见过你,敢则新来的么。觑容颜蓦生难认。**(杂)我本元妃宫中侍女,史太君叫来传命的。(旦)哦。**你是宫人队。偶奉着慈萱令行,且问你太君呵,何方停顿。**

(杂)现在娘娘宫中。

(旦)奴家怎敢擅入宫门。

(杂)不妨,有奴引路。(杂宫女引正旦上)

(正旦)

【前腔·换头】疑甚,他说在元妃宫奉命,叫奴家去有话想订。只不知是什么话。我想有甚的紧要言词,却唤我宫闱①**亲承。**(旦)原来四妹妹也来了。(正旦)吓,林姐姐,你到那里去?(旦)老太太遣这位宫人来唤我。四妹妹,你往那里去?(正旦)元妃姐姐遣这位宫人来唤我。(旦)说是老太太也在娘娘宫中,我们一同去罢。(正旦)姐姐请。(合)**度香城,锦云纠缦花四映,衬弓鞵**②**好庭阶清净。**(内)娘娘有旨,仲春、黛玉可曾宣到?(杂)宣到了。(二旦惊介)呀,**听传宣处怦怦暗惊,可不整齐齐威严肃静。**

(杂)启上娘娘、太君,仲春、黛玉到了。

(二旦拜介)

(净持册子上)

---

① 阃:此处为门槛、门限之意。如(唐)李延寿《南史》:"送迎不越阃。"

② 鞵:同"鞋"。

【引子·生查子】小梦唤迷醒,为转椒姜性,旧恨已偿完,合免文园病。

娘娘有旨,将这册子与仲春、黛玉看去。

(杂付二旦看介)

(净)

【太师引】这事儿已先有天公定,论凡人怎能去争。(指正旦介)他住的九天宫殿。(指旦介)你生来双玉楼亭。这文书注就难做冷。你直恁拨不转心情,你要从今起通身变更,休误了人天难遘的佳景(二旦茫然介)(杂取册子下)

(净)黛玉,你可听我一言。

【前腔】那爱嗔能使婴儿性,好思量前生后生。为甚事天边还泪,有何因人海酬恩。当年甘露谁个领。论施报岂无终竟,何不安天命,自将前债清,怎能容为主割断神瑛。(旦茫然介)(净下)

(杂取冠服上)娘娘有旨,将这冠服与娘娘。(与正旦穿介)

(杂)史太君有命,将这冠服与林太君。(与旦穿介)

(二杂)娘娘、太君这里来。(引二旦下)

(旦上)

【三换头】忽被个玲珑梦惊,不住的芳心自警。难道冰姿月性,成不得天仙化人。奴家一腔幽恨,矢志修仙,庶几永断痴情,免沈爱海。谁知夜来酒醉,梦见同四妹妹去到元妃宫中,老太太拿了一本册儿,叫我们看,说了些不分明的言语。又将冠服与了奴家,元妃也将冠服与了四妹妹,宫女们便送了我们回来。那宫女叫他做娘娘,叫我做太君,哎呀,若就这梦看来,四妹妹有入宫之事,奴家也要被宝玉拖下苦海了。免不去箫吹凤鸣,这其间只是我不合来人间再生。倒是我有意寻烦苦,却把痴心动鬼神。奴家修仙功用,将透三开,夜来却一关俱不能透。只觉宝玉二字,粘连心上,难道这一梦竟古怪么?我且问问云妹妹去。但愿鹿安蕉虚①,早其凌华鸾背行。

(向内介)妹妹起身了么?

(老旦上)痴人来说梦,仙子别藏机,姐姐有何话说?

(旦)奴家得一异梦,特来问你。

(老旦笑介)你做你的梦,倒来问我,这又奇了。

(旦)你是神仙,那有不知道的。

(老旦笑介)我却不知,你要知道,你那同路的人儿来也。(旦惊介)

(正旦上)欲明心上事,来见梦中人。林姐姐你敢是做了什么梦?

(旦惊介)四妹妹,你敢是做了什么梦?

---

① 鹿安蕉虚:化用典故"覆鹿寻蕉"。典出《列子集释·周穆王篇》,比喻把真事看作梦而一再失误。

(正旦惊介)我梦见老太太将冠服与了你。

(旦)我梦见元妃娘娘将冠服与了你。

(合)哎呀,不好了呢。

(老旦笑介)你们且坐下,这有什么不好来?

【东瓯令】是你们前缘订,这世成,是好遭逢也有四星。(旦泪介)罢罢,我还是死了罢。(老旦笑介)你便走森罗,摒了如花命,我会使真魂定,鹡金鸡一梦有谁能,那恩怨都休问。

我告诉你,大凡天心已定,人意难回。你们的姻缘,早已主在氤氲籍上,如何能够扣除?便是宝玉,也非负心于你。一则宝丫头姻事当成,二则你该历死生之劫。如今既已回生,数应聚会,饶你操持坚固,也只是白费心机。至于四妹妹,我并不劝他,事到临头,看他有何良策。(笑介)

【秋夜月】敢则无奈行,便能好难干净。(旦、正旦)你就不能救出我们苦海么?(老旦笑介)我倒要救你们,只是有人在那里不肯。盼杀圆成多欢幸,明珠翠羽来相请,你意儿要自省,休把银瓶认坠井。

【金莲子】(旦、正旦合)怎这般懒垂情,我心如石,能持定。(老旦笑介)看你持去就是了,实告诉你,红鸾天喜星做了主呢。(旦、正旦)怕什么红鸾天喜星。(旦)预算下好机谋,一桩桩指出教人惊。我也去了。(老旦笑介)孽儿,任你百计千方,敌不得头上青天一座,你去罢。

(旦、正旦)

【尾声】疑还信难凭证。(老旦)到其时你便心回意肯。(旦)且看我六出的陈平计可行。

幻梦何须定认真,却愁占梦亦通神。

要知打破今宵梦,自有阳云梦里人。(分下)

第四十九出　劝婚

【中吕引子·遶红楼】(贴上)一朵名花手自拈,偏有这多少猜嫌。苦雨愁逢,嫩云娇闪,频蹙两眉尖。

奴家唤转二爷,幸而不死,虽则将心放下,只是姑娘性情,依然不转。前日林大爷和喜姑娘来说,老爷做主,替宝玉求亲,将荣国公诰命来迎。怎奈姑娘说出三件事来:第一件,要在潇湘馆住,旧时姊妹,仍居园中。第二件,要袭人夫妇进府伏侍。第三件,梨香院女乐,照先在内承随。若少一件,决然不允。我想第一件,却无甚难。第二件,袭人家的是王府优伶,岂肯让他投身此地。向日王府要人,二爷受责,那番光景,可见难了。第三件,老爷最恶歌童舞女,岂肯叫女乐仍进园来。这是姑娘明知老爷生性,故意逆了,以便绝婚。你用这毒计也罢了,却教我怎么好?两日来那边并无回音,只怕有些不顺了。(叹介)姑娘吓姑娘,你定要送了宝玉的性命才罢,你也忒煞很了。

(小旦上)为传灵鹊信,来过小鸾山。晴雯,姑娘呢?

(贴)在房中。

(小旦)请出来。

(贴)喜姑娘,那边有了好消息么?

(小旦笑,点头介)有了。

(贴喜介)姑娘,喜姑娘在这里。

(旦上)玉女心常定,冰人舌漫饶。嫂嫂请坐。

(小旦)姑娘请。

(旦笑介)那日将奴灌醉,都是你的主意,我哥哥素常却好,不知连日什么缘故,只听嫂嫂的言语。

(小旦笑介)这可是没有的话,你醉了,我们伏侍着你,你不谢我们,倒来科派我们的不是。我有正经事和你商量,你倒怄起我来了。

(旦)什么事商量?

(小旦)可不是我们前日那三条话儿少不得一件的。

（旦）便是。

（小旦）可不是少了一件，我们不依他，通依了，我们才依他。

（旦）便是。

（小旦笑介）如今改不过口来了，通依了。（旦惊介）

（小旦）

【过曲·驻马听】二事相兼，一总遵依无厌嫌。（旦）这是你的鬼话，我不都依了。只得送了年庚过去，早间已拜过亲了，那边潇湘馆，即日动工修理，还有什么骗你处。你若不信，传唤他袭人夫妇，引领他女乐梨香，与你俊眼观瞻。（旦哭介）（小旦）姑娘。朱陈婚嫁要安恬。（为旦拭泪介）翠绡轻把啼痕掩，任用韬钤，已亲收聘礼，着不得断情剑。

【前腔】（旦）深恨痴男，为什么生死将人着紧粘，教我愁波频涨，泪雨添多，苦海难甜。他佳人原有又罗钳，不堤防假梦将真验，效甚鹣鹣，我无边怨苦，那肯为他垂念。

（小旦）姑娘。

【越恁好】告伊休恨，告伊休恨，撇焦焦没做憨。你青天质，何必去住云龛。不是我说，那宝兄弟呵。貌堂堂美男，貌堂堂美男。为着你呵，竟急煎煎苦心儿神瘁病恹。扑簌簌泪花，惨厌厌眼血儿盈袂徧襜。全凭你救个人真是全家感，漫拟做灵香妙想，孤负娇艳。

【前腔】（旦）徧思无计，徧思无计，重沉沉把恨担，想尊行怎逆。平日又爱怜咱，这衷肠怎甘，这衷肠怎甘。道莫休休我哥哥肯随顺俺，羞苍苍女孩，把婚姻脱口儿怎去细谈，千愁集，万恨兼。惟有无沾染，受虚名到底，良会休念。（径下）

（贴笑介）姑娘，怎么那边竟把三件通依了？

（小旦悄介）那里是那边依，是你林大爷和姜大爷商量了一晚，才想出主意来，请南安郡王，转向忠顺王说了，又用重价，买了袭人，蒋涵来。那女乐也是我们这里赔过去的。至于潇湘馆一说便依。

（贴）真真费了大爷姑娘的心了。我看我们姑娘也竟无可如何起来，这可不好呢。

（小旦笑介）好的也不止他一人呢。（贴羞下）

（小旦）

安排香饵钓金鳌，竟得珊瑚十丈高。

早是玉人无可奈，笑看双烛点蟠膏。（下）

第五十出 《礼迎》

（末上）清班玉笋登瀛客，仙馆琳华却扇人。在下王元，喜得大爷到京，春闱奏捷，中了探花，点了编修，娶了贾府姑娘为配。姜大爷中了状元，做了修撰，也娶了贾府姑娘。那边兰哥儿也中进士，同登词馆。只有宝二爷，因病未经入场，今早皇上忽然传旨，钦赐进士，供奉词林。正值我家姑娘出阁，又添了几对儿翰林灯牌，好不闹热。（内鼓乐介）你听鼓乐声喧，俺姑娘起轿也。（下）
（杂各执事，诰命亭鼓乐，高灯提炉等引旦、贴、杂旦乘轿上）
（合）

【黄钟过曲·耍鲍老】郎才女貌真个少，郎多福，女多娇。箫吹弄玉秦台里。双跨凤，青云表，欢期到了。生情死情都报缴，仙乐风缥缈，花星夜皎。鹏展翅，鹊成桥，再不萦离抱。却愁三处难斟酌，同床住，同被包，听取郎啰唣，总没有外人瞧。（下）
（外上）

【引子·西地锦】瑞气一庭笼罩，玉儿玉妇同牢。（老旦上）头衔冰署新恩诏，加一倍意陶陶。（内鼓吹，众拥三轿上）（副净傧相上赞介）伏以一片情河静不波，四愁吟罢到谐和。花开花落都休问，占得人间艳福多。（照常请介）
（生上）

【前腔】闷翠慵红怀抱，谁知还有今宵。（小旦上）三星耿户人安乐，看喜气上眉梢。（副净）伏以玉洞桃花几树开，仙云一朵载情来。可能箫史轻抛去，吹管终看住凤台。（照常请介）
（生、四旦拜介）（喝赞如常）（场上设三席，外、老旦一席，生、旦、小旦一席，贴、杂旦一席）（排场如常）（众送酒介）
（合）

【过曲·绛都春序】婷婷袅袅，映灯花影中，仙容尤妙。高挂珠帘，只尺天河当筵遶。入生出死同偕老，此夜里回悲为笑。雨朝云莫，愿百年富贵，锦衾春浩。

【前腔·换头】须要，分清大小，并旧日齐眉，公平周到。梦入红楼，赶着羣仙调一笑，娇云四护巫山庙。把痴病全然医好，画眉窗下百愁消，谅嫁后性情不傲。

（副净）送入洞房。（众提灯，前引介）（外、老旦、小旦下）
（合）

【赚】华灯高照，早归房去花偷笑。潇湘来到，翠竹真看仪凤鸟，十分娇。更三分的做作，七分的腼腆，教人怎不魂消。春风盈抱，问谁先占温柔，瑞征铃兆。（众下）（旦、杂旦闭门下）（贴走介）

（生扯住介）你也这样无情。（贴羞介）

（生笑携贴坐介）我和你人经两世，情只一心，今夕何年得谐欢会。

【鲍老催】说不尽万般哀悼，才把个玉芙蓉能向我怀中抱，记金裘夜补人虚弱。红绫解，玉印雕，花宫吊，不承望有日相依靠，桃花上颊也展红潮，可能无意风流觉。

【前腔】（贴）奴则为旧情难掉，猛可在转轮司，撇见了人相肖。便将生替死做个投桃报，红襟寄，恨病消，良时到，受郎怜，真个是天垂照。绣衾春，占了可怜宵，从今不是虚名号。

（生）你昔日跌了扇儿，我说了你几句，你道一辈子记着。如今可记着了？（贴笑介）

（生喜，携贴入怀介）妙吓。

【尾声】喜灯前重见倾城笑，荡郎魂睡怀噉①早。（合）惟只愿今夜扶桑不晓。

仙云三朵字分瓜，此处留郎碧玉家。
灯树几枝相掩映，芙蓉原是并头花。（相抱下）

---

① 噉：叹词，表示申斥或禁令。

第五十一出 《凯宁》

(末、小生引众上)

【仙吕引子·望远行】(末)沧溟浪贴,敢说麒麟功业①。靖国安边,一个女中豪杰,锦韬钤元女山冈,花步骤夫入城堞,重仰见九天日月。

一别燕云岁月深,西山寇盗莫相侵,旧游烽火天涯梦,铁马驰驱报主心。本帅周琼,埽荡海疆,诛除首逆,钦奉圣旨,特召回京。一路来士尽承风,农皆乐业,畅好太平景象也。我想这场功劳,总亏了媳妇的谋略,本欲奏闻圣上,怎奈媳妇执意不从。道战伐非妇人之事,尽将勋业,让与我儿。(笑介)真正难得吓难得,儿吓。

(小生)爹爹。

(末)你这番面圣,定获封侯,只是不可忘了你媳妇。

(小生)是。

(末)此去京城甚近,你媳妇几时归宁?

(小生)他一到京中,便要回家看看。

(末)这也使得,你同他去便了。

(小生)是。

(末)后军可曾赶到?

(小生)赶到了。(众拥贴乘车上)

(贴)

【引子·紫苏丸】功成长揖从来说,愿归家一门亲热,望长安几片晚云遮,遥遥魂梦先飞越。

---

① 麒麟功业:化用典故"画麒麟"。典出(汉)班固:《汉书·苏武传》:"甘露三年,单于始入朝。上思股肱之美,乃图画其人于麒麟阁,法其形貌,署其官爵姓名。"颜师古注引张晏曰:"武帝获麒麟时作此阁,图画其象于阁,遂以为名。"后因以"画麒麟"指建立卓越功勋,名垂青史。如(唐)杜甫《季夏送乡弟韶陪黄门从叔朝谒》诗:"莫度清秋吟蟋蟀,早闻黄阁画麒麟。"

(小生)军士们趱行。

(众)嗄。

(合)

【仙吕入双调过曲·五马江儿水】只见红旌风亚,三军生到家,一个个鞭敲金镫,笑语喧哗,齐感将军红粉娃。奠波涛瀛海,得种桑麻,万里烽烟不起,放牛归马,曈昽化日开瑞霞,把升平事业,奏上重华,入掌纶扉①,鼎钟潇洒。(下)

(生冠带上)

【中吕引子·菊花新】功名富贵尽浮云,一被浓香真福人。觌面不相亲,争怪我暗怀愁损。

玉堂词翰压羣仙,平步青云上九天。昨夜金莲送归第,满衣犹带御炉烟。下官贾宝玉,向蒙天子洪恩,钦赐进士,召入词林,叨居大考第一,晋爵侍讲。昨蒙召对,亲荷温纶,自愧庸愚,幸遭神圣,恩荣逾次,可慰椿萱。宝姐姐昨生一子,名唤芝儿,十分美秀。加以三妹妹凯奏归宁,一门团聚,喜事重重。只是林妹妹于归以后,并不交言,无限苦衷,叫我难于剖白,终朝忧闷,无计可施。只不知可有怜念我的时候了。今日栊翠庵,山上山下梅花大开,当此颢秋,寒花吐馥,也是奇事,为此特来赏玩一番。

【过曲·好事近】寒雪亚枝新,占先春上宫香品,秋风如水,早放出满枝金粉。何因,暗倚琼阑思忖。玉停匀云月精神,忒活现林家风韵,敢则是琼姬垂盼,得许温存。

(老旦上)第一花枝来报喜,三千粉黛尽含愁。

(生)妹妹来得甚好,这梅花,为什么而今就开得如此烂漫?

(老旦笑介)你去问花,为何问我?(对花点头介)

(生)你这点头,必是知道些缘故。

(老旦)这又奇了,难道看梅花要直着脖子么?

(生)你到底下个比语吓。

(老旦)比语么,就算群玉山头罢。

(生)好个群玉山头。

(小生急上)二爷呢?皇上有旨,立召入宫,奏对。

(生带小生急下,老旦)我且将大观园图题起款来。

---

① 纶扉:内阁。明清时称宰辅所在之处为"纶扉"。如(明)谢肇淛《五杂俎·事部三》:"弘成以前,内阁尚参用外秩,如陈山以举人,杨士奇以荐辟……皆入纶扉,五十年来,遂颛用词臣矣。"(清)袁枚《随园诗话》:"〔赵仁圃〕平生爱时文,虽入纶扉,犹手校成宏诸大家,孜孜不倦。"

（写介）柔兆①摄提②之岁，八月九日，世袭一等荣国公臣贾政，命次女贾仲春恭绘。

（正旦上）指月应归天上住，借春先放岭头香。哎吓，云姐姐，你这是什么意思吓？（老旦笑，不荅③介）

（正旦）呀。

【锦缠道】丹青本为什么把名儿题，认怹选事教人闷。好姐姐告诉我罢。（老旦笑介）（正旦）淡无言笑脸，忒痴憨任奴祈恳，怎猜他这腹内经纶，做意的天机藏隐，似这般样，瞧着因敢画图机锁梅花事，神待不殷勤问，满心头疑虑，哀乞你史湘云。

姐姐到底告诉我些影儿？

（老旦）什么影儿？一会儿就知道了。（小旦、旦、贴下）

（贴）喜姐姐，我们昔年分袂，今日重逢。你既嫁了个才子姐夫，又值林姐姐回生完聚。怪不得梅花送喜。我们看去。

【千秋岁】小梅魂报喜将春引。（小旦、旦）那梅花呵，似为你海上归人贺安稳。（贴）花底徘回，那花底徘回，还则是重生者谐和张本。（合）同行去山崖上问花心意应无吝，怕被他花姑哂。道是我做痴做蠢，他开谢无因。

（老旦笑介）今日这梅花却是贵人。

（三旦笑介）怎么是贵人？

（老旦）若非贵人，如何引得些文武贵人来呢？（众笑介）

（小生急上）四姑娘，皇上有旨，立取大观园图进呈。

（正旦惊介）哎吓，皇上怎么知道园图呢？

（小生）皇上问大观园景致，二爷回奏有图，所以来取。

（老旦付图介）图在这里，快拿去罢。（小生持图急下）

（旦背介）是了，他也免不了，只怕倒不能如我呢。

（正旦迟疑介，背介）史姐姐，题这园图，好生诧意，恰好就取去了，难道其中有缘故么？

【二郎神】将针引这园图，恐惹的君王访问，为甚他带笑书题先作准。我想他当日

---

① 柔兆：岁阳名之一，指太岁在"丙"。古代岁星纪年法用岁阳和岁阴相配合以纪年。《尔雅·释天》："（太岁）在丙曰柔兆。"《淮南子·天文训》："民食三升，辰在丙曰柔兆。"高诱注："在丙，万物皆生枝布叶，故曰柔兆也。"

② 摄提，古代创制的纪元法，"摄提纪""摄提格"的简称，以六十甲子为运转周期。在后世的传承中把摄提纪各岁星的多音节名称简化为一个字的干支名，其与简化后的干支在《尔雅》与《史记》均有对照关系的记载。有说也为中国古星官名，司职定四季，列于大角星两侧，皆位于牧夫座。如《楚辞·离骚》："摄提贞于孟陬兮，惟庚寅吾以降。"

③ 荅：同"答"。

说,秋风吐梅,可不秋风吐梅了。那番梦中,元妃姐姐又将冠服取与我。倘若有甚旨意,敢违宠命?**奴心颠倒逡巡。**(老旦)林姐姐,我要搬到你那里住几日呢。(旦)好极了。(贴)为什么忽然要搬起来。(老旦)自然要搬的吓。(正旦)**呀,只听忽漫移居,更眉上颦镇一谜,妆迷故隐似露还藏,教人疑假疑真。**

(旦)三妹妹,听得你在海上,建立许多功劳,何不说说我们听?

(贴)那里算什么功劳。

【集贤宾】**三山夜月波浪浑,怕瀚海飞尘借一点神火,吹风去消怪鼍,早则把渠首尸分,我乡愁瘦损,为如箭归心要紧,才筹算准斩十万怒鲸鲵而**①**尽。**

(旦、老旦)这也很亏你了。

(小旦)可不是我说的凯奏归宁么?

(贴)我一进京城,才知二哥哥复归,皇上业经授职,及至家来,见了林姐姐重生,和二哥哥圆成了,好不欢喜。

(旦羞介)

【集贤听黄莺】**甚圆成,是南柯梦姻,住花天一片闲云,尽着他画饼充。我只要梯云步稳。**(贴)难道还未成婚么?(老旦笑介)破瓜时正好阳春。(旦)啐。(老旦笑介)**长生道虚空未允,不信你问他。**(指正旦介)**爱修真,龟兹仙枕**②**,怎也有并头人。**

(正旦)哎呀,这是什么话呢?

(老旦笑介)我实告诉你。

【簇御林】**恩星照,春梦神,平地上高天。攀瑞云,定光身交了繁华运。晒经台递下个阳云信,是氤氲,随缘注就,不是我敢胡云。你进去罢。**

【尾声】**试取梅花来证信,换云衣好陪龙衮。**(推正旦下)我们快去罢。(向内介)翠缕,快取行李,潇湘馆去。(内应介)

(老旦)快走快走,迟了就来不及了。

(众笑介)云丫头今日疯了。

(老旦)你们那里知道哪,那不是樊姥官车已到门。

(众望介)果然有官人内侍来了。四妹妹真个有入宫之喜也。

臂文新渍桂红膏,却似绥山得一桃。

教园图有天意,笛媒曾是赭黄袍。(俱下)

---

① 此处日本内阁文库藏双红堂本脱字,民国刊本今为"而"字。

② 龟兹仙枕:传说中的枕头名。典出(五代)王仁裕《开元天宝遗事·游仙枕》:"龟兹国进奉枕一枚,其色如玛瑙,温温如玉,制作甚朴素。枕之寝,则十洲、三岛、四海、五湖尽在梦中所见,帝因立名为游仙枕。"如(宋)刘克庄《和季弟韵》:"俗中安得游仙枕,世上原须使鬼钱。"(元)张可久《阅金经·访道士》:"寻洞天深又深,游仙枕,顿消名利心。"

第五十二出 《剖情》

【北双调·新水合】(生上)问秦欢晋爱①甚时该,转教俺虚名顶戴,他芳心坚似铁,我痴骨瘦如柴。云暗天台,虎头牌②打不破相思寨。

不如意事常八九③,可与人言无二三。

下官吃尽万千辛苦,才盼得娶了林妹妹。只道夙愿既偕。自尔两心相得,那知我情浓似酒,他面冷如冰,竟至杜绝往来,不加词色,这却如何是好?

且待紫鹃、晴雯到来,和他们商议商议,看可有什么法儿。(闷坐介)

(贴上)

【南步步娇】二分春色横眉黛,羞答答尽他疼爱。(杂旦上)几度虚房叩不开,为小姐恩深,须让他鸳鸯嫡派。(合)纸糊锹偏则撅阳台,祝双郎夫妇消灾厄。

二爷。

(生)好好,你们来了。

(贴)二爷为什么坐着闷呢。

(生叹介)

【北折桂令】为佳期不奈裙钗,叹则命薄鳏生。难剖胷怀,刻意儿堵了香喉,昧了真心,做了乔才。休说是肌肤没分,还有那言笑都乖。又没甚冤结难开,愁苦难捱,生辣辣把个痴郎拏捻④,甚计支排。

(贴)咳,说也可怜,这事须仗着紫鹃姐姐呢。

---

① 秦欢晋爱:化用典故"秦晋之好",代指婚姻。
② 虎头牌:古代军队所用虎符金牌。"虎头牌打不破相思寨",此处化用(元)李直夫《虎头牌》杂剧情节。
③ 语出《晋书·羊祜传》:"会秦、凉屡败,祜复表:'吴平,则胡自定,但当速济大功耳。'而议者多不同。祜叹曰:'天下不如意,恒十居七八,故有当断不断。'""天下不如意,恒十居七八",后渐变"不如意事常八九",又加了"可与人言无二三",含义发生了变化,表示不称心如意的事不少,但能与人讲的却是不多。形容有难言之隐。如(南宋)辛弃疾《贺新郎—用前韵再赋》:"叹人生,不如意事,十常八九。"《白雪遗音·南词·十二时》:"不如意事常八九,可与人言无二三。"
④ 拏捻:今作"拿捏"。

（杂旦笑介）我有什么用处？

（生）好姐姐，你怎么劝姑娘和我说句话儿便好。

（杂旦笑介）这也奇了，他爱说便说，他不爱说，我怎么叫他说呢？

（生）好姐姐，不要作难，你劝转了他，我感激你一世呢。

（杂旦）二爷，你也不要性急，我何尝不劝来，就是姑娘也不比在先了。他原有你在心上，却怕你上头上面，故尔不肯交言，果然你斯斯文文，讲话谈心，他有什么不依，我难道不为着你么？

【南江儿】我是为你真心害，曾将凤恨排，则他莺猜燕怨今无碍，谅凤偶鸾俦终能待。但鸳眠鹭宿，还须耐喜珠玉人儿当媒，枕畔灯前，有日他相亲相爱。

（生）既这样，我端端正正，坐在房中，等他回来便了。（正旦提灯，引旦上）

（旦）笼灯来翠馆，映月下瑶台。（见生回介）香雪，栊翠庵去。

（生急起，拦门介）（正旦下）

（生）林妹妹，我们从小在一处，我也知道你，你也相信我。我只恨前生前世，不曾修个女身，若做了女孩儿，纵然比不上你，我这心也要比上呢。（旦坐介）

（生）我能觳知你喜欢，我能觳知你厌恶，我能觳知你牵前搭后，说不出的苦衷。

（旦泪介）

（生）不拘是姊妹丫环，跟了你，总能知你的心，着你的意，你也不致生分了。我如今既不是女儿，你就弃嫌了。（叹介）咳，从前你时刻恼我，我也总辩得明，你那恼我的意思，我也知道，无不过说我林黛玉这样人，连宝玉也不能知心了，还不委屈么，你可是这个意儿？（旦泪介）

（生）我和你自见面以来，无一事不曾辨明，就是那番角口，也总说得开。只有娶宝姐姐这一节，我和你生死分离，无从剖起。（哭介）（旦泪介）

（生）提起这一节，实在冤屈呢。一家中人人说娶的你，进房时还见雪雁搀着你，及至见了宝姐姐，我就骇死了。我那时也顾不得他，便道，林妹妹你往那里去了？宝姐姐，你怎么霸占住了？往后之事，我也不忍说，只怕紫鹃也都说过，我当初说做和尚，林妹妹，我不曾负了这句话呢。（三旦皆泪介）

（生）

【北雁儿落带得胜令】俺曾去拜空王①，持八斋②，俺曾去走风尘担灾害。好容易赋间阔，聚首纔③，为甚的结冤雠。全不保，比似俺将心负，恨怒该，须怜念从前事，因

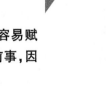

---

① 空王：佛教语。佛的尊称。佛说世界一切皆空，故称"空王"。如《旧唐书·刘瞻传》："伏望陛下尽释繫囚，易怒为喜，虔奉空王之教，以资爱主之灵。"（宋）陈师道《和郑户部宝集丈室》："贵有空王章，贫无置锥地。"《儒林外史》第五十五回："从今后，伴药炉经卷，自礼空王。"

② 八斋：即佛教所提倡的"八关斋戒"。

③ 纔：同"才"。

无奈,今日呵,博得个千般告,万样哀。将我这真情剖,无遮盖。休猜,惟只愿鉴愚忱,分皁白,休呆,请问你再生人,因甚来。

(旦叹介)咳。

【南侥侥】我闻语低头心自揣,我此事怎安排,他悲苦淋漓到如此,怎忍把真情当假来。

晴雯,你伏侍二爷去睡罢,我也被他闹烦了。

(生怒介)

【北收江南】呀,说甚腻烦,生也为我呵,不由人顿时呆。哎,罢了罢了,妹妹始终恨我,我也无处伸冤了,还活他则甚。下慧刀刹断两丢开,太冤哉枉哉,太冤哉枉哉。(取剪介)(杂旦夺介)这是何苦来呢?(生)把一颗血诚心亲剖付他来。

(旦顿足介)你今日是什么意儿?敢是来取我命么?

(杂旦、贴)二爷,你且请出去罢。

【南园林好】你甚缘由戕生自裁,忽刺入情乖性歹,笑温存是这般活害,权避去等将来,权避去等将来。

(生)我到这地方,也非容易,去是不去,我还有话说呢。

(杂旦)原来二爷还有话说。

(旦)你就说,说完了,好去。

(生泪介)咳,妹妹还是这样声气,并无半点怜念之心。(旦凄然动容介)

(生)我的话呵,也只是要说出妹妹的心来。你从前恨着举目无亲,恨着凤嫂子、袭人闹鬼。到今日气也吐尽了,现世也报尽了。别人道你还要报复他,只我知道你另有一番作为,叫地上地下人一齐愧死,你还有什么冤抑不伸?各种各样,称心满意,却单单把我压入九幽地底,不能照着你心孔里一线光,我好不命苦也。(哭介)(旦泪介)

(生)

【北沽美酒带太平令】苦磨拖惯掉歪,命颠连,无布摆。假夫妻长日长年又怎捱。算此身便活也堪哀,担恨病,忍编排,消不去胸中痞块,避不了人前嗔怪,洗不清湘娥怨锦心中蒂芥。还不循环薄负人冤情。(旦)我如今知道你不负心了,你好好替我睡罢。(生笑介)妹妹肯说这话,我死也瞑目了。(旦)谁又说死说活的,不要招起我赌咒来。(生)不敢不敢,我既说明了,妹妹叫我去,我就去。但娘行心回意回,何必又骤图亲爱。妹妹吓,夜深时愿你把话踪儿留心细揣。

【南尾声】含情欲绾同心带,为省他冤攒不开。只是,我呵,可被他苦孜孜拖下了轮回海。(下)

(杂旦笑介)好了,我姑娘心软了,准备香衾,好偕欢会,奴家也有。(腼腆介)咩。

倾吐肝肠百恨消,笑花隐约脸边潮。

好看神女峰头月,双照佳人菡萏绡。(下)

第五十三出 《解仇》

(丑上)甘心自吃苦中苦,失足谁怜难上难。奴家果被林姑娘用计,连丈夫买进府来。眼看着紫鹃、晴雯和宝玉成双作对,只好暗里伤心。虽然姑娘大度包容,不记前事,饮食起居与紫鹃、晴雯一样。却也命人来分付,以后不许多言。又被晴雯冷笑闲嘲,言三语四。奴家既惭且惧,背地里泪眼难干。我想在他矮檐下,怎敢不低头,只有谨谨慎慎,求免罪戾便了。那知昨夜二爷,瞒着他们,定要与奴叙旧,奴家又无可奈何,只得勉强随顺。幸而姑娘尚未圆房,紫鹃、晴雯近来住在怡红院,不知就里。若使知道,可不又有许多难受的言语了。适间二爷要雀金裘,叫着奴家,现在衣箱俱系晴雯掌管,只得要去。正是谗人反恐遭谗口,小事还须要小心。(下)

(贴上)

【正宫引子·喜迁莺】临妆慵起,正夜雨香酣,人倦无力,笑里增怜。愁来警梦,心头有事难提。闻道旧情重叙,敢则新欢还挤,难恕取那妖娆狐媚特个离奇。

奴家于归宝玉,爱若奇珍,密誓浓欢,心满意足,但只追想前生恨事,不能忘怀。前日王善保家的得了不是,被奴发出,打了四十,革了三月口粮,稍快此心。只有袭人,却甚难处。则旧时姊妹,难于放下脸来。二则姑娘倒肯加恩,我怎好十分作践。三则他见了我们,那羞怀觳觫①的样儿,也觉可怜,但听得宝玉日来,颇颇与他叙旧。我想分宠夺爱料也不能,却怕他又使机心,暗中摆弄,不如去回了姑娘,撵他出去再做道理。

【过曲·雁鱼锦】〔雁过声〕他羞人事儿太自低,嫁邯郸又转留欢睡人前,尚做乔客

---

① 觳觫:恐惧战栗貌。典出《孟子·梁惠王上》:"王曰:'舍之。吾不忍其觳觫,若无罪而就死地。'"赵岐注:"觳觫,牛当到死地处恐貌。"《梁书·王僧孺传》:"解网祝禽,下车泣罪,愍兹奠訴,怜其觳觫。"(清)蒲松龄《聊斋志异·续黄粱》:"曾觳觫哀啼,窜躅无路。"

窖。想他险心肠,惯虚脾,就郎怜敢依旧陵欺。奴家岂惧欺,只是忍不住镇日争闲气。那倒不是再生了然无乐意,便做他不敢如何于我。

【二犯渔家傲】真箕,利舌脂韦,怕贝纹如锦,又科派他人罪,张弧载鬼,奴早是吃尽生前累。(杂旦暗上,听介)(贴)被他毁奴诱主儿,被他毁奴妆扮稀,被他毁做狐狸。三被毁,将奴绝了生机。如今身躯借五儿,闪的他忒惺憽艳魂儿无合煞,闪的我没假借旧身无处持。(泪介)[二犯渔家灯]伤凄。(杂旦)晴雯妹妹,我听了半日,莫非你有伤人之意么?(贴)不瞒姐姐说。怨恨难回,将他无耻丑事搜根蒂,数语回明敢难回避。(杂旦)你回他什么丑事?(贴)姐姐不知,他勾着二爷叙旧了,这才是真引诱呢。(杂旦笑介)这可不是醋罐子打翻了。(贴)姐姐,不是这样说。报怨排仇,肯便低眉非关妒彼。(杂旦叹介)妹妹你也不要太狂了,我们本是一样的人,就是他走错路头,怕他心里不难过。况且而今的你,现在的他,也算在你跟前现世现报了。你也是殀折过的人,再修修来世罢。纵然他不是,你须念旧时姊妹,只望你饶他识见歹卑鄙,莫把那些恶语仇言尽自提。你是个直性人儿,从不肯害人的。如今害他,可不你和他一样了。(贴)不是我害他,我怕他得宠起来又要害人呢。(杂旦)太太如今知道了,便有言语,断不信他。况且姑娘这番恩典,他也未必敢再弄虚头,至于二爷呢。〔喜鱼灯〕偶因旧雨一谐私会,也不致听他什么言语。我还告诉你,当初我们的分儿,赶不上他,如今他的分儿,却也赶不上我们。你今日害他,知道的说是报仇,不知道的说是行势。忘怀罢,免人尽道你仗主行势。(贴)只是那里耐得住。(杂旦)勉强耐了罢,就是我也未尝不恼他。只为姊妹分上,存些厚道,也说不得了。(贴)姐姐为何恼他?(杂旦)你倒忘了么?那日我和二爷说玩话,认了真,大病起来。他走到我那里,竟怒目睁眉、指手画脚,大大的教训了一番,我如今想起来倒好笑。会寻针弄威,则我前思后思他是谁,可不浪将心力当年费,到今日徒然愧悔,可早分了云泥。他便把香天梦锁鹅绒被,怎算得醮晕花开翡翠帷?

(丑上)当年空惹恨,今日但怀惭。晴姑娘,二爷要雀金裘呢。

(贴)绮霞呢?

(杂上)姑娘做什么?

(贴)你死在那里?这么花红柳绿的,狐狸妖精似的,二爷要雀金裘呢,快拿去。

(杂应下)(丑愧介)

(杂旦笑介)罢吓,妹妹,我替你们说开了罢。袭人姐姐,晴雯妹妹恼你,也很该,你从前也太过了些。我适间劝了他半日,叫他看姊妹分上罢,你也不可再伤人了。

（丑）姑娘，我还敢伤人么？只求晴姑娘高抬贵手，放我过去，就感恩不尽了。

（贴笑介）姐姐，你说什么话。是了，不说不了就是了，我们还是好姊妹。

（丑）那也当不起。

[锦缠道犯]但求你把前情抛开旧怨，深悔太胡为．歹毒肠很切，百百枝枝。愿姑娘宽宏赦之，绝不敢再花儿叶子。（背伤介）蓦地里自悲啼，正是自家不肯深口舌，不免今朝有是非。

（杂取衣上，与丑介）（下）

（丑）姑娘，莫记怀罢。（掩泪下）

（杂旦叹介）妹妹，这还不可怜么？

解网聊安反侧情，何尝鬼蜮有收成。

劝人莫作亏心事，夜半敲门免吃惊。（同下）

第五十四出 《仙合》

(老旦上)一顶云冠一道袍,人寰小住误蟠桃,闲调龙虎栖尘榻,万里天空月子高。自仲妃入宫,我仍在栊翠庵住下。日来宝玉剖情,黛玉心头已转,只为恋着修真,不肯便谐伉俪。今夜他来,待我使个法儿,教他自绝求仙之念,少不得姻缘成就也。我且打坐片时。(坐介)(正旦提灯,引旦上)

(旦)

【商调过曲·金索挂梧桐】明星灿碧天,片月衔虚馆。则那栊翠庵中,敢下了金鱼笔悄笼灯。过绛坛,指望点化愚顽。比似那郑隐①投师学炼丹。我待金浆玉醴来供献,做天女云鬟和你骑紫烟。偏冰炭,几番儿祈恳,但则把语遮瞒。全不肯稍露元关,我偏要求你稍露元关。

奴家因宝玉剖情,心中恍惚了几日,转想修仙事大,岂可更被情迷。况他妻妾三人,又何必奴家凑数?倘失真元之体,难免魔障不生,欲求立地升天,赖真传秘诀。现有云妹仙机微妙,征验多端,也不肯当面错过。虽是求他几次,他只合笑不言,若果顶礼真诚,谅必慈悲指点。为此来哀告一番。妹妹。(正旦下)(老旦)颦儿贪夜到此何干?(旦)特来求你传授修仙要诀。

(老旦笑介)

【前腔】修仙要诀难,莫认我神仙伴。(旦)妹妹休得隐瞒,你见花知入宫之喜,说梦知同路之人。游园不沾风雨,渡水不湿女裙,灯舞空中,乐来天外,灵迹甚多,如何隐瞒得住。

---

① 郑隐:西晋人,字思远。本为儒生,明五经,兼综九宫、三奇、推步、天文、河洛、谶记、律历、候纬之术。晚而好道,曾师事葛玄,受《太清丹经》《九鼎丹经》《金液丹经》。后授弟子葛洪金丹之经及《三皇内文》《枕中五行记》。宣称:"杂道书卷卷有佳事,但当校其精粗而择所施行。……若金丹一成。则此辈一切不用也。"(《抱朴子·遐览篇》)。为东汉道教丹鼎派最早传授者之一。

(老旦)灵迹非真,衹不过都虚幻。

(旦)好妹妹,你可怜我的苦心志诚学道,不愿堕落红尘。我的根基,虽不如你,我今世也无罪过,便算前生孽障未清,也许我改悔。至于功果修成后也可补得,只求你慈悲传了要诀,你的师恩,上同父母,情愿伏侍你上天,凭你教我怎样都肯,只求你哀怜我罢。(泪介)

(老旦笑介)凭我教你怎样都肯?

(旦)都肯。

(老旦)果真?

(旦)千真万真。

(老旦笑介)既这样你用心听我传授。快前去共多情宝玉成鸳鸯。

(旦羞介)好妹妹,不要取笑了,你再不肯传,我就死在你跟前。

(老旦大笑介)你挈死来挟制我。我可也心惊胆又寒,你再闹我,我就变个小戏法儿,教你忘了羞耻,自寻宝玉去。(旦怕介)

(老旦)玉山不等郎推挽,管教你身比元蝉早上竿,你休迷乱,请自去安眠不必更胡缠。

(旦)好妹妹,我知道你利害。(跪介)只求你怜我一个女孩儿,没爹没妈,死死生生,受了无穷苦恼。自己明心见性,怕堕轮回。

【前腔】盟天矢愿坚,求你把慈心转,说与奴华阳隐秘无钩管。就是元门工夫,我也曾体认,只为根基平常,遇了魔头劫数。我如今身在污泥,心同水月。(拜介)望仙师,可怜见,把我救登天,劳攘尘中年岁短。我纤纤弱骨,指望金丹换算鸟兽虫鱼,求你聊挂眼,酬心愿,兀的便是烧香荫肉不眉攅。

(老旦)林丫头,我也被你闹烦了。我实告诉你,你的根基来历,也和我差不多,只是魔劫重些。且去勤积功果,静候天缘。至于元门工夫,到一层才指一层,也不能通盘传授,总要瓜熟蒂落,自然成功。一念不纯,便无效验,若根基上有缘,灵心自悟,就便不过真师,到交代换功,自有真仙来引。但你姻缘未了,断断走不上这路,欲得真传,先偕匹配。

【刘泼帽】真丹药取真炉炼,不双栖不保仙缘。(旦)这又何必呢?(老旦)非是我强你,这是你心头自有的丝难翦。不信你跟着我打起坐来,你看你自己的心,有用没用,就知道了。请自观心,你便可知迷哃。

(旦打坐介)

【前腔】纤尘净埽无一片,度空明月轮孤碾。(低介)我想若不是宝玉牵缠,我可也

下卷

239

久登道果了。其实宝玉也怪不得他,本来自幼儿我们就好,就是我死也是为他,生也是为他。前日他那样剖白,却也可怜。(忽自持介)**此心忽漫多牵绊**,我便这样了。好笑紫鹃,也不和宝玉一处,难道定要我圆成了,他才顺他,这也太痴。(忽急介)怎么只是宝玉二字,横来竖去在我心上,这却怎么好?(泪介)**生就冤家,截断了金华殿。**

(老旦)颦儿,你如今知道了?

【前腔】千回万转心留恋,恁低回怎样求仙,但愿夫妻从此多美满,无奈天何,恰便好成姻眷。天色明了,你也去罢。(旦叹介)**无奈天何,恰便好成姻眷。**

(下)(老旦笑介)这番颦儿着了道儿也,我且神游太虚,回复师父法旨去者。

已仙岂不愿人仙,为是仙缘有世缘。

剪断道心知受喜,情华结果在香天。(下)

第五十五出 《玉圆》

(末上)甲第十年还鼎盛,天恩三代守官常。
(小生上)何人不羡荣公府,奴仆今朝也有光。老太爷,我们这府里,自从林姑娘过门之后,林大爷要全让家赀,老爷不肯,他分了一半,足足一千余万,登时兴旺起来,驷马高车,全不是当年光景了。
(末)可不是呢。四姑娘又做了凤藻宫贵妃,顶了元妃娘娘封号。赦老爷、珍大爷也恩召还朝,又查还了产业。二爷圣眷优隆,不时召封,昨日又升了学士,眼看着连翩直上也。
(小生)不但二爷,就是兰哥儿,怕不是八座人物,也是大奶奶做人好,该得好报。只有环爷不堪,阚①赌嚼摇,拖下西客债务,在路斗驱,被老爷撞见,立时还了银两,将那些西客,就是向日闹债之人送到城上,递解回籍。环爷着实捱了一顿很打,若不是林姑娘说情,只怕要打死了呢。
(末)兄弟,他这一顿,正好还报二爷。当日二爷捱打,虽说为蒋涵,不是他说逼死金钏儿的么。
(小生)真真报应不差,就是袭人,当初害了晴姑娘,如今不现报了么。他见了晴姑娘,好像老鼠见了猫儿呢。
(末)就是琏二奶奶,不也报了么,幸而林姑娘不记前仇。前日巧姐儿出门,十分周到。若遇着度量褊窄的,还能那么着么?
(小生)林姑娘是什么人,你看一家子,谁还赶得他上?当初瞧不起他的,如今都靠着他了。
(末)可不是呢,我听得今日里边有喜筵,喜姑娘自然是园中过来了,怎么不接三姑娘去?
(小生)老太爷,你不知道,周姑爷封侯,前日接了三姑娘回去,事忙不得来。喜姑娘同林大爷到学院任去了,也是前日起身的。

---

① 阚:同"嫖"。

（末）怪不得林大爷门口，冷清了许多呢。兄弟，今日老爷、二爷通不上衙门，我们去草酌三杯罢。

（小生）很好，请。

（末）请。（同下）

（生上）

【南吕引子·三登乐】玉韵珠情，镇一片肌香鬓影，吃乔心这番竟成。绣衾中鸳帐里无限娇凝，谁知此日，占情科高等。

十载痴心一夜酬，恩多终是不成仇，从今身在蓝桥驿，乞与琼浆百万瓯。下官徼天之幸，竟得林妹妹大发慈悲，许成欢好，恩情无比，怨恨都消。便做成佛登仙，也无这般快乐。今日未上衙门，准备和他畅谈一日。紫鹃、晴雯备了喜筵，并邀宝姐姐来，大家欢笑一番。（向内望介）你看他出房来也。

（旦上）

【引子·上林春】落了鸦黄钿窝影，恩和怨暗中思省，从前也太忘情。（笑介）只你素心全称。

（生笑，携旦手介）妹妹，我好不侥幸呢。（旦笑介）

（生）

【过曲·绣带引】〔绣带儿〕则被你害萧郎①匪轻，豫章城险些儿化做烦城。平白地变火为冰，你煞是见偏心硬。（笑介）怎么我死了，你也不动一动心？无情。〔太师引〕到死去依然还送冷。

（旦叹介）我既经生死，愿弃尘缘，一意元功，心上那得有你。

（生）而今心上可有我了？（旦笑介）（小旦暗上，听介）

（生）你说吓。

（旦笑介）有你便怎样，没你便怎样？我恨不得丢完了你，还做旧日工夫去呢。

（生笑介）哦，这般样憎郎厮并。好妹妹，再莫胡涂了，我当初因别了你，妄想成佛作祖，做了和尚，几乎送了性命，亏得爹爹惩治妖人，救了回来，才晓得异端邪说，到头绝无着实的下落。你我如今得在一处，便是真正仙人，登了天界，还修什么仙去。**坐青云在青云上层，不用守庚申心倚蓬瀛。**

只讲一个情字，我生也为你，死也为你，想上天也为你。你生也为我，死也为我，单则想做仙人，就丢下我。我问你，到底丢得下，丢不下？

---

① 萧郎：指美好的男子或女子爱恋的男子。据（宋）尤袤《全唐诗话·崔郊》，唐崔郊之姑有一婢女，后卖给连帅，崔郊十分思慕她，因赠之以诗曰："公子王孙逐后尘，绿珠垂泪滴罗巾。侯门一入深如海，从此萧郎是路人。"如（唐）于鹄《题美人》："胸前空带宜男草，嫁得萧郎爱远游。"（宋）张孝祥《浣溪沙》："冉冉幽香解钿囊，兰桡烟雨暗春江，十分清瘦为萧郎。"（清）吴伟业《琴河感旧》："书成粉笺凭谁寄，多恐萧郎不忍堪。"

（旦笑介）算丢不下就是了。（生喜介）

（旦）

【懒针线】此后丢郎又怎能,则俺爱水恩山两世情。记垂髫嗔喜总怜卿,更悲花悄叹飘零命。听秋雨夜灯孤冷,似这等死离生怨才相聚,怎能觑意树开花反看轻。只可惜两条手吧,一册诗词,临死时都被我烧了。

（生）那诗词却不妨,我已经录出来了。

（旦笑介）也亏你好记性。

（生笑介）心坎儿上搁着,怎么会忘了。

（旦笑点头介）诗重整,共瑶宫仙伴,同清咏笑说前生。

（小旦笑入介）我来看仙人,那知仙人丢不下他了,这不是情虫么?

（旦）宝姐姐,你是道学先生,怎么将上堂声必扬,也记不得呢?（小旦笑介）可知道内言不出于阃①,阃内人原听得的吓,你只不要说听不得的话就是了。

（旦羞介）啐,你谈道学,怎么谈出个小哥儿来呢?

（小旦笑介）妹妹,这话又有还报的呢。

（旦）啐。

（小旦笑介）宝兄弟,你如今是不病的了。（生笑介）

（小旦）

【醉宜春】和鸣,料身康无病,喜琴心成就,并头莲会合鼋鸳。问宵来雨露,垫头裹怎样珑玲。（旦笑介）啐啐。（生笑介）（小旦）娉婷,羞得他红云满面似霞蒸,越显得容光花映,也亏是金鱼仙液,唤得你梦中人醒。

（生）是呢,好妹妹,把金鱼儿给我瞧瞧罢。（旦解鱼,付生介）

（生取,瞧介）亦灵亦长,仙寿偕藏。（取玉看介）莫失莫忘,仙寿恒昌。（笑介）这不也是一对儿么?

（旦笑介）却及不上不离不弃,芳龄永继。

（生）好姐姐,也取出锁来我看看罢。

（小旦付锁介）

（生喜介）如今是金锁玉鱼,永无灾劫了。

（旦笑介）宝姐姐,当初把锁他看,是有意无意?

（小旦）这有什么意思?不过他缠着要罢了。

（旦）这也难道。

---

① 内言不出于阃:典出《礼记·曲礼》:"外言不入于阃,内言不出于阃。"（汉）郑玄注:"外言内言,男女之职也。不出入者,不以相问也。"原谓男职官政,女职织纴,各有司事,不得互相干预。后以"出阃"指后宫越职参预官政。

（小旦）你当初又多的什么心呢？（同笑介）

（正旦上）百劫经过花带雨，一心回后月开云。兄弟、妹妹大喜。（旦羞介）

（生）好嫂子请坐罢。

（生取水，游鱼介）（三旦同看介）

（生）大嫂子，你见过没有？

（正旦）林妹妹过去是我给他含上，回过来，又吐在我手里，也还见他游过一次。

（生）妙吓。

【锁窗绣】只见它吹珠沫，耀金睛，乐意游行，抵多少秋水濠梁①眼下生。（揖介）感谢它护佳人法力通灵，到今朝才比目两能折证。

（小旦）想我这金锁不过人力所为，这才是真正宝贝呢。他那玉，从胎里口中衔出，你这鱼，从死后口中衔出，这不是天定姻缘么？

（生点头介）这的是玉和金良缘天定，只是妹妹以前，绝不拏出来，是何意见？

（旦）这是我起身时，哥哥送的，我十分爱他，若取出来，你敢则拏去，我也不得再生了。

（生）是吓。亏是不曾知救娇娃性命，不曾知救娇娃性命。

（旦）我想他这玉，竟应着我呢。

（正旦）怎么应着你？

（旦）他失玉我死，他得玉我生，我名黛玉，可不应着我么？

（正旦、小旦）这样说，这玉不是他的命根，倒是你的命根了。

（生笑介）还是他就是我的命根呢。

（旦）啐。（各笑介）（各取玉、鱼、锁挂介）

（杂旦、贴带丑、副净上）

（贴）彩云双旖旎。

（杂旦）明月尽团圆。

（贴笑介）姐姐还有你呢。

（杂旦）啐。

（贴合）奶奶、二爷、姑娘们，好坐了呢。

（生）就坐罢。

（正旦）今日是谁的东道？

（杂旦、贴）紫鹃、晴雯与二爷、姑娘贺喜。

（正旦）我怎么好生受呢？

（杂旦、贴）奶奶说那里话来，当初姑娘过去，是奶奶送他，回过来，又是奶奶照

---

① 秋水濠梁：典出《庄子与惠子游于濠梁之上》。

应他,正该敬谢一杯。

（正旦一席）（生、旦、小旦一席,对摆）（杂旦、贴一席,侧摆）（杂旦、贴依次送酒介）

（生、三旦）你们也坐下。

（杂旦、贴谢介）（各坐介,饮介）

（正旦）

【春琐窗】〔宜春令〕搬愁地开翠屏,送凫华纤手擎,一个个喜生眉晕,洞房春沁了梅花影,俊才郎学士风流,悄佳人天仙娇葩。〔锁寒窗〕死与生得缴旧时情,不枉俺关爱频仍。（副净斟酒介）

（正旦）如今两府重新兴旺,皆赖林妹妹之力,果然老太太托托梦不差。

（旦）好嫂子,说那里话。

（小旦）不但两府,就是我母亲那边,自哥哥犯罪之后,日渐雕零,也都是林妹妹照应,真个可感。

（旦）姐姐,你我有什么分别,怎么可感起来？

（正旦）这也实在难得,就是巧姐儿出门,若论凤丫头待他的光景,就冷落些也该,他却那些儿不周到,可不是该感激他呢。

（生）我想若不是凤嫂子闹鬼,我们早完成了,提起来实在可恨。

【浣沙刘月莲】〔浣溪沙〕害的他赍恨亡,我逃禅定,霎时间两没收成。虽然圆了费枝撑,却怎生不恨杀人也嚰。（旦）〔刘帽泼〕茜纱窗尚有缘能证,夙怨平,便夙世盟同订。〔秋夜月〕仙鱼灵玉光华耿,登仙梦,今后冷。（小旦）妹妹,可是我知道你,断断不能成仙的。（旦笑介）姐姐,你而今可服冷香丸了？（小旦笑介）〔金莲子〕休说道冷香丸留冷情,问贤妹,既修仙,又如何骑虎嫁文生？

（众笑介,丑斟酒介）（杂旦）

【梁溪刘大香】〔梁州序〕钟鱼栊翠,琉璃空影,谁道人非孤另,红桃花底,从今不试郎情。〔浣溪沙〕冤尽消,心全逞,把炎凉更看分明。（贴）〔刘帽泼〕杨枝续了芙蓉命,郎盼青,尽遂了心奴性。〔大迓鼓〕风前浓笑生,雀裘金线,彩翠飞腾,红绫玉甲能终竟。感郎红泪着郎疼。（起介）晴雯得有今日,皆赖五儿借体,他年还骨佳人,不忍令其寂寞。欲求二爷,为他豫营一圹,立碑一通,在晴雯当年墓侧。〔香柳娘〕愿生坟豫营,建丰碑纪名,聊安悄灵,深感他将身相倩。

（三旦）理应如此。

（生）稍暇为文,与《芙蓉诔》一同勒石。（贴谢,复坐介）（副净斟酒介）

（小旦）提起五儿也奇,原来有晴雯这般因果,怪不得攘着也不肯走。

（旦）看来凡事都有天定,就是我们当日,在老太太房中,一见关心,你怜我爱,此后死死生生,波波磔磔,终归同侍君子。岂非时有前因？

（生）单则我们受了无限苦楚，才得圆聚。

（合）

【大节高】潇湘馆，旧梦圆成坐红筵，排玉鼎，也亏得痴情留恋捱愁病。（生）我们今日这样闹热，更胜于群花献寿之时，但则沧海桑田，不堪回首耳。（丑背泪介）（生顿足介）哎呀，忘记请史妹妹过来了。（贴）晴雯请过，史姑娘说，我又不吃什么，空自闹他们，我倒静静的坐坐罢。（众）这也罢了。（丑斟酒介）（众饮介）（合）**添多少风魔兴，酒抱清，人欢幸。**（风起介）**一片天风竹籁铿锵听，玉箫金管，交相应。**（正旦）外面什么风？（丑望介）云头甚乱，不知是东风西风。（旦笑介）也不知东风压了西风，西风压了东风，只怕是上风压了下风呢。（丑背，伸舌介）（合）**触起前言吃虚惊，当年为底成枭獍**①。（众起介）

（外、老旦上）门阑重见喜，巡幸又承恩。甥女，仲妃又要归省了。

（众喜介）好吓。

（旦）仲妃归省，甥女这边事更多了。紫鹃、晴雯那里分拨得开？回上舅舅、舅母，甥女欲问宝姐姐要了莺儿、麝月，也与宝玉收了，就可帮办着些。待甥女另挑了丫环与宝姐姐。

（老旦）不知你宝姐姐意下如何？

（小旦）人很够使，不用挑得，就是了。

（旦）现在紫鹃也未圆房，就一事做了罢。（贴推杂旦介）（杂旦羞介）（丑背，顿足泪介）

（外、老旦）这样很好，拣个日子就行罢。

（旦）是。

（合）

【东瓯莲】不妒真堪敬，能事更堪惊，月满云舒花性情，成就了青年美眷尤欢庆。此艳福，难侥幸，却愿他麒麟天肯降徐陵②，教我这荣公府，再振兴，好芝兰玉树绕阶庭。

【尾声】红楼梦谱新翻定，这是红豆词人戏墨成，惟愿普天下情人莫动情。

绿酒红灯夜漏迟，铿金撅管复调丝。

当筵度尽红楼曲，花底月明星汉垂。（俱下）

---

① 枭獍：亦作"枭镜"。旧说枭为恶鸟，生而食母；獍为恶兽，生而食父。比喻忘恩负义之徒或狠毒的人。典出（北魏）杨衒之《洛阳伽蓝记·永宁寺》："若兆者蜂目豺声，行穷枭獍，阻兵安忍，贼害君亲。"如（明）梁辰鱼《浣纱记·论侠》："谁料主公信任伯嚭，容枭獍之在庭。"

② 麒麟天肯降徐陵：徐陵，南朝著名诗人和文学家，字孝穆，东海郡郯县（今山东郯城县）人。徐陵出身东海徐氏。相传徐陵幼小的时候，就被高人赞誉为"天上石麒麟""当世颜回"。此处代指宝玉生出杰出之子。

第五十六出 《勘梦》

下卷

【北仙吕·赏花时】(仙女引末、贴上)(末、贴合)幻梦红楼一枕蝶,须唤庄生醒着些。你看那情海没津涯,白茫茫问撇沈谁怕,好与他一树醒迷花。

(老旦迎上,见介)仙师下降荒园,有何法旨?

(贴)如今红楼一梦,赖你圆成,只是神瑛、绛珠与芙蓉仙子,结发以来,异常眷爱,恐误前程,迟了飞升时日。昨从蓬岛,借得醒迷花一树,向他埋香冢上,烂漫开成。一日之后,你即送还蓬山,便可乘机点化,使彼清修。

(老旦)谨遵法旨。

(末)众仙女,将花散布树上者。

(仙女)领法旨。(旋绕,布花介)

(末、贴合)

【幺篇】霎时见翠黛红珠一树霞,占了那锦娇香万朵花。休说他开落欠根芽,这一枝儿在花宫无价,破痴人情梦早乘槎。

(仙女拥下)(老旦随下)(众云童舞云上)

(老旦上)

【北点绛唇】花落花开,光阴驹迈,休惊怪,生岂无涯,趁早的翘足蓬山外。

结綵娑罗海上天,莽煌花下说因缘。笑看玉鹊闲来往。猛忆前生十八年。我史湘云,道果大成,神周六合。日前仲妃归省,封为灵妙真人,今奉仙师法旨,送华来到蓬山。一时星月皷斜,天鸡将唱,不免拨转云头,仍归栊翠庵去者。

(云童拥行介)

【混江龙】俺立向焰摩天外,看齐州酒店在面前排。那答是琳堂玉宇,这答是琼室金台。那答是北荒明月珠三丈,这答是东极天吴海半杯。芬灵墟,金榜深镌琳篆古,寥阳殿,瑶坛高接翠璎开。广乘山、长离山、丽农山、广野山、昆仑山,配绿妃青,螺髻几丛分宙合。盖余国、牛黎国、拘缨国、厌火国、因祇国,团三聚五,鱼鳞一片压氛霾。手攀着滴溜溜星斗儿,填珠万点;脚踹着软绵绵云片子,乱絮千堆。控金乌,鞭玉兔,厮赶着闪闪霍霍的壶中日月。驾飚车,骑电马,满张着出出律律的袖底风

247

雷。俺已是白鸦金虎真功就,为要他彩凤文鸳好事谐。误了俺丹刚林,丁戊阴阳交动静,孤负他白环树。乙庚左右配形骸,佩六已化形方,泥污了凤文元駕。修六辛月华法,尘淹了火玉瑶钗,甫能縠揿转他坚钢介石。又谁料沈迷处烈火干柴,跳不出四大圈儿,酒色财气,怎脱得六轮回道,湿化卵胎。粉骷髅,一任他月闭花羞终是土;臭皮囊,怎禁得云尤雨殢镇相偎。蛊心神,是锦帐芙蓉伐性斧,煎骨髓,是红衾兰麝引魂牌。争及得坐崇霞,心灯耿耿;餐水玉,胸境恢恢;木延精,受用些金䃜玉醢;松方目,围绕些凤舞鸾回。玉含烟,晨酣云汲;丹赪髮,简刻琼玫;饥时节,螭髓羊珠龟脑和;渴时节,琼饴元酪桂膏偕。谱一套驾飚词,南极真人吹箫应;唱一回太霞曲,北寒玉女载璈来。试看俺,九灵花裙拖阑阆;试看俺,三珠树佩曳云街。跨沧溟,盈盈衣带踏瀛洲,窄窄弓鞋看射鲸人。箭底桃花春艳水,那钓鳌客,矶头瑶草蔓金苔,几时向岱与峰龙。驾霓裳、排羽节,且按着元都印,黄扉朱户守桃孩。擅翘春,一粒明珠在玲珑仙骨,冰雪襟怀。

　　来此已是栊翠庵了,云童速退。(下)(童舞云下)(生、旦携手,贴随上)
　　(生)名花开谢同朝菌。
　　(旦)芳树枯荣有夙因。
　　(生)妹妹,我因这花灵异,取名叫做黛梅,正要重开诗社,让你潇湘妃子再夺一魁。怎么一树花全没有了,连地下也没一片儿,你道奇不奇?
　　(旦)想昔年,我们葬了许多花片,精气结成此花,霎霎一开,就被天公收去,也和人成仙的一样。
　　(生)这样说,只怕史真人知道原委,我们问问他去。
　　(旦)就去。
　　(合)钟声不动日初上,花梦犹酣风欲仙。妹妹起身了么?
　　(老旦上)好凭花谢花开意,唤醒情生情死人。你们起得好早。
　　(生、旦)我们起来看花,那知一树花通没有了,敢是天公收去?妹妹必然知道。
　　(老旦)这花来历,倒知道些儿。
　　(生、旦)你且说是什么花?
　　(老旦)

【油葫芦】醒迷花,根叶由来阆苑开。(生、旦)原来叫醒迷花。(老旦)为仙家偶借来。(生、旦)那一位仙家?(老旦)太虚天警幻下尘埃。(生)太虚幻境警幻仙姑,是我梦见过的吓。(老旦)唤司花玉女攒香黛。(旦)如今那里去了?(老旦)送仙葩仍去蓬山界。(旦)怎么只开着这一日?(老旦)向阎浮弄影,终久无情态,怎及得带云霞高处栽。煞强似受尘氛九地埋。(旦点头介)(老旦)管取他春风一座花仙爱,又何必恋凡闲,误他香色堕蒿莱。

　　(旦)这样说,还是修仙好。

(老旦)可不好呢。
　　(旦)你又不付真传,教我如何下手?
　　(老旦)彼一时,此一时,你知你的来历么?
　　(旦)愿求指示。(老旦)

【天下乐】你是乐土灵河一个女俊才,哈①也么哈。绛珠仙,转世该。(旦)为什么要转起世来?(老旦)**为神瑛侍者甘露债**。(生惊介)是吓,我梦中,他们都唤我神瑛侍者呢。(旦)我梦中,老太太也说莫割断神瑛呢。且问妹妹,什么是甘露债?(老旦)那绛珠本是一株仙草,其时欲萎,侍者日以甘露浇灌,得以脱体成真。(生、旦)怪不得当初一见面就认得呢。(老旦)因此上呵,**要尽把你的泪珠儿酬怹来,才做了再生人迟受采。今日呵,倒只怕蒭灵根沈爱海**。

　　(生、旦惊介)(老旦)为此警幻仙师偕这花来呵。

【那咤令】弄香葩小开,度男孩女孩。鍊华芝伏胎,破云怀雨怀。御三飞九垓,住丹台紫台,脱谢了地官灾。扶上你天仙界。这因由却叫我证明来。

　　(生)妹妹,那和尚说,我是大荒山青梗峰一块女娲补天未用之石,这话真么?
　　(老旦)真的,那僧道虽系旁门,也通灵慧,只为南海大士,遣揭谛擒拏,才被你们捉了。
　　(生)这就是了。妹妹,我几番梦境,可也真么?
　　(老旦)何真非梦,何梦非真,你且说来。
　　(生)头一次,梦见警幻仙姑,引至太虚幻境,见了些册籍,模糊不解,又听了红楼梦新曲,也不分明,后来竟堕入迷津之内。
　　(老旦)仙师怜绛珠魔劫,故以册籍歌曲,点化你心,要你不着情魔,早谐配偶。怎奈你全然不醒,以致生出许多风浪。
　　(生)后来也梦见看那册籍,便悟了诸人的下落。并且有飞云逝水。我猜是妹妹,上面却有金书一篆字,甚不可解。
　　(老旦)此应吾有修仙之分耳。
　　(生)水墨之痕,后面五株柳树,想是晴雯借五儿尸身了。
　　(老旦)然。
　　(生)往后也见过绛珠草,也见过林妹妹和晴雯,如今问着他们,都不知道,是何缘故?
　　(老旦)此乃仙师幻化,试你衷情,好请焦仙补恨。
　　(旦)焦仙何人?
　　(老旦)焦仲卿也,警幻仙姑,兰芝夫人也。夫人主离恨天,焦仙主补恨天,你们

---

① 哈:同"咳",但此处应为"嘿"。

死而复生,离而复合,也很费了他些心力,就是你那金鱼,也是焦卿所赐。

(生、旦、贴)原来如此,阿弥陀佛。

(生)及至林妹妹重生,姻缘乖劣,梦见他嫁姜景星,全不保我,我气极了,剖出心来。他看着一笑而已。我想前边诸梦,无不应验,这梦独凶,将来是决撒了,那知还有今日。

(老旦)梦由心生,你心中惟恐他嫁姜景星,故有此梦。其实缘自天合,那有不谐之理。

(生)既有天缘,为什么他那样生忿?

(老旦)从来热甚必离,冷极反合,你们当年太热,那得不死离,后来太冷,才能毂生合。总因颦儿临死,悔不修仙,故致此魔来扰,也是你该偿他恨债,究竟他未尝一日忘你。

(旦)妹妹,这却差了,那时我还有他在心上么?

(老旦)果然割断情缘,自可相遭淡漠,你无一日不恨他,这就是无一日能忘他了。所以老太太得以梦因显化,二哥哥得以剖情回你之心,我不传你仙道,也只是识破此情。如今堪破梦根,就堪破你们的情根了。

(贴)姑娘,晴雯为何也经生死之劫?

(老旦)你和他有心缘,无身缘,故遭此劫。晴雯,你本芙蓉神女,有过被谪,我欲以慈航渡汝,重返花天,意下何如?

(生)果然他是芙蓉花神。

(贴)晴雯万幸。

(生、旦)我们皆拜真人为师。

(老旦)师父却做得,只是当不起。

(生、旦)什么话,师父请受拜。(俱拜介)

(老旦)世缘多故,情劫最深,你们死生离合,皆由于此。若非天缘凑合,则鬼道长沈,迷津永堕。前世根基,可不断送尽了,如今既入道门呵。

【鹊踏枝】把痴情一例总抛开,陷入坑,恩和爱,早回头彼岸登来,好消除八难三灾。哈么哈,度双九似箭头般快,正青年白发毿毿①。

【寄生草】情起云如墨,情消天在怀。甚花魂月梦能拘碍,那星期雨约无收煞,向日精霞忞寻欢爱,高住着天宫忉利会双谐,可不较尘凡梦好情长在。

(生、旦、贴跪介)愿求真诀。

(老旦)也没有多言,吾师兰芝夫人道,忠孝节廉,其根本也。闭九窍,通三关,

---

① 毿毿:本为形容羽毛披散的样子,此处形容头发披拂貌。如(宋)曾巩《不饮酒》:"况从多病久衰耗,自顾白发垂毿毿。"(元)沉禧《一枝花》套曲:"锦毿毵人跨凤侣,金踥蹀马骤龙驹。"

其功用也。心死而后身生,保精而后藏神,其真诀也。夫至道之精,窈窈冥冥,至道之极,昏昏默默,无视无听,抱神以静,形将自正,必净必清,无劳尔形,无摇尔精,无俾尔思虑营营。广成子妙旨,当依此行之,久久自然有得。鬘儿,你已怀六甲,应得公侯之子,分娩后果能精修大道,力避情魔,自然还你个飞升日子。

【幺篇】你丹箓名犹在,云珠笈自开,避风情怎免放来生债?恣欢娱却又向阴程迈。住温柔须打破人天界。(生)师父,宝姐姐、紫鹃、莺儿、麝月前世何如?(老旦)是一班情鬼耳。只为你动凡心来共绛珠偕,早被他鬼门关欢喜冤家爱。

宝玉,你看那册籍儿,在什么地方呢?(生)薄命司。(老旦)可又来,你我名在薄命司中,皆薄命人也。红尘诸福,非所可堪,即速回头,庶无后悔。你们可悟了?(生、旦、贴)悟了。

(老旦)

【煞尾】福早与人乖,强不过天差派。各把恁前世前生自爱,大古里盖代佳人都生命隘,合向那灵境安排。要知白守黑,要守雌守默,那才是唤红楼一梦醒将来。

夺利争名总枉然,不生情处即神仙。

十年学得安心法,偶借红楼艳曲传。(俱下)

下卷

后记

2018年10月,在泰州学院领导和科研处同仁的关心与帮助下,作为首批"泰院文丛"资助出版的学术著作之一,本人承担的《〈红楼梦滩簧〉校注》正式出版。该书出版后,受到了戏曲研究界、"红学界"相关专家的肯定。正如《泰州日报》报道所言:该书的出版填补了泰州地方文化的一项空白。

　　一方水土育一方人,一方人铸就一方文。优秀的地域文化,是我们的祖先数千年来创造的极其丰富和宝贵的文化财富,是中华民族精神情感、道德传统、个性特征以及凝聚力与亲和力的载体,是发展先进文化的精神资源和民族根基,也是综合国力中不可或缺的坚实的精神内涵。

　　泰州是蜚声中外的国家级历史文化名城,也是京剧大师梅兰芳先生的故乡,有着人文蔚焕的历史,其上善若水、兼容并蓄、厚文重教、经世致用、安泰祥和、崇儒尚实的地域文化特征,在苏中地域文学中有着极为鲜明的特色。自明末迄于近代,泰州地区的诗文、经学、戏曲创作与表演始终保持相当的活跃程度,成果丰硕。

　　对于明清小说戏曲和泰州地方文化研究而言,清代《红楼梦》改编史上的首部红楼戏——《红楼梦传奇》、首部红楼曲艺——《红楼梦滩簧》,可谓是"双子星座"。因此,对这两部作品的整理、校注和出版,既迫在眉睫,又意义重大。

　　古代戏曲作品的整理挖掘、校注出版,是戏曲研究的基础工作,既可以帮助我们摸清我国古代戏曲的家底,也为研究者提供研究的基础和依据。由于现存《红楼梦传奇》版本众多,部分内容各版本之间互不一致,尽管严敦易先生曾选取《红楼梦传奇》部分内容,点校后收入《红楼梦曲集》,但其选取内容不到全剧三分之一,也未对相关内容进行版本之间的汇校和作注。所以,对全本《红楼梦传奇》进行整理、校注,应是所有治"红学"和明清戏曲史者的共同愿望之一。

　　经过笔者的努力,本书的校注除了对曲本文本的校勘,特别是相关衍、脱、异体字等力求校改精准外,还广泛引用资料,对《红楼梦传奇》的作者、版本、成就、流传、影响等详加考述,并对剧中部分当今读者存在阅读困难之处进行了注释说明。

　　囿于文献,前人对《红楼梦传奇》的作者、版本、流传与影响等论题并未有专门性研究。笔者经过多方查找与梳理,借助相关地方性文献,对上述论题展开了初步研究。当然,部分观点的考证仍带有推测性,并非定论,期待学界大方之家予以指导,也希望能在今后的研究中,发现新的证据来辅证笔者愚见。

　　古代曲本的整理校注,相对学术专著而言,某种程度上算不上"高大上"的学术成果,可谓吃力不讨好的苦差事,但对于我辈而言,却既是自身专业学习和科研水平提升的需求,也是笔者等地方高校社科领域工作者所肩负的深入研究和不断传承优秀地方文化使命之需要。

　　作为有着2100多年历史的文化名城,泰州人杰地灵,名家辈出,在许多艺术形式方面,有着十分深厚的历史积淀和独特成就,产生了众多的杰出人才和传世之作。清中期乾嘉道时期的泰州,出现了包括仲振奎、仲振履、宫国苞、俞国鉴、高凤翥、陈燨、徐鸣珂、徐信、徐昫、团维墡、纪桂芳等一时名流在内的戏曲家团体,成为继清初以吴嘉纪、黄云、费密、杜濬等遗民诗人为代表的文人群体后的又一地域文人群。他们除诗文创作外，在戏曲创作与表演方面取得了较高的成就。这其中，仲振奎的《红楼梦传奇》与赧生居士的《红楼梦滩簧》，分别作为"首部红楼戏曲"和"首部红楼曲艺"作品，在"红楼戏曲史"上有着无与伦比的地位与影响。同时，这两部艺术作品作为泰州戏曲文化乃至整个泰州地域文化的突出代表，值得后人去研究和挖掘。

习近平总书记在党的十九大报告中指出："文化是一个国家、一个民族的灵魂。文化兴国运兴，文化强民族强。没有高度的文化自信，没有文化的繁荣兴盛，就没有中华民族伟大复兴……深入挖掘中华优秀传统文化蕴含的思想观念、人文精神、道德规范，结合时代要求继承创新，让中华文化展现出永久魅力和时代风采。"

增强文化自信，最基本的是增强百姓对优秀传统文化和地域文化的认同感和归属感，提升文化的影响力和感召力。中国戏曲是一种蕴含极为丰富的文化现象，每个地区的戏曲都具有独特的地域文化风情。泰州地区的戏曲文化，作为地域文化的突出代表，有着极为深厚的文化底蕴。作为中国古代最常见的一种娱乐方式和文化传播方式，戏曲文化被誉为"州建南唐，文昌北宋"——泰州经济富裕、政治清明、文化繁荣、教育发达的集中代表，是"儒风之盛，夙冠淮南"的直接表现，氤氲着泰州"江淮海"三水激荡的风流往事，彰显着"汉唐古郡、淮海名区"海纳百川的胸襟气度。所以，对泰州地区最具代表性文化遗产——戏曲文化进行专题研究，有助于全面系统了解和弘扬地域性戏曲文化遗产，推动其在新时代的传承与创新，是"弘扬中华优秀传统文化，切实增强文化自信"在地方文化建设和戏曲文化传承领域的生动实践。

"睹乔木而思故家，考文献而爱旧邦"，正如相关师友对笔者的殷殷期盼，本书的整理出版，既立足当前江苏特别是苏中地区强化"江苏文脉"和大运河文化研究的学术前沿，适应了当前家族文化和戏曲文化研究发展的趋势，符合地域文化史、家族文化史和明清戏曲史研究实际所需，可以为探寻以戏曲文化为代表的优秀传统文化提供实证研究，同时，也是对长期以来研究苏中地区戏曲史只重扬州剧坛忽视泰州、南通地区的偏见与缺陷，进行一定程度的纠正和补充。

基于此，笔者希望能在前人成果和自身已出版的《海陵声伎甲江南——明清"海陵地区"文化家族与戏曲研究》《泰州戏曲》《泰州文化概论》《氍毹光影——泰州戏剧影视评论》《〈红楼梦滩簧〉校注》等著作基础上，全面系统地对明清泰州文人曲家的相关存世剧作进行辑录和校注，尽快出版《明清泰州文人剧作集校》。尽管前路漫漫，但笔者却始终坚定信念，并努力朝此目标不断前行。

因自身学术水平所限，本书的整理校注尚存在诸多谬误，恳请各位方家予以指正为谢。感谢泰州学院将此书列入出版资助项目，感谢东南大学出版社张丽萍、陈淑编辑的辛勤付出，在此一并致谢。

时在庚子初春，记于泰州城东之双桂园